Mortel sabbat

DES MÊMES AUTEURS
AUX ÉDITIONS J'AI LU

DOUGLAS PRESTON
&
LINCOLN CHILD

Mortel sabbat

Traduit de l'anglais (États-Unis)
par Sebastian Danchin

TITRE ORIGINAL
Crimson Shore

ÉDITEUR ORIGINAL
Grand Central New York, 2015.

© Splendide Mendax, Inc. et Lincoln Child, 2015.

POUR LA TRADUCTION FRANÇAISE
© L'ARCHIPEL, 2016.

1

Les doigts de Constance Greene se figèrent sur les touches de son virginal flamand au moment où le carillon de l'entrée retentissait. Un silence pesant tomba sur la bibliothèque. La jeune femme lança un regard en direction de l'inspecteur A. X. L. Pendergast, douillettement installé près de la cheminée dans laquelle s'éteignaient les ultimes lueurs d'un feu. Les mains finement gantées de blanc, il s'était lui-même interrompu dans l'examen du manuscrit enluminé qu'il feuilletait, un verre d'amontillado posé sur une desserte à sa portée. Les visiteurs étaient rares au 891 Riverside Drive. Constance ne put s'empêcher de penser à la dernière fois que l'on avait sonné à la porte de la vieille demeure. Le souvenir de ce jour tragique flottait dans la pièce, tel un miasme.

Proctor, tout à la fois chauffeur, garde du corps et factotum au sein de la maisonnée, apparut sur le seuil de la bibliothèque.

— Dois-je ouvrir, monsieur Pendergast ? s'enquit-il.

— S'il vous plaît. Veillez toutefois à ne pas laisser entrer ce visiteur. Contentez-vous de lui demander son nom et les raisons de sa visite.

Trois minutes plus tard, Proctor était de retour.

— Il s'agit d'un certain Percival Lake. Il souhaite solliciter vos lumières dans le cadre d'une enquête.

Pendergast leva la main en signe de refus avant de se raviser.

— Vous a-t-il précisé la nature exacte de ladite enquête ?

— Il n'a pas souhaité me fournir davantage de détails.

Pendergast se laissa aller à la rêverie en tambourinant discrètement de ses doigts interminables sur la reliure dorée du manuscrit.

— Percival Lake... Ce nom ne m'est pas inconnu. Constance, auriez-vous l'amabilité de bien vouloir consulter ce site Internet baptisé... Vous savez, celui dont le nom s'inspire de ce nombre extravagant composé du chiffre 1 suivi de cent 0 ?

— Vous voulez parler de Google ?

— Oui, c'est cela ! Accepteriez-vous de *googler* le nom de notre visiteur, je vous prie ?

Constance détacha ses doigts des touches d'ivoire jauni du virginal, se leva et se dirigea vers une petite armoire dont elle ouvrit la porte, découvrant un ordinateur sur le clavier duquel elle s'activa.

— Ce nom correspond à celui d'un artiste spécialisé dans les sculptures de granit.

— Voilà pourquoi ce patronyme m'était familier, murmura Pendergast en retirant ses gants. Faites-le entrer, ajouta-t-il à l'intention de Proctor.

Ce dernier à peine disparu, Constance tourna vers Pendergast un visage surpris.

— Notre situation financière serait-elle si précaire que vous en soyez réduit à vous lancer dans des enquêtes privées ?

— En aucun cas, mais le travail de cette personne, bien que de facture classique, est pour le moins stimulant. Si ma mémoire ne me trahit pas, il fait surgir de la pierre des silhouettes qui ne sont pas sans évoquer l'*Esclave s'éveillant* de Michel-Ange. Je me vois difficilement lui refuser l'audience qu'il sollicite.

Proctor était de retour quelques instants plus tard, accompagné d'un homme d'une soixantaine d'années, à qui sa crinière blanche donnait fière allure. Très bien conservé, d'une taille avoisinant les deux mètres, il possédait un beau visage aux traits burinés par le soleil, une silhouette musclée que mettaient en valeur un pantalon beige, une chemise blanche et un blazer bleu marine. L'homme, doté de mains puissantes, respirait la santé et la vie.

— Commissaire Pendergast ?

Il approcha de son hôte en quelques enjambées, le bras tendu, et lui prit la main dans son énorme patte avec une telle énergie que le verre de sherry tangua sur la petite table voisine.

Commissaire. Constance grimaça intérieurement. Son tuteur risquait fort de se trouver stimulé au-delà de ses espérances.

— Asseyez-vous, je vous en prie, monsieur Lake, l'invita Pendergast.

Lake s'installa confortablement dans un fauteuil en jetant une jambe par-dessus l'autre.

— Puis-je vous offrir un rafraîchissement ? Un sherry, peut-être ?

— Ce n'est pas de refus.

Pendergast remplit en silence un petit verre et le tendit à son visiteur. Le sculpteur y trempa aussitôt les lèvres.

— Il est excellent, je vous remercie. Merci surtout d'avoir accepté de me recevoir.

Pendergast accueillit le compliment d'un léger hochement de tête.

— Une précision, avant de vous laisser exposer les raisons de votre visite. Je ne suis pas commissaire, mais inspecteur au sein du FBI.

— Je dois lire trop de romans policiers, s'excusa Lake. J'irai droit au but, si vous le permettez. Je vis à Exmouth, une petite ville située en bord de mer dans le nord du Massachusetts. Un lieu retiré, à l'écart des circuits touristiques. Il y a bientôt trente ans, ma femme et moi avons acheté une maison de gardien de phare, au niveau du cap de Walden. Je n'en ai pas bougé depuis. C'est un cadre idéal pour mon travail. J'ai toujours apprécié les bons vins – le rouge, j'entends, je n'ai aucun goût pour le blanc – et le cellier de cette vieille maison est un refuge idéal pour y abriter une cave. Il a été creusé à même la roche, il y fait treize degrés hiver comme été. Quoi qu'il en soit, je me suis rendu à Boston il y a quelques semaines, le temps d'un week-end prolongé. À mon retour, l'une des vitres donnant sur l'arrière de la maison avait été cassée. Rien n'avait disparu de la maison elle-même, mais la cave avait été cambriolée. On l'avait entièrement vidée de ma collection de vins !

— Le choc a dû être terrible !

Constance crut discerner un soupçon de raillerie dans la voix de Pendergast.

— Dites-moi, monsieur Lake, poursuivit l'inspecteur. Êtes-vous toujours marié ?

— Ma femme est morte il y a quelques années, mais je vis avec… disons, avec une compagne.

— Se trouvait-elle avec vous le week-end en question ?

— Oui.

— Éclairez-moi donc sur le contenu de cette cave.

— Je ne sais pas très bien par où commencer. Je possédais une série complète de Château Léoville Poyferré, tous les millésimes depuis 1955, ainsi que des meilleurs millésimes de Château Latour, de Pichon-Longueville, de Pétrus, de Durfort-Vivens, de Lascombes, de Malescot St. Exupéry, de Château Palmer, de Talbot…

Pendergast l'arrêta d'un geste.

— Je vous demande pardon, s'excusa Lake avec un sourire contrit. J'ai tendance à me laisser emporter dès qu'il est question de vin.

— Vous possédez exclusivement des bordeaux ?

— Non. Je collectionnais également de superbes vins italiens depuis quelque temps. Essentiellement des brunellos, des amarones, des barolos. Tout a disparu.

— Vous êtes-vous adressé aux autorités ?

— Le chef de la police d'Exmouth est un incapable, doublé d'un abruti. Il est originaire de Boston et mène un semblant d'enquête sans y croire. J'imagine qu'il se sentirait davantage concerné s'il s'agissait d'un stock de Bud Light. Je tiens absolument à retrouver ce vin avant que ma collection soit dispersée. Ou bue, Dieu m'en préserve.

Pendergast hocha lentement la tête.

— Pourquoi moi ?

— J'ai lu la série de livres consacrés à vos enquêtes par ce Smithback. William Smithback, si je ne m'abuse.

Pendergast laissa s'écouler un instant avant de réagir :

— Je crains fort que ces ouvrages n'aient largement exagéré les faits. Quand bien même ils seraient le reflet de la réalité, vous n'aurez pas manqué de noter que je m'intéressais essentiellement aux déviances humaines, et non à de simples larcins. Je regrette de ne pouvoir vous aider, croyez-le bien.

— J'ai voulu tenter ma chance, pour avoir cru comprendre, à la lecture de ces livres, que vous étiez vous-même amateur de grands crus.

Lake posa sur son interlocuteur un regard insistant.

— Inspecteur Pendergast, je suis dans une situation désespérée. Ma femme et moi avons mis tout notre cœur dans cette collection. Chacune de ces bouteilles possède son histoire et me rappelle les merveilleuses années que nous avons passées ensemble. D'une certaine façon, c'est un peu comme si ma pauvre femme était morte une seconde fois. Je suis tout disposé à vous rémunérer très convenablement.

— Je suis au regret de ne pouvoir vous aider. M. Proctor va vous raccompagner.

Le sculpteur se leva.

— Je me doutais un peu de votre réaction. Je vous remercie néanmoins de m'avoir écouté.

Le pli qui barrait son front s'atténua légèrement.

— J'ai une chance dans mon malheur, puisque mes voleurs ne sont pas repartis avec mes bouteilles de Haut-Braquilanges !

Un profond silence accueillit la phrase du sculpteur.

— Des bouteilles de Château Haut-Braquilanges ? réagit enfin Pendergast dans un murmure.

— Une caisse complète de 1904. Le joyau de ma collection. Les bouteilles se trouvaient à l'écart, dans un recoin de ma cave, dans leur caisse d'origine. Ces abrutis sont passés à côté sans les voir.

— Comment êtes-vous entré en possession de cette caisse de 1904 ? J'étais persuadé que ce millésime était épuisé depuis longtemps.

— Tout le monde le croyait. Je suis constamment à l'affût de vieilles collections, notamment à la mort de propriétaires dont les héritiers décident de négocier la cave. Ma femme et moi avons déniché cette caisse à La Nouvelle-Orléans.

Pendergast haussa les sourcils.

— La Nouvelle-Orléans, dites-vous ?

— Oui, chez une vieille famille française fortunée qui traversait une mauvaise passe financière.

Constance crut lire une ombre d'irritation sur les traits de Pendergast. Ou peut-être d'agacement.

Lake s'apprêtait à quitter la pièce lorsque Pendergast se leva de son fauteuil.

— À la réflexion, j'accepte de m'occuper de votre petit problème.

— Vraiment ? s'exclama Lake en se retournant, un large sourire aux lèvres. Formidable ! Comme je vous le disais, je serais très heureux de vous payer le prix que…

— Mon prix est simple : une bouteille de ce Haut-Braquilanges.

Lake parut hésiter.

— Je faisais allusion à une compensation financière.

— Je vous demande une bouteille en contrepartie de mes services.

— Ouvrir cette caisse…

Laissant sa phrase en suspens, Lake se mura dans un long silence. Un sourire finit par éclairer son visage.

— Après tout, pourquoi pas ? Vous n'avez visiblement pas besoin d'argent et je vous cède volontiers cette bouteille !

Emporté par son propre élan de générosité, Lake tendit la main à son hôte.

Pendergast la lui serra.

— Monsieur Lake, veuillez indiquer votre adresse et vos coordonnées à Proctor. Je me rendrai à Exmouth dès demain.

— Je vous y attends avec impatience. Je n'ai pas touché à la cave depuis le vol. La police est venue, évidemment, mais les enquêteurs se sont contentés de prendre quelques photos avec un téléphone portable. C'est incroyable, quand on y pense.

— N'hésitez pas à user d'un prétexte quelconque pour les empêcher de pénétrer à nouveau dans les lieux, s'ils s'avisaient de revenir.

— Croyez-moi, j'en doute.

Sur ces mots, il quitta la pièce, Proctor sur ses talons. Constance se tourna vers Pendergast, qui posa sur elle un regard amusé.

— Puis-je vous demander à quoi vous jouez ? s'enquit-elle.

— J'accepte de mener une enquête privée, rien de plus.

— Une affaire de vin volé ?

— Ma chère Constance, New York souffre depuis quelques mois d'une cruelle disette de meurtres en série. Pour utiliser une expression courante, je n'ai rien à me mettre sous la dent. La proposition de M. Lake est l'occasion pour moi de passer une ou deux semaines de vacances, hors saison, dans une charmante localité côtière, avec cette affaire en guise d'amuse-bouche. Et un client sympathique, par-dessus le marché.

— Les épithètes « pompeux » et « fat » lui conviendraient mieux.

— Décidément, je suis un piètre misanthrope à côté de vous. En tout état de cause, l'air vivifiant de la mer en cette période automnale me fera le plus grand bien, après les événements récents.

Elle l'observa discrètement. Il avait raison. Une telle diversion lui serait salutaire, dans le sillage des épreuves terribles traversées cet été-là[1].

— Mais de là à offrir vos services en échange d'une bouteille de vin ! À ce prix, vous finirez par monnayer vos talents contre un vulgaire hamburger.

— Permettez-moi d'en douter. Ce vin est *l'unique* raison qui m'a incité à accepter cette affaire. Au XIXe siècle, le Château Haut-Braquilanges produisait le meilleur vin de France. Son célèbre bordeaux rouge était le produit d'une seule vigne, de moins d'un hectare de superficie, plantée de cabernet-sauvignon, de cabernet franc et de merlot. Elle se trouvait sur un coteau proche de Fronsac. Le destin a voulu que ce lieu soit dévasté lors de la Grande Guerre et que le château lui-même soit rasé. C'est tout juste s'il reste au monde deux douzaines de bouteilles de ce cru

_____
1. Voir *Labyrinthe fatal*, J'ai lu, n° 11253. (*Toutes les notes sont du traducteur.*)

inestimable, et aucune du millésime le plus presti-
gieux de tous, le 1904. On le croyait épuisé. Il est
extraordinaire que notre homme en possède une
caisse. Son hésitation lorsque je lui ai demandé
une simple bouteille ne vous aura pas échappé.

Constance haussa les épaules.

— Je vous souhaite de passer de bonnes
vacances.

— Je ne doute pas qu'elles nous soient profi-
tables à tous deux.

— À tous deux ? Vous souhaitez que je vous
accompagne ? s'étonna-t-elle en sentant le feu
lui monter aux joues.

— Absolument. Un peu de répit, en terre
inconnue, vous fera le plus grand bien. J'insiste
pour que vous veniez. Vous avez autant besoin
de vacances que moi.

2

Constance Greene perçut les premiers effluves iodés à l'instant où Pendergast franchissait le pont Metacomet au volant de sa vieille Porsche de collection. Ce vénérable enchevêtrement de poutrelles rouillées surplombait un vaste marais salant sur les eaux duquel se reflétait le soleil d'octobre. De l'autre côté du marécage, la route s'enfonçait dans une pinède avant de retrouver la lumière. Au-delà, au creux de l'anse qui voyait les bancs de vase se fondre dans l'océan, s'étendait Exmouth. Une bourgade typique de la Nouvelle-Angleterre, telle que Constance se l'était imaginé, avec ses maisons à toiture de bois alignées le long de la rue principale, ses clochers pointus et sa mairie en brique. La voiture remonta lentement la grand-rue.

Il flottait sur la petite cité côtière un air d'abandon qui ajoutait à son charme : des bâtiments habillés de clins de bois ripolinés en blanc, de vieux trottoirs de brique, quelques boutiques, des nuées de mouettes tournoyant dans le ciel.

La Porsche passa devant une station-service, longea des commerces troués de larges vitrines, un petit restaurant, un magasin de pompes funèbres, un ancien cinéma transformé en librairie, ainsi qu'une maison d'armateur datant du XVIIIe siècle, au toit surmonté d'un belvédère, et abritant désormais la société d'histoire locale.

Les rares passants qui arpentaient les trottoirs s'arrêtaient afin de les observer. Constance ne l'aurait jamais admis, mais elle connaissait si mal la réalité concrète du monde qu'elle se découvrait des instincts de Marco Polo dans son propre pays.

— Apercevez-vous des voleurs de vin potentiels ? plaisanta Pendergast.

— Ce monsieur âgé, avec sa veste à carreaux et son nœud papillon violet, me paraît suspect.

Pendergast ralentit et rangea négligemment la décapotable le long du trottoir.

— Pourquoi vous arrêtez-vous ?

— Nous sommes suffisamment en avance pour goûter la spécialité locale, le sandwich au homard.

L'homme à la veste à carreaux, tout en poursuivant son chemin, leur adressa un sourire ponctué d'un hochement de tête en les voyant descendre de voiture.

— Un individu très suspect, décréta Constance dans un murmure.

— Ce nœud papillon, à lui seul, devrait lui valoir la prison.

Ils remontèrent la rue principale et s'engagèrent dans une ruelle conduisant au port. Des cabanes de pêcheurs, des boutiques et des restaurants bordaient le quai, face à une rangée de pontons de bois qui s'enfonçaient dans la baie, à l'embouchure de l'estuaire marécageux. On devinait les eaux lumineuses de l'océan au-delà des herbiers qui se balançaient au gré du vent. Constance n'aurait jamais imaginé vivre dans un tel endroit, mais la visite n'en était pas moins intéressante.

À l'orée du quai se dressait la silhouette d'un snack spécialisé dans les fruits de mer, à la façade ornée d'un panneau peint à la main sur lequel dansaient un homard et une palourde au son d'un orchestre de moules.

— Deux sandwichs au homard, je vous prie, commanda Pendergast en s'approchant du comptoir.

On leur servit presque aussitôt d'énormes portions de homard nageant dans une sauce crémeuse, le tout servi dans un hot-dog dégoulinant de beurre, au creux d'une barquette en carton.

— Ça se mange ? s'inquiéta Constance.

— Vous me voyez perplexe.

Un véhicule de police noir et blanc s'engagea sur le parking voisin et contourna le bâtiment. Elle ralentit et son conducteur, un homme massif en uniforme, les observa longuement avant de s'éloigner, un sourire entendu aux lèvres.

— Le chef de la police municipale en personne, remarqua Pendergast en se débarrassant de son sandwich intact dans la poubelle la plus proche.

— Notre présence semble l'égayer.

— En effet. Et je ne serais pas surpris que nous apprenions très vite les raisons de cet amusement.

Ils avaient regagné la rue principale lorsque Constance remarqua la présence d'un PV flottant au vent sur le pare-brise de la Porsche. Pendergast s'en empara et l'examina.

— Je me suis apparemment garé à cheval sur deux emplacements. Une négligence bien coupable, en vérité.

D'un coup d'œil, Constance constata que la décapotable chevauchait effectivement deux rectangles tracés à la peinture blanche.

— La rue est quasiment déserte, nota-t-elle.

— La loi est la loi.

Pendergast fourra l'amende dans la poche de sa veste et s'installa au volant tandis que sa compagne prenait place à côté de lui. Il mit le contact et remonta la rue sur toute sa longueur. Quelques instants plus tard, les échoppes du centre-ville cédaient la place à de petites maisons en bois. La route longeait des prés bordés de vieux chênes et débouchait sur une hauteur surplombant les eaux de l'Atlantique. Constance distingua un peu plus haut le phare d'Exmouth, une tour blanche surmontée d'un toit noir dont la silhouette se découpait dans le bleu du ciel. La maison du gardien, posée au pied du phare, évoquait par son allure austère les tableaux d'Andrew Wyeth.

Constance distingua bientôt plusieurs sculptures, éparpillées dans un champ perché sur la falaise. Des blocs de granit dont émergeaient les silhouettes polies de visages, de corps et de créatures marines mythologiques. Elle se fit la réflexion que l'endroit était curieux pour y installer un tel jardin.

Pendergast arrêta la décapotable sur l'allée de gravillons qui longeait la maison. Les deux voyageurs descendaient de voiture lorsque Percival Lake apparut sur le seuil. Il les rejoignit à grandes enjambées.

— Soyez les bienvenus ! Seigneur, vous ne vous déplacez pas n'importe comment ! Sauf erreur de ma part, il s'agit d'une Spyder 550 de 1955, déclara-t-il en descendant les marches.

— De 1954, le corrigea Pendergast. Cette voiture appartenait à ma défunte épouse. J'avoue préférer voyager dans des véhicules plus confortables, mais mon associée, Mlle Greene, a insisté pour que nous la prenions.

— C'est faux, intervint l'intéressée.

— Votre associée, répéta leur hôte en la dévisageant d'un air ironique, sourcils haussés. Ravi de vous revoir.

Constance, rebutée, serra sans entrain la main qu'il lui tendait.

— Commençons par visiter le lieu où s'est produit le vol, suggéra Pendergast.

— Vous ne perdez guère de temps.

— Dans toute enquête criminelle, le rapport est inversement proportionnel entre l'intérêt d'un indice et le temps qu'il a fallu avant de l'examiner.

— Très bien.

Lake conduisit ses visiteurs à l'intérieur de la maison. Ils traversèrent une entrée et un salon offrant une vue à couper le souffle sur l'océan. La vieille maison était admirablement entretenue. Bien aérée, elle laissait pénétrer une légère brise de mer qui gonflait les rideaux de dentelle. Ils entrèrent dans la cuisine où une accorte blonde décolorée, la trentaine mince, épluchait des carottes.

— Et voici *mon* associée, Carole Hinterwasser, précisa Lake. Carole, je te présente l'inspecteur Pendergast et Constance Greene. Ils sont venus enquêter sur le vol de ma cave à vin.

La jeune femme tourna vers eux un visage souriant, dévoilant deux rangées de dents blanches. Elle s'essuya les mains avec un torchon et serra la main des deux visiteurs.

— Veuillez m'excuser, je suis en train de préparer une mirepoix. Je suis si heureuse que vous ayez pu venir ! Perce a été anéanti par ce vol. Il tenait tellement à cette cave, bien au-delà de sa valeur marchande.

— Vraiment ? dit Pendergast dont le regard argenté détaillait chaque recoin.

— Suivez-moi, leur proposa Lake.

Une étroite porte s'ouvrait au fond de la cuisine. Lake la tira et fit basculer un commutateur, éclairant un escalier brinquebalant qui s'enfonçait dans l'obscurité. Une odeur de pierre et d'humus monta jusqu'à eux.

— Prenez garde, avertit le sculpteur. Les marches sont très raides.

Ils empruntèrent un dédale aux murs de pierre recouverts de salpêtre. Le sol avait été taillé à même la roche. Ils passèrent devant une alcôve contenant une chaudière et un ballon d'eau chaude, dépassèrent une pièce remplie d'outils, de sacs de sable, de combinaisons de travail et de matériel de polissage.

Au détour du couloir leur apparut la pièce principale du cellier. L'un des murs était recouvert, du sol au plafond, d'étagères à vin vides. De vieilles étiquettes jaunes, échappées des rayonnages en bois, jonchaient le sol au milieu d'un océan de tessons de bouteilles, dans une odeur de vin entêtante.

Pendergast ramassa un morceau de verre recouvert d'une étiquette.

— Château Latour, 1961. Vos voleurs se sont montrés particulièrement maladroits.

— Ces crétins ont tout salopé.

Pendergast s'agenouilla au pied de l'étagère la plus proche afin de l'examiner à la lueur d'une lampe de poche.

— Parlez-moi du week-end au cours duquel a eu lieu le cambriolage.

— Nous nous trouvions à Boston, Carole et moi. Nous y allons souvent dîner, écouter un concert ou visiter un musée, histoire de recharger les batteries. Nous sommes partis vendredi après-midi pour rentrer dimanche soir.

Le faisceau de la lampe dessinait des arabesques sur les étagères.

— Qui était au courant de votre absence ?

— À peu près tout le village, j'imagine. On passe forcément en ville pour sortir, et Exmouth est un trou, comme vous avez pu le constater. Tout le monde sait que nous nous rendons régulièrement à Boston.

— Vous m'avez parlé d'une fenêtre cassée. J'imagine que la maison était fermée à clé ?

— Oui.

— Disposez-vous d'une alarme ?

— Non. J'imagine qu'avec le recul ça doit vous sembler ridicule. À ceci près que la criminalité est quasi inexistante ici. Je serais bien en peine de vous dire quand a eu lieu le dernier cambriolage à Exmouth.

L'inspecteur tira de son costume une éprouvette et une pince à épiler à l'aide de laquelle il récupéra une poussière sur l'un des rayonnages à vin avant de l'enfermer dans l'éprouvette.

— De quand date cette maison ? s'enquit-il.

— C'est l'une des plus vieilles au nord de Salem. Ainsi que je vous l'ai expliqué, il s'agissait de l'habitation réservée au gardien du phare. Le bâtiment d'origine a été érigé en 1704, plusieurs ajouts sont venus plus tardivement. Nous l'avons achetée avec ma femme avant de réaliser des travaux à notre rythme. Mon métier de sculpteur m'autorise à travailler n'importe où, et nous avions trouvé l'endroit idyllique, loin des sentiers battus tout en restant proche de Boston. Un lieu aussi charmant que sauvage. Sans parler de la qualité du granit local. On trouve une carrière de l'autre côté des marais. Une partie du granit rose du Muséum d'histoire naturelle de New York provient de là. Une pierre magnifique.

— Je serais heureux de visiter votre parc de sculptures à l'occasion.

— Avec plaisir ! Je serai ravi de vous montrer mon travail. J'imagine que vous êtes descendus à l'auberge ?

Pendant que Lake s'extasiait sur le granit local, Pendergast poursuivait ses explorations à genoux sous le regard attentif de Constance, sans hésiter à salir le pantalon de son costume, à la recherche d'indices sur le sol rocheux.

— Où se trouvent les bouteilles de Braquilanges ? Dans la caisse que j'aperçois là-bas ?

— Oui, Dieu soit loué, ils ne l'ont pas vue !

Pendergast se releva, une expression étrange sur ses traits pâles. Il s'approcha du précieux vin posé dans un coin, dans une caisse en bois aux armes du château. Le couvercle n'était pas cloué et il le souleva afin de regarder à l'intérieur. Il sortit l'une des bouteilles avec d'infinies précautions en la tenant dans ses bras comme s'il s'agissait d'un nouveau-né.

— Qui l'eût cru ? murmura-t-il.

Il reposa délicatement le flacon et regagna les étagères vides en faisant crisser les éclats de verre sous ses semelles. Il s'intéressa cette fois aux rayonnages supérieurs. Il préleva quelques échantillons, fit courir le faisceau de sa lampe au plafond, puis le long du sol, à l'endroit où étaient fixées les étagères. Soudain, il agrippa les deux montants de bois qui maintenaient les rayonnages et les tira de toutes ses forces. Le bois céda avec un craquement, révélant un mur de pierre taillée.

— À quoi donc jouez-… ? s'exclama Lake avant de se taire sous l'effet de la surprise.

Pendergast, ignorant son étonnement, arracha de plus belle les étagères à vin jusqu'à ce que la paroi soit à nu. Muni d'un canif, il en glissa la lame entre deux pierres et entreprit de gratter le mortier. La première pierre dégagée, il la retira, la posa précautionneusement sur le sol et éclaira le trou à l'aide de sa lampe de poche. Constance découvrit avec stupéfaction une cavité.

— Nom de Dieu, balbutia Lake en s'approchant.

— Reculez, lui ordonna sèchement Pendergast.

Il enfila une paire de gants en caoutchouc qu'il avait sortie de sa poche, puis il ôta sa veste et l'étala sur le sol couvert de poussière avant d'y déposer la pierre. Il entreprit alors d'en dégager une deuxième, puis une troisième, qu'il plaça l'une après l'autre à côté de la première. Constance fit la grimace. Le précieux costume, commandé sur mesure à un tailleur anglais, était perdu à jamais.

Une niche apparut bientôt. Elle était vide, à l'exception de chaînes scellées à même la pierre, en haut et en bas, d'où pendaient des fers pour les chevilles et les poignets. Constance contempla cet étrange spectacle avec détachement, pour s'être familiarisée de longue date avec les instruments de torture qui reposaient dans les souterrains de la demeure de Pendergast, sur

Riverside Drive. L'inspecteur paraissait plus livide qu'à l'accoutumée.

— Je suis stupéfait, déclara Lake. Je n'avais pas la moindre idée...

— Veuillez garder le silence, l'interrompit Constance. Mon tuteur... je veux dire M. Pendergast est occupé.

Pendergast poursuivit sa tâche jusqu'à ce que la niche tout entière soit dégagée. D'une hauteur d'un mètre quatre-vingts sur un mètre de large et autant de profondeur, elle datait des origines de la maison. Sans aucun doute possible, elle avait été conçue pour accueillir un être humain. Les fers des chevilles et des poignets, collés par la rouille, étaient vides de tout squelette. La niche était d'une propreté absolue. Pas un grain de poussière ne s'y était déposé.

Pendergast s'agenouilla à l'intérieur de l'alcôve et sonda jusqu'à la moindre fissure à l'aide de sa pince à épiler, une loupe à la main, prêt à recueillir des indices éventuels dans une éprouvette. Constance le regarda s'activer pendant dix minutes sans rien trouver d'intéressant, puis il reporta son attention sur le sol de la niche. Lake, qui suivait chacun de ses mouvements, avait toutes les peines du monde à conserver le silence.

— Ah ! s'exclama enfin Pendergast.

Il se redressa en tenant entre les mâchoires de sa pince à épiler ce qui ressemblait à un os minuscule. Il ajusta sur son œil la loupe grossissante afin de l'examiner longuement, puis il s'agenouilla de nouveau, dans un geste presque religieux, et observa la face arrière des pierres qu'il avait retirées en s'aidant de la torche et de la loupe.

Alors, il releva la tête et arrêta son regard argenté sur Constance.

— Qu'avez-vous découvert ? l'interrogea-t-elle.

— Vos vacances sont terminées.

— Que voulez-vous dire ?

— Il ne s'agit pas d'un simple vol de vin. Nous sommes en présence d'une affaire autrement plus grave. Vous ne pouvez pas rester ici, vous devez regagner Riverside Drive sans attendre.

3

Constance dévisagea longuement le visage couvert de poussière de Pendergast avant de se décider à réagir :

— Trop dangereux, dites-vous ? Pour moi ? Aloysius, vous oubliez à qui vous vous adressez.

— Pas le moins du monde.

— Dans ce cas, daignez m'expliquer.

— J'y compte bien.

Il déposa le petit os dans l'éprouvette qu'il boucha avant de la tendre à Constance.

— Tenez.

Elle la prit, en même temps que la loupe.

— Il s'agit de la phalange distale de l'index gauche d'un être humain. Vous noterez que l'extrémité de l'os est ébréchée, râpée et fracturée. Des lésions intervenues *peri-mortem*, c'est-à-dire vers le moment du décès.

— Je vois, acquiesça-t-elle en lui rendant l'éprouvette.

— À présent, si vous le voulez bien, observons les pierres de ce mur, proposa-t-il en faisant

pivoter le faisceau de sa torche. Je les ai disposées sur ma veste telles qu'elles étaient scellées,
leur face arrière tournée vers nous. Vous remarquerez ces rainures profondes, ces stries, ainsi
que ces taches d'un liquide sombre.

Elle approcha son visage afin d'examiner les
traces qu'il effleurait du faisceau de la lampe.

— Qu'en déduisez-vous ? insista-t-il.

Constance avait déjà deviné.

— J'en déduis qu'un individu a été enchaîné
et emmuré vivant dans cette niche et qu'il a
tenté de s'en échapper en grattant la paroi avec
ses ongles.

Un sourire sans joie étira les lèvres de
Pendergast.

— Excellent.

— C'est atroce, s'interposa Lake, choqué par
ce qu'il venait d'entendre. Tout simplement
atroce. Si je m'étais douté ! Mais... comment
avez-vous deviné l'existence de cette niche ?

— Les cambrioleurs ne se sont pas emparés
des bouteilles de Braquilanges. C'était un premier
indice. Quiconque se donne la peine de cambrio-
ler une cave à vin connaît forcément la valeur
d'un cru aussi légendaire. En outre, des voleurs
de vin n'auraient jamais commis la maladresse
de casser un magnum de Château Latour 1961,
d'un coût probablement supérieur à quinze mille
dollars, enchaîna Pendergast en désignant les tessons de verre éparpillés sur le sol. Tout en ayant
la conviction que nous avions bien affaire à des
cambrioleurs, j'ai compris qu'il ne s'agissait pas
de voleurs de vin. Non, ces gens étaient venus

chercher un butin autrement plus précieux, du moins à leurs yeux. Ce raisonnement m'a conduit à examiner de plus près le mur situé derrière les étagères. Des traces encore fraîches m'ont permis de découvrir cette niche.

Lake lança un coup d'œil timide en direction de l'alcôve.

— Ce cambriolage n'était donc qu'une mise en scène destinée à... à extraire le squelette qui se trouvait là ?

— Indubitablement, répondit Pendergast en tapotant du doigt l'éprouvette contenant le petit os.

— Dieu du ciel !

— Il s'agit de toute évidence d'un crime ancien. Il n'en reste pas moins que ceux qui ont récupéré ce squelette étaient au courant. Soit ils avaient l'intention de couvrir ce crime, soit ils voulaient récupérer un objet oublié dans cette niche, ou peut-être les deux. Ils se sont donné beaucoup de mal pour dissimuler leur forfait. Dommage pour eux qu'ils aient laissé cet ossement par mégarde. Je ne doute pas que cet indice se montre éloquent.

— Vous parliez de danger ? intervint Constance.

— Ma chère Constance ! Ce crime est l'œuvre d'autochtones, tout du moins de personnes possédant une solide connaissance historique de la ville. J'ai la conviction que les individus concernés recherchaient un objet de grande valeur. Se voyant dans l'obligation de déplacer les étagères, sans espoir que l'opération passe inaperçue, ils ont mis en scène ce cambriolage.

— Ils ? s'étonna Lake. Vous pensez qu'ils étaient plusieurs ?

— Simple présomption de ma part, sachant que l'opération était difficilement réalisable par un seul individu.

— Vous ne m'avez toujours pas dit en quoi consiste le danger, insista Constance.

— Le danger provient du fait que j'ai l'intention d'enquêter sur cette affaire. Quels que soient les coupables, ils pourraient bien se défendre.

— Vous me croyez donc si vulnérable ?

Le silence obstiné de Pendergast indiqua à Constance qu'il ne lui répondrait pas.

— Le seul véritable danger est celui que courent ces criminels s'ils commettent l'erreur de croiser le fer avec vous, reprit-elle d'une voix grave. Car ils auront également affaire à *moi*.

Pendergast secoua la tête.

— En toute franchise, c'est là ma crainte principale.

Il prit un air pensif.

— Si je vous autorise à rester, vous allez devoir apprendre à vous… contrôler.

Constance ignora la remarque.

— Je suis certaine que mon aide vous sera de la plus grande utilité, notamment en regard des aspects historiques de cette affaire. Il ne fait aucun doute qu'elle touche à des faits anciens.

— Vous marquez un point, votre aide pourrait m'être précieuse. Mais, de grâce, abstenez-vous de toute initiative intempestive. L'exemple de Corrie m'en a guéri.

— Je ne suis pas Corrie Swanson, Dieu m'en garde.

Le silence retomba dans la cave.

— Bien, se décida soudain Lake. Je vous invite à quitter ce sous-sol humide pour prendre un verre et discuter de la suite tout en admirant le coucher du soleil. J'avoue être stupéfait de cette découverte pour le moins macabre, mais fascinante.

— Fascinante, en effet, approuva Pendergast. Et plus périlleuse encore. Ne vous avisez pas de l'oublier, monsieur Lake.

*
* *

Quelques minutes plus tard, le trio s'installait sur la galerie de la maison, face à l'océan. Le soleil couchant projetait des traînées violettes, orange et écarlates sur les bancs de nuages qui obscurcissaient l'horizon. Lake déboucha une bouteille de Veuve Clicquot.

Pendergast accepta la flûte qu'il lui tendait.

— Monsieur Lake, si vous n'y voyez pas d'inconvénient, j'ai quelques questions à vous poser.

— Vos questions sont les bienvenues, mais le « monsieur Lake » me dérange. Appelez-moi donc Perce.

— Mes origines sudistes m'incitent à préserver entre nous un certain degré de formalisme.

Lake leva les yeux au ciel.

— Très bien, si ça vous chante.

— Je vous remercie. Vous avez fait allusion au fait que la police ne s'était pas montrée très empressée. Qu'ont fait les enquêteurs, jusqu'à présent ?

— Rien de rien ! Il n'y a que deux flics ici : le chef de la police municipale et un jeune sergent. Ils sont venus, ils ont regardé partout pendant un quart d'heure en prenant quelques photos, et c'est tout. Ils n'ont même pas relevé les empreintes, rien du tout.

— Que savez-vous d'eux ?

— Le chef, Mourdock, est bête à manger du foin. Il se croit en vacances depuis son arrivée ici, après avoir travaillé dans la police de Boston. C'est un crétin cossard, en particulier maintenant qu'il est à six mois de la retraite.

— Qu'en est-il de son adjoint, ce jeune sergent ?

— Gavin ? Il est plus malin que son patron. Je ne crois pas que ce soit un mauvais bougre, mais il obéit à Mourdock au doigt et à l'œil.

Constance, remarquant que Lake hésitait à poursuivre, l'aiguillonna :

— Le chef de la police est incontestablement au courant de notre présence ici. Je me trompe ?

— Je crois avoir commis une gaffe l'autre jour. Mourdock m'énervait tellement, je lui ai dit que j'avais l'intention d'engager un détective privé.

— Quelle a été sa réaction ? s'enquit Pendergast.

— Il a proféré des menaces.

— Quel genre de menaces ?

— Il m'a promis que si d'aventure un privé mettait le pied en ville, il l'arrêterait sans hésiter. Je doute qu'il passe à l'acte, mais il ne vous facilitera pas la tâche. Je suis désolé, j'aurais été mieux avisé de me taire.

— À compter d'aujourd'hui, ne dites plus rien à personne. En particulier au sujet de notre découverte.

— Je vous le promets.

Pendergast trempa les lèvres dans sa flûte de champagne.

— En attendant, que savez-vous précisément du passé de cette maison et de ses occupants ?

— Mes connaissances en la matière sont limitées. Cette maison a servi de résidence aux gardiens du phare jusque dans les années 1930, lorsque le système a été automatisé. Plus personne ne s'est occupé de la maison, elle était quasiment à l'état de ruine lorsque je l'ai achetée.

— Qu'en est-il du phare ? Continue-t-il de fonctionner ?

— Bien sûr. Il se met en route tous les soirs à la tombée du jour. Il n'est plus d'aucune utilité aux marins, mais tous les phares de la Nouvelle-Angleterre restent en activité, pour leur pittoresque. Le phare lui-même ne m'appartient pas, il est la propriété des garde-côtes et relève de la Fondation américaine des phares, qui assure son entretien. Il est équipé d'une lentille de Fresnel de quatrième ordre qui envoie des éclats de lumière blanche à neuf secondes d'intervalle. La société d'histoire locale possède la liste complète de tous les gardiens affectés au phare depuis sa création.

Pendergast adressa un coup d'œil à Constance.

— Ce sera votre première mission : découvrir qui veillait sur ce phare à l'époque où cette atrocité a été commise. Je ferai analyser cet os de doigt afin d'obtenir une datation précise.

Constance hocha la tête en signe d'assentiment. Pendergast se tourna vers Lake.

— Que pouvez-vous me dire de l'histoire de cette ville ? Un détail susceptible de nous éclairer sur l'existence de cette crypte souterraine ?

Lake répondit non de la tête en passant dans sa crinière blanche une grosse main veinée de bleu.

— Depuis le début du XVIIIe siècle, Exmouth est un village de pêcheurs, pour beaucoup spécialisés dans la pêche à la baleine. Je ne sais pas quel brillant esprit a choisi le premier de s'installer au cœur de ces marais, mais c'était une piètre idée. La région grouille de mouches à cheval. En dehors de la pêche qui a longtemps été une activité lucrative, l'endroit n'a jamais réussi à s'imposer en tant que station balnéaire, à l'inverse de Rockport ou de Marblehead.

— Des mouches à cheval ? répéta Pendergast.

— Des taons de la pire espèce. *Tabanus nigrovittatus*. Ce sont les femelles qui mordent et se nourrissent de sang. Ainsi qu'on pouvait s'en douter.

— Naturellement, intervint Constance d'une voix sèche. Les femelles sont toujours les seules à travailler.

— Touché ! s'écria Lake dans un éclat de rire.

— L'histoire de la ville est-elle marquée par quelque légende ? Des rumeurs, des meurtres, des intrigues en tout genre ?

— Toutes les histoires auxquelles on peut s'attendre, étant donné la proximité de Salem. On raconte que des sorcières et des sorciers se sont établis dans le coin vers 1690, dans l'espoir d'échapper à un procès. De simples bêtises. Exmouth est un vieux village de pêcheurs de Nouvelle-Angleterre, rien d'autre. Les quartiers ouest, à savoir l'ancienne Dill Town intégrée à Exmouth dans les années 1940, sont un peu plus agités. Ce sont les quartiers chauds, si vous voulez.

Il s'interrompit le temps d'avaler une longue gorgée de champagne.

— La découverte d'une salle de torture dans ma cave m'a secoué. J'ai encore du mal à y croire. Ça me fait penser à cette terrible nouvelle de Poe, *La Barrique d'amontillado*. Vous pensez vraiment que cette niche renfermait un objet de valeur ? Un trésor de pirate, peut-être ? Un coffre rempli d'or gardé par un squelette ?

— Il est trop tôt pour émettre une telle hypothèse.

Lake se tourna vers Constance, une lueur amusée dans les yeux.

— Qu'en dites-vous ? Des suppositions ?

Elle lui retourna son regard.

— Non. En revanche, une phrase me vient spontanément à l'esprit.

— Laquelle ?

— *Pour l'amour de Dieu, Montrésor !*

Pendergast lui adressa un regard courroucé, puis se tourna vers Lake dont les traits étaient devenus livides.

— Je vous prie d'excuser mon associée. Elle possède un sens de l'humour assez mordant.

Constance accueillit la remarque en lissant sa robe d'un geste compassé.

4

Pendergast gara la Porsche, dont il avait rabattu la capote en hommage au soleil de cette fin de matinée, le long du trottoir de Main Street.

— J'avoue mon inculture en matière automobile, remarqua Constance en descendant de voiture, mais vous vous êtes à nouveau garé à cheval sur deux emplacements.

Pendergast se contenta d'un sourire.

— Commençons par procéder à quelques emplettes.

— Vous n'êtes pas sérieux.

— Constance, si vous souhaitez mener une enquête à mes côtés, vous allez devoir apprendre à ne pas discuter le moindre de mes actes. Tenez ! J'aperçois de ravissantes chemises hawaïennes dans cette vitrine. La chance nous sourit, elles sont en solde !

Elle le suivit à l'intérieur de la boutique et feignit de s'intéresser à des chaussures de tennis blanches pendant que Pendergast choisissait au hasard plusieurs chemises criardes. Elle l'entendit s'entretenir avec la vendeuse, lui demander si la présence dans la vitrine d'une caméra de surveillance était réellement indispensable.

Constance fronça les sourcils en entendant tinter le tiroir-caisse. Elle voulait bien croire à la nécessité de prendre le pouls de la ville, mais la technique de Pendergast lui paraissait curieuse. Il aurait été plus judicieux de consulter la liste des gardiens de phare dans les archives de la société d'histoire, ou bien encore de dater au carbone 14 le fragment de doigt.

Ses achats à la main, Pendergast se planta sur le seuil de la boutique en consultant sa montre.

— Combien de mètres de cet affreux tissu avez-vous achetés ? l'interrogea Constance en attardant son regard sur le sac.

— Je n'y ai pas prêté attention. Patientons ici quelques instants, si vous le voulez bien.

Elle le dévisagea avec curiosité. Peut-être était-ce le fruit de son imagination, mais il semblait attendre la suite des événements avec impatience.

Au même instant, la voiture de police s'engagea lentement sur la grand-rue.

Pendergast regarda à nouveau sa montre.

— La ponctualité est décidément une qualité des habitants de la Nouvelle-Angleterre, remarqua-t-il.

Le véhicule ralentit et s'arrêta le long du trottoir. Constance vit descendre de voiture l'individu aperçu la veille. Il avait tout d'une vedette de football universitaire des années 1950 : coupe en brosse, cou de taureau, mâchoire carrée, le tout posé sur une carcasse épaisse. Il remonta la ceinture de son pantalon dans un grand bruit de quincaillerie, fit le tour de la Porsche, puis tira un carnet à souche de sa poche et entreprit de rédiger un PV.

Pendergast s'approcha.

— Puis-je vous demander la nature du problème ?

Le policier se retourna et sa bouche molle s'étira en un sourire.

— Vous n'apprenez pas vite, vous.

— Que voulez-vous dire ?

— Vous êtes à nouveau garé à cheval sur deux emplacements. Il faut croire que le premier PV ne vous a pas suffi.

— Celui-ci ? demanda Pendergast en sortant de sa poche le papillon de la veille.

— Exactement.

Pour toute réponse, Pendergast déchira la feuille et fourra les deux moitiés dans sa poche.

Le chef de la police fronça les sourcils.

— Joli.

Constance frémit en l'entendant s'exprimer avec un fort accent de South Boston, l'un des plus insupportables de la langue anglaise. Pendergast adorait jouer les provocateurs et la suite promettait d'être amusante. Il lui suffirait d'exhiber au meilleur moment son badge du FBI pour remettre à sa place ce flic venimeux.

Le policier finit de rédiger son PV et le glissa sous l'essuie-glace de la Porsche.

— En voilà un tout neuf que vous allez pouvoir déchirer, déclara-t-il avec un mauvais sourire.

— Avec plaisir, rétorqua Pendergast, qui s'exécuta sans attendre.

— Vous pouvez les déchirer tant que vous voulez, il faudra bien finir par les payer, commenta le chef de la police municipale en se penchant vers son interlocuteur. Un petit conseil, en passant. Je n'aime pas beaucoup qu'un privé à la mords-moi-le-nœud vienne piétiner mes plates-bandes. Alors faites attention à vous.

— Mon métier de détective ne vous autorise nullement à me traiter de privé à la mords-moi-le-nœud, répliqua Pendergast.

— Toutes mes excuses, *monsieur le privé à la mords-moi-le-nœud*.

— Un vol de vin de plusieurs centaines de milliers de dollars a été commis dans cette ville, déclara Pendergast avec emphase. Il s'agit d'un délit caractérisé. La police locale n'étant pas capable, ou désireuse, de mener l'enquête, on m'a demandé de m'y intéresser.

Le policier fronça les sourcils. En dépit de la fraîcheur automnale, des perles de transpiration étaient apparues sur son front gras.

— Vous savez quoi ? J'ai l'intention de vous tenir à l'œil. Au moindre faux pas, je vous vire de cette ville si vite que vous en aurez le tournis. C'est compris ?

— Parfaitement. En attendant, je vous invite à continuer à protéger la ville contre les automobilistes mal garés pendant que j'enquête sur un délit caractérisé.

— Vous êtes un petit rigolo, vous.

— Je me contentais d'énoncer un fait, je ne plaisantais nullement.

— Alors, un autre fait : la prochaine fois que vous vous garez à cheval sur deux emplacements, j'appelle la fourrière.

Il caressa la carrosserie de la Porsche d'un doigt boudiné.

— Maintenant, veuillez vous garer correctement.

— Tout de suite, vous voulez dire ?

Le flic, la respiration courte, commençait à perdre patience.

— Tout de suite, répéta-t-il.

Pendergast prit place derrière le volant et s'arrêta trop tôt, le pare-chocs arrière au niveau de la bande blanche.

Il descendit de voiture.

— Voilà.

Le flic le fusilla du regard.

— Vous dépassez encore.

Pendergast gagna l'arrière de la Porsche et examina longuement le pare-chocs et la bande blanche, le front plissé.

— Je suis *sur* la bande blanche, mais je ne la dépasse pas. En outre, je vous ferai remarquer qu'il ne manque pas d'emplacements libres dans cette rue. Qui cela peut-il bien gêner ?

Le souffle du policier se fit rauque.

— Vous vous croyez drôle, espèce de petit connard ?

— Vous me traitez de « privé à la mords-moi-le-nœud », et maintenant de « connard » ? Je loue votre sens poétique, mais vous semblez oublier que vous êtes en présence d'une femme. Votre mère aurait été mieux inspirée de savonner plus souvent l'orifice qui vous sert de bouche.

Ce n'était pas la première fois que Constance assistait à l'une des provocations de Pendergast, mais elle l'avait rarement vu aussi agressif. Restait à savoir pour quelle raison il choisissait d'entamer son enquête en se mettant à dos le chef de la police locale.

Ce dernier fit un pas en avant.

— OK, j'en ai assez. Dégagez de ma ville. *Immédiatement*. Vous remontez dans votre bagnole de tarlouze et vous vous cassez avec votre copine.

— Ou bien ?

— Ou bien je vous coffre pour vagabondage et trouble à l'ordre public.

Contre toute attente, Pendergast éclata de rire.

— C'est gentil de votre part, mais je compte rester ici aussi longtemps qu'il me plaira. Je suis même impatient de voir le match de base-ball à l'auberge, ce soir. Match au cours duquel les Yankees de New York ne manqueront pas de reléguer définitivement les Red Sox de Boston en queue de classement.

Un silence inquiétant vint conclure la diatribe de Pendergast. Le policier décrocha avec le plus grand calme la paire de menottes pendue à sa ceinture.

— Veuillez mettre les mains dans le dos et vous retourner, monsieur.

Pendergast s'exécuta sans l'ombre d'une hésitation et le chef de la police serra les bracelets d'acier autour de ses poignets.

— Si vous voulez bien m'accompagner, *monsieur*, déclara-t-il en poussant Pendergast vers la voiture de patrouille.

Constance, qui s'attendait à ce que son compagnon se défende et sorte son badge, fut surprise de le voir rester sans réaction.

— Une minute, apostropha-t-elle le flic d'une voix sourde.

Celui-ci se retourna d'un bloc.

— Si vous vous entêtez, s'écria-t-elle, vous risquez fort de le regretter jusqu'à la fin de vos jours.

Le policier ouvrit de grands yeux faussement apeurés.

— Vous me menacez ?

— Constance ? intervint Pendergast d'une voix aimable qui n'en dissimulait pas moins un avertissement.

Mais cette dernière ne quittait pas le policier du regard.

— Je ne vous menace nullement. Je me contente de vous prédire un avenir tristement humiliant.

— Et qui donc m'humilierait, exactement ? *Vous ?*

— Constance ? répéta Pendergast, un peu plus fort cette fois.

Elle eut toutes les peines du monde à brider sa colère.

— Salope, marmonna le flic avant de lui tourner le dos et d'emmener jusqu'à sa voiture de patrouille un Pendergast parfaitement docile.

Il ouvrit la portière et poussa son prisonnier sur la banquette arrière en appuyant une main grasse sur son crâne.

— N'oubliez pas de prendre le chéquier pour le règlement de ma caution, recommanda Pendergast à Constance tout en sortant difficilement de sa poche les clés de la Porsche avant de les lui lancer tant bien que mal.

Constance suivit des yeux la voiture de patrouille qui démarrait dans un crissement de pneus et s'éloignait sur la grand-rue. Elle s'appliqua à calmer sa respiration et attendit que se dissipe le voile rouge qui lui brouillait la vue. Elle reprit soudain ses esprits en se souvenant que les clés de la décapotable ne lui servaient à rien, puisqu'elle ne possédait pas le permis.

5

Les locaux de la police d'Exmouth se trouvaient dans un charmant bâtiment de brique à l'autre extrémité de la petite ville.

— Veillez à vous garer sur un emplacement matérialisé, recommanda Constance au jeune homme qu'elle avait recruté pour traverser la bourgade.

Elle se tenait sur le trottoir, perplexe, lorsqu'elle l'avait vu admirer la Porsche. Elle lui avait aussitôt proposé de prendre le volant et il ne s'était pas fait prier. C'est seulement en prenant place dans la décapotable à côté du jeune homme qu'elle avait remarqué l'odeur de poisson qui s'échappait de ses vêtements.

Il se rangea devant le bâtiment et tira le frein à main.

— Waouh, souffla-t-il. J'arrive pas à y croire. Quel engin !

Il se tourna vers elle.

— Où avez-vous trouvé cette bagnole ?

— Elle ne m'appartient pas. Je vous remercie infiniment de votre courtoisie. Je ne vous retiens pas.

Elle comprit, à la façon dont il la détaillait, qu'il n'avait pas prêté attention à elle jusque-là. C'était un garçon musclé au regard honnête, une alliance à l'annulaire gauche.

— Si jamais vous êtes libre plus tard...

— Ce n'est pas le cas, et vous n'êtes pas libre non plus, l'arrêta-t-elle en lui prenant la clé des mains.

Elle descendit de la voiture et se dirigea vers le poste de police en le laissant figé sur place.

Le hall d'accueil, d'une propreté inattendue, était orné d'un portrait du gouverneur et de son adjoint. Un grand drapeau américain à franges dorées était accroché dans un coin de la pièce, près d'un mur lambrissé couvert de plaques commémoratives et de récompenses. Une femme minuscule, installée derrière un bureau, s'activait en répondant au téléphone. De la pièce voisine s'échappait le son d'un téléviseur diffusant une émission de jeu.

— Puis-je vous aider ? s'enquit la femme.

— Je suis venue... euh, régler la caution de M. Pendergast.

La femme posa sur elle un regard empreint de curiosité.

— On est en train de prendre sa déposition. Asseyez-vous, je vous prie. Comment vous appelez-vous ?

— Constance Greene, répondit-elle en lissant sa longue robe avant de prendre un siège.

Un jeune policier venu des entrailles du bâtiment s'immobilisa en l'observant longuement. Qu'avaient donc tous les habitants de cette ville à la regarder de la sorte ? Le sergent, joli garçon au teint mat à l'italienne, rougit en voyant qu'elle le regardait. Il tendit un document à la femme de l'accueil et s'approcha de Constance.

— Vous êtes là pour Pendergast ?

— Oui.

Il fut pris d'une hésitation.

— Il en a probablement pour plusieurs heures.

Pourquoi diable Pendergast n'avait-il pas révélé sa fonction ?

— J'attendrai.

Le jeune flic s'éclipsa. La femme derrière son bureau observait à son tour Constance avec curiosité. La sentant prête à parler, Constance combattit sa réserve naturelle en se souvenant qu'elle menait une enquête. Elle lui adressa son sourire le plus avenant.

— D'où venez-vous ? lui demanda l'employée.

— De New York.

— Je ne savais pas qu'il y avait des amish à New York.

Constance ouvrit de grands yeux.

— Je ne suis pas amish.

— Oh, excusez-moi. J'ai cru, en vous voyant avec cette robe, et le monsieur en costume noir... J'espère ne pas vous avoir vexée.

— Pas du tout.

Constance étudia son interlocutrice. Celle-ci devait avoir la cinquantaine. Sa curiosité trahissait son envie d'échapper à la routine d'un métier ennuyeux. Selon toute probabilité, elle était au courant de tout ce qui se passait dans sa ville.

— Nous sommes un peu vieux jeu, c'est tout, se justifia Constance avec un nouveau sourire de circonstance.

— Vous êtes en vacances ?

— Non, nous sommes venus enquêter sur le cambriolage de la cave de Percival Lake.

Son explication fut accueillie par un silence.

— Ce monsieur en noir est détective privé ?

— Plus ou moins. Je suis son assistante.

La femme afficha brusquement sa gêne.

— Bien, bien…, balbutia-t-elle en s'intéressant soudain aux documents posés devant elle.

Constance regretta d'avoir révélé si vite le motif de leur présence à Exmouth. Elle tenta une autre approche.

— Vous travaillez ici depuis longtemps ? s'enquit-elle.

— Depuis vingt-six ans.

— C'est un métier qui vous plaît ?

— La ville est agréable. Les gens sont gentils.

— La criminalité est élevée, par ici ?

— Oh non, il n'y en a quasiment pas. Le dernier meurtre remonte à 1978.

— Quoi d'autre, alors ?

— Comme partout. Ce sont surtout des ados qui font des bêtises. Vandalisme, vol à l'étalage, consommation illégale d'alcool.

— Si je comprends bien, il est rare qu'on arrête quelqu'un pour vagabondage et trouble à l'ordre public.

La femme recoiffa sa permanente d'une main nerveuse.

— Je ne sais pas. Excusez-moi, mais j'ai du travail, répondit-elle en plongeant le nez dans ses dossiers.

Constance, contrariée, se demanda comment Pendergast s'y serait pris à sa place. Elle se promit de prêter plus d'attention à ses méthodes à l'avenir.

*
* *

L'après-midi touchait à sa fin lorsque le jeune sergent fit une nouvelle apparition. Il tendit des documents à l'employée de l'accueil.

— Mademoiselle Greene ? l'appela la femme.

Constance se leva.

— La caution a été fixée. Elle s'élève à cinq cents dollars.

Tandis que Constance rédigeait le chèque, la femme lui fournit les détails de la procédure, puis lui tendit un formulaire à signer.

— Il ne devrait plus tarder, promit-elle, les formalités terminées.

Elle ne se trompait pas. Cinq minutes plus tard, un Pendergast d'excellente humeur franchissait le seuil de la pièce. Le sac contenant les chemises hawaïennes semblait s'être évaporé.

— Excellent, excellent, déclara-t-il. Allons-y.

L'instant suivant, ils quittaient le bâtiment.

— Comment avez-vous réussi à conduire la voiture jusqu'ici ? s'étonna-t-il en voyant la Porsche.

En apprenant comment elle s'y était prise, il fronça les sourcils.

— Vous devriez savoir que cette bourgade abrite des individus dangereux.

— Croyez-moi, ce jeune homme n'en faisait pas partie.

Constance sentit monter en elle une bouffée d'agacement en prenant place dans la décapotable. Comme il tendait la main afin qu'elle lui donne la clé, elle resta de marbre.

— Aloysius.

— Oui ?

— À quel jeu jouez-vous ?

— Que voulez-vous dire ?

— Vous avez provoqué le chef de la police municipale en pleine connaissance de cause dans le seul but d'être arrêté. L'incident a eu lieu il y a plusieurs heures, j'en déduis que vous ne lui avez pas révélé votre appartenance au FBI.

— En effet.

— En quoi cette arrestation peut-elle contribuer à l'avancement de l'enquête ?

Pendergast lui posa une main sur l'épaule.

— Tout d'abord, je tiens à vous féliciter de votre sang-froid lors de notre rencontre avec le chef de la police. C'est un homme fort déplaisant. Votre question, à présent : cette arrestation va *grandement* aider notre enquête.

— Pourriez-vous m'expliquer en quoi ?

— Vous comprendrez en temps et en heure, je vous le promets.

— Votre nature impénétrable finira par me rendre folle.

— Patience ! À présent, je vous propose de retourner à l'auberge. J'y ai rendez-vous avec Percival Lake. Accepteriez-vous de vous joindre à nous pour le dîner ? Vous devez être affamée.

— Je dînerai dans ma chambre, je vous remercie.

— Fort bien. J'ose espérer que le repas sera moins décevant que le petit-déjeuner de ce matin.

Ils roulaient sur une route étroite coincée entre deux murets de pierre lorsque l'auberge du Capitaine Hull leur apparut derrière un rideau d'arbres. Le bâtiment, une ancienne maison d'armateur au toit gris et aux menuiseries blanches, dressait sa silhouette victorienne dans un pré bordé d'épais rosiers. Des rocking-chairs permettaient aux visiteurs d'admirer les eaux de l'Atlantique et le phare d'Exmouth depuis une véranda. Une douzaine de véhicules étaient garés sur le parking au sol recouvert de coquilles d'huîtres broyées. En découvrant sa chambre la veille, Constance lui avait trouvé une atmosphère désuète qui n'était pas pour lui déplaire.

— Quand doit avoir lieu votre procès ? demanda-t-elle à Pendergast. En général, les petites villes n'ont pas l'habitude de traîner en pareil cas.

— Il n'y aura pas de procès, répondit-il en la dévisageant afin d'observer sa réaction. Constance, je ne cherche nullement à me montrer cruel avec vous. Il se trouve que vous comprendrez mieux mes méthodes en laissant les événements suivre leur cours naturel.

Sur ces mots, il descendit de voiture et fit le tour de la décapotable afin d'ouvrir sa portière.

6

Percival Lake marqua un bref temps d'arrêt à l'entrée du restaurant de la Salle des cartes en cherchant Pendergast des yeux. L'inspecteur, costume noir et chemise blanche, faisait tache au milieu des convives en vestes à carreaux et costumes en seersucker. Lake avait souvent remarqué que les personnages les plus excentriques se préoccupaient essentiellement du regard d'autrui, ce qui n'était pas le cas de Pendergast, que l'opinion de ses semblables laissait indifférent.

Un bon point aux yeux du sculpteur.

Pendergast étudiait l'ardoise, le front plissé, la Salle des cartes n'ayant pas de menu fixe. Lake se frayait un chemin entre les tables lorsque l'inspecteur l'aperçut en relevant les yeux. Il se leva et les deux hommes se serrèrent la main.

— J'adore cet endroit, dit Lake en s'asseyant. Le plancher de vieux pin, les instruments de marine, la cheminée en pierre. Je trouve le lieu très confortable, tout particulièrement en cette saison. Ils font même du feu lorsque le froid s'installe.

— Cette pièce a tout d'un cercueil, remarqua Pendergast.

Lake laissa échapper un petit rire en tournant son regard vers l'ardoise.

— Leur sélection de vins est atroce, mais ils proposent un beau choix de bières artisanales. Je vous recommande chaudement...

— Je ne bois pas de bière.

La serveuse, une jeune femme aux cheveux courts d'un blond aussi clair que ceux de Pendergast, vint prendre la commande.

— Que puis-je vous proposer ? s'enquit-elle sur un ton enjoué.

Pendergast détailla en silence les bouteilles alignées derrière le bar. Il haussa brusquement ses sourcils presque blancs.

— Je vois que vous avez de l'absinthe.

— On a voulu tester.

— J'en prendrai une, s'il vous plaît. Merci de me l'apporter avec de l'eau de source, et non de l'eau du robinet. Vous me la servirez glacée, mais sans glace, avec quelques morceaux de sucre. Si vous disposiez d'une cuillère trouée et d'un verre à réservoir, ce serait parfait.

— Un verre à réservoir, répéta la serveuse en notant scrupuleusement les instructions. Je vais voir ce que je peux faire.

— Vous êtes prêt à passer la commande ? demanda Lake. Les palourdes frites sont une spécialité de la maison.

Pendergast lança un dernier coup d'œil en direction de l'ardoise avant de répondre :

— Tout à l'heure, peut-être.

— Dans ce cas, je prendrai une pinte de Riptide.

La serveuse s'éloigna et Lake se tourna vers son compagnon.

— Jolie fille. Elle est nouvelle ici.

Le sculpteur nota si peu d'intérêt chez Pendergast qu'il s'éclaircit la gorge, gêné.

— J'ai appris qu'on vous avait arrêté aujourd'hui. La nouvelle s'est répandue comme une traînée de poudre, on ne parle que de ça en ville.

— Vraiment ?

— Vous deviez avoir vos raisons.

— Naturellement.

La jeune serveuse, qui revenait avec les boissons, déposa devant Pendergast une cuillère ordinaire, un bol de glaçons, une petite carafe d'eau, et l'absinthe dans un grand verre.

— J'espère que ça vous ira, s'excusa-t-elle.

— Merci de ces efforts louables, répondit Pendergast.

— Une vraie expérience de chimie, remarqua Lake en voyant son compagnon entamer ses préparatifs.

— Vous ne croyez pas si bien dire.

Pendergast posa un morceau de sucre sur la cuillère, plaça celle-ci en équilibre sur les bords du verre et fit couler un mince filet d'eau sur le tout.

Le liquide vert se voila et un fort parfum anisé flotta jusqu'aux narines de Lake qui fit la grimace.

— Certains extraits de plantes huileux contenus dans l'absinthe se dissolvent dans l'alcool alors qu'ils sont difficilement solubles dans l'eau, lui expliqua Pendergast. Ils se séparent de la solution au moment où l'on ajoute l'eau, ce qui crée cette curieuse opalescence, cet effet *de louche*, ainsi que l'expriment les Français.

— Je serais presque tenté d'essayer si je ne détestais pas l'anis. Cela dit, j'étais persuadé que l'absinthe provoquait des lésions cérébrales chez l'homme.

— Le simple fait de vivre suffit à provoquer des lésions cérébrales chez l'homme.

La remarque provoqua l'hilarité de Lake, qui leva son verre.

— Dans ce cas, buvons à Exmouth et au mystère du squelette emmuré.

Les deux hommes trinquèrent. Pendergast trempa les lèvres dans son verre puis le reposa.

— Je suis étonné de découvrir chez vous autant de désinvolture.

— Que voulez-vous dire ? s'étonna Lake.

— On vous a tout récemment dépouillé d'une collection de vins de grande valeur. Un cambriolage produit l'effet d'un viol chez la plupart des individus. Or, je vous trouve bien serein.

— Qui ne le serait pas, sachant que vous menez l'enquête ?

Lake avala une gorgée de bière avant de poursuivre :

— Je prends rarement la vie au tragique. Un héritage de ma jeunesse.

— Puis-je vous demander où s'est déroulée cette jeunesse ?

— À Outpost, dans le Minnesota. Un avant-poste de la civilisation, comme son nom l'indique, à une trentaine de kilomètres au sud d'International Falls. Cent vingt habitants au compteur, et des hivers dignes de Kafka. Pour supporter ça, les habitants buvaient, sombraient dans la folie, ou alors ils devenaient philosophes.

Le sculpteur laissa échapper un ricanement.

— La plupart des gens adoptaient la troisième solution.

Il but une nouvelle gorgée de bière.

— Il y avait une carrière à la sortie du patelin, c'est comme ça que j'en suis venu à tailler la pierre, histoire de passer le temps du mois de novembre au mois d'avril.

— Ensuite ?

— Eh bien, le gamin du Midwest profond que j'étais s'est installé à New York pour réussir dans le monde de l'art. J'ai débarqué là-bas au début des années 1980 et il faut croire que mon travail a trouvé un écho. J'ai fait du neuf avec du vieux, en quelque sorte. Une ville de cinglés. Et puis le succès m'est monté à la tête. L'argent, la célébrité, les fêtes, tout cet univers atrocement prétentieux des galeries d'art de Manhattan.

Il secoua la tête.

— Je suis tombé dans la cocaïne, comme tout le monde, jusqu'au jour où je me suis réveillé.

J'ai compris qu'à moins de réagir et de m'extraire de ce milieu j'allais épuiser mon inspiration.

— Comment en êtes-vous arrivé à choisir cet endroit ?

— J'ai rencontré une fille super qui en avait autant marre de New York que moi. Enfant, elle passait ses étés à Newburyport. On en a bien profité, avec Elise. Dieu, ce que j'ai pu aimer cette femme. Elle me manque toujours autant.

— De quoi est-elle morte ?

Lake dissimula mal son étonnement devant la brutalité de la question.

— Cancer du pancréas. Trois mois après avoir reçu le diagnostic, elle n'était plus là.

— Vous ne vous ennuyez jamais, ici ?

— Tout artiste qui prend son métier au sérieux a besoin de calme pour travailler. Il est indispensable de se retirer du monde, loin des conneries, des critiques, des modes. Et puis, concrètement, j'avais besoin d'espace. Je réalise des œuvres de grande taille. Sans parler des carrières de granit rose toutes proches dont je vous ai déjà parlé. Je choisis directement sur place les blocs dont j'ai besoin, les ouvriers de la carrière les taillent sur mesure et me les livrent. C'est formidable.

— Je connais un peu votre travail, déclara Pendergast. Vous ne craignez pas de fuir l'éphémère et vous possédez le sens de la pierre.

Lake se sentit rougir, croyant deviner que son interlocuteur était habituellement avare de compliments.

— Et votre nouvelle amie, Mlle Hinterwasser ? Comment avez-vous fait sa connaissance ?

Décidément, Pendergast se montrait un peu trop direct à son goût.

— À la mort d'Elise, je suis parti en croisière et je l'ai rencontrée sur le bateau. Elle venait de divorcer.

— C'est elle qui a décidé de s'installer chez vous ?

— Je le lui ai proposé. La solitude me pèse. Le célibat plus encore.

— Partage-t-elle votre amour du vin ?

— Elle préfère le daiquiri et la margarita.

— Nul n'est parfait, commenta Pendergast. Parlez-moi de cette petite ville. Comment la caractériseriez-vous ?

— On y vit au calme. Les gens se fichent que je sois un sculpteur relativement connu, ce qui me laisse libre de mener ma vie comme je l'entends.

— Mais... ?

— Mais... j'imagine que toutes les petites villes ont leur part d'ombre. Les histoires, les rivalités, les escroqueries immobilières, les élus incompétents, sans oublier un flic qui passe son temps à dresser des contraventions aux automobilistes de passage pour alimenter son salaire.

— Vous m'avez déjà parlé de lui.

— À en croire la rumeur, il a eu des ennuis à l'époque où il travaillait à Boston. Pas suffisamment pour être viré de la police, mais assez pour bloquer son avancement. Ce type-là est un rustre, même s'il a acquis un certain vernis avec le temps.

— De quelle nature étaient ces ennuis ?

— On raconte qu'il a malmené un suspect, au point de l'obliger à avouer un délit dont il était innocent. Le type a été innocenté par la suite grâce à son ADN, la police a dû le relâcher, et il a coûté beaucoup d'argent au contribuable en gagnant son procès contre la ville.

— Qu'en est-il du jeune adjoint ?

— Gavin ?

Lake réfléchit avant de répondre :

— Un taiseux, natif d'Exmouth. Son père dirigeait autrefois la police municipale. Il a étudié à l'université du Massachusetts à Boston, si je ne m'abuse, où il a obtenu un diplôme en criminologie avec les honneurs. Tout le monde s'attendait à ce qu'il fasse une belle carrière, au lieu de quoi il est revenu travailler dans l'ancien bastion de son père. À la satisfaction générale des habitants, je dois dire. Vous vous doutez bien qu'il convoite la place de Mourdock.

Il marqua une pause avant de demander :

— Prêt à manger un morceau ?

Pendergast posa brièvement son regard sur l'ardoise.

— Savez-vous s'il existe une meilleure table dans cette ville ?

Lake éclata de rire.

— Vous êtes dans le *numero uno*. La cuisine ici ne dépasse guère le stade du pub traditionnel de Nouvelle-Angleterre : filet de cabillaud grillé, hamburger, palourdes frites. Cela dit, le directeur vient d'engager un nouveau chef, un ancien de la Navy. Il va peut-être améliorer l'ordinaire.

— L'avenir nous le dira.

Lake sonda du regard son interlocuteur.

— Excusez ma curiosité, monsieur Pendergast. J'ai du mal à déterminer l'origine de votre accent. Il est clair que vous êtes originaire du Sud, mais je n'arrive pas à savoir d'où, précisément.

— Il s'agit d'un accent caractéristique du Quartier français, à La Nouvelle-Orléans.

— Je vois. Comment vous êtes-vous retrouvé à New York ? Si ça ne vous ennuie pas de me répondre.

La mine de Pendergast confirma à Lake que la question l'ennuyait, au contraire.

— Je suis arrivé à New York dans le cadre d'une enquête, il y a quelques années. L'antenne new-yorkaise du Bureau m'a proposé de rester.

Lake, soucieux de s'aventurer sur un terrain moins miné, enchaîna :

— Vous êtes marié ? Vous avez des enfants ?

Il comprit immédiatement qu'il était allé trop loin. Le visage de Pendergast avait perdu toute amabilité. Une éternité s'écoula avant qu'il ne prononce le mot « Non » sur un ton glacial.

Lake dissimula sa gêne en plongeant le nez dans sa bière.

— Parlons un peu de notre affaire. Je serais curieux de savoir si vous avez votre idée sur l'identité du coupable.

— Aucune, sinon de simples spéculations, répliqua Pendergast en observant soudain les autres clients avec intérêt. Parlez-moi des gens qui se trouvent ici ce soir.

La demande prit Lake de court.

— Vous souhaitez connaître leurs noms ?

— Leurs noms, leur passé, leurs particularismes.

Lake commanda une autre bière, cette fois une Thunderhead. Doté naturellement d'un solide appétit, il commençait à être tenaillé par la faim. Il se pencha vers son compagnon.

— Il y a un plat qu'ils ne risquent pas de rater dans ce restaurant, ce sont les huîtres.

Le visage de Pendergast s'éclaira.

— Excellente suggestion. Passons commande d'une douzaine d'huîtres chacun.

Lake adressa un signe à la jeune serveuse, puis attendit qu'elle s'éloigne avant de se lancer.

— Très bien. La nouvelle serveuse...

— Inutile de me parler d'elle. Qui d'autre ?

— Euhhhh...

Lake balaya la salle du regard. En dehors du barman et d'un client accoudé au comptoir, seules deux tables étaient occupées.

— Le type qui tient le bar s'appelle Joe Dunwoody. Les Dunwoody sont une vieille famille d'Exmouth, installée depuis l'époque coloniale. Ils possèdent des intérêts partout. Son frère Dana est conseiller municipal, en plus d'être un avocat retors. Mieux vaut ne pas se le mettre à dos.

— Que se passerait-il dans le cas contraire ?

— On pourrait bien vous refuser le permis de construire du garage dont vous avez besoin. Ou bien vous pourriez recevoir la visite des contrôles sanitaires qui s'empresseraient de vous chercher des noises. Rien de grave, mais tout de même.

— Ensuite ?

— Vous voyez cette femme à la poitrine opulente qui boit un gin limonade ? Dolores Claybrook. Une fouineuse de première. Une femme épouvantable, l'incarnation de la *schadenfreude*, la « joie malsaine » comme on dit en allemand. Sa famille était l'une des plus riches de la région, les Claybrook ont bâti leur fortune dans les chantiers navals de Gloucester. Une partie du clan s'est installée ici au plus fort de la pêche à la morue. Le déclin de la famille a coïncidé avec l'essoufflement de cette industrie. Dolores est l'unique survivante de la dynastie, elle a enterré trois maris. Si vous souhaitez l'entreprendre, il suffit de lui adresser un clin d'œil et de lui pincer les fesses.

— Une autre fois, peut-être. Ensuite ?

— Le couple attablé près de la fenêtre : il s'agit de Mark et Sarah Lillie. L'assureur local, qui réalise de petits investissements. Il possède par ailleurs une société de conseil. Issu d'une vieille famille, lui aussi. Comme tout le monde à Exmouth. Au départ, les Lillie étaient originaires d'Oldham.

— Oldham ?

— Une petite ville située sur l'île de Crow, un peu plus au sud. La ville a été rasée par la tempête de 1938. La plupart des habitants se sont réinstallés à Dill Town, qui était abandonnée. Les Lillie se sont intégrés depuis en épousant des filles de la bourgeoisie locale. Si l'on peut dire.

Pendergast désigna discrètement un homme à l'air rustaud qui dînait seul au bar.

— Quel est cet étrange individu, avec sa veste renforcée de cuir aux coudes ?

— C'est un Anglais. Il a débarqué ici une première fois il y a quelques semaines pour effectuer des recherches sur un naufrage mystérieux qui s'est produit autrefois dans les environs. Je ne sais pas ce qui l'a poussé à revenir.

— Un naufrage mystérieux ?

— La disparition du *Pembroke Castle*, un navire anglais qui effectuait la traversée de Londres à Boston en 1844. Il a disparu une nuit de tempête, quelque part le long de la côte entre Cape Elizabeth et Cape Ann. Personne n'en a jamais retrouvé la trace. Des chercheurs passent régulièrement dans le coin, dans l'espoir de découvrir ce qui s'est passé. Cette histoire n'est pas sans rappeler celle du *Hollandais volant* ou de la *Mary Celeste*.

— Étrange. Comment se nomme cet homme ?

— Morris McCool.

— Avez-vous eu l'occasion de lui être présenté ?

— Non, mais je pense qu'il est louche. S'il n'était pas « d'ailleurs », il figurerait en tête de liste des suspects pour le vol de ma cave. Morris McCool... ça sent le pseudonyme à plein nez.

— Au contraire, personne n'irait chercher un nom pareil s'il s'agissait de s'affubler d'un faux nom.

Lake se tut, le temps que la serveuse pose devant eux un grand plateau d'huîtres sur un lit de glace pilée. Elle y ajouta un bol de sauce vinaigrée, du radis noir râpé et plusieurs moitiés de citron.

— Comment les prenez-vous ? s'enquit Lake.

— Avec du citron, rien d'autre.

— Voilà qui est parlé ! s'écria le sculpteur en pressant l'un des agrumes sur les huîtres grasses qui se recroquevillaient sous l'effet du liquide acidulé. Après vous !

Pendergast saisit une huître, l'approcha vivement de ses lèvres et en goba silencieusement le contenu avant de reposer la coquille vide avec une délicatesse toute féline.

Lake l'imita, et les deux hommes s'employèrent à nettoyer le plateau en silence à vitesse redoublée, jusqu'à ce qu'il ne reste plus qu'un cimetière de coquilles vides.

Pendergast se tamponna une dernière fois les lèvres avec sa serviette, puis replia celle-ci et consulta sa montre.

— Je vais devoir vous quitter. Un dîner fort agréable, merci de cette suggestion.

— Tout le plaisir était pour moi.

Lake ne pouvait s'empêcher de trouver du charme à son étrange compagnon, sans savoir s'il s'agissait de son visage d'albâtre, de son costume noir, de son allure austère. Ou bien encore de son goût pour les huîtres.

7

Morris McCool quitta l'auberge du Capitaine Hull d'une humeur légère, en dépit du hachis parmentier qui lui pesait sur l'estomac. Si le plat lui-même était une piètre version de l'original, McCool avait été agréablement surpris par la qualité des bières artisanales que l'on trouvait désormais aux États-Unis. Lors de son séjour précédent, vingt ans plus tôt, la Bud Light régnait sans partage sur tout le continent.

McCool était un randonneur émérite. Dans son village de Penrith, dans le comté de Cumbria, il ne manquait jamais de conclure son dîner par une promenade digestive. Le chercheur anglais était un ardent défenseur de l'air vivifiant et de l'exercice physique, nombre de ses intuitions d'historien lui étaient d'ailleurs venues lors de ses sorties vespérales.

Pourtant, ce soir-là était différent des autres, car sa randonnée avait un but. Il tira de sa poche un plan tracé à la main, l'examina longuement, s'orienta, et s'engagea sur l'escalier de bois permettant aux promeneurs d'accéder à la plage depuis la falaise.

Les rouleaux s'échouaient inlassablement sur la grève dans un déferlement d'écume avant de se retirer et de recommencer leur ballet. McCool, veillant à avancer sur la bande de sable épargnée par la marée, prit la direction des marécages bordant l'estuaire du fleuve Exmouth, à l'entrée de la baie. Les redoutées « mouches à cheval », omniprésentes au plus fort de la journée, avaient disparu, découragées par la fraîcheur de cette soirée d'octobre.

Il aspira goulûment l'air marin. Il était si près du but… si près ! Malgré les aspects étranges, voire inexplicables qui subsistaient, il était sûr d'avoir découvert la clé du mystère.

La plage était déserte, à l'exception d'un promeneur solitaire qui profitait de l'air du soir, à quelque distance derrière lui. L'homme s'était matérialisé brusquement, à l'orée des marécages. McCool, qui ne souhaitait pas qu'on connaisse sa destination, accéléra le pas dans l'espoir de semer l'inconnu. Au même moment, le phare lança son premier éclair au sommet de la falaise, alors que le globe orangé du soleil s'évanouissait derrière les pins étiques bordant le marais.

La grève s'enfonçait à l'intérieur des terres à l'endroit où le ruban de l'Exmouth se jetait dans l'océan, emporté vers le large par le courant qui accompagnait la marée descendante à hauteur de l'estuaire. Une odeur puissante s'élevait des bancs de vase que la mer abandonnait dans son sillage. McCool s'apprêtait à remonter l'estuaire lorsqu'il se retourna. Il ne fut pas peu surpris de constater que la silhouette du promeneur s'était rapprochée. L'homme devait marcher d'un bon pas pour avoir gagné autant de terrain. Peut-être s'agissait-il d'un joggeur. Et s'il cherchait à le rejoindre ? Même de loin, l'allure de l'inconnu ne disait rien qui vaille à McCool.

L'historien s'engagea sur une sente improvisée serpentant entre les herbes des marais et accéléra le pas. Il n'avait plus qu'une centaine de mètres d'avance sur l'inconnu, dont il distinguait la tenue de grosse toile.

Il poursuivit sa route en vérifiant sur son plan de fortune qu'il allait dans la bonne direction. L'ancien port du XIXe siècle, abandonné de longue date, apparut à la vue au-delà d'un coude de l'estuaire : une série de pilotis de bois dont les vestiges traçaient des lignes parallèles dans l'eau de la baie, leurs pontons écroulés depuis belle lurette. D'énormes blocs de granit grossièrement taillés, éparpillés le long du rivage, signalaient les fondations des anciens quais, au pied d'une pêcherie en ruine. McCool avait soigneusement dessiné les lieux sur son plan, se fiant aux documents et aux photographies qu'il avait pu dénicher afin de reconstituer le port des années 1880. C'était là que chalutiers et caboteurs relâchaient autrefois, avant la lente érosion de la pêche à la baleine au tournant du XIXe siècle. Le port, déjà somnolent, avait fini par succomber au grand ouragan de 1938. Un nouveau port avait été érigé depuis, au creux d'une anse mieux protégée, mais la ville ne s'était jamais vraiment remise de ce désastre.

McCool atteignait les premiers pontons vermoulus lorsqu'il se retourna, attiré par un bruit. Il constata que l'inconnu s'efforçait de le rejoindre. Il avait une silhouette inquiétante : un visage étrangement tordu, des cheveux filasse, une bouche épaisse et asymétrique, des taches de rousseur d'aspect malsain, une barbe nattée en trois pointes, et un front proéminent que barrait un épais sourcil continu. McCool, qui s'imaginait connaître tous les autochtones, s'étonna de n'avoir jamais croisé auparavant la route de cet être de cauchemar.

L'inconnu tenait à la main une baïonnette qu'il fit jaillir de son fourreau avec un crissement métallique en fondant sur l'Anglais avec un regard assassin. McCool, perdu, laissa échapper un cri de terreur et se rua vers les pontons. Son poursuivant imita son exemple sans chercher à gagner du terrain sur lui, comme si son intention était de le pousser de l'avant.

McCool lança un premier appel au secours, puis un autre, mais il se trouvait loin de la petite ville et sa voix se perdit au milieu des marécages.

Il quitta le petit chemin dans l'espoir d'échapper à son poursuivant, escalada le talus, franchit d'un bond un muret de pierre et traversa tant bien que mal un buisson de ronces. Un bruit de course lui confirma que l'autre ne lâchait pas prise.

lançaient des éclairs, une main armée d'une baïonnette étincelante.

— Oh non, mon Dieu ! hurla-t-il en cherchant désespérément à atteindre la rive opposée, alors que le courant l'entraînait inexorablement en direction du monstre.

L'inconnu se jeta à l'eau et fondit sur lui, tel un prédateur. L'instant suivant, la lame d'acier glacée lui traversait le ventre.

d'échapper à cet enfer consistait à traverser cette immensité herbue, à moins de rejoindre le cours d'eau, au risque de se laisser emporter par le courant.

Le cœur battant, dans le jour qui baissait, il écouta le murmure de l'eau qui courait jusqu'à l'océan et les cris des merles qui voltigeaient dans le ciel.

Il pataugea jusqu'au chenal. À mesure qu'il approchait de la rive, la boue se raffermissait sous ses pieds et il s'accorda une pause. La boue, déjà froide, lui confirmait que l'eau le serait plus encore, mais il n'avait pas le choix.

Il s'enfonça dans l'eau glacée, s'élança au milieu du courant et nagea vigoureusement vers l'océan, alourdi par le poids de sa veste en tweed, de son pantalon couvert de boue, de ses grosses chaussures de marche. Bon nageur, il gardait la tête hors de l'eau tout en enchaînant les brasses, emporté par le courant. Les talus herbeux filaient à toute vitesse à côté de lui. Le chenal ne tarda pas à se rétrécir et le marais se referma progressivement sur le filet d'eau dont le courant accélérait. La mer n'était plus très loin, McCool ne pensait à rien d'autre. Il allait apercevoir la plage d'une minute à l'autre, il n'aurait plus qu'à prendre pied sur le sable et courir jusqu'à l'auberge.

Le cours d'eau dessinait un coude. McCool venait de le franchir à brasses vigoureuses lorsque le mur d'herbes s'écarta sur une vision d'horreur : une tignasse rousse, un visage au rictus monstrueux, deux yeux jaunes qui

8

Indira Ganesh, ayant reçu le petit os en milieu d'après-midi la veille, avait passé la nuit et la journée suivante à l'analyser. Il était à présent 22 heures, et cela faisait trente heures d'affilée qu'elle était à sa tâche, mais c'est tout juste si elle commençait à ressentir la fatigue. Elle aimait travailler la nuit dans le calme absolu de son laboratoire du musée Peabody, à Cambridge, dans une atmosphère qui n'était pas sans évoquer celle de la méditation ou de la prière. Indira ne se sentait jamais aussi productive en présence de ses collègues.

Cet osselet lui offrait le type même d'énigme qu'elle appréciait. Aucune indication n'accompagnait l'envoi, pas même la confirmation qu'il s'agissait d'un ossement humain. Elle ignorait pour qui elle effectuait ces analyses, et pourquoi. Elle savait seulement que Howard Kress, le patron du département de biologie humaine à Harvard, lui avait apporté l'os en personne, lui précisant d'un air mystérieux qu'elle lui rendrait un fier service en lui remettant un rapport d'analyse complet le surlendemain matin.

Indira, qui disposait de tous les appareils nécessaires, s'était immédiatement mise au travail. Elle avait déterminé sans peine qu'il s'agissait de la phalange distale de l'index gauche d'un être humain, mais la suite n'était pas aussi simple. Elle avait toujours l'impression que les ossements qu'elle étudiait lui murmuraient leurs secrets à l'oreille, trop heureux de raconter leur histoire. Au terme de trente heures de labeur acharné, elle connaissait celle de ce petit os.

Penchée sur le clavier de son ordinateur, Indira Ganesh s'apprêtait à entamer la rédaction de son rapport préliminaire lorsque, prise d'une intuition presque surnaturelle, elle sentit peser un regard sur sa nuque. Elle écarquilla les yeux en se retournant : un homme svelte d'une extrême pâleur se tenait sur le seuil du laboratoire.

— Professeur Ganesh ? Je suis confus de vous déranger. Je me nomme Pendergast, c'est moi qui ai commandé l'analyse de cette phalange.

Elle posa une main sur sa poitrine.

— Vous m'avez fait une de ces peurs !

— Puis-je prendre un siège ?

Remarquant son hésitation, il sortit un badge du FBI de la poche intérieure de sa veste.

— Je vous en prie, lui répondit la chercheuse en lui désignant une chaise. Une question, toutefois : comment avez-vous pu rentrer ? Le musée est fermé à cette heure.

— Il faut croire que quelqu'un avait négligé de verrouiller la porte. À présent, si cela ne vous ennuie pas, j'aimerais discuter de cet ossement avec vous.

— J'allais justement rédiger mon rapport.

Le dénommé Pendergast balaya l'argument d'une main.

— J'aime autant que vous me fournissiez vos conclusions de vive voix. Je suis assez pressé.

— Très bien.

Mal remise de sa surprise, elle rassembla ses pensées afin de savoir par où commencer.

— Tout d'abord, la taille et la solidité de l'os signalent un sujet masculin. Un individu doté de mains puissantes. Les attaches musculaires sont très marquées, on peut affirmer sans hésitation que cette personne était un travailleur manuel, accoutumé à saisir des objets.

— Intéressant.

— L'extrémité distale de l'os se trouvait gravement érodée au moment de la mort. Cela semble indiquer que le sujet s'est griffé jusqu'à l'os. Faute d'avoir jamais rien vu de tel, je ne suis pas en mesure de vous fournir une explication rationnelle.

L'étrange personnage conserva le silence pendant quelques instants avant de laisser tomber :

— L'individu en question a été emmuré vivant.

Indira Ganesh se pencha vivement vers lui.

— Vraiment ?

Il opina.

— Si je comprends bien, vous enquêtez sur un meurtre ?

— Un meurtre très ancien.

— Je vois.

Elle s'éclaircit la gorge.

— L'os, très bien conservé, contenait encore une grande quantité de collagène. Une datation par le radiocarbone m'a indiqué que cette phalange était vieille de cent quarante ans, à plus ou moins vingt ans près.

— J'imagine qu'il est difficile de réduire cette marge d'erreur ?

— Malheureusement. La datation par le radiocarbone est surtout efficace lorsqu'il s'agit d'échantillons vieux de cinq cents à cinquante mille ans. Au-delà de ces deux extrêmes, la marge d'erreur augmente.

— Avez-vous procédé à un comptage bêta, ou bien à une spectrométrie de masse ?

La chercheuse sourit intérieurement. Son visiteur cherchait à étaler sa science, mais sa question était idiote.

— Dans le cas d'un os aussi récent, seul un spectromètre de masse par accélération pourrait fournir un résultat exploitable.

— Je vois.

Prise d'une arrière-pensée, elle se demanda si l'homme n'avait pas feint l'ignorance, histoire de la tester. Quel homme étrange.

— L'état de conservation de l'échantillon m'a permis de réaliser une excellente analyse ADN. Le propriétaire de cette phalange était un sujet de sexe masculin, d'origine africaine pour 75 % et européenne pour les 25 % restants.

— Curieux.

— Il s'agit d'un métissage assez ordinaire chez les Afro-Américains. Presque tous ont du sang européen. Notre sujet avait la peau brune, mais probablement pas noire.

— Quel âge avait-il ?

— L'examen histologique nous indique qu'il avait une quarantaine d'années. L'homme jouissait d'une excellente santé tout en conservant de l'enfance les séquelles de graves carences. Les premières constatations laissent supposer qu'il aurait souffert du scorbut.

— Cet homme aurait donc été marin.

— C'est le plus probable. L'analyse isotopique a montré qu'il se nourrissait essentiellement de poissons, de coquillages et d'orge.

— Comment pouvez-vous le savoir ?

— La nourriture que vous ingérez et l'eau que vous buvez laissent des traces de carbone, d'oxygène et d'azote au niveau des os. Ces éléments possèdent des taux isotopiques qui diffèrent en fonction des aliments et de la nature de l'eau. En se fondant sur les taux isotopiques en question, on est en mesure de déterminer ce que mangeait et buvait un individu au cours des vingt dernières années de sa vie.

— Ce qu'il buvait ?

— Oui. Plus la latitude est élevée, plus le taux isotopique de l'oxygène présent dans l'eau se modifie.

— Intéressant. De quelle latitude provenait l'eau que buvait notre homme ?

— De 40 à 55° nord. Ce qui correspond, en Amérique, à une zone qui s'étend du New Jersey à Terre-Neuve. Je vous l'accorde, ce test n'est pas d'une grande précision.

— Que sait-on de son régime alimentaire ?

— Le blé qu'il mangeait provenait du pain, l'orge très probablement de la bière. Si vous y ajoutez du poisson et des coquillages, vous avez ce que mangeaient la majorité des gens sur nos côtes au XIXe siècle. J'ai analysé le contenu en anticorps de la phalange. Le sujet a été touché par la malaria.

— Un signe de plus qu'il s'agissait d'un marin, n'est-ce pas ?

— Absolument. De même, il a été testé positif pour la tuberculose.

— Cela signifie-t-il qu'il était phtisique ?

— Non, il était beaucoup trop sain pour ça, mais ça n'a rien d'extraordinaire. Quasiment tous les habitants des ports auraient été positifs. À l'époque, tout le monde était exposé à la maladie.

— Je vois. D'autres indications ?

— Quand on réunit l'ensemble de ces éléments, on se trouve en présence d'un Afro-Américain d'une quarantaine d'années, de forte constitution et en excellente santé. Un marin de métier qui se servait de ses mains, probablement un homme de barre ou un hunier, issu d'une classe sociale relativement aisée à en juger par l'absence de malnutrition, si l'on excepte le scorbut. Il est né aux alentours de 1840 et mort vers 1880, vivait dans un port lorsqu'il n'était pas en mer après avoir navigué une partie de sa vie sous les tropiques.

L'inspecteur hocha lentement la tête.

— Remarquable, professeur Ganesh. Vraiment remarquable.

— Ce sont les ossements qui me racontent leur histoire, monsieur Pendergast.

Le visiteur aux traits d'albâtre se leva.

— Je vous remercie. Vous m'avez été d'une grande utilité. À présent, si vous n'y voyez pas d'inconvénient, je souhaiterais récupérer l'échantillon.

Indira Ganesh lui adressa un sourire.

— J'aimerais pouvoir accueillir favorablement votre requête, mais vous devez comprendre que chacune des questions que je pose à cette phalange en a emporté une partie. Les ossements, en me racontant leur histoire, meurent progressivement. J'ai bien peur que celui-ci n'ait donné sa vie en nous narrant son parcours.

Elle écartait les bras en un geste de regret lorsque le visiteur lui saisit la main droite de ses doigts frais et doux.

— Je m'incline devant votre capacité à discuter avec les morts, professeur Ganesh, dit-il en lui faisant un baisemain.

Indira Ganesh conserva le rouge aux joues longtemps après que l'homme fut parti.

9

Constance venait de franchir la porte
lorsqu'elle s'immobilisa en fronçant les sourcils d'un air désapprobateur. L'endroit ressemblait davantage à l'antre d'un brocanteur qu'aux
locaux d'une société d'histoire. Les objets exposés étaient grossièrement fixés aux murs : de
vieilles cartes, des filets anciens, des bouées,
des harpons, des gaffes, des cornes de narval,
des aiguilles à repriser la maille, une plaque en
bois sur laquelle était collée la carapace d'un
homard gigantesque, une autre ornée de nœuds
de marin et de photos anciennes d'Exmouth.
Au centre du « musée » se trouvait un antique
doris, long de cinq mètres, équipé de plusieurs
paires d'avirons.

Constance avait fait tinter une sonnette en
poussant la porte et se trouva rapidement en
présence d'un homme grisonnant dont le visage
étroit et osseux était encadré d'oreilles aux lobes
épais. Son badge précisait qu'il était bénévole et
indiquait son nom : Ken Worley.

— Bienvenue, dit-il en brandissant une brochure. Ravi de vous accueillir au musée de la Société d'histoire d'Exmouth.

Constance prit poliment le document en murmurant un remerciement, puis se plongea dans l'examen minutieux du doris, dans l'espoir de voir s'éclipser l'importun.

— Un beau doris, pas vrai ? *La vieillesse négligée sera jetée dans un coin.* Telle est la devise de notre petit musée.

Constance ne put s'empêcher de corriger la citation de Shakespeare :

— La vieillesse *dédaignée*.

Un silence lui répondit.

— Vous êtes sûre ? Il faudra que je pense à vérifier.

— Inutile de vérifier, trancha Constance. Vous vous êtes trompé.

L'homme, désarçonné, regagna la table où s'empilaient les brochures et ouvrit un grand registre qu'il feuilleta d'un air affairé. Constance, qui feignait de s'intéresser à de vieilles cartes d'Exmouth et de la région, devina que le bénévole ne s'avouait pas vaincu.

— Souhaitez-vous indiquer votre nom afin que nous puissions vous avertir des opérations à venir ? suggéra-t-il en désignant le registre.

— Non merci. Je me posais la question : où se trouvent vos archives ?

L'homme battit des paupières.

— Mais... nous n'en avons pas.

— Vous ne possédez aucun document sur la ville ? Des plans cadastraux ? D'anciens registres de mariage ?

— Les archives municipales ont été détruites lors du grand ouragan de 1938. La tempête a emporté les anciens docks avant de détruire la moitié de la ville. On voit encore les traces de son passage dans la baie d'Exmouth. Le lieu ne manque pas de pittoresque, d'une certaine manière.

— L'ensemble de vos collections se trouve ici ? Vous ne possédez rien d'autre ?

— Notre musée peut paraître modeste, mais chaque objet a son histoire. Par exemple, ce doris de Newburyport que vous admiriez il y a un instant servait autrefois à pêcher la grande baleine bleue. Dès que l'on repérait un banc de baleines autour de l'île de Crow, les hommes se précipitaient sur la grève et mettaient à l'eau des doris grâce auxquels ils chassaient et harponnaient des baleines qu'ils ramenaient sur la plage où ils les découpaient à même le sable. Imaginez un peu le cran qu'il leur fallait ! *Dédaignant la fortune et fourbissant son épée, toute fumante de ses sanglantes exécutions !*

— *Brandissant* son épée.

Nouveau silence.

— Je suis certain que la citation est *fourbissant*, réagit sèchement Worley. J'ai arpenté les planches au cours de ma jeunesse, avant de diriger pendant vingt ans le théâtre d'Exmouth.

Constance, que l'homme commençait à agacer sérieusement, préféra l'ignorer en continuant de consulter les coupures de presse encadrées, d'admirer les photos de bateaux, de lire les comptes rendus de tempêtes et de naufrages, de s'initier aux légendes des trésors de pirates. Du coin de l'œil, elle constata que Worley, assis derrière sa table, rédigeait laborieusement des adresses sur des enveloppes. Il lui restait à espérer qu'il cesse de l'importuner.

Elle se demanda comment aurait réagi Pendergast en pareille situation. Qu'aurait-il été capable de tirer de ces babioles sans intérêt et de ces vieux articles de journaux ? Avait-elle négligé un indice ?

Un coup d'œil lui confirma que Worley continuait de remplir ses enveloppes.

— Monsieur Worley ?

Il leva les yeux sur elle.

— Oui ?

Les méthodes de Pendergast ne lui étaient pas naturelles et elle dut prendre sur elle-même.

— En fin de compte, vous avez probablement raison, articula-t-elle sans enthousiasme. C'est bien *fourbissant*.

Le visage du vieil homme s'éclaira.

— J'ai joué *Macbeth* si souvent !

— Au théâtre d'Exmouth ?

— Oui, et même une fois à Boston, au théâtre de Market Square. À guichets fermés.

— Boston, vraiment ?

Elle marqua une pause, songeuse, avant de poursuivre :

— J'ai toujours voulu monter sur scène, mais la vie en a décidé autrement. Je me suis toujours demandé comment on faisait pour apprendre par cœur des textes aussi longs.

Le compliment était si éculé, jamais Worley ne tomberait dans le panneau. Contrairement à ce que craignait Constance, il hocha emphatiquement la tête.

— Il existe diverses techniques, expliqua-t-il. Nous avons nos trucs. Ce n'est pas si difficile qu'il y paraît.

Constance, mortifiée de jouer les flagorneuses, se consola en constatant que son interlocuteur commençait à se dérider.

— Vous devez connaître tout le monde en ville, remarqua-t-elle.

— Et comment ! Rien de tel que le théâtre pour rapprocher les gens.

— C'est la providence qui vous envoie. Figurez-vous que je m'intéresse aux vieux phares. Je me demandais si vous possédiez des informations au sujet de celui d'Exmouth.

— Ce phare est l'un des plus anciens de Nouvelle-Angleterre, opina Worley. Il a été construit en 1704 sur les ordres de la reine Anne en personne. La côte entre Cape Ann et Cape Elizabeth était particulièrement dangereuse, on y comptait de nombreux naufrages.

— Auriez-vous une liste des gardiens du phare, avec le détail de leurs séjours ici ?

— Je n'ai pas souvenir que quelqu'un en ait dressé une.

— À tout hasard, savez-vous qui gardait le phare vers 1880 ? insista-t-elle en se référant à la période que lui avait indiquée Pendergast au petit-déjeuner.

Worley hésita.

— Pourquoi 1880 ?

Elle avait manqué d'habileté. Le métier d'enquêteur était décidément ardu.

— Aucune raison particulière, se défendit-elle avec un petit rire forcé.

— Voyons un peu. La famille Slocum a gardé le phare de la guerre de Sécession jusqu'en 1886, si je ne me trompe. Jusqu'à ce que Meade Slocum se brise les vertèbres en faisant une chute dans l'escalier. La charge a été reprise ensuite par Jonathan McHardie, dont les héritiers ont pris le relais jusqu'en 1934, lorsque le phare a été automatisé.

— Si je comprends bien, il ne reste aucun descendant de Meade Slocum en ville ?

— Sauf erreur de ma part, il n'y en a plus nulle part. C'était un veuf sans enfant qui buvait sec. C'est l'un des risques du métier. Ces gens-là n'ont pas d'heures, ils souffrent de solitude et d'isolement, surtout en hiver. On raconte que Slocum avait perdu la tête à la fin de sa vie. Il prétendait que le phare était hanté.

— Hanté ? Comment ça ?

— Je crois bien qu'il entendait des pleurs de bébé la nuit.

— Je vois.

Elle décida d'insister.

— Savez-vous où je serais susceptible d'en apprendre davantage sur son compte ?

Worley lui coula un regard en fronçant ses épais sourcils.

— Vous ne travaillez pas pour cet historien, par hasard ?

Outre les renseignements dont il disposait sur le propriétaire de la phalange, Pendergast avait brièvement parlé à Constance de Morris McCool ce matin-là. Elle allait devoir apprendre à se montrer plus discrète dans ses questions.

— Non, pas du tout. Simple curiosité de ma part.

— Figurez-vous que ce monsieur m'a posé les mêmes questions.

Il s'approcha d'un air soupçonneux.

— Pour qui travaillez-vous ?

Constance, gênée, sentit monter en elle une bouffée d'agacement. Elle s'en tirait fort mal. À ce stade, le mieux était d'avouer la vérité.

— Je suis l'assistante de M. Pendergast, le détective chargé d'enquêter sur le cambriolage de cette cave à vin.

— Ah ! Le monsieur en décapotable rouge qui a passé la journée d'hier en prison ?

— Oui.

— Bon point pour lui. Mourdock, le chef de la police municipale, est un imbécile.

De toute évidence, être arrêté par la police locale était un honneur aux yeux de Worley.

— Si vous me fournissiez davantage de détails, peut-être serais-je en mesure de vous aider.

— Je ne dispose d'aucun détail en particulier. J'essaie de me familiariser avec l'histoire de votre ville.

— C'est une honte qu'on s'en soit pris à la cave de Lake. C'est un homme très gentil. Cela dit, je ne suis pas certain que l'histoire de la ville vous aide dans votre enquête.

— Nous ne négligeons aucune piste. Je m'intéresse plus particulièrement à l'histoire de la communauté afro-américaine locale.

— Vous avez raison, elle est passionnante.

— Je vous écoute.

— Le long du vieux port se trouve le quartier de Dill Town, qui abritait autrefois la population noire.

— D'où lui vient ce nom de Dill Town ?

— Il a été choisi en hommage à John Dill, l'esclave affranchi qui s'est installé là le premier. La plupart des habitants du quartier étaient des marins. Dill Town a même été plus riche que la ville blanche, à une certaine période.

— Comment l'expliquez-vous ?

— Les marins noirs passaient de longues périodes en mer sur les baleiniers et les navires de charge. Personne ne prête attention à la couleur de la peau, sur un bateau. Seule compte la compétence des hommes. En outre, les équipages de ces navires étaient polyglottes.

— Cela signifie-t-il qu'il y avait des tensions raciales à terre ? À Exmouth, plus particulièrement ?

— Pas au début, quand il y avait du travail pour tout le monde. Par la suite, on a jalousé les habitants de Dill Town. La population blanche d'Exmouth était essentiellement constituée de pêcheurs qui restaient sur place, contrairement aux Noirs qui partaient pêcher la baleine des mois durant. Et puis le Krakatoa a mis tout le monde d'accord.

— Le Krakatoa ?

— Un volcan entré en éruption à la fin de l'année 1883. Il n'y a pas eu d'été à Exmouth l'année suivante. On raconte que les gelées se sont succédé tout au long de 1884. Les récoltes ont périclité, tout comme la pêche. L'industrie baleinière était déjà menacée, l'argent ne coulait plus à flots comme auparavant. La situation a progressivement empiré, jusqu'au jour où un adolescent noir a été accusé d'avoir violé une Blanche. Il a été lynché.

— Lynché ? Dans le Massachusetts ?

— Oui, madame. Ils l'ont pendu avant de jeter son corps dans la baie. En 1902. Pour les Noirs, ce drame a marqué le début de la fin à Dill Town. Le quartier était quasiment abandonné lorsque l'ouragan de 1938 a frappé. La tempête a littéralement rayé Oldham de la carte.

— Oldham ?

— Un village très ancien situé au sud d'ici, sur l'île de Crow. Un hameau crasseux et arriéré qui fait aujourd'hui partie de la réserve naturelle. Les survivants du grand ouragan se sont installés à Dill Town dont ils ont retapé les maisons abandonnées.

— Revenons à ce lynchage. Sait-on qui en a eu l'idée ?

— Des alcooliques partisans d'une politique d'autodéfense, comme toujours. C'est un sujet de honte aujourd'hui, vous ne trouverez personne pour vous en parler.

— À part vous.

— Ma famille n'est pas « d'ici », comme ils disent dans le coin. Mes parents étaient originaires de Duxbury et j'ai voyagé infiniment plus que la plupart des gens d'Exmouth. J'ai même joué *Macbeth* à Boston, comme je vous l'ai dit.

Constance lui tendit la main.

— Je ne me suis pas présentée. Constance Greene. Je vous remercie de tous ces renseignements.

— Ravi d'avoir fait votre connaissance, Constance, répondit le bénévole en se présentant à son tour : Ken Worley, à votre service.

— Me permettez-vous de revenir vous consulter, au cas où d'autres questions me viendraient ?

— Avec grand plaisir. En vous souhaitant un agréable séjour dans notre petite ville, ainsi qu'à M. Pendergast.

La main en l'air, il enchaîna en déclamant :

La situation de ce château est charmante. La brise
Se recommande légèrement et doucement
À nos sens délicats

Constance avait beau savoir que Worley pourrait encore lui rendre service, elle ne put s'empêcher de le corriger, à bout de patience :

— *L'air*, dit-elle.

Worley battit des cils.

— Je vous demande pardon ?

— *L'air*, insista-t-elle, et non *La brise*. Merci encore de votre aide, monsieur Worley.

L'instant suivant, elle le gratifiait d'une petite courbette et quittait le bâtiment.

10

Bradley Gavin retourna au poste de police, un sachet contenant son déjeuner à la main. Il se figea sur le seuil en voyant dans la salle d'attente la silhouette de l'étrange détective privé. Gavin était curieux d'en savoir davantage sur ce Pendergast qui avait réussi à mettre son chef dans tous ses états. En soi, cela ne relevait pas d'une prouesse, le chef s'énervait dès qu'il était question de travailler. Depuis deux ans qu'il était son adjoint, Gavin se tapait quasiment tout le boulot, pendant que Mourdock passait son temps à dresser des contraventions. Encore six mois de ce régime et ce gros cossard partirait enfin à la retraite, lui laissant la place. Du moins le jeune homme l'espérait-il, car la décision finale appartenait aux édiles. Après tout, il accomplissait son travail consciencieusement, était issu d'une vieille famille d'Exmouth, fréquentait la bourgeoisie locale, sans oublier que son père avait dirigé en son temps la police municipale.

Le jeune adjoint posa son déjeuner afin de mieux observer Pendergast en coin. Ce type ne manquait pas de culot, on aurait même dit qu'il tentait le sort en pointant son nez quelques heures à peine après son arrestation.

— Puis-je vous aider ? s'enquit-il poliment.

Le privé déplia sa longue carcasse et s'avança, la main tendue.

— Nous n'avons pas été présentés officiellement. Je m'appelle Pendergast.

— Sergent Gavin.

Une seconde silhouette approcha, celle de la secrétaire ou de l'assistante de Pendergast, la jeune femme prénommée Constance. Elle posa sur lui son étrange regard violet. Ses cheveux au carré étaient d'un acajou magnifique et sa tenue, d'une coupe sévère, laissait deviner des formes avenantes. Gavin s'obligea à reporter son intérêt sur Pendergast.

— Me trompé-je en affirmant que votre chef et vous représentez l'intégralité de la maréchaussée d'Exmouth ?

La maréchaussée. Gavin comprenait mieux ce qui avait pu énerver Mourdock chez ce type.

— Notre police municipale est modeste, reconnut-il.

— J'aurais besoin de consulter certains dossiers dans le cadre de mon enquête. Est-ce à vous que je dois m'adresser ?

— Euh… non, il faudrait poser la question au chef.

— Excellent ! Puis-je le solliciter ?

Gavin observa longuement son interlocuteur.

— Vous y tenez vraiment ?

— Tenir à quoi ?

Gavin ne savait pas si c'était du lard ou du cochon. Il se tourna vers la femme de l'accueil.

— Sally, merci de prévenir le chef que M... euh, Pendergast le demande.

La femme afficha une expression gênée.

— Vous êtes sûr... ?

— Oui, s'il vous plaît.

Elle enfonça à regret une touche de son téléphone et glissa quelques mots dans le micro de son casque.

Gavin savait que son chef ne résisterait pas à la tentation. L'arrestation de la veille n'avait pas suffi à éteindre sa détestation de Pendergast, il passait son temps depuis à maugréer contre lui, à s'agacer de sa présence en ville.

La suite promettait d'être amusante.

Mourdock émergea des bureaux quelques instants plus tard. Il se déplaçait lentement, affectant le plus grand sérieux, prêt à en découdre. Il s'immobilisa sur le seuil de la salle d'attente, dévisagea Pendergast, puis Constance Greene, avant de reporter son attention sur le premier.

— De quoi s'agit-il ?

— Je vous remercie infiniment d'accepter de me recevoir, répondit Pendergast en sortant un document de sa poche. Vous trouverez ici le détail des pièces que j'aimerais consulter dans le cadre de mon enquête relative au vol de vin. Il s'agit de la liste des rapports rédigés par vos soins sur les cambriolages et les vols avec effraction qui ont eu lieu au cours des douze derniers mois. En outre, j'aimerais savoir si la ville abrite des repris de justice. Enfin, je vous serais très reconnaissant si vous autorisiez le sergent Gavin, ici présent, à répondre à mes questions éventuelles.

Le chef de la police le regarda droit dans les yeux au milieu d'un silence épais, puis partit d'un rire rauque sans joie.

— Je n'en reviens pas. Comment pouvez-vous avoir le front de m'adresser une telle requête ?

— Je n'ai pas encore bouclé mon enquête.

— Sortez immédiatement. Et ne vous avisez pas de repointer ici votre tête de croque-mort. Nous nous reverrons au tribunal.

— Sinon ?

— Sinon, je vous passe les menottes comme la dernière fois et je vous invite personnellement à passer la nuit ici.

— Me menacez-vous à nouveau d'arrestation ?

Le visage du policier avait viré au cramoisi, il serrait et desserrait machinalement les poings. Gavin ne l'avait jamais vu dans un tel état. Il s'avança d'un air menaçant.

— C'est ta dernière chance de te casser d'ici, espèce de connard.

Pendergast ne céda pas un pouce de terrain.

— Je me contentais de requérir votre aide en vous demandant l'autorisation de compulser certains dossiers. Un simple non aurait suffi.

— Cette fois, la coupe est pleine. Gavin, passe-lui les bracelets.

Le sergent, qui ne s'attendait pas à se retrouver impliqué, manifesta son inquiétude.

— Euh... sous quel motif, chef ?

Mourdock tourna vers lui un visage exaspéré.

— Je ne t'autorise pas à remettre en cause mes ordres ! Menotte immédiatement cet homme, il se trouve sur une propriété privée.

— Une propriété privée ? répéta Constance Greene sur un ton menaçant. Dans un lieu public ?

La situation virait au cauchemar. Gavin se tourna vers son chef qui le fusilla des yeux, puis il s'adressa à Pendergast.

— Tournez-vous, je vous prie.

Constance Greene s'avança en voyant Gavin décrocher les menottes de sa ceinture.

Pendergast la tempéra d'un geste avant de tendre ses poignets au jeune sergent en lui tournant le dos. Gavin s'apprêtait à le menotter lorsqu'il déclara :

— Cela vous ennuierait de prendre le badge qui se trouve dans ma poche arrière ?

Un *badge* ? L'homme s'exprimait brusquement sur un ton d'une extrême froideur et Gavin eut la prémonition du drame qui allait suivre. Il fouilla la poche indiquée et y découvrit un étui en cuir.

— Je vous remercie de bien vouloir le transférer dans la poche de ma veste.

Le chef de la police municipale, sans laisser à Gavin le temps de s'exécuter, lui arracha des mains l'étui qui s'ouvrit en révélant un badge bleu et or.

Le temps sembla s'arrêter.

— C'est quoi, ce truc ? éructa Mourdock en ouvrant des yeux ronds.

On aurait pu croire qu'il n'avait jamais vu un badge de sa vie.

Pendergast s'obstinait dans le mutisme.

— Vous... vous appartenez au *FBI* ? s'étrangla Mourdock.

— Heureuse de constater que vous savez lire, ironisa Constance.

Le chef était devenu aussi livide que Pendergast.

— Pourquoi n'avoir rien dit ?

— À quoi bon ? Je ne suis pas en service actuellement.

— Mais... nom de Dieu, vous auriez dû vous présenter. Vous m'avez laissé *croire*...

— Croire *quoi* ?

— Croire que... que vous étiez un vulgaire...

Il ne put achever sa phrase.

— Un vulgaire citoyen ordinaire que vous aviez tout le loisir d'importuner et de terroriser ? intervint Constance Greene de sa voix douce, teintée d'une intonation désuète. Je vous avais pourtant prévenu.

Pendergast fit un pas en direction du chef de la police.

— Monsieur Mourdock, depuis que j'appartiens au FBI, il m'a rarement été donné d'être victime d'un tel abus de pouvoir. Hier, à la suite d'une infraction de stationnement mineure, vous m'avez insulté, menacé physiquement, arrêté et emprisonné sans raison. En outre, vous avez usé de termes choquants à l'endroit de la communauté LGBT.

— LGB... Quoi ? Jamais de la vie !

— Enfin, vous avez omis de me lire mes droits.

— C'est faux. Archifaux ! Je vous ai lu vos droits et vous n'avez aucun moyen de prouver le contraire.

— Fort heureusement, notre échange a été entièrement filmé par la caméra de surveillance du magasin de vêtements situé à hauteur de l'incident. Je suis en possession d'un exemplaire de l'enregistrement, grâce à l'inspecteur Randolph Bulto de l'antenne du Bureau à Boston, qui s'est aimablement procuré le mandat nécessaire ce matin même.

— Je... je...

Mourdock en restait sans voix.

Pendergast en profita pour se tourner vers Gavin qui continuait de triturer ses menottes.

— Ayez l'amabilité de ranger cet instrument.

Gavin s'empressa de raccrocher les menottes à son ceinturon.

— Je vous remercie, dit Pendergast en reculant d'un pas. Monsieur Mourdock, pour paraphraser un certain poète, nous avons le choix entre deux routes. Souhaitez-vous que je vous les précise ?

— Deux routes ?

Le chef, sous le choc, ne comprenait plus rien.

— Oui, deux routes. La première, la plus fréquentée, est celle qui me voit porter plainte contre vous pour abus de pouvoir, avec cette vidéo comme preuve de la longue liste des faits qui vous sont reprochés. Une telle action mettrait un terme à votre carrière à la veille de la retraite, ternirait votre réputation, vous empêcherait sans doute de toucher la pension à laquelle vous aspirez, vous conduirait à la honte d'être condamné à des travaux d'intérêt général, voire à une courte peine de prison. Reste une autre route.

Pendergast croisa tranquillement les bras.

— Quelle autre route ? finit par demander Mourdock d'une voix rauque.

— La route la moins empruntée, bien sûr ! Celle qui vous voit m'aider sans réserve dans mon enquête. De toutes les façons possibles. Si nous empruntons cette route, mon collègue Bulto égare l'enregistrement vidéo et nous n'en parlons plus. Ah, j'oubliais ! Vous retirez toutes les charges qui pèsent contre moi.

Il laissa le temps à ses paroles de produire leur effet avant de conclure :

— Alors, quelle route choisissez-vous ?

— La seconde, s'empressa de répondre Mourdock. La... la route la moins fréquentée.

— Une route qui fera toute la différence, croyez-moi. Avant que j'oublie : voici les documents dont j'ai besoin, ajouta Pendergast en brandissant sa liste sous le nez du policier.

Mourdock faillit la laisser tomber, dans sa précipitation à la lui prendre des mains.

— Ces rapports seront prêts sans faute demain matin.

L'inspecteur échangea un bref coup d'œil avec son assistante, qui posa sur Mourdock un regard de dédain satisfait avant de lui tourner le dos et de quitter le bâtiment sans un mot.

— Merci beaucoup, dit Pendergast, la main tendue. Je constate avec plaisir que vous et moi allons rapidement devenir d'excellents amis.

L'inspecteur disparu, Gavin se fit la réflexion que si Pendergast était un adversaire redoutable, cette Constance Greene était plus inquiétante encore.

11

Walt Adderly, le propriétaire de l'auberge du Capitaine Hull, quitta son bureau, remonta l'étroit couloir et rejoignit le restaurant qu'il balaya des yeux. Il était 13 h 30 et la plupart des clients étaient repartis. Les gens mangeaient tôt à Exmouth. Pour avoir examiné les comptes, Adderly savait déjà que la journée avait été bonne.

Son regard s'arrêta sur le client solitaire installé à la table 8, le type venu enquêter sur le vol de la cave de Lake. Percival lui avait expliqué qu'il s'agissait d'un inspecteur du FBI, ce dont Adderly ne croyait pas un mot, sachant que Lake était un fieffé plaisantin. Le sculpteur lui avait également raconté que le dénommé Pendergast – son nom, à en croire le registre de l'hôtel – était plutôt du genre excentrique. Le patron de l'hôtel n'avait pas de mal à le croire. Avec son costume tout noir, le bonhomme avait l'air de porter le deuil, et son visage d'une blancheur irréelle brillait comme la pleine lune dans la pénombre du restaurant.

Tandis qu'Adderly observait la scène depuis l'entrée de la salle, la serveuse en chef, Margie, s'approcha de l'étrange convive avec sa commande.

— Poisson-chat frit ! s'écria-t-elle. Bon appétit.

— Allons bon, murmura Pendergast.

Il examina longuement son assiette, prit sa fourchette et piqua le poisson à plusieurs endroits avant d'en détacher un morceau de chair qu'il porta à sa bouche. Il reposa aussitôt sa fourchette, lança un coup d'œil circulaire dans le restaurant où seul le vieux Willard Stevens achevait de vider sa troisième tasse de café, et fit signe à la serveuse d'approcher.

— Oui ? fit Margie.

— Puis-je savoir qui a préparé ceci ?

— Qui ? répliqua-t-elle, déroutée, en battant des paupières. Ben, le cuisinier, Reggie.

— S'agit-il de votre cuisinier habituel ?

— En ce moment, oui.

— Je vois.

Sur ce, il saisit l'assiette, se leva, traversa la salle, contourna le bar et franchit la double porte menant aux cuisines.

La réaction du dénommé Pendergast plongea Adderly dans la plus grande perplexité. Il était arrivé à plusieurs reprises que des clients, ravis de leur plat, demandent à féliciter le chef. D'autres, plus rarement, avaient renvoyé leur assiette pour une raison ou une autre, mais jamais un client ne s'était rendu en cuisine, son poisson à la main.

Le mieux était encore d'aller voir ce qui se passait.

Il traversa la salle et gagna les cuisines. L'endroit, une ruche en temps ordinaire, était plongé dans le silence. Le plongeur, les deux serveuses, l'aide-cuisinier et Reggie, les yeux ronds, regardaient le dénommé Pendergast s'activer aux fourneaux. Il ouvrit successivement plusieurs tiroirs, y prit quelques ustensiles qu'il étudia avant de les reposer, puis se pencha vers Reggie.

— Vous êtes le maître de céans, je présume ?

Ce dernier hocha la tête en signe d'assentiment.

— Puis-je m'enquérir de vos états de service ?

Reggie, en dépit de sa surprise, se prêta au jeu.

— Quatre ans en cuisine dans la Navy.

— Je vois. Dans ce cas, votre cas n'est peut-être pas entièrement désespéré.

Pendergast reprit son assiette et la tendit à Reggie.

— Tout d'abord, il n'est pas possible de se procurer du poisson-chat de qualité sous cette latitude. Nous sommes trop au nord. Je crois pouvoir en déduire que ce poisson a été congelé. Me trompé-je ?

— Et alors ? répondit Reggie, sur la défensive.

— Et alors, pour l'amour du ciel, nous nous trouvons en bord de mer ! Ce ne sont pas les poissons frais qui manquent. De la lingue, du colin, de la plie, de la rascasse ?

— Il y a bien la pêche que Wait a rapportée hier soir, reconnut Reggie après un long silence.

C'en était trop. Adderly se résolut à intervenir. Pas question que l'autre dégoûte son meilleur cuisinier.

— Un problème, monsieur Pendergast ? s'enquit-il en approchant.

— J'ai l'intention de préparer moi-même mon repas. J'invite Reggie, ici présent, à m'assister dans cette tâche.

Adderly se demanda si l'excentricité de ce Pendergast ne confinait pas à la folie.

— Je suis désolé, déclara-t-il, mais nous ne pouvons pas laisser notre clientèle intervenir en cuisine, au risque de...

— L'unique risque est celui que vous faites courir à mon appareil gastro-intestinal. En attendant, si ceci peut vous rassurer...

Tout en parlant, il avait tiré de la poche de sa veste un badge bleu et or qu'il fourra sous le nez d'Adderly. Ce dernier y lut les mots : BUREAU FÉDÉRAL D'INVESTIGATION.

Lake ne s'était donc pas moqué de lui... Adderly recula d'un pas, impressionné, laissant tout le loisir à son étrange hôte de poursuivre :

— Parlez-moi donc de ce Wait et de sa pêche.

Reggie adressa un coup d'œil à son patron. Adderly lui signifia son accord d'un hochement de tête. Reggie lui répondit par un mouvement du menton, puis ouvrit la porte de la chambre froide et se figea devant.

— Que se passe-t-il ? demanda Pendergast.

— J'aurais juré avoir acheté une douzaine de soles à Wait et il n'en reste que dix.

— Je n'ai pas eu l'occasion de vous en parler, intervint Adderly en masquant son étonnement. J'avais remarqué des différences entre les commandes et les livraisons depuis quelque temps. J'ai bien peur que nous soyons victimes d'un voleur. Je compte sur vous pour signifier mon mécontentement autour de vous.

Sans s'inquiéter de la réaction d'Adderly, Pendergast avait disparu à l'intérieur de la chambre froide.

— Ah ! s'exclama-t-il en ressortant quelques instants plus tard, un poisson vidé à la main. À défaut d'être une sole de Douvres, celle-ci fera fort bien l'affaire. Puis-je vous demander une poêle en fonte soigneusement culottée ?

Reggie lui en tendit une.

— Excellent. Reggie, quel est votre nom de famille ?

— Sheraton.

— Je vous remercie, monsieur Sheraton. Dites-moi, comment prépareriez-vous cet animal ?

— Je commencerais pas en dresser des filets.

— Allez-y, je vous prie.

Il déposa le poisson sur le billot et observa Reggie à la manœuvre.

— Remarquable, approuva-t-il. Tous les espoirs sont permis. À présent, comment cuiriez-vous ces filets de sole ?

— Dans du saindoux, bien sûr.

Un frisson parcourut l'échine de Pendergast.

— Vous n'utiliseriez pas de beurre clarifié ?

— Du beurre clarifié ?

Un silence gêné ponctua sa réponse.

— Fort bien. Nous nous contenterons d'une préparation toute simple. Posez donc cette poêle sur un feu vif, je vous prie.

Reggie s'approcha du piano, alluma l'un des feux et y posa la poêle.

— Mettez-y un peu de beurre. Pas trop. Juste de quoi graisser le fond de la poêle... Doucement ! Voilà, c'est bien assez.

Reggie, surpris, se contenta de déposer le minuscule morceau de beurre demandé. Le reste de l'assistance, hébété, continuait d'assister à l'opération dans le plus grand silence.

Pendergast s'empara des filets de poisson.

— À présent, monsieur Sheraton, si vous voulez bien réunir le reste de la *mise en place*, comme on dit en français : champignons, ail, vin blanc, farine, sel, poivre, persil, un demi-citron et de la crème ?

Tandis que Reggie s'activait à contrecœur, Pendergast surveillait la poêle. De son côté, Adderly semblait assister à cette leçon de cuisine improvisée avec autant de curiosité que d'amusement.

Pendergast commença par saler le poisson des deux côtés avant de le réserver.

— Un couteau de chef, je vous prie ?

Stu, l'aide-cuisinier, lui en tendit un. Pendergast l'examina attentivement.

— Il est mal aiguisé ! se plaignit-il. Vous devriez savoir qu'une lame émoussée est plus dangereuse qu'une lame aiguisée. Où se trouve votre fusil ?

Il saisit celui qu'on lui tendait et entreprit d'aiguiser le couteau en quelques gestes experts. Il découpa alors un champignon en quartiers avec habileté avant de passer le relais à Reggie. Celui-ci s'acquitta de sa tâche avant de hacher une gousse d'ail et quelques brins de persil.

— Vous maniez correctement le couteau, commenta Pendergast. C'est déjà ça. À présent, intéressons-nous à ce poisson. La préparation d'une sole *à la minute* nécessite que la poêle soit très chaude de façon à obtenir une cuisson rapide. Vous constaterez qu'elle est à température.

Le poisson grésilla sur la fonte beurrée pendant quelques secondes.

— Vous voyez ? On peut le retourner, décida-t-il en changeant la sole de côté à l'aide d'une spatule. Vous constaterez l'apparition d'un fond intéressant.

— Dans la Navy…, se justifia Reggie.

— Il ne s'agit plus de frire des bâtonnets de poisson pour plusieurs centaines d'hommes, l'interrompit Pendergast. Vous cuisinez désormais pour des clients exigeants. Voilà, c'est prêt !

D'un geste élégant, il fit glisser la sole sur une assiette propre.

— Vous noterez que je sers les filets du bon côté. Maintenant, monsieur Sheraton, observez bien.

L'inspecteur fit couler quelques gouttes de vin blanc dans la poêle, provoquant un nuage parfumé, puis il ajouta une cuillère de farine, un peu de beurre et déglaça le tout en remuant les ingrédients avec un fouet.

— Je réalise un *beurre manié* rudimentaire à partir duquel nous allons préparer notre sauce.

Il y ajouta rapidement les champignons et l'ail, saisit le manche de la poêle avec un torchon, fit sauter ses ingrédients, y ajouta une généreuse cuillerée de crème sans jamais cesser de remuer au-dessus du feu. Il attendit une minute, coupa le gaz, goûta la sauce avec une cuillère, rectifia l'assaisonnement, préleva une nouvelle cuillerée et la montra à Reggie.

— Voyez comment la sauce *nappe* la cuillère, monsieur Sheraton. À l'avenir, je vous invite à vous assurer que votre sauce atteint cette consistance avant de me la servir.

Il arrosa généreusement le poisson de sauce, déposa quelques brins de persil haché et assaisonna le tout d'un filet de citron.

— *Filets de poisson Bercy aux champignons*, annonça-t-il avec panache. Plus exactement, *filets de sole à la Pendergast*, puisqu'il m'a fallu prendre quelques libertés avec la recette originale, eu égard aux circonstances. Dites-moi, monsieur Sheraton, vous sentez-vous capable de vous lancer désormais seul dans cette préparation chaque fois que je viendrai me restaurer dans votre établissement ?

— C'est pas très compliqué, reconnut sèchement Reggie.

— C'est bien là le plus admirable.

— Vous avez bien dit... chaque fois que vous mangerez ici ?

— Chaque fois, approuva Pendergast en sortant de sa poche un billet de cent dollars qu'il tendit au cuisinier. Pour votre peine.

L'agacement de Reggie se métamorphosa en étonnement.

— Est-ce vous qui dirigez les cuisines au déjeuner comme au dîner ? demanda Pendergast, une note d'espoir dans la voix.

— Je travaille à l'heure du déjeuner seulement deux fois par semaine.

— Allons bon. Dans ce cas, nous nous contenterons du dîner. *Filets de sole à la Pendergast* jusqu'à nouvel ordre, si vous n'y voyez pas d'inconvénient. Je vous remercie.

Sur ces mots, Pendergast prit son assiette et quitta les lieux.

Adderly, hilare, donna une tape amicale dans le dos du cuisinier.

— Alors Reggie ? On dirait que notre menu s'est enrichi d'un nouveau plat ?

— Ouais.

— Je vais l'ajouter sur l'ardoise.

Adderly quitta à son tour les cuisines en ricanant, laissant dans son sillage un personnel encore sous le coup de la surprise.

12

Benjamin Franklin Boyle enfonça sa fourche à palourdes dans la vase et dégagea un superbe coquillage. Il avança de quelques pas dans le chuintement de sa combinaison de pêche en caoutchouc, enfonça de nouveau la fourche et découvrit deux nouvelles palourdes. Il répéta l'opération à plusieurs reprises, puis s'accorda le temps de souffler en contemplant l'estuaire que barrait l'océan jusqu'à l'horizon. La marée basse était étale et le soleil couchant colorait les nuages d'une teinte violacée au-dessus de la mer. La soirée s'annonçait magnifique. Boyle se remplit les poumons de l'air pur et iodé auquel se mêlaient des effluves de vase, bercé par les cris des mouettes qui tournoyaient au-dessus des marais d'Exmouth.

Boyle avait revendu son chalutier cinq ans plus tôt, à l'âge de soixante-cinq ans. Le travail était décidément trop dur, les coquilles Saint-Jacques se faisaient de plus en plus petites et rares. Les dernières années, il relevait essentiellement dans ses filets des étoiles de mer qui en déchiraient les mailles. Ne plus avoir ce bateau sur les bras était un soulagement. Il en avait tiré un prix correct et ses économies lui assuraient une petite retraite. La pêche à la palourde mettait un peu de beurre dans les épinards, et lui permettait surtout de s'occuper, de rester au contact de cette mer qu'il aimait.

Il reprit sa respiration en regardant l'immensité qui l'entourait. Les palourdes avaient laissé des trous un peu partout dans la vase. Un bon coin pour pêcher, d'autant que personne ne s'y était aventuré récemment. Il fallait bien reconnaître que le chemin n'était pas évident, entre les herbes coupantes et les étendues de vase, largement écumées par les autres pêcheurs, qu'il fallait traverser. Le plus dur n'était pas l'aller, mais le retour, avec sur le dos une hotte de vingt kilos débordant de coquillages.

Il gratta de sa fourche le sable humide et gélatineux, dévoilant plusieurs palourdes. Il travaillait méthodiquement, mètre après mètre, enfonçait les crochets de la fourche pour retourner la vase, ramassait les palourdes, et recommençait. Parvenu à l'orée des premiers marais, il s'immobilisa, à la recherche d'un autre terrain de chasse, et tâta de sa botte la vase tremblante. Encore un bon coin. Il se baissait, prêt à donner le premier coup de fourche, lorsque son attention fut attirée par ce qui ressemblait à une boule de bowling velue à la lueur du crépuscule. L'étrange objet était attaché à une grosse forme partiellement submergée par un chenal boueux qui serpentait dans la vase.

Boyle posa sa lourde fourche et s'approcha, intrigué, dans le chuintement de ses bottes engluées. Il comprit au premier coup d'œil qu'il s'agissait d'un corps humain. L'homme, entièrement nu, gisait sur le ventre, bras et jambes écartés, le visage et le torse à demi enterrés dans la boue. Une couronne de cheveux rongée par une croûte de sel garnissait son crâne à moitié chauve. Un petit crabe vert, affolé par la présence de l'intrus, jaillit d'une touffe de cheveux avant de s'éloigner précipitamment.

Boyle avait vu plus d'un noyé dans son existence et celui-ci n'était pas différent des autres, avec les mêmes plaies aux endroits où crabes, poissons et homards avaient troué la chair, en quête d'un festin.

Il contempla longuement le cadavre en se demandant s'il connaissait ce malheureux. La calvitie du mort ne lui disait rien de particulier, mais il ne manquait pas de types chauves en ville, et la nudité du corps ne facilitait pas son identification. Il allait devoir prévenir la police, évidemment, mais sa curiosité l'emporta. Sa fourche à la main, il gratta la vase autour de la silhouette engluée qu'il tira ensuite par le bras. Le cadavre se décolla lentement de sa cangue de boue et se retourna avec un bruit de succion atroce tandis que le bras retombait lourdement sur le sable.

La manœuvre n'avait servi à rien, le visage et la poitrine du mort étaient maculés de boue noire. Le mieux était encore de lui rincer la tête. Boyle s'enfonça dans le chenal et prit de l'eau dans ses mains afin d'en asperger le cadavre. La vase ruissela sans peine sur la peau en découvrant les traits du noyé.

Boyle se pétrifia sur place. Le visage était entièrement rongé, ce qui n'avait rien d'anormal si le corps avait séjourné longtemps dans l'eau salée. Ce n'était pas l'absence de nez, de lèvres et d'yeux qui le frappait de stupeur, mais le torse de l'inconnu. Les yeux écarquillés, il cherchait à comprendre la signification réelle de ce qu'il avait un instant pris pour des tatouages de facture grossière.

Benjamin Franklin Boyle glissa une main à l'intérieur de sa combinaison de caoutchouc, récupéra son portable et composa le numéro de la police locale.

— Doris ? dit-il en reconnaissant la voix de la standardiste. Ben Boyle à l'appareil. Je pêchais dans l'estuaire quand je suis tombé sur un macchabée. C'est pas quelqu'un d'ici, il a dû dériver depuis les marécages. Il faut voir comme on l'a charcuté. Non, c'est impossible à décrire, faut le voir pour le croire.

Le pêcheur fournit à son interlocutrice toutes les précisions utiles pour sa localisation exacte, puis raccrocha et rangea son téléphone.

Le front barré d'un pli, il hésita brièvement. Quand bien même les flics se seraient mis en route immédiatement, il leur faudrait vingt bonnes minutes pour rappliquer. Il avait tout le temps de remplir son panier.

Il frappa le sable de la semelle, repéra les secteurs les plus gorgés d'eau et entama ses fouilles au rythme de la fourche qui labourait consciencieusement la vase.

13

Bradley Gavin, de la boue jusqu'à mi-cuisse, finit de régler les spots lumineux et relia le câble à la prise du groupe électrogène, puis il s'extirpa péniblement de la vase en remontant sur les planches de fortune installées autour de la scène de crime.

Il avait passé des heures à transporter ces fichus morceaux de bois, à traîner la génératrice jusque-là, à installer les projecteurs, à dérouler de la bande jaune sur le périmètre de la zone, conformément aux instructions du responsable de la criminelle, un géant nommé Malaga, venu tout exprès de Lawrence en compagnie d'un inspecteur et d'un photographe. Ces trois hommes attendaient à la limite des marais que tout soit en place afin de pouvoir s'approcher sans salir leurs chaussures.

— Jette donc un œil sur la jauge de la génératrice, lui commanda Mourdock depuis l'abri des planches, habillé d'une combinaison de pêche en caoutchouc qui n'avait jamais vu de près la moindre éclaboussure, les bras croisés sur la poitrine. Le chef était d'une humeur de dogue depuis la visite de Pendergast, et la découverte de ce cadavre n'avait rien arrangé. Cette histoire arrivait à point pour le forcer à se mettre au travail, au risque de retarder sa retraite, voire de bouleverser le faible taux de criminalité dont il s'enorgueillissait depuis qu'il avait pris la direction de la police municipale.

Gavin haussa les épaules d'un air blasé. Plus que six mois à tirer avant d'endosser le costume de son chef, si tout allait bien.

Il se pencha sur la jauge.

— Le réservoir est quasiment plein.

Il se détourna consciencieusement du corps qui gisait sur le dos à l'endroit où l'avait retourné le pêcheur de palourdes. Ce connard avait continué à labourer la vase tout autour du cadavre, détruisant le peu d'indices qui auraient pu subsister. Malaga, le ponte de la criminelle, risquait fort de péter un câble en voyant ça.

— C'est bon, grommela Mourdock, interrompant la rêverie de son adjoint. Tout est bon.

Il porta son walkie-talkie à ses lèvres.

— On est prêts pour les gars de la criminelle.

Gavin, essoufflé, tentait désespérément de retirer, à l'aide d'un bâton, la vase restée collée à sa combinaison de pêche.

— Hé, Gavin ! Attention de ne pas laisser de boue sur les planches !

Gavin s'écarta légèrement et finit de nettoyer ses bottes. Une nuit glacée s'était abattue sur les marais, un brouillard poisseux flottait au ras du sol, ajoutant au sinistre de la scène. Le lieu ressemblait davantage à un décor de cinéma qu'à une scène de crime.

Des voix trouèrent la nuit et des lumières dansèrent dans la brume. La silhouette immense de Malaga se détacha dans l'obscurité. Le blanc de son crâne brillant et soigneusement rasé tranchait avec les poils noirs qui couvraient son cou de taureau. Un jeune inspecteur d'origine asiatique marchait dans son sillage, suivi par un photographe obèse qui soufflait et maugréait sous le poids de son matériel.

Malaga s'arrêta à l'entrée de la scène de crime.

— Merci, monsieur Mourdock, déclara-t-il d'une voix de basse mélodieuse.

À son signe, le gros photographe s'avança et prit des clichés du corps sous toutes les coutures. Très professionnel, il s'agenouillait, se dressait sur la pointe des pieds, s'agitait dans tous les sens avec une dextérité inattendue, à la lumière des flashs qui lançaient périodiquement leurs éclairs silencieux. Gavin s'efforçait de ne rien laisser paraître de son émoi. C'était la première fois qu'il voyait une scène de crime. Ses yeux s'arrêtèrent malgré lui sur le cadavre allongé sur le dos et il frissonna à la vue des symboles brutalement gravés à même le torse de la victime. Qui avait bien pu commettre une horreur pareille ? Et pourquoi ? Ça n'avait aucun sens. Aucun. Quelle raison pouvait pousser un criminel à agir de la sorte ? Gavin sentit monter en lui un sentiment de colère à l'idée que l'on ait ainsi violé la tranquillité de sa ville.

120

Tout en arpentant la scène de crime, Malaga donnait des instructions au photographe qui s'activait de plus belle. Le gros homme installa son appareil sur un trépied au-dessus du corps et le photographia à la verticale.

— C'est bon, décida-t-il enfin en reculant d'un pas.

L'inspecteur approcha à son tour, les mains gantées de latex. Il avait enfilé une combinaison blanche et des bottes. Il posa à ses pieds une valise dont il sortit plusieurs poches de feutre contenant des tubes à essai, des pinces à épiler, des sachets en plastique, des épingles, des étiquettes, de petits drapeaux montés sur des tiges de fil de fer, des cotons-tiges, ainsi qu'un assortiment d'aérosols remplis de produits chimiques. Il s'activa au-dessus du cadavre en prélevant des poils et des fibres textiles à l'aide de ses ustensiles. Il cura les ongles du mort, lui enveloppa les mains dans des sacs en plastique, puis examina à l'aide d'une minitorche les symboles gravés sur sa peau avant de récupérer divers indices, de frotter des cotons-tiges çà et là et d'enfermer le tout dans des tubes en verre.

Tout était silencieux. Malaga lui-même ne disait mot. Pour finir, le jeune inspecteur releva les empreintes du mort sur une tablette électronique. Son travail achevé, il remisa ses instruments et battit en retraite avec la même démarche de félin qu'à son arrivée.

Malaga se tourna vers Mourdock.

— Nous avons terminé, je vous le laisse.

Il serra vigoureusement la main du chef, anxieux de quitter l'atmosphère malsaine du marais, et repartit sur le chemin de planches, suivi de ses hommes.

La panique avait saisi Mourdock. L'adjoint comprit que son chef n'avait jamais eu l'occasion d'enquêter sur un meurtre depuis son arrivée à Exmouth. Peut-être même n'avait-il jamais été confronté à des meurtres à Boston, la police de la ville disposant de sa propre brigade criminelle.

Gavin fronça les sourcils. Pourquoi ne pas s'adresser à Pendergast ? Le chef avait franchi son seuil de compétence alors que ce Pendergast, en dépit de sa bizarrerie, possédait les qualités requises.

— Euh…, tenta-t-il. Vous ne croyez pas qu'on devrait s'adresser à cet inspecteur du FBI, chef ? Il voudra sans doute qu'on le tienne au courant et il pourrait peut-être même nous aider…

Le chef afficha une mine furibarde.

— Inutile de le *déranger*. N'oubliez pas qu'il a déjà sur les bras une enquête *importante*.

Le sarcasme n'échappa pas à Gavin.

Une voix melliflue s'échappa de l'obscurité.

— Cher monsieur Mourdock, je vous sais gré de votre considération, mais cela ne me dérangera nullement.

La silhouette funèbre de l'inspecteur émergea de la nuit, son visage livide flottant tel un spectre dans les écharpes de brume.

Mourdock prit une expression indescriptible, puis avala sa salive.

— Inspecteur... euh, Pendergast. C'est sûr, nous serions d'avis de bénéficier de vos lumières.

Il fut pris d'une hésitation avant de poursuivre :

— Comptez-vous agir de façon officielle ?

Pendergast balaya la question d'un geste.

— Pas le moins du monde. Tout le mérite de l'enquête vous revient de droit. Ainsi qu'à cet excellent sergent Gavin, bien sûr.

Mourdock se racla la gorge, manifestement perplexe.

Une autre silhouette émergea des ténèbres. Le chef, hypnotisé, découvrit Constance Greene, vêtue d'une salopette de toile à l'ancienne et de bottes montantes, les cheveux dissimulés sous un fichu. Si la jeune femme affichait une beauté datée en temps ordinaire, elle paraissait plus étrange encore à la lueur des projecteurs. Elle observait la scène en silence sans que le moindre détail lui échappe.

— Qui est cette dame ? s'enquit Malaga, qui avait fait demi-tour en voyant arriver Pendergast. Pas de badauds.

— Cette dame est mon assistante, répliqua sèchement Pendergast. Veuillez la considérer avec les mêmes égards que moi.

— Je n'y manquerai pas, réagit Malaga en adressant à la nouvelle venue une courbette suffisante.

Sur ces mots, il tourna les talons et disparut dans la nuit.

Pendergast se glissa sous la bande jaune et s'approcha du corps, Constance sur les talons.

Gavin aurait donné cher pour savoir ce qu'elle pensait à la vue du cadavre. Le mort, le visage en lambeaux dont la langue et les lèvres absentes laissaient apparaître deux grandes rangées de dents jaunes, était répugnant. Le spectacle ne semblait guère émouvoir Constance, à en juger par son calme.

Cette fille-là n'était vraiment pas ordinaire.

Pendergast s'agenouilla dans la vase.

— Je constate qu'il s'agit de cet historien, Morris McCool.

Gavin dissimula mal sa surprise.

L'historien ?

— Comment pouvez-vous l'affirmer ? s'enquit Mourdock. Le visage est… euh, méconnaissable et le corps n'a pas encore été identifié.

— Je reconnais les lobes de ses oreilles. Vous constaterez qu'ils sont attachés au visage d'une façon inhabituelle. Les lobes d'oreilles sont presque aussi parlants que les empreintes digitales. En outre, la corpulence et la taille du sujet correspondent.

— Vous connaissiez ce type ? demanda Mourdock.

— J'ai eu l'occasion de le croiser à l'auberge.

Pendergast régla les projecteurs, puis se pencha sur le corps, ainsi que l'avait fait l'enquêteur de la criminelle. Muni d'une pince à épiler, il préleva plusieurs indices qu'il enferma dans des tubes et des sachets sortis comme par magie de son costume. L'enquêteur de la criminelle n'était pas un débutant, mais ce Pendergast exécutait sa tâche avec la grâce d'un danseur étoile en agitant ses doigts blancs interminables de tous côtés. Il s'intéressa longuement aux plaies de l'abdomen qu'il examina avec la plus grande attention, allant jusqu'à s'aider d'une loupe de bijoutier. Il tritura à loisir les chairs restées collées au crâne du mort, puis se releva et s'éloigna du cadavre.

Gavin, qui observait Constance Greene, s'étonna de lire sur son visage une lueur d'intérêt proche de celle que peut avoir un amateur de peinture face à une toile de maître. Elle était infiniment moins ébranlée qu'il ne l'était lui-même. Il se demanda si elle faisait partie de ces gens que font vibrer les crimes de sang. Non, ce n'était pas l'impression qu'elle lui donnait. Elle considérait le meurtre comme un défi intellectuel. Bon point pour elle, pensa-t-il.

— Intéressant, murmura Pendergast. Outre ces inscriptions gravées à même la peau, certaines plaies semblent former des lettres.

Il posa le faisceau de sa minitorche sur les blessures portées à l'abdomen, de gauche à droite, puis de droite à gauche.

— Je crois lire T-Y-B-A-N-E.

Sa découverte fut accueillie par un silence. Gavin, pétrifié par la surprise, constata que les plaies, sous un certain angle, dessinaient en effet des caractères grossièrement tracés. TYBANE. Un coup d'œil vers Mourdock lui montra que celui-ci demeurait impassible.

Il se tourna vers Pendergast. Ce dernier l'observait avec curiosité.

— Un détail vous intrigue, sergent ?

— Non, balbutia-t-il. C'est juste que ce mot…
me semble familier.

— Intéressant, nota Pendergast en se penchant à nouveau sur le corps. C'est vraiment très
curieux. Vous noterez que les blessures ont été
infligées à l'aide d'un couteau à lame de pierre.

— Un couteau à lame de pierre ? Comme ces
couteaux indiens anciens, vous voulez dire ?

— Oui, mais fraîchement taillé afin de l'aiguiser. Une technique nécessitant un savoir-faire
bien particulier. Les incisions ont été pratiquées
avant le décès de la victime, ainsi que le montrent
ces traces de sang coagulé. La précision avec
laquelle a été exécuté ce travail nous indique
toutefois que la victime était inconsciente au
moment des faits, sans quoi elle n'aurait pas
manqué de se débattre. Quant à la blessure
fatale, elle semble avoir été infligée à l'aide d'un
long couteau dont la lame a traversé les viscères.
Une baïonnette, peut-être.

Il jeta un regard autour de lui.

— Le meurtre lui-même a eu lieu plus loin,
au niveau des marais salés. Le corps aura dérivé
jusqu'ici avec la marée descendante. L'étude des
courants permettrait peut-être de déterminer
l'heure du décès et de localiser le lieu du crime.
Le corps a séjourné dans l'eau relativement longtemps, puisque les poissons ont trouvé le temps
de manger les lèvres, les yeux, le nez et la langue.

Il releva la tête en direction de Gavin.

— Diriez-vous que le pêcheur de palourdes
qui a découvert le corps est d'une nature particulièrement avare ?

126

— Boyd ? répondit Gavin. Oh oui, c'est de notoriété publique. Il les lâche avec des élastiques. Comment le savez-vous ?

— Je l'ai deviné au fait qu'il avait continué de pêcher après la découverte du cadavre. À qui vend-il ordinairement le produit de sa pêche ?

— À l'auberge. Les palourdes frites sont leur spécialité.

Pendergast frissonna imperceptiblement.

— Lorsque l'on sait que la palourde se nourrit dans son environnement direct, manger des palourdes frites à l'auberge dans les prochains jours ne sera pas très éloigné du cannibalisme. Fort heureusement, je ne risque pas d'ingurgiter un jour des palourdes frites, même s'il s'agit d'une spécialité locale.

Il procéda à un dernier examen du corps, sortit de sa poche un petit appareil photo numérique et prit plusieurs clichés des plaies. Pendergast se releva en ôtant ses gants.

— En dehors de ces incisions, la scène de crime ne nous apprend strictement rien, le corps ayant été déshabillé avant de dériver jusqu'ici où les marées se sont chargées d'effacer toute trace. Ces incisions ont été pratiquées d'une main sûre par quelqu'un qui a l'habitude de découper de la viande. Sans doute ces symboles ont-ils une signification, de même que le mot TYBANE. Monsieur Mourdock, j'ai bien peur d'être en désaccord avec votre conclusion. L'individu qui a commis ce crime n'est pas un psychopathe ; c'est un être aussi organisé que déterminé.

14

Constance Greene parcourut des yeux la chambre que Pendergast avait louée au rez-de-chaussée de l'auberge. Il avait fait enlever le lit et installer à la place une grande table en pin sur laquelle étaient posés un vieux magnétophone à bandes équipé d'un micro antédiluvien, une antique machine à écrire IBM Selectric, ainsi qu'un dictaphone.

Elle n'en revenait pas de l'amabilité du chef Mourdock. Le matin même, celui-ci avait autorisé Pendergast à fouiller les réserves de la police municipale à la recherche de vieux matériel.

— Ah, Constance ! Je vois que vous admirez ma salle d'interrogatoire, l'accueillit Pendergast, un vieil ordinateur entre les mains.

— C'était donc ça ? Vous avez souhaité installer une salle d'interrogatoire ?

Il posa l'ordinateur sur la table.

— Absolument. Qu'en dites-vous ?

— On se croirait dans un musée des sciences et techniques.

Il brancha le PC, connecta le clavier et mit l'appareil en marche. Une boîte de disquettes encore vierges était posée à côté de l'ordinateur.

— Cet appareil fonctionne-t-il, au moins ?

— Non.

— Votre MacBook serait-il en panne ?

— C'est un instrument trop délicat pour intimider qui que ce soit.

Elle balaya à nouveau la pièce des yeux.

— Si je comprends bien, tout ceci est du chiqué.

— Vous apprendrez, ma chère Constance, qu'une batterie de machines électroniques, fussent-elles désuètes, a le pouvoir d'impressionner les témoins potentiels. Ce magnétophone fonctionne encore, mais j'ai jugé préférable de relier le micro à un petit enregistreur numérique dissimulé à l'intérieur.

Il organisa le contenu de la table de façon à dresser un mur sévère entre le témoin et l'interrogateur.

— Fermez la porte et installez-vous, je vous prie.

Constance s'exécuta en ramenant sa robe longue sous elle.

— Qui comptez-vous interroger ?

Pendergast lui tendit une liste de noms qu'elle lut avant de la reposer.

— Vous avez du pain sur la planche.

— Sans doute sera-t-il inutile de convoquer tous ces gens. Comme le diraient volontiers les autochtones, je pars à la pêche.

— En d'autres termes, vous croyez avoir établi un lien entre le meurtre de cet historien et ce squelette emmuré.

— En temps ordinaire, je me méfie de telles intuitions. Mais, en l'occurrence, mon intuition est si prégnante que je m'autorise une exception. Oui, je crois pouvoir affirmer que ces deux affaires sont liées.

— De quelle façon ?

Il se carra dans son siège, les mains en pointe.

— Dans un premier temps, je souhaiterais recueillir vos impressions, Constance. Vous voyant si prompte à vous lancer librement dans cette enquête, je serais curieux d'entendre votre analyse des éléments dont nous disposons.

Elle se pencha en avant, gênée de sentir peser sur elle le regard attentif de son tuteur.

— Nous sommes en présence de plusieurs éléments remarquables, commença-t-elle. Nous savons que cet historien s'intéressait à la disparition d'un navire le long de ces côtes, en 1884. Cette année-là, à la suite de l'éruption du Krakatoa, Exmouth a été victime d'une catastrophe. La datation au carbone 14 nous informe également qu'un marin afro-américain a été torturé puis emmuré vivant dans le sous-sol de la maison du gardien du phare. En 1886, ce même gardien, sous l'emprise de l'alcool, a été victime d'une chute mortelle dans l'escalier du phare.

Pendergast approuva lentement.

— En considérant l'ensemble de ces éléments, je crois pouvoir en déduire que l'homme a été emmuré en 1884 et que ce crime est lié à la

130

disparition du navire. Je ne serais pas surprise que la mort du gardien, deux ans plus tard, soit une conséquence de ce drame. N'oublions pas que le marin avait été emmuré dans son propre sous-sol. Cette petite ville est porteuse d'un lourd secret, à la suite d'un événement survenu à cette époque. L'historien ayant découvert des détails susceptibles de révéler ce secret, on l'aura tué afin de le museler.

— Qu'en est-il des marques retrouvées sur le corps ?

— Je n'ai aucune réponse à cette question.

— Le vol de la cave de Lake ?

— Vous l'avez souligné vous-même, il s'agit d'un écran de fumée destiné à enlever discrètement le squelette du marin. J'y vois une preuve supplémentaire que le lourd secret auquel je faisais allusion survit toujours à Exmouth.

— Quelles recommandations pourriez-vous me proposer pour la suite ? Par ordre de priorité, bien évidemment.

Constance prit le temps de réfléchir.

— Primo, déterminer la nature de la découverte faite par l'historien, au prix de sa vie. Secundo, se renseigner sur le navire disparu, le *Pembroke Castle*. Tertio, se renseigner sur le gardien du phare, si possible. Quarto, découvrir la signification des plaies retrouvées sur le corps de la victime.

— Votre raisonnement n'est pas d'une logique parfaite, beaucoup de ces propositions reposent sur de simples spéculations, mais j'avoue que vous ne me décevez pas.

Un pli barra le front de Constance.

— Vos compliments en demi-teinte ne me plaisent guère. En quoi mon raisonnement manque-t-il de logique ?

— Je m'autorisais une simple plaisanterie. Votre analyse et vos recommandations sont hautement louables. J'y vois même toutes les raisons de vous confier une mission de première importance.

Elle s'agita sur sa chaise, soucieuse de cacher sa satisfaction.

— À mon tour de vous interroger sur vos conclusions, réagit-elle.

— Je souscris à toutes vos propositions, sous réserve de découvrir des indices plus probants. Cela dit, les deux détails les plus parlants à mes yeux sont ce mot TYBANE gravé sur le torse de l'historien, à côté de ces étranges symboles... ainsi que cette histoire de fantôme.

— Quelle histoire de fantôme ?

— Celle que vous m'avez rapportée vous-même. Ce phare hanté, ces cris de bébé.

— Vous y accordez vraiment de l'importance ?

— La plus haute importance.

Un coup frappé à la porte interrompit leur conversation.

— Ah ! Voici notre premier témoin ! s'écria Pendergast.

Il ouvrit et découvrit un homme dans le couloir. La quarantaine, de stature frêle, brun, le crâne légèrement dégarni, il avait une pomme d'Adam proéminente. Constance l'avait déjà aperçu à deux reprises depuis leur arrivée : le jour de l'arrestation de Pendergast, observant la scène à distance, et le matin même dans la salle du petit-déjeuner de l'auberge. Les deux fois, il portait une tenue sans fantaisie contrastant de façon comique avec des pulls en laine de couleur voyante. Celui qu'il avait enfilé ce jour-là, couleur pêche, ne faisait pas exception à la règle. *Chacun son goût*, grimaça-t-elle intérieurement en français. En l'occurrence, son mauvais goût.

— Ah ! s'exclama Pendergast. Monsieur Dana Dunwoody, dans toute sa splendeur.

— J'ai un faible pour les couleurs vives, ce qui ne semble pas être votre cas, répondit le nouveau venu en serrant la main que lui tendait l'inspecteur.

— Vous avez raison, mille fois raison ! Asseyez-vous, je vous en prie.

Pendergast attendit que le visiteur se soit installé avant de reprendre :

— Je vous présente mon assistante, Mlle Greene, qui assistera à notre entretien. Constance, voici Dana Dunwoody, l'avocat d'Exmouth.

Constance le gratifia d'un hochement de tête.

— En quoi puis-je vous aider, inspecteur ? s'enquit Dunwoody.

— J'aurais quelques questions à vous poser, si vous n'y voyez pas d'inconvénient.

Dunwoody répondit par un geste désinvolte de la main. Constance nota que l'avocat avait un tatouage à l'un des poignets. Une ancre de marine toute simple, à demi effacée.

Pendergast s'empara d'un cahier.

— J'ai cru comprendre que vous habitiez une maison surplombant les marais.

Dunwoody acquiesça.

— Vous trouviez-vous chez vous avant-hier soir ?

Dunwoody approuva à nouveau.

— Auriez-vous vu ou entendu quoi que ce soit d'inhabituel ?

— Rien de particulier.

Pendergast prit quelques notes dans son cahier.

— Comment se porte votre profession à Exmouth ?

— Correctement.

— Quels genres d'affaires traitez-vous ?

— Des ventes immobilières, quelques procès, les affaires juridiques habituelles d'une petite ville.

— Des procès, dites-vous ?

— Oui, de toutes sortes. Des litiges relatifs à des terrains, des désaccords entre voisins, des demandes de rezonage.

— Je vois. J'imagine que votre position d'élu municipal constitue un avantage en la matière.

Dunwoody chassa d'un doigt l'un des fils de son pull.

— Sachez que je veille scrupuleusement à éviter tout conflit d'intérêts entre mon métier et ma fonction, inspecteur.

— Je n'en doute pas.

Dunwoody esquissa l'ombre d'un sourire. Constance se fit la réflexion qu'il n'était pas homme à se laisser aisément intimider.

— Êtes-vous marié, monsieur Dunwoody ?

134

— Je ne le suis plus.

Constance plissa légèrement les yeux. Il avait l'art, propre aux hommes de loi, de répondre aux questions en fournissant le minimum d'informations.

— Je vois. J'imagine toutefois que vous avez des proches ici.

Dunwoody hocha la tête.

— J'appartiens à une vieille famille locale.

— Installée ici depuis quand ?

— Je n'en sais rien exactement. Les Dunwoody ont toujours fait partie du paysage local.

— Pour en revenir à vos proches. Votre frère, Joe, exerce le métier de barman ici même, à l'auberge. Je me trompe ?

La fierté qu'affichait l'avocat en évoquant ses origines familiales céda la place à une ombre qui s'effaça aussitôt.

— C'est bien ça.

— Pratiquez-vous la justice criminelle, monsieur Dunwoody ?

— J'en ai rarement l'occasion à Exmouth.

— Ce qui n'empêche pas la ville de connaître certaines difficultés. Je pense au cambriolage dont a été victime Perceval Lake, par exemple. J'ai également appris par l'un des employés de l'auberge que certains produits alimentaires disparaissaient régulièrement des cuisines.

— On peut difficilement parler de délit.

— Avez-vous lu *Le Chien des Baskerville* ?

L'avocat hésita brièvement, surpris par la question.

— Je ne vois pas le rapport.

— Je vous l'expliquerai si vous acceptez de répondre à la question.

— Eh bien, oui.

— Dans ce cas, vous aurez peut-être gardé le souvenir de circonstances similaires. Je veux parler de la nourriture qui disparaît de Baskerville Hall.

Le visage de l'avocat perdit soudain toute expression, de façon parfaitement maîtrisée.

Pendergast referma brusquement son cahier et le posa à côté de la machine à écrire.

— Je n'ai pas d'autre question. Merci d'avoir pris le temps de me répondre.

Dunwoody se leva, adressa un signe de tête à chacun de ses interlocuteurs et quitta la pièce en refermant la porte derrière lui.

Constance se tourna vers l'inspecteur.

— *Le Chien des Baskerville* ? Un mystère de plus, Aloysius ?

— Pas le moins du monde. Avez-vous remarqué sa réaction, ou plutôt son absence de réaction ? Très instructif.

— J'avoue ne pas voir où vous souhaitez en venir. Il n'en reste pas moins que cet homme n'a pas la conscience tranquille.

— N'est-ce pas, Constance ? C'est le cas de tous les avocats, mais celui-ci, à mon avis, a la conscience moins tranquille encore que ses collègues.

Il regarda sa montre.

— Allons, nous avons tout juste le temps d'une tasse de thé avant l'arrivée de l'invité suivant.

15

Un visiteur les attendait devant la porte fermée, une casquette de base-ball à la main, lorsqu'ils regagnèrent la salle d'interrogatoire improvisée. Pendergast le pria d'entrer et l'homme examina la pièce de ses yeux chassieux, manifestement intimidé par l'atmosphère du lieu. Constance, qui ne l'avait jamais vu, nota que flottait autour de sa personne un léger parfum de bourbon et de cigare.

— Mettez-vous à l'aise, monsieur LaRue, l'invita Pendergast.

L'homme prit le siège qu'on lui indiquait.

Multipliant les gestes méticuleux, Pendergast installa une bande sur le magnétophone, régla longuement les boutons, et enfonça la touche d'enregistrement. Les bobines se mirent à tourner. Constance remarqua avec intérêt qu'il n'avait pas procédé de la sorte avec l'avocat.

— Je vous prie de parler bien en face du micro, lui demanda Pendergast.

— Bien, monsieur, acquiesça le visiteur.

— Commencez par m'indiquer vos nom et adresse.

Gordon LaRue vivait de très longue date à Dill Town où il gagnait sa vie modestement en tondant des pelouses.

— Depuis combien de temps vous occupez-vous de la pelouse de M. Lake ?

— Ça fait douze ans.

— Avez-vous tondu la pelouse le week-end où M. Lake était absent, celui du cambriolage ?

— Oui. Il préfère que je vienne quand il est pas là, rapport au bruit.

— À quelle heure vous êtes-vous présenté chez lui le week-end en question ?

— Je suis arrivé le samedi vers 11 heures.

— Avez-vous remarqué quoi que ce soit d'anormal ?

— Non. L'herbe avait pas beaucoup poussé, vu qu'on est en automne. M. Lake aime que sa pelouse soit bien tenue, rapport aux sculptures.

— La maison semblait-elle avoir reçu de la visite ?

— J'ai rien remarqué. Y avait pas de traces d'effraction, pas de voiture, rien.

— À quelle heure êtes-vous reparti ?

— À 12 h 30.

— Très bien, monsieur LaRue. Ce sera tout.

Le jardinier s'apprêtait à sortir lorsque Pendergast lui demanda négligemment :

— Dill Town a été fondée par des pêcheurs de baleines, c'est bien cela ?

— Oui.

— Intéressant. Je vous remercie.

Pendergast raccompagna son visiteur, referma la porte et adressa un petit sourire à Constance.

— Vous allez à la pêche ? s'enquit cette dernière, curieuse de savoir pourquoi ils perdaient ainsi leur temps.

— Précisément. Je vous propose de lancer à l'eau un nouvel appât en m'amenant le candidat suivant, si ce n'est pas trop vous demander.

En gagnant le hall d'entrée, Constance découvrit un nouveau témoin assis sur une chaise. Le visage rougeaud, il se dressa sur ses jambes.

— J'espère que ça ne va pas prendre des heures, s'agita-t-il en l'examinant de pied en cap de son regard bleu alerte.

Vêtu d'une chemise de bûcheron sous un manteau de poils blancs et d'un pantalon de travail bleu que maintenaient des bretelles, il devait avoir dans les soixante-dix ans. L'odeur des marais flottait autour de lui.

— Par ici, l'invita-t-elle.

Le vieil homme poussa rageusement la porte qu'elle lui désignait et refusa de s'asseoir. Pendergast, imperturbable, réglait à nouveau son matériel d'enregistrement.

— Eh bien ? s'énerva le visiteur. Si c'est comme ça, comptez pas sur moi pour répondre à vos questions.

— Excusez-moi, le temps de mettre cet appareil en marche. Vous êtes bien monsieur George Washington Boyle ?

— Benjamin Franklin Boyle, le corrigea l'autre. Pour un inspecteur, vous commencez fort.

— Toutes mes excuses, répondit Pendergast en continuant à s'activer. Je vous rappelle, monsieur Boyle, que vous êtes venu de votre plein gré. Vous refusez de répondre à mes questions, dites-vous ?

— Et alors ? Vous allez m'envoyer un mandat ou un truc du genre pour m'obliger à revenir ?

— Non, non. Il s'agit d'une enquête privée. Je n'ai aucun moyen légal de vous convoquer. Vous êtes libre de vous en aller. Sans rancune.

Le vieil homme poussa un grognement.

— Tant qu'à être là...

Il se laissa tomber sur la chaise.

En affectant un air d'incompétence qui donnait l'impression au vieil homme qu'il avait le dessus, Pendergast l'avait savamment mis en condition. La manœuvre, habile, donna à Constance la mesure de ses propres limites en matière de relations humaines. Elle en arrivait à se demander si elle n'aurait pas mieux fait de rester à Riverside Drive.

— Monsieur Boyle, le week-end où a été commis le vol de la cave de M. Lake, j'imagine que vous pêchiez la palourde dans l'estuaire d'Exmouth ?

— J'y ai passé quelques heures le samedi après-midi.

— À quel endroit précis ?

— Dans ce qu'on appelle les Channel Flats.

— Pourriez-vous m'indiquer ce lieu sur un plan ? insista Pendergast en dépliant devant son interlocuteur une carte de la région.

— Juste là, précisa Boyle en pointant le lieu exact d'un index sale.

— Ah. Je constate que vous ne pouviez donc pas apercevoir le phare.

— Non. J'étais à plus de trois kilomètres, derrière les falaises d'Exmouth. De toute façon, on peut rien voir à cause des herbes sauvages et des quenouilles qui mesurent plus d'un mètre cinquante par endroits, voire un mètre quatre-vingts.

— Je me demandais si vous n'auriez rien remarqué, lors de votre arrivée ou de votre départ.

— Rien de rien, à part la vase et les palourdes. Pendergast replia sa carte.

— J'imagine que vous connaissez ces marais comme votre poche.

— Mieux que personne, j'dirais.

— À sa façon, l'endroit est fort beau.

— C'est bien vrai, approuva Boyle avec conviction tout en laissant entendre au son de sa voix qu'il n'entendait pas s'éterniser sur le sujet.

— Je ne serais pas surpris que ces marais aient une histoire très riche.

— Pour ça, oui.

— En même temps, je vois mal un simple pêcheur de palourdes s'intéresser à l'histoire.

Boyle se cabra.

— J'ai été capitaine de chalutier pendant quarante ans, monsieur Pendergast. J'ai passé ma vie à bourlinguer, et tous ceux qui ont bourlingué s'intéressent à l'histoire.

Pendergast manifesta son étonnement d'un haussement de sourcils.

— Je vois, mais je me demande quel passé historique peut bien avoir un marais aussi inhospitalier.

— Un passé plus important que vous croyez, rit Boyle, que la bêtise de ce Pendergast commençait à amuser grandement. Toutes sortes d'histoires circulent sur ces marais. Des légendes, aussi. Des histoires de sorcières. Ou encore celle du Faucheur gris.

— Le Faucheur gris ?

— Des fois, la nuit, on voit une lumière se déplacer à droite, à gauche dans le marais. C'est le Faucheur gris. Y a deux siècles de ça, on raconte que vivait un certain Jack qu'était le plus fieffé salopard de la baie de Casco à Gloucester. À sa mort, le diable l'a emporté pour le conduire en enfer, mais Jack était si mauvais coucheur que le diable l'a pas supporté longtemps. Alors il a donné à Jack un morceau de charbon ardent et lui a dit : « T'es décidément trop mauvais pour mon enfer, t'as qu'à construire le tien avec ce morceau de charbon ! »

Le vieil homme ponctua son récit d'un grand rire.

— Alors il erre dans les marais depuis, couvert d'un manteau de vase gris. D'où son surnom. Comme il se confond avec le paysage, on ne le voit pas, mais on distingue son charbon ardent. Chaque fois qu'on aperçoit cette fichue lumière qui se balade dans les marais, c'est le Faucheur gris qui se promène avec son morceau de charbon, à la recherche d'âmes perdues pour construire son propre enfer.

Pendergast, quoique visiblement agacé de perdre son temps avec de telles fariboles, insista :

— Vous parliez également de sorcières.

Boyle fit un geste de la main.

— Une légende qui remonte à l'époque de Salem. Quand ça a bardé et qu'ils ont commencé à pendre les sorcières là-bas, plusieurs d'entre elles se sont carapatées de Salem en pleine nuit pour s'installer plus au nord, sur un îlot de l'estuaire, loin des gens. Des sorcières et même des sorciers, figurez-vous.

— Ne me dites pas que vous croyez à la sorcellerie.

— Je dis pas ça, mais la légende prétend que les vieux puritains ont pendu quantité d'innocents et que les vraies sorcières se sont enfuies.

— Dans quel endroit précis du marais ?

— Personne sait. Un peu à l'intérieur des terres, à ce qu'on dit. De toute façon, ça s'est mal terminé pour elles. Un hiver particulièrement rude, la faim et les attaques d'Indiens les ont décimées. Ensuite, à ce qu'on raconte, il arrivait qu'un promeneur se perde dans les marais et tombe sur les ruines du village des sorcières. Des vieilles baraques en bois toutes pourries. On dit qu'au centre du village se trouvait un cercle de pierres plates avec des inscriptions gravées autour d'un mot.

— Lequel ?

— T-Y-B-A-N-E.

Pendergast et Constance échangèrent un bref coup d'œil.

— Ce qui signifie ?

— Personne a jamais su, ricana Boyle d'un air entendu. Jusqu'à aujourd'hui, peut-être bien.

— Vous avez donc entendu dire que l'assassin de cet historien, McCool, avait gravé ce mot sur son corps.

Le pêcheur haussa les épaules.

— Y a pas de secrets dans un patelin comme Exmouth.

— À votre avis, qui a pu agir de la sorte ?

— Des gamins, probablement. Des drogués de Dill Town qui voulaient s'amuser en semant la panique. Ils auront volé l'argent de ce type pour s'acheter de la drogue et ils croient bêtement que les flics accuseront les sorcières.

— Pourquoi Dill Town ?

— Parce que c'est un lieu de perdition. Un repaire d'alcooliques et de délinquants.

— Auriez-vous remarqué des traces de passage humain dans les marais ?

— Figurez-vous que oui. Je crois bien qu'il y a un SDF dans le coin, à en juger par les traces de pas que j'ai vues dans la vase. J'peux pas dire que j'l'ai vu en chair et en os, mais j'ai senti l'odeur de son feu de camp à plusieurs reprises.

Il s'esclaffa.

— Si ça se trouve, c'est lui qu'a piqué le vin de Lake. Tu parles d'une aubaine pour un pochard. Ou alors c'est le Faucheur gris. Vous devriez enquêter de ce côté-là, monsieur le détective.

— Je n'y manquerai pas, répondit Pendergast en se levant. Je vous remercie de vous être déplacé, monsieur Boyle.

Puis, se tournant vers Constance :

— Inutile d'entendre les autres témoins. Tout du moins provisoirement.

Boyle quitta son siège et se pencha vers Pendergast pour lui demander, sur un ton de confidence :

— Ça gagne combien, dans votre métier ?

16

La suite s'annonçait intéressante. Très intéressante, même. Bradley Gavin se glissa sous
la bande jaune de police qui barrait le couloir
du premier étage de l'auberge, puis la souleva
afin de laisser passer Constance Greene. Cette
dernière le suivit jusqu'à la chambre de Morris
McCool, dont la porte était fermée. Le jeune
policier l'ouvrit d'un geste ample.

L'inspecteur Pendergast avait insisté pour
que Constance ait accès à tous les éléments de
l'enquête, ce qui expliquait sa présence ce jour-là
sur ce qui était, techniquement, une scène de
crime. Gavin, qui ne s'attendait guère à trouver
des indices intéressants dans la chambre, était
surtout impatient d'observer la méthode de cette
étrange et belle visiteuse qui piquait sa curiosité. C'était également la première fois qu'il se
trouvait seul à seule avec elle.

— Après vous, madame Greene, dit-il en l'invi-
tant à entrer dans la pièce d'un geste aimable.

— *Mademoiselle* Greene, je vous prie.

— Oups. Désolé.

Gavin lança un coup d'œil discret à la silhouette en robe longue de sa compagne. Cette fille était aussi chaleureuse qu'un glacier en hiver, ce qui n'était pas pour lui déplaire, au même titre que l'assurance mystérieuse qui la caractérisait. Et puis ce « mademoiselle » un brin désuet ne manquait pas de charme. Gavin ne laissait pas les femmes indifférentes, il n'aurait pas été surpris que celle-ci finisse par lui trouver du charme.

Il la suivit à l'intérieur de la chambre de l'historien. Un ensemble de jolis meubles anciens fatigués, à l'image du reste de l'auberge : un grand lit de bois sombre, des rideaux de dentelle, des tapis usés. Quant à la salle de bains, que l'on apercevait derrière une porte, elle était habillée d'un vieux carrelage qui avait eu le temps de passer de mode plusieurs fois.

— Il était bien entendu que vous ne toucheriez à rien, mademoiselle Greene, précisa-t-il. Si jamais vous souhaitez examiner un objet, je n'y vois pas d'inconvénient à condition que vous me demandiez la permission.

— Je vous remercie.

Les équipes de police scientifique avaient passé les lieux au crible, leurs petits drapeaux et autres étiquettes jetaient des taches de couleur dans tous les coins. Ils avaient relevé les empreintes, récupéré cheveux et fibres textiles, prélevé les traces d'ADN et de sang éventuelles. Constance Greene, en revanche, avait reçu pour mission d'examiner les papiers de l'historien dans l'espoir de déterminer la nature de ses recherches. Gavin n'y croyait pas vraiment, convaincu que McCool avait été victime d'un vol qui avait mal tourné, en dépit de certains détails suspects.

Il dressa mentalement un rapide inventaire des documents : deux cahiers à spirale sur la commode, un tas de livres et de feuilles sur le bureau à cylindre. Pas d'ordinateur. Malheureusement, la femme de ménage avait nettoyé la chambre lorsque l'historien était descendu dîner, quelques heures avant le meurtre. Tout était rangé, sans que l'on puisse savoir si cela tenait à la méticulosité naturelle de l'occupant des lieux ou à l'intervention de l'employée de l'hôtel.

Le sergent s'approcha du petit bureau sur lequel étaient empilés les documents de travail de l'historien. Il prit un cahier en observant du coin de l'œil le manège de Constance, occupée à enregistrer de son regard violet jusqu'au moindre détail.

Il se pencha sur les livres : *Tempêtes et naufrages en Nouvelle-Angleterre*, par Edward Rowe Snow, ainsi que la photocopie d'un document tiré des archives de la Lloyd's, « Registre des navires disparus – 1850-1900 ». Les deux ouvrages contenaient des marque-pages. Il notait les titres dans son carnet lorsqu'un bruissement lui annonça l'arrivée à ses côtés de Constance Greene.

— Puis-je consulter ce registre, sergent ?

— Bien sûr, pas de souci.

Elle ouvrit le document photocopié à l'endroit du marque-page de façon à lui tourner le dos.

Gavin en profita pour chercher le portefeuille, la montre et l'argent de l'historien. On n'avait rien retrouvé près du corps déshabillé. Il se pencha ensuite sur l'ouvrage de Snow dont le marque-page avait été glissé au début d'un intitulé : « La disparition mystérieuse du *Pembroke Castle*. »

— Puis-je attirer votre attention sur ceci ? l'interrompit Constance en lui tendant le registre photocopié, dont le marque-page concernait également le *Pembroke Castle*.

Gavin connaissait déjà plus ou moins cette énigme, ce qui ne l'empêcha pas de lire le paragraphe concerné avec intérêt.

Le Pembroke Castle – *perdu en mer lors d'une tempête en février 1884, le long de la côte de la Nouvelle-Angleterre entre Cape Elizabeth (Maine) et Cape Ann (Massachusetts).*

Le *Pembroke Castle*, un navire à vapeur de 300 pieds (100 mètres) à la coque en chêne, prévu pour le transport de passagers et de marchandises, est sorti des chantiers Barclay Curle & Co. de Whiteinch à Glasgow (Écosse) le 12 septembre 1876. Le *Pembroke Castle* a entamé son ultime voyage le 16 janvier 1884 au départ de Londres (Angleterre) avec 140 passagers à son bord, affrété par lady Elizabeth Hurwell de Hurwell Ossory, dans le Warwickshire. Le 18 janvier, le navire a été aperçu par le *Wessex*, ainsi qu'en témoigne le journal de bord de ce liner. Le 2 février 1884, le *Pembroke Castle* a été vu en fin de journée par le *Monckton* de Portland (Maine) affrontant une forte houle au niveau de Halfway Rock, à l'entrée de la baie de Casco. Les équipages ont échangé des signaux lumineux à cette occasion, et c'est la dernière fois que le navire a donné signe de vie. Une tempête a balayé la côte trois jours durant. Lorsque le navire ne s'est pas présenté dans le port de Boston à la date prévue, le 5 février, les garde-côtes des États-Unis ont déployé plusieurs croiseurs auxquels se sont joints par la suite deux bâtiments de l'US Navy, dans le vain espoir de retrouver des survivants ou des débris. Le navire a été considéré comme perdu, victime de la tempête, au large des côtes entre Cape Elizabeth et Cape Ann. Si le *Pembroke Castle* avait franchi ce dernier, sa présence aurait été signalée par le gardien du phare d'Eastern Point, et il aurait pu trouver refuge dans le port de Gloucester. Aucune trace du navire ou de son équipage n'a jamais été retrouvée, aucun débris du naufrage n'a jamais pu être identifié. La Lloyd's a réglé le 23 mars 1885 à la London & Bristol Steamship Company, propriétaire du *Pembroke Castle*, un montant de 16 500 £ à titre d'indemnité, somme à laquelle s'est ajouté un montant de 9 500 £, versé le 6 avril 1886 à lady Hurwell pour la perte de la cargaison.

— Nous savons maintenant à quelles recherches procédait notre historien, déclara Gavin en reposant le document sur le bureau.

— Oui, approuva Constance.

Debout à côté de lui, elle avait lu le texte par-dessus son épaule. Cette promiscuité était pour le moins excitante. Elle recula d'un pas.

— Ne trouvez-vous pas étrange qu'aucune indemnité n'ait été versée au titre des passagers ?

— Je n'y avais pas pensé. Peut-être ne transportait-il pas de passagers.

— Et cette « perte de la cargaison », je me demande à quoi elle correspondait. Pourquoi une telle valeur ? Et pourquoi l'indemnisation est-elle intervenue si tardivement ?

Gavin lui répondit par un haussement d'épaules.

— Pour commencer, poursuivait Constance, pourquoi cette femme de la noblesse anglaise avait-elle besoin d'affréter ce navire ? Et comment se fait-il qu'elle ne se trouvait pas *sur* le bateau ?

Gavin la sonda longuement des yeux. Elle était incroyablement jeune, on lui donnait à peine vingt-deux ou vingt-trois ans, mais son regard violet possédait une maturité surprenante pour son âge. Il se sentit emporté par un sentiment qui débordait largement le cadre d'une simple relation professionnelle.

— J'avoue que ce sont des questions intéressantes, mais je doute qu'elles soient pertinentes au regard de l'enquête.

— Pour quelle raison ?

Il avala sa salive, froissé par son ton coupant.

— Parce que j'ai la conviction que notre homme a été assassiné par un camé de Dill Town qui en voulait à son argent.

— Un camé ? De quoi s'agit-il ?

Décidément, cette fille venait d'une autre planète. Une planète très éloignée d'Exmouth, en tout cas. Un autre atout en sa faveur.

— Un toxico amateur de méthamphétamines. Vous savez, comme dans la série *Breaking Bad*.

Constance laissa s'écouler un silence avant de reprendre :

— Trouve-t-on de nombreux toxicomanes à Dill Town ?

— On a découvert un labo là-bas il y a quelques années en faisant une descente. On se demande actuellement s'il n'y en aurait pas un autre, quelque part dans les marais.

— Comment expliquer ce problème d'addiction ?

— Le terme est un peu trop fort. C'est essentiellement la conséquence de... vous savez bien, la misère sociale, le manque d'éducation et de débouchés... La pêche est en déclin depuis plusieurs décennies et, soit dit en passant, les pêcheurs ne sont pas des tendres, en général.

— Je vois. Qu'a-t-on retrouvé avec le corps ?

Elle était passée du coq à l'âne d'une façon si inattendue que Gavin en resta un instant désarçonné.

— Euh... rien. À part sa montre. Le corps avait été entièrement déshabillé.

Elle le savait, puisqu'elle s'était rendue sur la scène de crime et avait vu le cadavre. Pourquoi une telle question ?

— Si le mobile de ce « camé » était l'argent, comment expliquer qu'il n'ait pas emporté la montre ?

Gavin haussa les épaules.

— C'était une montre sans valeur.

Il hésita un instant avant de se décider :

— Qu'en pense Pendergast ?

— À quel sujet ?

— Au sujet de ces mutilations. Il pense que c'est une façon de brouiller les pistes, ou bien que c'est sérieux ?

— Il ne m'en a rien dit.

— Et vous, qu'en pensez-vous ?

— Je ne sais pas.

Ils s'observèrent quelques instants en silence. Le premier, Gavin se décida à reprendre la conversation :

— Depuis le temps que je travaille dans la police, j'ai pu constater un fait incontournable.

— Lequel ?

— La plupart des meurtres sont d'une banalité affligeante, et l'explication qui s'impose le plus spontanément est en général la bonne. Dans le cas présent, le vol est l'explication la plus simple, et ces mutilations sur le cadavre sont l'œuvre de toxicos.

— Si la plupart des meurtres sont d'une banalité affligeante, c'est bien parce que la plupart de nos congénères le sont aussi.

Gavin afficha sa surprise.

— C'est sous ce jour que vous voyez l'humanité ? Vous pensez que les gens sont globalement stupides ?

— Oui, à de rares exceptions près. Certains individus défient les explications simples. Il en est de même des crimes. Celui-ci en fait partie.

— *Certains individus défient les explications simples*, répéta Gavin. Qu'entendez-vous par là ?

— J'entends qu'il existe une poignée d'individus exceptionnels qui sortent du lot. Ils n'envisagent pas les règles de la société de la même façon, de sorte que leurs crimes sont également de nature différente. Il n'y a rien de banal ou de stupide dans ce meurtre. Ou chez le criminel qui l'a commis.

Gavin n'avait jamais croisé une femme comme elle. Il la regardait avec curiosité lorsqu'il décida, contre toute attente, de se jeter à l'eau.

— Soit dit en passant, je suis convaincu que vous-même faites partie de ces gens exceptionnels, mademoiselle Greene.

S'il s'attendait à ce qu'elle se récrie, ou même qu'elle se fâche, il en fut pour ses frais. Le silence de Constance l'encouragea à poursuivre, d'une voix légèrement plus faible :

— C'est même la raison pour laquelle j'aimerais mieux vous connaître.

Elle le dévisagea sans ciller. Soudain, elle sortit de son mutisme :

— C'est tout ? Nous en avons terminé ?

— Nous en avons terminé.

La courbe élégante des lèvres de la jeune femme s'étira à peine dans ce qui aurait pu passer pour de l'amusement.

— Après vous, sergent, laissa-t-elle tomber.

17

Le doux éclat de cette fin d'après-midi filtrait à travers les rideaux de dentelle de la salle d'interrogatoire improvisée. Des grains de poussière virevoltaient paresseusement dans les rais de soleil. Confortablement installée, Constance suivait des yeux les allées et venues de l'inspecteur dont la silhouette funèbre passait constamment de l'ombre à la lumière. Pendergast se mouvait avec tant de légèreté qu'on aurait pu se croire en présence d'un spectre. En redescendant au rez-de-chaussée après avoir fouillé la chambre de McCool, elle l'avait trouvé dans cet état, plus muet qu'une tombe, aussi impénétrable qu'un sphinx. Pendergast était d'une nature totalement imprévisible, ce qui contribuait beaucoup à son charme.

— Cela n'a aucun sens, murmura-t-il.

Elle le laissa poursuivre sa ronde, consciente qu'il ne s'adressait pas à elle.

— Ce navire, enchaîna-t-il, a été aperçu affrontant la tempête au niveau de Halfway Rock, à l'entrée de la baie de Casco, au crépuscule, c'est-à-dire aux alentours de 16 h 50 le 2 février 1884. Il avançait à une vitesse de dix nœuds, d'après le livre de bord du *Monckton* qui a croisé sa route. Il aura donc franchi Cape Elizabeth vers 17 h 30. La marée était haute à 23 h 25, un facteur qui sera venu renforcer la tempête. Si le bateau avait coulé avant 23 h 25, l'épave et les corps des noyés auraient été entraînés vers la grève et on les aurait retrouvés. Cela n'a pas été le cas. On peut en déduire que le naufrage a eu lieu *après* le changement de marée, entraînant victimes et débris vers le large. Si l'on évalue la vitesse du *Pembroke Castle* à dix nœuds, ce qui est probable puisqu'il s'agissait d'un bateau à vapeur nécessitant de naviguer à cette vitesse pour rester stable, il aurait dû franchir Cape Ann vers 23 h 45 et trouver refuge peu après dans le port de Gloucester.

La ronde de Pendergast ne faiblissait pas.

— Or, le navire n'a jamais franchi le cap, pas plus qu'il n'est entré dans le port. On peut en déduire qu'il a coulé entre 23 h 25 et 23 h 45, soit un intervalle de vingt minutes qui le situe au niveau d'Exmouth.

Il secoua la tête avec virulence.

— Cela n'a aucun sens.

— Je trouve cela fort logique, au contraire, dit Constance.

Pendergast posa les yeux sur elle.

— Dans ce cas, je vous saurai gré de m'exposer votre logique.

— Vous dites que le navire a fait naufrage au large d'Exmouth. Cela explique la présence de l'historien ici, ses déductions ayant suivi un cours comparable aux vôtres. *Quod erat demonstrandum*.

— *Cum hoc, ergo propter hoc*, répliqua-t-il avec un mouvement de tête impatient. Cela explique les raisons qui ont poussé l'historien à s'intéresser à cette région. En revanche, cela n'explique pas le phénomène de la « renverse ».

— Qu'est-ce donc que la renverse, dites-moi ?

— Le moment où la mer est étale. C'est-à-dire cette période d'une trentaine de minutes au cours de laquelle le courant est nul. En conséquence de ce phénomène, un naufrage ayant lieu au large des côtes d'Exmouth aurait conduit l'épave tout droit sur les falaises et les plages environnantes.

— Pour quelle raison ?

— À cause du vent. Il soufflait un vent de nord-est lors de cette tempête. La côte à hauteur d'Exmouth dessine un crochet en direction de Cape Ann. Ce crochet agit tel un filet : aucune épave, poussée par le vent en direction du sud-ouest, n'aurait pu y échapper. Les corps et les débris auraient dû joncher la côte.

— Et si le navire avait franchi Cape Ann sans le voir ? S'il était en trop piteux état pour parvenir jusqu'au port de Gloucester et qu'il ait été entraîné vers le large par la marée descendante ?

Pendergast s'immobilisa, le front plissé.

— Les secours auraient forcément envisagé cette possibilité, et cela les aurait poussés à concentrer leurs efforts sur les zones concernées. Le registre que vous avez consulté mentionne le fait que le *Pembroke Castle* avait une coque en chêne. Quand bien même il aurait coulé, de nombreux débris auraient flotté, sans parler des corps. Or, les recherches sont restées vaines.

— Dans ce cas, pourquoi ne pas imaginer qu'il soit tombé en panne bien avant d'atteindre Exmouth et qu'il ait dansé sur la houle jusqu'à ce que le changement de marée l'entraîne vers le large ?

Pendergast reprit ses allées et venues.

— La marée change toutes les six heures. Un navire en perdition n'irait pas très loin, de sorte que des débris se seraient forcément échoués sur les côtes.

Il leva les bras au ciel.

— Nous tournons en rond. Souvenez-vous que ce n'est pas le seul mystère et qu'il en existe un autre : le lien avec la sorcellerie.

— Ne me dites pas que vous prêtez le moindre crédit à ces fables servies par Boyle !

— Ma chère Constance, je ne « crois » rien du tout. Je vous invite à résister à la tentation de croire, vous aussi. Contentons-nous des faits. Ceux-ci me dirigent vers les marais d'Exmouth et cette colonie disparue de longue date. Je compte bien me lancer à sa recherche dès ce soir.

— De nuit ?

— Évidemment, de façon à ne pas attirer l'attention.

— Je vous accompagne.

— En aucun cas. Je me déplacerai beaucoup plus aisément dans l'obscurité si je suis seul. Je peux être amené à traverser des bras de mer, ce qui vous sera impossible, puisque vous ne savez malheureusement pas nager. N'oubliez pas les désagréments provoqués par notre dernière sortie.

— Si vous entendez par là cette équipée au Jardin botanique, je crois me souvenir que ma petite excursion de cette nuit-là vous a sauvé la vie. Soit dit en passant, ainsi que le formulerait notre excellent ami, le sergent Gavin.

Les lèvres de Pendergast frémirent le temps d'un sourire à peine perceptible. Ou bien était-ce sa façon de concéder un point à sa compagne ?

— En revanche, Constance, j'aimerais que vous vous rendiez à Salem demain matin. J'ai cru comprendre que les attractions locales ne manquent pas, à commencer par une Demeure de sorcière, un Musée des oubliettes, ainsi que le célèbre Monument aux procès en sorcellerie. Et Salem abrite également le siège de la Ligue wiccane pour l'éducation et l'éveil collectif.

Il lui tendit une carte.

— Ladite ligue est dirigée par une certaine Tiffani Brooks, connue sous le surnom de Corbeau noir.

Constance prit la carte.

— La Wicca ? Cette secte de magie blanche ? Quelle information suis-je censée soutirer à cette femme ?

Pour toute réponse, Pendergast lui tendit une feuille de papier sur laquelle était tracé un dessin. Elle reconnut le motif gravé sur le corps de l'historien, à côté du mot TYBANE.

— Une recherche Internet m'a permis de découvrir ceci, reprit Pendergast. Souvenez-vous des paroles de Boyle. Il nous a parlé d'une inscription qui, d'après la légende, aurait été retrouvée au cœur de l'ancienne colonie de sorcières de l'estuaire.

Il montra du menton la feuille de papier.

— Il s'agirait de ce dessin et de cette inscription, du moins si l'on en croit un archéologue de réputation passable, disparu depuis longtemps.

Constance se plongea dans l'observation de la feuille.

— Vous croyez que le meurtrier de l'historien, celui qui l'a mutilé de la sorte, était un...

— Je ne crois rien. Je cherche uniquement à savoir si ces signes sont magiques et, si c'est le cas, ce qu'ils signifient. Ce vocable mystérieux sera au cœur de mes propres préoccupations lors de mon équipée nocturne. Ma chère Constance, nous ne pourrons progresser tant que nous ne saurons pas s'il s'agit de signes magiques, ou bien d'une mystification du meurtrier destinée à brouiller les pistes.

Il s'ébroua.

— À présent, adieu. J'ai besoin de m'entretenir brièvement avec le sergent Gavin. J'ai cru comprendre qu'il avait grandi à Exmouth.

— À quel sujet souhaitez-vous l'interroger ?

— J'aurais une ou deux questions à lui poser sur les antécédents de notre estimé avocat, M. Dunwoody. Et puis j'ai requis de M. Lake l'honneur d'une visite de son jardin de sculptures.

Constance plia soigneusement la feuille donnée par Pendergast.

— Je croyais que vous souhaitiez pousser une petite reconnaissance.

— C'est le cas, mais il me faudra attendre l'obscurité.

— Je vois. Et moi ?

— En guise de mission ce soir... eh bien, je vous inviterais volontiers à traîner au bar de l'auberge, à converser avec les indigènes, à boire une ou deux bières, et à recueillir les derniers ragots.

Elle écarquilla les yeux.

— Je n'ai pas pour habitude de traîner dans les bars.

— Il vous faudra rompre avec vos habitudes, ainsi que je le fais moi-même lorsque je me consacre à une enquête. Vous pouvez toujours commander de l'absinthe, dont ils possèdent une bouteille, par miracle.

Il s'approcha et conclut sur un ton confidentiel :

— En tous les cas, *abstenez-vous de manger des palourdes.*

18

— Celle-ci, expliqua Percival Lake avec un regard ému, est la première œuvre que j'ai réalisée quand je me suis installé ici avec ma femme il y a trente ans.

Il caressa de la main le granit gris avant de passer son bras autour de la taille de Carole Hinterwasser. La sculpture reproduisait de manière abstraite la silhouette d'un lanceur de harpon jaillissant de la pierre, son arme brandie vers le ciel.

— Je l'ai gardée pour des raisons sentimentales, j'aurais pu la vendre des centaines de fois. Elle s'appelle *Queequeg*.

Une rafale de vent s'éleva au-dessus de la mer, faisant frémir les herbes du jardin des sculptures sur la falaise. Des nuages bas couleur de plomb se ruaient à l'assaut des côtes depuis la mer, porteurs d'une forte odeur d'hiver. Lake avait disposé les statues les plus imposantes face à l'océan, à la façon des têtes de l'île de Pâques qu'il avait eu l'occasion de découvrir des années plus tôt lors d'un périple en compagnie de sa femme.

Pendergast, tout de noir vêtu comme à son habitude, serra le col de son manteau autour de son cou. La fraîcheur tombait avec la nuit, et l'inspecteur n'était manifestement pas homme à aimer défier les éléments.

Lake poursuivit ses pérégrinations au milieu des sculptures en tenant le bras de Carole. Il évoquait chacune des œuvres tandis que Pendergast les suivait en silence. Arrivé à la dernière statue, Lake se retourna.

— Je suis curieux de savoir comment avance votre enquête, s'enquit-il.

— Lentement, répondit l'inspecteur.

— Je vois. Vous n'avancez pas à cause du manque d'éléments concrets ?

— Non, c'est même tout le contraire.

— En tout cas, vous n'êtes pas passé inaperçu. Les gens en ville ne parlent que de vous et du meurtre de cet historien.

Il prit le temps de bien choisir ses mots avant de poursuivre :

— Je vous l'avoue, je me sens un peu mis sur la touche.

— Que voulez-vous dire ?

— Eh bien, depuis trois jours que vous êtes arrivé, je m'attendais à des comptes rendus réguliers de votre part. Pour vous donner un exemple, j'ai appris par la bande que vous assistiez la police municipale dans l'enquête sur ce meurtre. J'aurais aimé l'apprendre de votre bouche.

— Vous m'en voyez désolé.

Comment pouvait-on se montrer aussi mystérieux ?

— Cela signifie-t-il que vous avez établi un lien entre le vol de vin et la mort de cet historien ? demanda Carole.

— Absolument.

Lake s'attendait à ce que Pendergast s'explique. Constatant que l'inspecteur se taisait, il insista.

— Vous pourriez nous l'expliquer ?

— Je crains fort que non.

Lake sentit grandir son agacement.

— Je ne voudrais pas me montrer désagréable, mais j'avais cru comprendre que vous enquêtiez pour mon compte. N'êtes-vous pas censé me communiquer régulièrement des rapports ?

— Sauf en cas d'absolue nécessité, je ne discute jamais avec personne d'une enquête en cours.

— Mais... si vous n'êtes pas venu m'expliquer où vous en êtes, pourquoi cette visite ? J'ai du mal à croire que mes sculptures soient l'unique raison de cette promenade.

Pendergast se plaça dos au vent.

— J'avais quelques questions à vous poser.

Lake haussa les épaules.

— Je vous en prie, allez-y, même si j'ai le sentiment de vous avoir déjà tout dit.

— Pourquoi ne m'avoir jamais parlé du passé de Mlle Hinterwasser ?

Lake et Carole échangèrent un coup d'œil.

— Son passé ?

— Son passé criminel. Vous ne m'aviez pas dit qu'elle avait été arrêtée pour un vol à l'étalage dans une boutique d'antiquités de Cambridge.

Le sifflement du vent sembla redoubler dans le silence brutal qui suivit.

— Je ne sais pas où vous voulez en venir, Pendergast, finit par réagir Lake, mais ça ne me plaît guère.

— Pour quelle raison vous en aurait-il parlé ? intervint Carole. Les faits se sont déroulés il y a quinze ans. J'ai rendu l'objet concerné, une horrible petite idole dont je m'étais entichée sans véritable raison. C'est de l'histoire ancienne, je ne vois pas le rapport avec le vol de notre... de la cave de Perce.

— Peut-être, concéda Pendergast en reportant son attention sur le sculpteur. J'ai cru comprendre, monsieur Lake, que vous aviez travaillé dans la marine marchande.

Lake ne répondit pas immédiatement.

— J'ai servi quatre ans dans la Navy avant de passer trois ans sur des supertankers.

— J'imagine que c'est de cette époque que date votre tatouage.

— Mon tatouage ? s'étonna Lake. Vous voulez parler de ce dessin de baleine sur mon épaule droite ? Comment pouvez-vous être au courant ?

— Les gens en ville en sont très admiratifs, pour l'avoir aperçu les rares fois où vous vous rendez sur la plage.

— J'aurais dû m'en douter. J'ai toujours été fasciné par la mer, *Moby Dick* est mon livre préféré. Je crois bien l'avoir lu chaque année depuis mes seize ans. « Appelez-moi Ismaël. » Je ne connais pas façon plus brillante d'entamer un roman.

— J'avoue ne pas partager votre amour des romans animaliers.

Lake leva les yeux au ciel. Ce Pendergast était décidément un drôle de type.

— C'est bien la première fois que j'entends quelqu'un dire que *Moby Dick* est un roman animalier.

— Pour en revenir au sujet qui nous préoccupe, monsieur Lake, il m'a fallu bien des efforts pour apprendre que vous aviez travaillé dans la marine marchande. Dans un port tel qu'Exmouth, j'avoue être surpris que si peu de gens soient au courant.

— Je n'ai pas l'habitude de m'épancher.

— Vous n'y avez pas non plus fait allusion lorsque vous avez évoqué votre passé, le soir où nous avons dîné à l'auberge.

Lake haussa les épaules.

— J'en parle rarement. Sans doute parce que ça cadre mal avec mon statut d'artiste.

— Je vois. J'ai découvert que Dana Dunwoody, avant de se lancer dans des études de droit, avait également été employé sur des supertankers.

— Vous me l'apprenez.

— Vous n'avez jamais servi sur le même pétrolier ?

— Jamais, non.

— Quelles sont vos relations avec M. Dunwoody ?

— Je le connais mal. Je n'ai aucune affinité avec ce petit avocat véreux.

— Saviez-vous qu'il a également un tatouage ? Une ancre sur le dos de la main ?

— C'est un tatouage très courant dans la marine marchande. Vous croyez peut-être que Dunwoody et moi appartenons à une mafia du tatouage quelconque ?

— Un autre élément que j'ai découvert à grand-peine, et dont vous ne m'aviez pas parlé, concerne vos origines locales. Votre arrière-arrière-grand-père, natif de Boston, s'est établi à Exmouth lorsqu'il a épousé une femme du cru. Il a péri en mer en 1845 en laissant derrière lui un enfant et une femme. Celle-ci est allée vivre à Boston et tout lien avec Exmouth s'est ainsi trouvé rompu jusqu'à ce que vous vous installiez ici il y a trente ans.

Lake ouvrit de grands yeux.

— Je ne vois vraiment pas le rapport avec l'enquête.

— Savez-vous quel était le nom de jeune fille de votre arrière-arrière-grand-mère ?

— Non.

— Dunwoody.

— Seigneur. C'est vrai ? Je n'en avais aucune idée. Ce ne sont pas les Dunwoody qui manquent dans le coin. Il y en a même beaucoup trop.

— Votre dernière exposition à Boston, à la galerie Gleason sur Newbury Street, n'a pas été un succès retentissant.

— En période de crise, l'art est le premier à souffrir.

— Est-il exact, ainsi que le suggère la rumeur, que vous êtes actuellement à court de commandes ?

— Où voulez-vous en venir ?

La question était futile, Lake se doutait fort bien des intentions de Pendergast. Il sentit monter sa colère.

— Une question, monsieur Lake : avez-vous des difficultés financières ?

— Tout va très bien pour moi, je vous remercie. Je ne vis pas comme un nabab, et je n'aurai aucun mal à supporter les soubresauts du marché actuel.

— Votre collection de vins était-elle assurée ?

— Elle l'était au titre de mon assurance habitation.

— Avez-vous été indemnisé ?

— Pas encore, mais j'ose espérer que vous ne me soupçonnez pas de fraude à l'assurance !

— Vous avez donc déposé une demande auprès de votre assureur.

— Bien sûr.

— Quel en est le montant ?

— Cent quatre-vingt-dix mille dollars. Preuves à l'appui. Cela dit, je préférerais de loin retrouver mon vin. Ce qui relève de votre compétence, je vous le rappelle. Vous feriez mieux de mener l'enquête, au lieu de me poser toutes sortes de questions insultantes et inutiles. Quand je pense que vous êtes allé jusqu'à fouiller le passé de ma compagne ! M'accuseriez-vous de m'être acoquiné avec cet imbécile d'avocat, au prétexte que nous sommes cousins au dix-septième degré ?

Vous pensez donc que je vous ai fait venir ici pour la photo ? Bon Dieu, ne me faites pas regretter de vous avoir engagé !

Carole lui prit la main.

— Chéri, je t'en prie.

Lake ne s'était même pas rendu compte qu'il criait.

Pendergast continua de les observer de son regard dans lequel s'éteignait progressivement la lumière du jour.

— Quatre-vingt-dix-neuf pour cent des informations recueillies lors d'une enquête ne présentent aucun intérêt. On se voit contraint de poser des questions désagréables et de s'aliéner de nombreuses personnes dans la recherche du pour cent restant. N'y voyez rien de personnel. Je vous souhaite le bonsoir, monsieur Lake. Mes salutations, mademoiselle Hinterwasser.

Lake, figé près de sa compagne, regarda d'un air las la silhouette sombre de Pendergast redescendre la colline en direction de sa voiture.

19

Une odeur fétide flottait au-dessus des marais lorsque la silhouette sombre de l'inspecteur A. X. L. Pendergast se profila entre les herbes sauvages balancées par le vent. À 1 heure du matin, la marée basse avait achevé de découvrir les fonds vaseux de l'estuaire qui luisaient d'un éclat terne dès que la lune apparaissait entre deux bancs de nuages. Une odeur âcre de poisson mort se mêlait aux effluves pénétrants de brume, jusqu'à former une puanteur qui imprégnait les cheveux et s'immisçait dans les pores de la peau. Pendergast avait pris la précaution de dresser une carte des lieux en se fiant aux relevés marins, aux plans officiels, ainsi qu'à ses propres observations.

Les marais salés d'Exmouth s'étendaient sur près de cinq mille hectares, sous la garde de l'île de Crow, à la confluence des fleuves Exmouth et Metacomet. Ceux-ci dessinaient un entrelacs de canaux, d'îlots et de bassins qui rejoignaient l'océan à la pointe nord de l'île. La moitié de ces marais constituait une réserve naturelle protégée ; quant à l'autre, presque inaccessible et totalement inconstructible au regard des lois environnementales, elle grouillait de mouches à cheval durant les mois d'été. La pêche à la palourde, exclusivement pratiquée à marée basse dans les rares zones accessibles à pied, constituait la seule richesse de cet enfer naturel.

Pendergast avançait avec une grâce féline, éclairé par les faibles rayons d'un croissant de lune. Il s'arrêtait à intervalles réguliers afin de humer l'air nocturne tout en mesurant la direction du vent. L'odeur caractéristique d'un feu de bois lui était brièvement parvenue, sans qu'il puisse déterminer si elle émanait des maisons de Dill Town, huit kilomètres plus au nord, ou bien si elle aurait pu provenir d'un brasier allumé par le vagabond auquel Boyle avait fait allusion. L'inspecteur s'immobilisa et nota sa position sur la carte après s'être orienté.

Il avait choisi de pénétrer dans le marais près de deux kilomètres en amont de l'endroit où avait été découvert le corps de l'historien. La présence d'un chenal laissait supposer, à l'examen des marées et du vent, que le cadavre de McCool avait été abandonné là. Ne trouvant rien sur place, il recentra son attention sur sa destination réelle : les îlots marécageux situés à l'ouest de l'estuaire.

Il mit son cerveau en sommeil en se glissant à travers les herbes sauvages. Sa voix intérieure muette, il fonctionnait tel un animal, mû par ses sens parfaitement aiguisés. La réflexion ne viendrait que plus tard.

Il avançait en ligne droite en écartant de ses mains gantées les herbes, hautes de plus d'un mètre cinquante. Le sol, spongieux et constellé de trous d'eau laissés par la marée, s'enfonçait sous ses semelles. Afin de se protéger contre les herbes coupantes, Pendergast avait revêtu une combinaison de pêche en caoutchouc sur laquelle il avait enfilé une veste de grosse toile noire.

En l'espace d'un kilomètre, il traversa deux sentes trop étroites pour avoir été tracées par l'homme. L'examen minutieux du sol lui confirma la présence de sabots de chevreuil sur la première, de pattes de rats musqués sur la seconde.

Le marais salé céda bientôt la place à une vasière, large de quatre cents mètres, à travers laquelle serpentait un maigre filet d'eau laissé par la mer en se retirant.

Pendergast s'y aventura, s'enfonçant à chaque pas dans la vase. Il lui fallut pas moins de huit minutes pour traverser la barre et atteindre un îlot. Une pancarte effacée par le temps lui indiqua qu'il quittait la réserve naturelle.

Il poursuivit sa route au milieu des herbes et des vasières. La marée, étale, ne tarderait plus à remonter. Le coefficient de marée étant particulièrement élevé, il disposait d'à peu près deux heures avant de se retrouver coincé par la mer. Les passes seraient alors trop profondes et les courants trop forts pour qu'il puisse les traverser.

Au plus profond des marais, au cœur d'un îlot reculé, il découvrit un tunnel à travers la végétation. Il mit un genou à terre, sortit sa minitorche et l'approcha du sol avant de l'allumer afin d'examiner la terre sans courir le risque d'être vu. Il distingua sans peine une empreinte de semelle laissée par ce qui ressemblait à une botte dont la plupart des clous avaient disparu. L'empreinte remontait à deux ou trois jours tout au plus.

Il déplia sa carte et marqua l'emplacement du petit chemin avant de s'y enfoncer. La sente serpentait sur près de deux kilomètres au milieu des herbes, jusqu'à une vasière bordant un îlot marécageux. Les marées s'étaient chargées d'effacer toute trace de passage humain, mais le tunnel se poursuivait au milieu de la végétation de l'autre côté du banc de vase.

Pendergast changea de cap et s'enfonça vers le centre de l'île. La carte signalait la présence à son extrémité d'une butte de terre suffisamment haute pour ne pas être submergée. Il coupa à travers les herbes, plus hautes et touffues à cet endroit, auxquelles se mêlaient des quenouilles qui commençaient à perdre leur duvet. Le sol remontait d'une façon à peine perceptible et Pendergast s'appliqua à sillonner le pied de la butte en multipliant les allers et retours, à la façon d'un jardinier tondant une pelouse. Il s'arrêtait régulièrement, mettait un genou à terre et examinait le sol spongieux. Une odeur de feu de camp lui monta aux narines et il porta de nouvelles indications sur son plan en traçant une ligne dans le sens du vent.

Les deux droites tracées sur la feuille se recoupaient en un point situé à trois kilomètres de là.

Pendergast reprit ses recherches en silence pendant près d'une heure. Soudain, alors qu'il approchait du centre de l'îlot, il découvrit une roche plate émergeant de la boue. Il la tira de sa cangue de vase afin de l'examiner et constata qu'il s'agissait d'un morceau de schiste usé. Une découverte surprenante, sachant que les vasières ne contenaient pas de roche. Il reposa le morceau de schiste après en avoir noté l'emplacement exact au moyen d'un GPS portatif, puis poursuivit ses explorations en dessinant des cercles de plus en plus rapprochés. Plusieurs autres pierres plates lui apparurent ainsi, dont il nota la position dans son GPS. Conscient que le temps lui manquait, il rangea le petit appareil dans sa poche et rebroussa chemin.

Il avait parcouru quelques mètres lorsqu'un bruit inquiétant l'arrêta : un gémissement douloureux dont l'écho se répercutait longuement à travers les marécages. Pendergast identifia sans peine un hurlement de douleur et d'épouvante.

Le cri d'un homme que l'on assassine.

20

Le cri se mua en une plainte indistincte avant de se perdre au milieu des gémissements du vent. Pendergast resta pétrifié sur place de longues minutes, puis il vérifia la direction du vent, s'accroupit, et dessina sur sa carte un cône dans la direction approximative du hurlement. Porté par le vent, celui-ci était distant de moins d'un kilomètre, ce qui plaçait le meurtre au cœur de la zone la plus inaccessible des marais d'Exmouth, dans un labyrinthe de passes, de vasières et de marécages remplis de quenouilles.

La même zone d'où s'échappaient les odeurs de fumée.

Il se déplaçait avec la rapidité d'un serpent, écartant les herbes des bras tout en progressant avec la plus grande prudence. Un nouveau tunnel végétal se présenta, plus étroit que le précédent, mais visiblement dessiné par l'homme. La marée montait rapidement, les eaux noires de l'océan refluaient vers l'intérieur des terres et les étroites passes laissaient rapidement place à des canaux larges de plusieurs mètres charriant de l'écume, des feuilles et des bois flottés. Dans le ciel, les nuages filaient à toute allure en obscurcissant la face de la lune.

Pendergast s'immobilisa. L'eau montait à vue d'œil, et il lui restait de nombreuses passes à franchir s'il entendait parvenir jusqu'au lieu du crime. Il lui aurait fallu plus d'une heure pour y parvenir, ce qui signifiait rester bloqué par la marée pendant de longues heures. L'opération était trop risquée, d'autant plus qu'il ne savait rien de la victime, du meurtrier, de la topographie exacte des lieux. Il eût été imprudent, et même inconscient, de se ruer à l'assaut de l'ennemi sans en savoir davantage.

Il regagna l'abri des herbes sauvages et jeta un coup d'œil à l'écran de son téléphone portable, au cas où il aurait rejoint une zone de réception. Ce n'était pas le cas. Il examina son plan. Il devait impérativement rejoindre la terre ferme et signaler le meurtre. Il lui restait plus de la moitié des marais à traverser. Emprunter le même chemin qu'à l'aller l'aurait retardé, le mieux était encore de partir dans la direction opposée en traversant la forêt domaniale de King's Mark. À en croire la carte, celle-ci était traversée par la petite route reliant Dill Town à Newburyport.

Pendergast rangea sa carte, se repéra une dernière fois et s'élança au pas de course. Il avait parcouru cinq cents mètres lorsqu'il tomba sur un banc de vase que la mer montante recouvrait à une vitesse galopante. Il s'enfonça dans plus d'un mètre d'eau glacée que traversaient de forts courants, et dont le niveau montait à vue d'œil. Il poursuivit sa route à la seule lumière de la lune jusqu'à ce qu'apparaisse la ligne sombre des arbres, à l'orée des marais. Il atteignit enfin le dernier chenal que la marée s'était chargée d'abreuver. Il s'y aventura et comprit aussitôt que l'eau, trop profonde, l'empêchait de traverser autrement qu'à la nage.

Il regagna la rive et ôta sa combinaison de pêche en caoutchouc. Celle-ci l'aurait irrémédiablement entraîné vers le fond si l'eau y avait pénétré. Il s'en débarrassa, roula la carte et ses autres objets dans une toile cirée qu'il serra dans son poing, le bras levé au-dessus de sa tête, puis il pénétra dans le courant. La passe était large d'une dizaine de mètres, mais à peine ses pieds se détachaient-ils de la vase que le courant l'entraînait loin de la rive opposée. Luttant farouchement des deux jambes et de son bras immergé, il parvint à reprendre pied sur le sol spongieux et atteignit péniblement une anse que surplombaient des pins dont les racines sillonnaient la rive sablonneuse. Il s'y accrocha et se reposa quelques instants au pied des arbres en se débarrassant tant bien que mal de la boue qui lui maculait les jambes. D'après la carte, la petite route contournait les marais avant d'atteindre Dill Town, six kilomètres plus loin. L'affaire d'une heure en marchant d'un bon pas.

Il se releva et s'enfonça dans les bois. La route se trouvait à quelques centaines de mètres seulement, il ne pouvait pas la rater. La forêt, plongée dans l'obscurité, recelait un amas de broussailles et de ronces partant à l'assaut des arbres qu'elles étouffaient lentement, laissant à peine de maigres branches s'élever vers le ciel nocturne. Les bois résonnaient du coassement des grenouilles, du grésillement des insectes de nuit, du cri lugubre des petits ducs. Pendergast contourna un épais buisson de ronces et s'aventura dans une clairière que baignait le clair de lune.

Il se figea. Toute activité nocturne avait brutalement cessé, sans qu'il puisse déterminer si sa présence dans les bois était la cause de ce silence soudain, ou bien s'il n'était pas seul. Il repartit de l'avant et traversa la clairière comme si de rien n'était. Un épais bosquet de conifères l'attendait de l'autre côté, dans lequel il fit une nouvelle halte. Il ramassa trois petits cailloux et lança le premier trois mètres plus loin avant de répéter l'opération avec le deuxième, puis le troisième, visant toujours plus loin afin de donner l'impression qu'il avançait au milieu des arbres. Tapi dans le noir, parfaitement immobile, il ne tarda pas à distinguer un bruissement qui lui confirma la présence d'un poursuivant. Ce dernier se déplaçait avec la plus grande discrétion, ce qui tenait de la prouesse dans un bois aussi sauvage. Il vit alors apparaître, au milieu de la clairière plongée dans la pénombre, la silhouette d'un géant armé d'un fusil. Pendergast le laissa approcher, les muscles tendus. À l'instant où l'inconnu s'enfonçait sous la frondaison, Pendergast se dressa d'un bloc et repoussa le canon du fusil vers le haut tout en enfonçant son épaule dans les côtes de l'homme. Une double détonation retentit et l'inconnu s'effondra, aussitôt immobilisé par Pendergast qui lui enfonça le canon de son Les Baer dans l'oreille. Une pluie de baies sauvages et de pétales de fleurs s'abattit sur les deux hommes.

— FBI, déclara Pendergast d'une voix calme. Inutile de résister.

Sous lui, l'inconnu se détendit. Pendergast saisit le fusil par le canon, le posa sur le sol et se releva.

L'inconnu se mit en position assise en fulminant.

— Salopard, grommela-t-il. Si vous êtes vraiment du FBI, prouvez-le-moi.

Pendergast exhiba son badge d'un geste fluide.

— Que faites-vous ici ?

— Je travaille, répondit l'homme. Vous avez gâché toute ma cueillette, ajouta-t-il en montrant d'un geste les fleurs et les fruits qui s'étaient échappés de son sac en plastique. Je suis ici chez moi, ma famille vit dans le coin depuis deux siècles.

Pendergast remit son badge dans sa poche.

— Pourquoi me suiviez-vous ?

— J'ai entendu un hurlement, et puis je vois d'un seul coup débarquer un enfoiré couvert de boue qui traverse mon bois sans un bruit, alors qu'on a retrouvé un type assassiné il y a deux jours à quelques kilomètres d'ici. Vous croyez peut-être que je ne vais pas essayer de le suivre pour lui demander ce qu'il fabrique ?

Pendergast hocha la tête et rangea son Les Baer.

— Je m'excuse d'avoir éparpillé votre récolte de fleurs. *Atropa belladona*, si je ne m'abuse. La Cerise du diable. Auriez-vous l'intention d'empoisonner quelqu'un, à l'image de l'épouse de Claude ?

— Je ne connais pas ce Claude, encore moins sa femme. Je me contente de fournir un herboriste qui fabrique toutes sortes de poudres, de teintures et de décoctions. Au cas où vous ne le sauriez pas, on s'en sert couramment pour les troubles gastro-intestinaux. Il y en a plein les bois.

— J'en déduis que vous êtes botaniste.

— Je suis quelqu'un qui cherche à gagner sa vie, voilà qui je suis. Je peux me relever, maintenant ?

— Je vous en prie. Acceptez mes excuses.

L'homme se dressa sur ses jambes en chassant de la main les feuilles et les brindilles collées à ses vêtements. Grand de près de deux mètres, mince, un visage intelligent marqué par un nez fin, il possédait des yeux d'un vert soutenu qui tranchaient avec sa peau très brune. Pendergast devina son passé militaire à la façon raide dont il se tenait.

— Paul Silas, se présenta l'homme.

— Il me faut passer un coup de téléphone d'urgence, déclara Pendergast en serrant la main que lui tendait son interlocuteur.

— Il y en a un chez moi. Je suis garé un peu plus loin, si vous voulez que je vous emmène.

— Si cela ne vous dérange pas.

Pendergast emboîta le pas de son guide à travers la forêt. Ils atteignirent rapidement une route étroite le long de laquelle était garé un pick-up. Pendergast se renfrogna lorsque Paul Silas, refusant de le laisser monter dans la cabine aux sièges de cuir, l'invita à monter sur le plateau arrière, comme un vulgaire chien. Le pick-up s'arrêta quelques minutes plus tard sur le chemin de terre d'une cabane en rondins perdue au milieu des bois, à un kilomètre de l'entrée de Dill Town.

Silas conduisit son visiteur dans la petite maison et alluma les lumières.

— Le téléphone se trouve là-bas.

Pendergast composa le numéro de police secours et fit un rapport succinct à la standardiste de nuit avant d'être mis en communication avec le sergent Gavin. Le temps de lui exposer la situation, il raccrocha en regardant sa montre. Il était 2 heures du matin.

— Ils ne pourront pas aller très loin dans les marais à cette heure-ci, commenta Silas. À mi-marée, les courants atteignent facilement dix ou douze nœuds.

— Ils entameront les recherches à l'aide d'embarcations à moteur lorsque la marée sera haute, dans quatre heures environ.

— Logique. Vous comptez participer aux recherches ?

— Absolument. Serait-ce trop vous demander de me conduire à Exmouth ?

— Pas du tout. En attendant, vous devriez vous sécher un peu, puisque vous avez le temps.

Silas ouvrit la trappe d'un poêle à bois dans lequel il glissa deux bûches. Pendergast allait s'asseoir lorsqu'il l'arrêta d'un geste.

— Euh... pas sur le canapé, si ça ne vous ennuie pas. Le rocking-chair est très confortable.

Pendergast s'exécuta.

— Une rasade de bourbon vous ferait du bien, proposa le géant.

L'inspecteur sembla hésiter.

— Quelle sorte de bourbon, si je puis me permettre ?

La question provoqua l'hilarité de Silas.

— Je vois que vous faites la fine bouche. Du Pappy Van Winkle de vingt ans d'âge. Aucun tord-boyaux n'a jamais franchi le seuil de cette maison.

Pendergast inclina la tête.

— Ce sera parfait.

Silas disparut dans la cuisine et revint avec une bouteille et deux verres qu'il posa sur la table basse avant de les remplir.

— Je vous suis très reconnaissant, monsieur Silas, dit Pendergast en prenant son verre.

Silas trempa délicatement les lèvres dans le sien.

— Si je comprends bien, vous enquêtez sur le meurtre de cet historien ?

— En effet.

— Ce hurlement, tout à l'heure, aurait suffi à pousser le diable à dire ses prières, un chapelet à la main.

Pendergast sortit la carte de sa poche et l'étala sur une table.

— J'aimerais que vous m'indiquiez, s'il vous plaît, l'endroit précis où vous vous trouviez lorsque ce hurlement a retenti, en me précisant de quelle direction il provenait.

Silas se pencha sur le plan, le front barré d'un pli.

— J'étais là, dans ces bois, et le cri venait de là, déclara-t-il en pointant une direction du doigt.

Pendergast constata que le doigt de Silas s'était posé sur le cône qu'il avait lui-même dessiné plus tôt dans la soirée.

— Ces indications nous aideront à retrouver le corps, dit-il en repliant la carte. Auriez-vous récemment entendu dire que quelqu'un vivait dans les marais ?

— Pas vraiment. D'un autre côté, c'est là que je me cacherais si je souhaitais échapper à la police.

Pendergast avala une gorgée de bourbon.

— Monsieur Silas, vous avez fait allusion tout à l'heure au fait que votre famille vivait ici depuis deux siècles. J'imagine que vous connaissez parfaitement l'histoire locale.

— Eh bien, je ne me suis jamais trop intéressé à la généalogie et à tous ces trucs. Autrefois, Dill Town était réservé à ce qu'on appelait les « gens de couleur ». Il s'agissait pour la plupart de pêcheurs de baleines et de leurs familles, mais il n'y avait pas que des Afro-Américains. On trouvait aussi beaucoup de gens originaires des mers du Sud : des Tahitiens, des Polynésiens, des Maoris. Je suis moi-même à moitié maori. Les Maoris sont depuis toujours les meilleurs lanceurs de harpon. Beaucoup de capitaines de navires de pêche ramenaient de leurs périples des filles des mers du Sud. Ils laissaient concubines et enfants à Dill Town avant de rejoindre leur famille officielle à Boston. Ils n'avaient qu'à reprendre ces femmes au passage quand ils reprenaient la mer.

Il secoua la tête.

— J'en déduis que vous êtes un descendant de ces premiers habitants de Dill Town.

— Oui. Comme je vous le disais, j'ai autant de sang maori que de sang africain dans les veines. Mon arrière-grand-père était couvert de tatouages traditionnels, d'après ce que m'a raconté ma grand-mère.

— J'ai cru comprendre que la plupart des Afro-Américains ont quitté Dill Town à la suite d'un lynchage.

Silas afficha une mine désolée.

— Une histoire horrible. Vraiment horrible. Le type qu'ils ont lynché était innocent, bien évidemment, mais la foule qui l'avait ciblé s'en fichait. Après ça, les habitants de Dill Town ont pensé que ce n'était pas un endroit pour élever leurs enfants. Ils avaient de l'argent, grâce à la pêche à la baleine, et beaucoup sont partis. Certains se sont contentés d'aller à New Bedford, d'autres se sont rendus à Chicago, où ils ont trouvé du travail dans les abattoirs.

— Cela n'a pas empêché votre famille de rester.

— En fait, mon grand-père avait accidentellement perdu le bras avec lequel il lançait le harpon, et il s'est lancé dans le commerce des herbes. Ce ne sont pas les plantes médicinales qui manquent dans le coin, à commencer par la belladone. Surtout du côté d'Oldham. Jamais il n'aurait pu créer son affaire à New Bedford, alors il est resté. On a simplement quitté la ville pour s'installer un peu plus loin. C'est pour ça que je suis là.

Il écarta les mains.

— Vous vivez seul ?

— J'étais marié, mais ma femme est partie. Elle ne supportait pas la solitude. Vivre seul me convient très bien la plupart du temps, même si je suis toujours heureux de voir de nouvelles têtes. Je n'ai pas une âme d'ermite. Je vais à l'auberge une fois par semaine, je bois un coup, je mange des palourdes frites et je joue aux dominos avec les copains.

Pendergast se leva, son verre à la main, s'approcha de la fenêtre et scruta la nuit en direction des marais.

— Je vous serais très reconnaissant si vous pouviez me conduire en ville. Auparavant, j'aurais une dernière question. Qui donc faisait partie du groupe qui a procédé à ce lynchage ?

— Personne ne l'a jamais su. Des gens du cru, mais ils étaient masqués. Je peux quand même vous dire ceci : mon grand-père disait toujours qu'il y avait à Exmouth quelques pommes pourries. Des gens particulièrement brutaux dont il disait qu'ils lui rappelaient l'histoire du Faucheur gris. Des types qui avaient le diable dans le sang.

21

— Vous êtes certain que ce n'était pas un huard ? suggéra Mourdock. Leur cri ressemble à la voix humaine.

Le sergent Gavin, assis à l'arrière du canot de la police, une main sur la barre, fit la grimace. Son chef, malgré les claques qu'il s'était prises, trouvait encore le moyen de passer pour un imbécile. Pendergast, assis à l'avant où sa silhouette noire dessinait une étrange figure de proue, sa carte à la main, ne semblait pas même avoir entendu.

Deux autres canots traversaient la baie en direction des marais dans leur sillage. À cause de la couverture nuageuse, seule une faible lueur grise signalait l'arrivée de l'aurore à l'horizon. Mourdock avait pris beaucoup plus de temps à monter cette expédition que ne l'aurait souhaité Gavin. Il était manifeste que son chef ne croyait guère aux dires de Pendergast, de sorte qu'il était presque 8 heures du matin. La température était passée cette nuit-là sous la barre des dix degrés et l'air était plus glacial encore dans les marais qu'à Exmouth. La marée haute était étale depuis une vingtaine de minutes, ce qui leur laissait peu de temps avant que l'eau se retire en dégageant les vastes étendues vaseuses du marais. Gavin, qui avait pêché la palourde pour gagner un peu d'argent au moment de l'adolescence, savait combien l'estuaire était isolé et dangereux. Il avait conservé un souvenir cuisant de la nuit passée à grelotter sur un îlot, faute d'avoir pris garde aux horaires des marées.

— Attention ! s'éleva la voix de Pendergast à l'avant du canot.

Gavin contourna vivement un vieux pilotis, les yeux rivés sur les eaux de la baie.

Un vol de carouges s'éleva d'un champ de quenouilles à leur approche. Le dédale des marais salés, constitué d'une multitude de bras de mer, de passes et d'îlots, ne se trouvait plus qu'à quelques centaines de mètres. La mer ne tarderait plus à découvrir les bancs de vase.

Gavin jeta un coup d'œil à sa carte. La violence des courants l'inquiétait. Il suffisait que le meurtrier ait abandonné sa victime dans l'eau pour que la marée montante l'entraîne au loin.

— Très bien, dit Mourdock d'une voix forte dans sa radio afin de couvrir le rugissement du moteur Evinrude. Jack, tu prends le chenal de droite, Ken celui de gauche, nous passons par celui du milieu.

Les deux autres embarcations bifurquèrent tandis que Gavin suivait les instructions de son chef en continuant tout droit. Une forêt d'herbes sauvages lui fit rapidement perdre de vue les autres canots. Putain, qu'il faisait froid. Le paysage était plongé dans une lumière d'un gris uniforme. Vers le sud apparut un vol d'oies du Canada dessinant un V parfait dans le ciel.

— Ralentis et ouvre bien les yeux, lui recommanda le chef.

Gavin diminua les gaz. Le chenal, de plus en plus étroit, se démultipliait en une multitude d'affluents.

— Quelle direction ? s'enquit-il.

Avant que Mourdock ait pu répondre, Pendergast tendit une main squelettique en direction d'une passe. Gavin se demanda où était Constance. Il se prit à rêver qu'elle se trouvât à l'avant du navire, à la place de Pendergast. Ce type-là lui fichait les jetons.

Pour une fois, le chef eut la bonne idée de fermer sa gueule en le voyant s'engouffrer dans le chenal que lui indiquait l'inspecteur. Le bras d'eau, très étroit, était bordé de troncs envasés, leurs branches mortes donnant l'impression de sortir de l'eau afin de leur bloquer le passage. Le corps avait pu rester accroché dans une infinité d'endroits où la marée l'aurait recouvert. Et si jamais il gisait dans un îlot herbeux, il faudrait attendre que les corbeaux signalent sa présence en tourbillonnant au-dessus de lui pour le retrouver.

Pendergast continuait d'indiquer la voie à suivre en tendant le doigt en silence à chaque nouvel embranchement. S'il avait trouvé le moyen de se repérer, Gavin voyait mal lequel.

Quant au chef, il attendait la suite d'un air renfrogné, ses gros bras croisés sur la poitrine, sans cacher sa fureur de participer à une telle équipée.

Plusieurs minutes s'écoulèrent en silence. Gavin se sentait totalement perdu, persuadé pourtant que l'inspecteur savait très bien où il allait, à en juger par la façon dont il étudiait sa carte à tout bout de champ.

— Euh… inspecteur ? se hasarda-t-il.

Pendergast tourna vers lui son visage blême.

— La marée commence à redescendre, je voulais vous en avertir. Les courants commencent à forcir.

— Je vous remercie. Continuez, je vous prie.

Je vous prie. La fameuse politesse sudiste, poussée à l'extrême. Gavin se demanda si Pendergast se tapait Constance.

Une nouvelle passe, puis une autre. Le froid se faisait de plus en plus mordant. Quelques mouettes les suivirent en poussant des cris aigus, l'une d'elles lâcha ses déjections juste à côté du canot. Comment les appelaient les pêcheurs de homards, déjà ? Des rats volants ! Mourdock restait régulièrement en contact avec les autres canots par le biais de sa radio. Ils n'avaient rien trouvé non plus, les occupants de l'une des deux embarcations semblaient même perdus. Ils essayaient vainement de se repérer avec leur GPS, faute de disposer d'un signal téléphonique correct.

Contrairement à Pendergast qui savait très bien où il allait. Ou alors c'était un bluffeur de première.

Le courant augmentait de minute en minute, l'eau refluait en direction de l'océan et le moteur du canot peinait à lutter contre la force du flot. Gavin consulta sa montre.

— Inspecteur ? demanda-t-il à nouveau.

Le visage spectral se tourna vers lui.

— Le niveau a déjà baissé de cinquante centimètres. Il ne fera pas bon traîner dans le coin d'ici une demi-heure.

— Compris.

Le bras funèbre se tendit à nouveau et le sergent suivit son indication. Le chef commençait à manifester des signes d'inquiétude.

— Gavin a raison, grommela Mourdock. Si je peux me permettre, on ferait mieux de rebrousser chemin.

Pendergast fit la sourde oreille.

— Stop ! aboya-t-il soudain, la main levée, alors que le canot passait à côté d'un tronc pourri enfoncé dans la vase. Gavin diminua les gaz sans les couper, de sorte que la force du courant ne les repousse pas en arrière.

— Approchez-vous de cette épave, commanda Pendergast.

— Le chenal n'est pas assez profond, on va s'échouer.

— Eh bien, échouez-vous.

— Attendez une minute, s'écria Mourdock, inquiet. Qu'y a-t-il de si important qu'on soit obligés de risquer notre peau ?

— Regardez, lui répondit Pendergast, le doigt en avant.

192

Sous la surface boueuse de l'eau, ballottée par le courant dans un terrible simulacre d'adieu, venait d'apparaître une main blême.

— Putain de merde, grommela Gavin.

— Accrochez le canot à cette branche, lui recommanda Pendergast.

Gavin fit un nœud avec l'amarre qu'il lança autour de la branche concernée tout en maintenant les gaz de manière à préserver l'équilibre du canot. Il fit mouche du premier coup, coupa le moteur, le releva, et tira sur la longe jusqu'à ce que le canot atteigne le tronc. Il sentit le fond racler la vase tandis que le courant continuait de filer le long de la coque.

— Je ne crois pas que ce soit une bonne idée, grommela le chef.

Pendergast, penché par-dessus bord, ne prêta aucune attention à ses récriminations.

— Passez-moi une autre amarre.

Gavin lui obéit. L'inspecteur passa la corde autour du bras qu'il tira hors de l'eau et la tête apparut lentement. Gavin vint à l'aide de l'inspecteur en surmontant son dégoût. Le corps, à peine retenu par les branchages du tronc, se libéra d'un seul coup et fit entièrement surface, aussitôt entraîné par le courant.

— Tirez ! ordonna Pendergast.

Gavin s'exécuta en se servant de la dame de nage afin de bloquer la corde, puis les deux hommes hissèrent le cadavre à bord en dépit du courant.

— Pour l'amour du ciel, vous n'avez tout de même pas l'intention de le remonter dans le bateau ! s'écria Mourdock.

— Poussez-vous, lui enjoignit sèchement Pendergast.

Le chef ne se fit pas prier, voyant que ses compagnons s'apprêtaient à basculer le corps à l'intérieur du canot.

— À trois ! décréta Pendergast.

Les deux hommes, unissant leurs forces, parvinrent à hisser à bord le cadavre qui s'étala mollement sur le ventre au fond de la barque, tel un poisson géant. Les vêtements du mort, déchirés, avaient souffert des courants. Pendergast, encore essoufflé par l'effort, retourna le corps.

Si Gavin n'eut aucune difficulté à reconnaître le mort, la vue des lacérations qui lui meurtrissaient le corps le laissa muet de saisissement.

Mourdock n'eut pas les mêmes pudeurs.

— C'est Dana Dunwoody !

Il se tourna d'un bloc vers Pendergast.

— Brad me disait hier encore que vous soupçonniez Dana. Si c'est le sort qui attend vos suspects, j'aime autant que vous évitiez de me soupçonner.

Ni Gavin ni Pendergast ne relevèrent, trop occupés à examiner le corps.

— Son abdomen a été tailladé comme celui de l'historien, parvint enfin à articuler le jeune sergent.

— En effet, murmura Pendergast. Nous retrouvons également le mot TYBANE accompagné de ces curieuses figures.

Il se pencha sur le corps dont il examina la peau caoutchouteuse et grisâtre de si près que Gavin en eut la nausée.

— Étrange. Les entailles retrouvées sur le corps de M. McCool avaient été pratiquées avec force et assurance. Celles-ci, pour certaines d'entre elles tout du moins, sont fort différentes.

— C'est bon, c'est bon, le tempéra Mourdock. Le légiste nous dira ce qu'il en pense. Il est grand temps de rappeler les autres et de déguerpir au plus vite.

22

— Entrez, très chère sœur !

Constance, hésitante, s'arrêta sur le seuil de la petite boutique située dans un centre commercial miteux d'une banlieue de Salem. La femme qui l'accueillait avec tant d'empressement, vêtue d'une robe victorienne qui n'était pas sans évoquer la sienne, s'élança à sa rencontre.

— Bienvenue à l'Assemblée des sorcières de Salem ! D'où nous venez-vous ?

Constance entra dans l'ancien magasin transformé en centre d'accueil et de réunion. Loin de paraître étrange ou sinistre, l'endroit était gai et lumineux, avec sa moquette épaisse et ses murs peints en jaune. Une lourde tenture vert foncé séparait la pièce en deux. Constance soupçonna la femme de s'être aménagé un espace de vie de l'autre côté du rideau.

Elle faisait un pas dans sa direction lorsque la maîtresse des lieux l'arrêta.

— Enlevez vos souliers ! s'écria-t-elle sèchement.

— Je vous prie de m'excuser, dit Constance en retirant ses chaussures plates.

— Venez donc vous asseoir par ici.

Constance posa son sac et se glissa dans un fauteuil aussi inconfortable que sale. Une fois de plus, elle se fit la réflexion qu'elle aurait été mieux inspirée de regagner la vieille demeure de Riverside Drive où elle aurait pu tranquillement jouer du clavecin ou lire un livre, au lieu de se lever à l'aube et de se rendre à Salem en taxi à la requête de Pendergast. Ce dernier avait fait une brève apparition à l'auberge à 4 heures du matin, le temps de se changer avant de retrouver les policiers municipaux qui attendaient sa venue. Il avait passé la tête dans la chambre de Constance, évoqué à la hâte la survenue d'un incident dans les marais, et promis de lui communiquer tous les détails en fin de journée en l'exhortant d'aller à Salem au plus vite. *Votre analyse des faits et vos recommandations me seront de la plus grande utilité.* Ces paroles encourageantes, prononcées le matin précédent, lui avaient trotté dans la tête toute la journée. Pendergast lui avait confié une mission importante qu'elle se devait d'accomplir scrupuleusement, quels que soient ses états d'âme.

Constance observa son interlocutrice en la voyant s'asseoir en face d'elle. La quarantaine solide avec une poitrine généreuse et un menton volontaire, elle dévisageait sa visiteuse d'un air vaguement méfiant tout en s'exprimant de façon alambiquée.

— Je suis Corbeau noir, de l'Assemblée des sorcières de Salem, la plus importante de toute la Nouvelle-Angleterre.

Elle ponctua sa phrase d'un salut moyenâgeux.

— Je m'appelle Constance Greene.

— C'est un plaisir de faire votre connaissance, répondit la femme en l'examinant de la tête aux pieds. Votre robe princesse avec ses manches bouffantes est de toute beauté. Où vous l'êtes-vous procurée ?

— Je l'ai depuis un certain temps.

— Et de quelle assemblée faites-vous partie, ma chère sœur ? Je ne vous ai jamais vue auparavant, alors que je croyais connaître tous les wiccans de Nouvelle-Angleterre.

— Je n'appartiens à aucune assemblée, pour la bonne raison que je ne suis pas wiccane.

Sa surprise passée, la femme baissa brusquement la garde.

— Je vois. Mais alors, sans doute vous intéressez-vous au mouvement wicca ? Chercheriez-vous à y être initiée ?

Constance prit le temps de réfléchir avant de répondre.

— En effet, je m'y intéresse, mais pas de la façon dont vous l'imaginez. J'enquête actuellement sur un meurtre.

— Quel rapport peut-il y avoir entre ce meurtre et l'Assemblée des sorcières de Salem ? s'enquit la femme dont la méfiance revenait en force.

— Vous vous méprenez. Je ne suis pas venue en accusatrice, mais dans l'espoir d'obtenir votre aide.

Le visage de la femme marqua son soulagement.

— Je vois. Dans ce cas, je suis toute disposée à vous aider. Vous devez comprendre que les sorcières ont été sujettes à des calomnies et des persécutions pendant des siècles. Le mouvement wicca prône pourtant la paix, l'harmonie et l'unité avec le Divin. Les sorcières blanches sont des guérisseuses, des initiatrices et des chercheuses ! Il est essentiel de comprendre que notre religion a précédé le christianisme de plus de vingt mille ans !

Elle s'exprimait désormais sur un ton condescendant.

— Nous avons recours à la magie, c'est vrai, mais nos sortilèges visent à guérir, ou à propager amour et sagesse. Nous ne pratiquons nullement des cultes sataniques, pas plus que nous n'invoquons les démons. Satan est une création chrétienne que je vous abandonne volontiers !

Elle conclut son exposé en croisant les mains sur ses genoux.

— Je ne m'intéresse ni à Satan ni aux démons, répondit Constance dans l'espoir d'endiguer le flot et de recentrer la conversation. Je suis venue vous voir afin de recueillir votre opinion au sujet de certaines inscriptions.

— Des inscriptions, dites-vous ? Montrez-les-moi.

Constance sortit de son sac la feuille que lui avait donnée Pendergast et la tendit à son interlocutrice. Corbeau noir y avait à peine jeté un coup d'œil qu'un silence glacial s'abattit sur la pièce.

— Pour quelle raison vous intéressez-vous à ceci ? demanda-t-elle sèchement.

— Je vous l'ai dit, j'enquête sur un meurtre.

Corbeau noir fourra brutalement la feuille dans la main de Constance.

— Le mouvement wicca n'a rien à voir avec les inscriptions Tybane. Je ne peux pas vous aider.

— À quoi correspondent ces inscriptions ?

— Elles n'ont aucun rapport avec notre assemblée. Notre devise est : *Tu ne feras pas le mal*. Ceux qui utilisent la magie à des fins maléfiques ne sont pas des wiccans. Le simple fait de souiller ce lieu de culte avec ces inscriptions est inacceptable. En attendant, je suis extrêmement occupée. Veuillez partir en emportant ces inscriptions avec vous.

Constance afficha un air surpris.

— Vous voulez dire que vous savez à quoi correspondent ces inscriptions et que vous refusez de me le dire ?

La femme se leva d'un bond sans dissimuler son indignation.

— La porte est là-bas, mademoiselle Greene.

Loin de se lever, Constance fixa longuement la femme qui la fusillait des yeux en lui montrant la porte d'un doigt potelé, les plis de son menton tremblant de fureur.

— Vous êtes sourde ? Dehors !

Fouettée au visage par cette voix hostile, Constance sentit monter en elle une bouffée de colère comme elle en avait ressenti trop souvent par le passé. Elle avala sa salive, livide de rage, et se leva sans quitter la femme du regard. Corbeau noir lui rendit son regard assassin avec un air de défi.

Constance fit un pas en avant. Les deux femmes se faisaient face à se toucher, au point que Constance sentait les effluves de patchouli et d'encens qui émanaient de Corbeau noir. Celle-ci céda la première en baissant les yeux.

— Je...

Elle laissa la phrase en suspens, incapable de poursuivre.

Constance, comme dans un rêve, vit sa propre main droite se lever lentement, son pouce et son index se refermer sur le double menton de la femme.

Cette dernière, muette de saisissement, écarquilla les yeux.

Comme Constance lui serrait la peau du menton de plus en plus fort, Corbeau noir tituba tandis qu'un gargouillis étrange s'échappait de sa gorge.

Constance serra plus fort encore, enfonçant ses ongles dans la chair molle.

Corbeau noir retrouva sa voix comme par miracle et vacilla en arrière alors que Constance relâchait la pression.

— Vous ! s'écria-t-elle d'une voix terrorisée, le souffle court. Je vous en supplie... je vous en supplie...

Constance baissa le bras.

— J'accepte de vous aider, mais ne me regardez plus jamais comme ça. Je vous en supplie !

Elle tendit une main en arrière afin de chercher le bras du fauteuil dans lequel elle se laissa tomber, incapable de détacher son regard de Constance, comme hypnotisée. Des marques rouges commençaient à se dessiner sur son double menton.

Constance resta debout.

— Personne ne doit jamais savoir... que je vous ai parlé.

Il fallut à Constance quelques instants avant que sa colère s'apaise suffisamment pour qu'elle puisse s'exprimer d'une voix normale.

— Notre entretien restera totalement confidentiel.

— Dans ce cas... dans ce cas...

La femme prit un verre d'eau sur une table d'appoint, le porta à ses lèvres et le reposa d'une main tremblante.

— Personne ne sait exactement ce que signifient les inscriptions Tybane, commença-t-elle d'une voix rauque. Elles ont été découvertes il y a plus d'un siècle sur une pierre gravée dans les marais d'Exmouth, sur la place du Sabbat d'une assemblée abandonnée de longue date.

— La place du Sabbat ?

— Il s'agit de l'endroit où les sorcières pratiquent leurs rituels. Il ne s'agissait pas de wiccans, c'est-à-dire de sorcières blanches, mais de sorcières noires.

— Expliquez-moi.

— Alors que les wiccans visent à promouvoir le bien à travers leurs sortilèges et leurs rituels, d'autres utilisent la magie à des fins opposées. La quête de pouvoir et de richesse est une réalité de la vie, en amour comme dans l'univers professionnel.

— Que signifie le mot Tybane ?

— Bane vient du vieil anglais *bana*, synonyme de malédiction ou de poison.

— Qu'en est-il du préfixe Ty ?

— C'est un mystère.

— À quoi servent les inscriptions Tybane de nos jours, si tant est qu'on les utilise encore ?

— Des rumeurs circulent à ce sujet, mais ce ne sont que des racontars. Certains s'en serviraient pour invoquer les esprits malins, ou lors de rituels de magie noire. Ces inscriptions sont aussi dangereuses que néfastes, mais seules les sorcières les plus inconscientes les utilisent car leur signification reste obscure. S'en servir, c'est jouer avec le feu.

— Y avez-vous déjà eu recours personnellement ?

La femme baissa la tête.

— Où se trouve désormais cette pierre gravée ? poursuivit Constance.

— Elle a été détruite il y a très longtemps, mais celui qui l'a découverte a laissé des notes.

— Des notes ?

— Conservées dans les archives d'un archéologue amateur nommé Sutter. Elles sont consultables dans les locaux de la Société d'histoire du Vieux Salem.

Elle eut une courte hésitation avant de poursuivre :

— Certains ont cédé à la tentation de consulter ces documents.

— Et alors ?

La femme conserva les yeux baissés.

— Alors, ils l'ont tous regretté.

23

Constance Greene finissait de traverser le centre-ville de Salem lorsqu'elle aperçut les locaux de la Société d'histoire du Vieux Salem, à moins de deux kilomètres de l'Assemblée des sorcières. Elle fut étonnée de découvrir un grand bâtiment en brique de la fin du XIXe siècle. Elle pénétra dans un vaste hall d'accueil aux catalogues entièrement informatisés. La salle était gardée par un agent rondouillard qui montait la garde près d'un portique de sécurité.

Elle franchit le portique sans encombre, copieusement irradiée comme de juste, à son grand agacement. La femme souriante chargée d'accueillir les visiteurs connaissait bien le fonds Sutter et dirigea la visiteuse vers le deuxième étage.

Constance prit place dans un ascenseur dernier cri dont la cabine s'éleva à la vitesse de la lumière. Les portes coulissèrent et elle se retrouva dans une salle austère chichement meublée. Derrière un bureau trônait une femme âgée au crâne surmonté d'un chignon gris sévère. Celle-ci raccrocha son téléphone en l'apercevant.

— Vous venez consulter le fonds Sutter ? demanda-t-elle d'une voix de général.

Constance hocha la tête.

— Je suis Mme Jobe, responsable des archives. Suivez-moi.

Elle se leva en triturant la carte magnétique accrochée au lacet qu'elle portait autour du cou. Elle observa rapidement Constance avec une moue réprobatrice, puis elle s'engagea dans un couloir. Elle passa sa carte devant un lecteur, et une porte s'ouvrit dans un souffle en révélant une petite pièce meublée d'une table recouverte de feutrine.

— Veuillez enfiler ceci, dit la femme en tendant à sa visiteuse une paire de gants blancs en coton.

Constance obtempéra.

— Ne manipulez jamais les documents à mains nues. Les stylos sont interdits, seuls les crayons de papier et les ordinateurs sont autorisés. Asseyez-vous, je vous apporte tout de suite le fonds Sutter. C'est fou ce que ces papiers sont demandés depuis quelque temps.

Elle franchit une autre porte et revint moins d'une minute plus tard en tenant à la main un boîtier en plastique contenant plusieurs dossiers. Elle déposa le tout sur la table.

— Vous ne pouvez consulter qu'un seul dossier à la fois. Des questions, mademoiselle Greene ?

Constance, constatant que son interlocutrice la prenait pour une wiccane, se demanda comment

Pendergast aurait tiré profit de la situation, s'il s'était trouvé à sa place. Il avait le don d'adapter sa stratégie d'approche afin d'obtenir un maximum de résultats, quitte à ne pas s'embarrasser de scrupules.

Elle décida d'imiter son exemple.

— Dois-je déduire de votre remarque que plusieurs personnes ont consulté ces documents récemment ?

— C'est l'un des fonds les plus demandés.

— Vraiment ? Qui donc s'y intéresse ?

— Salem est un grand centre du mouvement wicca, comme vous le savez sans doute, répondit-elle en posant un regard entendu sur la robe de la visiteuse. De nombreux adeptes de cette religion demandent à voir ces papiers afin de copier ou de photographier les... euh, les inscriptions.

— Vous voulez parler des inscriptions Tybane ?

— Oui, répondit la femme en lui tournant le dos.

— J'ai une dernière question, si cela ne vous ennuie pas.

La femme tourna vers elle un visage agacé.

— Que savez-vous sur cet archéologue, Sutter ?

— Sutter n'était nullement un archéologue, mais un simple amateur à une époque où l'archéologie était une profession balbutiante. En termes simples, c'était un excentrique.

— Sur quoi fondez-vous un tel jugement ?

— Vous le verrez vous-même en consultant ces papiers.

— Les avez-vous déjà examinés ?

— C'est mon métier de me familiariser avec le contenu de tous ces dossiers. Sans vouloir dénigrer ce Sutter, c'était un fantaisiste. Au mieux, ajouta-t-elle avec un geste désinvolte de la main. S'il ne tenait qu'à moi, je jetterais tous ces papiers à la poubelle. Ils n'intéressent que les déviants.

Elle marqua une pause d'un air entendu.

— Ainsi que les adeptes du culte wiccan, ajouta-t-elle en dévisageant Constance.

— Je vois que vous me prenez pour une wiccane, répondit celle-ci en lui rendant son regard appuyé.

— Vos croyances ne me regardent pas.

— Si je porte une robe à l'ancienne et que mon allure vous semble vieillotte, c'est tout simplement...

Elle repensa à la réflexion de la femme de l'accueil au poste de police d'Exmouth.

— ... que je suis amish.

Son interlocutrice afficha sa surprise.

— Ah, très bien. Il est vrai que nous avons si souvent la visite de wiccans, on finit par en tirer des conclusions hâtives.

— La sorcellerie et les sortilèges sont tabous dans ma religion. Je suis ici parce que...

Constance feignit de refouler son émotion.

— ... parce que ma sœur est entrée dans le mouvement wicca. Je viens ici dans l'espoir de la sauver.

L'étonnement de l'archiviste vira à la gêne.

— Je suis sincèrement désolée... mais en quoi ces documents pourraient-ils vous aider ? Certains wiccans sont curieux de les consulter, mais j'ai cru comprendre qu'ils pratiquaient la magie blanche, et non la magie noire. Les pratiques documentées par Sutter n'ont rien à voir avec celles des wiccans.

— Je suis à la recherche de ma sœur. Je sais qu'elle est venue ici. Conservez-vous les noms des personnes qui ont demandé à voir ces papiers ?

— Bien sûr... mais c'est confidentiel.

Constance baissa la tête en laissant échapper un hoquet de chagrin.

— Je comprends. Vous avez des règles, bien sûr. C'est juste que je ne voudrais pas perdre ma sœur au profit de ces... de ces wiccans.

Sa confession fut suivie d'un long silence.

— Écoutez, je crois pouvoir m'autoriser une exception. Laissez-moi aller chercher le fichier des visiteurs.

Constance attendit que la bibliothécaire ait quitté la pièce avant de relever la tête, l'ombre d'un sourire aux lèvres. Le désagrément qu'elle éprouvait à feindre une émotion qu'elle n'aurait jamais montrée à personne dans la vraie vie se trouvait quelque peu atténué par la facilité avec laquelle elle avait circonvenu cette femme arrogante aux opinions trop arrêtées. À nouveau maîtresse d'elle-même, elle attira à elle le boîtier en plastique et prit le premier dossier, consacré à New Salem.

Elle y découvrit une liasse de documents jaunis par le temps. Elle posa le premier sur le carré de feutrine et l'ouvrit avec précaution. Il contenait une douzaine de pages couvertes d'une écriture compliquée en pattes de mouche.

Notes relatives à la redécouverte de l'ancienne colonie des sorcières de New Salem dans les marais d'Exmouth par le Sieur Jeduthan Sutter
Membre de la Société Savante des Archéologues de Boston
Découvreur de l'Ostracon de Sinouhé
Auteur de *Fasciculus Chemicus*
et de *Formules de miséricorde et secrets de sagesse*

Le 3 juillet 1871, je, Sieur Jeduthan Sutter, au terme de recherches de plusieurs semaines dans les marais d'Exmouth, déclare avoir découvert la colonie des sorcières de New Salem en un lieu retiré, loin de toute habitation. Il m'a ainsi été donné de trouver le Quinconce sur lequel s'élevait l'Autel sacrificiel du village où étaient pratiqués les rituels de Sorcellerie et d'Abomination. Ayant localisé l'Autel central, j'ai creusé la terre et récupéré la Pierre de ce culte blasphématoire, porteuse de Révélations et d'Abominations diaboliques. Ainsi ai-je agi, porté par un souffle de sagesse, selon la volonté de l'Esprit du Seigneur, qui sait toutes choses, en guise d'Avertissement au monde. De sorte que je, Jeduthan Sutter, avant de détruire l'abominable Pierre de New

Salem de sorte que le Mal qu'elle incarne, enfui vers un autre refuge, ne puisse plus nuire au monde, déclare au préalable relever pour la postérité les Inscriptions trouvées sur ladite Pierre, conformément aux préceptes de notre Seigneur Dieu, qui m'accorde sa protection contre le Mal qu'elles figurent.

Un quinconce. Cette forme, semblable à la disposition des points sur la cinquième face d'un dé à jouer, possédait des propriétés mystiques dans de nombreuses religions.

Constance se plongea dans la lecture du document suivant, une grande feuille de papier qu'elle déplia. Y figurait un dessin de ce qui devait être la pierre Tybane, apparemment à l'échelle, avec le détail de ses inscriptions. Elle reconnut les cinq figures symboliques tracées sur le corps de l'historien, M. McCool.

Elle prit son téléphone portable et photographia le document sous tous les angles, avec et sans flash, en quelques gestes rapides. Sa tâche achevée, elle feuilleta les autres papiers sans rien y découvrir d'intéressant. Aucune indication relative à l'emplacement précis de la colonie, par exemple, ou aux raisons qui avaient incité Sutter à s'y intéresser. Il s'agissait essentiellement de citations tirées de l'Écriture sainte et d'élucubrations religieuses. Sutter était pour le moins excentrique, ainsi que l'avait justement fait remarquer la bibliothécaire. Constance le savait, il arrive que certains excentriques fassent des découvertes intéressantes.

Mme Jobe revint avec une feuille manuscrite.

— Vous trouverez ici la liste de tous les visiteurs de ces six derniers mois. Nous possédons également une caméra de surveillance, dissimulée au niveau du panneau indiquant la sortie.

— Je vous remercie infiniment, dit Constance en s'emparant de la feuille. Je m'y intéresserai dans un instant, après avoir déchiffré ces inscriptions.

— Si cela peut vous consoler, ces symboles sont probablement un charabia sans queue ni tête. Je vous l'ai dit, ce Sutter était loufoque.

— Possédez-vous d'autres documents traitant de sorcellerie qui m'aideraient à interpréter ces signes ? Précisément afin de savoir s'ils sont fantaisistes ?

— Nous possédons les comptes rendus de tous les procès des sorcières de Salem. Ils sont consultables sur microfiches, les originaux sont trop fragiles. Nous disposons également d'une collection d'ouvrages rares consacrés à la sorcellerie et à la démonologie dans ce que nous avons baptisé la Cage, mais je vois mal en quoi ils pourraient vous aider à retrouver votre sœur.

Constance lui opposa un visage anxieux.

— Je voudrais mieux comprendre ce qui pousse ma sœur à s'intéresser à toutes ces... saletés. Vous savez, madame Jobe, que ces inscriptions soient fantaisistes ou non, c'est *l'intention* de provoquer le mal qui mine notre monde. En attendant, si je pouvais prouver à ma sœur que ces inscriptions sont des impostures, cela

m'aiderait à la remettre dans le droit chemin...
le jour où j'aurai réussi à la retrouver.

*

* *

Constance se carra contre le dossier de sa chaise en battant des cils. Cela faisait deux heures qu'elle se battait avec cet horrible lecteur de microfiches des années 1980. On aurait pu penser qu'il avait été conçu pour rendre aveugles ses utilisateurs. Elle peinait à comprendre pourquoi une société d'histoire aussi riche que celle-ci n'était pas équipée en ordinateurs. Peut-être s'agissait-il de décourager ceux qui s'intéressaient à ces horribles procès.

La lecture de leurs comptes rendus n'avait rien donné. Il ne faisait guère de doute que les « sorcières » de Salem étaient innocentes. En lisant entre les lignes, Constance avait néanmoins cru comprendre qu'il existait bel et bien de *vrais* sorciers des deux sexes. Non pas dans les rangs des accusés, mais dans ceux des accusateurs, des juges et autres chasseurs de sorcières. À bien y réfléchir, c'était assez logique : quel meilleur moyen de semer la peur et la haine au sein d'une communauté que d'accuser des innocents, tout en dissimulant ses véritables liens avec les forces du mal ?

Il ne lui restait plus qu'à se rendre dans la Cage.

Mme Jobe la conduisit dans les sous-sols du bâtiment où se trouvait un caveau de dimensions modestes dont le sol, les murs et le plafond étaient recouverts de barreaux métalliques. On y accédait par une petite porte verrouillée. La pièce contenait quelques rayonnages remplis d'ouvrages anciens, ainsi qu'une petite table éclairée par une lampe. Un système de climatisation pulsait de l'air sec et frais. Les appareils numériques chargés de mesurer la température et l'humidité ambiantes formaient un contraste anachronique avec le cadre sombre et sinistre dans lequel ils se trouvaient.

La bibliothécaire enferma Constance dans le caveau en lui recommandant une nouvelle fois de veiller soigneusement à enfiler les gants réservés aux chercheurs.

La section étiquetée « Occulte et autres » contenait une trentaine de livres tout au plus. Constance en connaissait la plupart, pour les avoir vus dans la bibliothèque du 891 Riverside Drive, parmi les nombreux ouvrages d'Enoch Leng[1] consacrés aux poisons et à la sorcellerie. Il y avait là le célèbre *Malleus Maleficarum*, le « Marteau des sorcières » ; le *Formicarius* de Nider ; la *Révélation sur la sorcellerie* de Reginald Scot ; le grand classique français *De la démonomanie des sorciers* ; l'extrêmement rare *Legemeton Clavicula Salomonis*, ainsi que le terrible *Necronomicon*, relié avec de la peau humaine, détail que Mme Jobe ignorait très certainement. Pour les avoir tous lus, Constance savait qu'ils ne lui seraient d'aucune aide dans

---

1. Voir *La Chambre des curiosités*, J'ai lu, n° 7619.

sa volonté de déchiffrer les inscriptions Tybane. Si tant est que ces dernières soient déchiffrables.

À l'extrémité du rayonnage, elle découvrit une série d'ouvrages aussi anciens que sales. La plupart étaient sans intérêt, ainsi que le lui confirma un rapide coup d'œil, mais le dernier de la série, caché derrière les autres comme si l'on avait tenu à le dissimuler, était un manuscrit anonyme. Rédigé en latin et daté de 1563, il était intitulé *Pseudomonarchia Daemonum*, « La Fausse Monarchie des démons ».

Elle le déposa sur la petite table et en ouvrit la couverture, surprise de découvrir des illustrations détaillées à profusion. Il s'agissait d'un grimoire établissant la liste de tous les démons dont l'existence était avérée : soixante-neuf au total, avec leurs noms respectifs, leurs pouvoirs, leurs attributs, leurs symboles, ainsi que ce qu'ils étaient susceptibles d'apporter à celui qui les aurait invoqués lors d'une cérémonie satanique. Le papier desséché crissait sous les doigts gantés de Constance, lui donnant l'impression que personne ne s'était intéressé au manuscrit depuis une éternité.

Elle le feuilleta longuement, à la recherche de symboles comparables aux inscriptions Tybane. La plupart figuraient les démons eux-mêmes, tandis qu'une poignée donnaient des indications de mouvement, de direction et de lieu.

Pendant qu'elle tournait les pages, son regard s'arrêta sur un symbole correspondant à l'une des inscriptions Tybane :

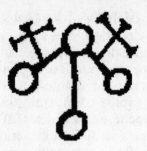

L'auteur l'avait appelée *Obscura Peregrinatio ad Litus*, ce que Constance traduisit sans peine en « Pèlerinage obscur vers le sud ».

Quelques pages plus loin surgissait un autre symbole qu'elle reconnut :

Celui-ci était intitulé *Indevitatus*, un terme que l'on pouvait traduire par « Inévitable » ou « Imminent ».

Au comble de la curiosité, elle continua de parcourir l'ouvrage. À quelques pages de la fin, sa patience fut récompensée par la découverte de deux nouveaux symboles. Le premier correspondait à un démon nommé Forras, que le texte latin décrivait avec précision. Elle le traduisit de tête :

216

Le trente et unième esprit est Forras. Il se présente sous la forme d'un puissant être masculin de forme presque humaine. Il est capable de transmettre aux hommes le secret des herbes médicinales et des poisons. Il enseigne l'Art du Droit dans toute sa complexité. Si telle est sa volonté, il possède le pouvoir d'accorder une longue vie aux humains, et d'empêcher que l'on détecte le mal chez eux. Son sceau est le suivant :

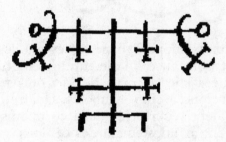

Le sceau concerné était identique à l'une des inscriptions Tybane.

Quant au dernier symbole d'intérêt, il correspondait à un démon nommé Morax, que le texte dépeignait de façon inquiétante :

Morax est le tout-puissant prince des ténèbres. Lorsqu'il prend la forme d'un être, il arbore des dents de chien, une tête énorme semblable à celle d'un singe monstrueux, et une queue de diable ; d'une ruse parfaite, c'est un débauché qui s'accouple avec toutes les femmes qui lui plaisent ; il possède une soif ardente de sang humain et se repaît des viscères de ses victimes. Son sceau est le suivant :

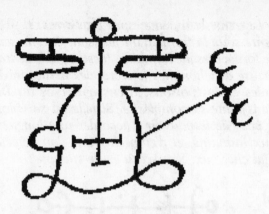

Les inscriptions Tybane, telles que les comprenait Constance à la lecture des mutilations pratiquées sur le corps de McCool, se résumaient donc à cinq symboles. Quatre d'entre eux étaient répertoriés dans ce manuscrit et figuraient manifestement des démons.

Elle achevait la lecture du grimoire lorsqu'elle tomba soudain en arrêt devant le symbole qui lui manquait encore :

L'inscription latine qui l'accompagnait, *Errentame Locus*, pouvait se traduire par « Lieu d'errance ».

Constance leva les yeux du manuscrit. Il lui restait encore bien des secrets à percer, mais elle possédait dorénavant la certitude que les inscriptions Tybane étaient authentiques. Il ne s'agissait pas d'élucubrations sorties tout droit d'un cerveau détraqué. Elles avaient été créées par un adepte de Satan, rompu à la magie noire.

24

Le sergent Gavin, à la barre une fois de plus, manœuvrait le canot d'une main sûre à travers les marais salés qu'envahissait la marée montante. Pendergast, une carte à la main, avait retrouvé sa place à l'avant et pointait du doigt la bonne direction dans la multitude des passes.

Gavin avait du mal à comprendre les raisons qui poussaient l'inspecteur à reprendre le chemin des marécages tout en préférant ne rien dire. Il avait compris que Pendergast n'était pas homme à se laisser dicter sa conduite, encore moins à se justifier ou à fournir des explications. Ce qui n'empêchait pas le sergent d'être convaincu de l'inutilité de cette expédition. À ses yeux, l'historien et l'avocat avaient sans aucun doute été victimes de toxicomanes désireux de camoufler leurs crimes en meurtres rituels. Suffisamment de gens connaissaient l'existence des inscriptions Tybane dans la région. Pendergast lui avait raconté toutes sortes d'histoires ridicules au sujet du Faucheur gris. À la vue de l'imposant détecteur de métaux dont l'extrémité dépassait d'un sac posé sur les bancs du canot, il se demandait à quoi jouait l'inspecteur.

Ce dernier tendit un doigt, et Gavin s'empressa de suivre ses indications. Il se serait bien passé de piloter le canot, il n'était pas le seul à savoir manier un moteur dans le coin, mais Pendergast avait insisté pour qu'il l'accompagne. Comme l'autopsie de Dunwoody n'était pas prévue avant le lendemain, le chef avait donné son accord.

Cette fois, ils s'enfonçaient encore plus loin à l'intérieur des marais. On ne voyait à perte de vue que de l'eau et des herbes sauvages sous le ciel plombé de cette fin d'après-midi.

Pendergast leva un bras pour signaler à Gavin de ralentir. Le jeune sergent mit le moteur au point mort et le canot poursuivit sur son erre, porté par le courant.

— Il semble que nous ayons pris un mauvais embranchement, sergent.

Gavin haussa les épaules.

— C'est vous qui avez le GPS. Je suis complètement perdu depuis belle lurette.

— Un moment.

Pendergast se pencha sur le petit appareil tout en examinant sa carte à plusieurs reprises.

— Revenons en arrière.

Gavin réprima un soupir, fit demi-tour et remonta le courant à petite vitesse. Le canot s'engagea rapidement sur un chenal plus large.

— Par ici, décida Pendergast.

Gavin poursuivit sa route dans un labyrinthe infini de passes, jusqu'à ce que son compagnon l'arrête en levant la main une nouvelle fois.

— Nous y sommes.

Gavin examina avec méfiance la rive boueuse et la mer de verdure qui recouvrait une légère butte de terre.

— Si cela ne vous gêne pas, sergent, je vous prie de m'attendre à bord.

Gavin regarda furtivement sa montre.

— Il fera nuit d'ici une heure, après quoi la navigation deviendra difficile.

— Je serai de retour bien avant.

Pendergast s'empara du détecteur de métaux et d'une truelle qu'il fourra négligemment dans un sac de toile, puis il enjamba le rebord du canot. Quelques instants plus tard, sa silhouette sombre s'évanouissait au milieu de la végétation.

Gavin se tortilla sur son mauvais banc métallique, plus mal à l'aise que jamais.

*
* *

A. X. L. Pendergast se taillait un chemin à travers les herbes des marais en multipliant les coups de couteau, écartant les tiges d'une main, son lourd sac de toile sur l'épaule. Le froid et la grisaille s'épaississaient à mesure qu'augmentait l'humidité pénétrante du bord de mer.

Il s'arrêta à plusieurs reprises afin de vérifier sa position sur l'écran de son GPS. Dix minutes plus tard, il reconnut la butte où il avait découvert la plaque de schiste lors de son équipée nocturne, au cœur de ce qui ressemblait aux ruines d'un ancien hameau.

Contrairement à ce qu'il avait affirmé au sergent Gavin, son intention n'était nullement de se mettre en chasse du Faucheur gris. Il serait toujours temps de révéler la nature exacte de sa découverte lorsqu'il le jugerait utile, une fois son hypothèse vérifiée.

Il déplia sa carte, s'orienta, et s'avança jusqu'à un point précis. Il assembla alors les éléments du détecteur de métaux dont il fixa la tige sur le boîtier avant d'attacher le disque à son autre extrémité, puis il plaça le casque sur ses oreilles. Le temps de procéder à quelques réglages sur les cadrans de l'appareil, il repéra précisément sa position grâce au GPS et se mit en marche lentement en faisant osciller le disque au-dessus du sol détrempé, les yeux rivés sur le cadran numérique. Il parcourut une quinzaine de mètres, fit demi-tour et explora la même longueur à quelques centimètres de distance avant de réitérer l'opération.

Il explorait une nouvelle section parallèle aux précédentes lorsqu'un grésillement résonna dans ses oreilles. Il posa l'appareil à terre, se mit à genoux et entreprit de creuser le sol à l'aide de sa truelle en multipliant les précautions. La terre, spongieuse et molle, ne contenait ni graviers ni cailloux, mais d'épais nœuds de racines la traversaient, qu'il fallait hacher avec le tranchant de la truelle.

Il s'arrêta après avoir creusé à une trentaine de centimètres de profondeur et tira de sa poche une tige à l'aide de laquelle il sonda la terre. L'extrémité de l'outil buta aussitôt sur une surface dure. En quelques gestes méticuleux, il détermina le contour de l'objet, retira la sonde et finit de dégager avec la truelle un curieux objet circulaire, une sorte de médaillon métallique grossièrement moulé sur lequel était gravé un symbole. Il reconnut immédiatement l'une des inscriptions Tybane. Constance lui avait envoyé par e-mail, l'après-midi même, un rapport circonstancié de sa visite à Salem, accompagné de photos, et il reconnut le démon nommé Forras.

Il reporta sur sa carte l'emplacement du médaillon. Il connaissait désormais l'emplacement de l'une des quatre pointes du quinconce.

À pas mesurés, il se dirigea vers l'endroit où aurait dû se trouver la suivante, ralluma le détecteur de métaux et découvrit un nouveau médaillon moulé, puis il procéda de même avec la troisième pointe. Sur les disques dégagés s'étalaient les symboles des démons Tybane, à l'exception de celui de Morax, dont le médaillon demeurait introuvable.

La connaissance des pointes lui permettait toutefois de localiser sans peine le centre du quinconce, le prétendu « autel » auquel faisaient référence les écrits de Sutter. Pendergast s'agenouilla au centre exact de la figure et entreprit d'arracher les touffes d'herbe. Si Sutter avait bien trouvé la pierre Tybane à cet endroit précis, il ne restait rien de ses fouilles, réalisées un siècle et demi plus tôt.

Pendergast avait à peine remis en marche le détecteur de métaux qu'un grésillement lui vrilla les tympans. Il dégagea rapidement un cercle de cinquante centimètres de diamètre et se mit à creuser. Vingt minutes seulement s'étaient écoulées depuis qu'il avait quitté Gavin. Prenant son temps, il creusa la terre sur une profondeur de quarante centimètres avant de déterminer plus précisément l'emplacement de l'objet de sa quête à l'aide du détecteur de métaux. Alors, il enfonça la sonde dans le sol avec d'infinies précautions.

La pointe de la sonde s'arrêta sur une surface dure à trente centimètres de profondeur. Abandonnant la truelle, il dégagea la terre à mains nues jusqu'à ce que ses doigts rencontrent un objet métallique. Il écarta prudemment les racines afin de dégager l'objet. Il le nettoya grossièrement, le photographia au fond de sa cachette, puis le retira du sol.

Le fruit de sa découverte était pour le moins curieux. L'objet, de forme indéfinissable, était constitué d'un alliage de plomb et de fer-blanc. On aurait dit une bouche béante, crénelée de mauvaises dents, sur le point d'avaler un amas de viscères. En examinant l'étrange médaillon de plus près, Pendergast comprit qu'il avait été réalisé en versant du métal fondu dans un bain d'eau où il s'était figé arbitrairement dans cette forme démoniaque. Cette grossière masse de métal avait ensuite été enchâssée dans un large cadre d'argent auquel était attaché, à l'aide de ce qui ressemblait à du crin de cheval, un fragment d'os que l'absence d'oxygène dans le sol avait conservé à peu près intact. La figure de Morax, le démon à tête de singe, dents de chien et queue fourchue, était gravée à même l'argent du cadre.

Pendergast sortit de son sac de toile un Tupperware dans lequel il déposa le précieux objet sur un lit de papier bulle, puis il rangea le tout dans le sac avec la carte, la sonde, la truelle, et le détecteur de métaux démonté. Il se releva, consulta sa montre, et se débarrassa de la terre qui lui maculait les mains.

Quelques minutes plus tard, il arrivait au canot où l'attendait le sergent Gavin avec une impatience non dissimulée.

— Vous avez trouvé du nouveau ? s'enquit-il.

Pendergast s'installa tranquillement à l'avant du bateau.

— Tout à fait.

— Quoi donc ?

Pour toute réponse, Pendergast sortit le Tupperware de son sac, ôta le couvercle et montra à son interlocuteur la plaque de métal sur son lit de papier bulle.

Gavin écarquilla les yeux, le visage livide.

— C'est quoi ce bordel ?

— Quel est ce bordel, en effet ? laissa tomber, laconique, Pendergast.

25

Constance, hésitante, demanda au chauffeur dont elle avait loué les services de s'arrêter dans la rue principale d'Exmouth, le temps de réfléchir. Elle avait initialement prévu de passer la soirée de la veille au bar de l'auberge afin d'écouter les conversations, ainsi que Pendergast le lui avait conseillé, mais l'envie lui avait finalement fait défaut. Aujourd'hui, peut-être un petit moment là-bas l'aiderait-il à chasser la fatigue de son périple à Salem.

Un coup frappé à la vitre la tira de ses pensées. Elle la baissa et découvrit le visage de Carole Hinterwasser.

— Constance ! J'avais bien cru vous reconnaître. Ma boutique se trouve à deux pas d'ici. Puis-je vous inviter à boire une tasse de thé ?

Constance hésita.

— J'avais prévu de retourner à l'auberge.

— Vous n'en aurez pas pour longtemps. Venez, je serai ravie de bavarder quelques minutes avec vous. Je demanderai à l'auberge d'envoyer leur voiture vous prendre.

— Très bien.

Elle régla la course au chauffeur et descendit de voiture, giflée par le vent qui s'engouffrait dans les rues d'Exmouth en apportant des odeurs d'iode et de varech. Les restes d'un vieux journal tourbillonnèrent dans l'air au milieu des cris des mouettes qui survolaient la grand-rue. Constance suivit Carole à l'intérieur de sa boutique en s'interrogeant sur les raisons qui poussaient la jeune femme à vouloir l'entreprendre.

— Asseyez-vous, je vous en prie.

La petite boutique, baptisée Une Bouffée d'Exmouth, vendait essentiellement des babioles destinées aux touristes : des objets d'artisanat local, des cartes postales, des cartes, des T-shirts, des bougies, des coquillages, des fleurs séchées… Au fond du local, trois tables minuscules invitaient la clientèle à prendre une tasse de thé ou de café. Constance s'installa à l'une d'elles tandis que Carole demandait à sa vendeuse, une jeune femme aux cheveux blonds coupés très court, de leur préparer du thé.

La vendeuse revint quelques minutes plus tard avec un vieux plateau en argent chargé d'une théière, de deux tasses en porcelaine, de pain, de beurre et de marmelade d'orange. Elle le posa sur la console voisine de leur table et disposa tasses et couverts.

— Merci, Flavia, la renvoya poliment Carole.

La jeune femme leur adressa un sourire avant de s'éloigner.

— Elle travaille également en qualité de serveuse à l'auberge, remarqua Constance.

— Flavia Strayhorn, acquiesça son hôtesse. Elle est arrivée récemment. Elle est originaire de la région, mais revient d'un périple de plusieurs mois en Asie du Nord-Est. Son travail ici lui permet de financer des études de troisième cycle. Tout indique qu'elle a attrapé le virus des potins qui caractérise notre petite ville, rit-elle.

— Les gens d'ici semblent fort curieux de notre présence.

— Outre le fait que votre compagnon appartient au FBI, vos tenues désuètes ne sont pas passées inaperçues. Est-ce une volonté de votre part ?

— Pas du tout, je me suis toujours habillée de cette façon, répondit Constance en se faisant la réflexion qu'elle devrait s'appliquer à moderniser sa garde-robe en pareille circonstance.

— Votre sac à main n'a rien d'une antiquité, en tout cas, remarqua Carole en montrant d'un mouvement de menton le sac en crocodile vert d'eau accroché au dossier de la chaise de sa compagne. Un modèle Birkin de chez Hermès, si je ne me trompe.

Constance hocha la tête.

— Il est superbe. Je ne serais pas surprise qu'il coûte plus cher que cette boutique.

Constance resta sans réaction. Sans doute avait-elle eu tort d'apporter ce sac, un cadeau de Pendergast pour son dernier anniversaire.

— Le thé est quasiment prêt, enchaîna Carole en désignant la théière. C'est un mélange de mon invention, l'Exmouth Chaï. Mais prenez du pain et de la confiture, je vous en prie.

— Je vous remercie infiniment.

— Pas du tout, c'est un plaisir d'avoir l'occasion de bavarder avec vous.

Constance saisit une tranche de pain frais, fait maison, et la beurra avant d'y étaler de la marmelade. Elle n'avait rien mangé de la journée.

Carole lui versa une tasse de thé avant d'y ajouter une généreuse dose de lait et de sucre.

— Je suis contente de vous voir. Avez-vous eu vent de la... légère altercation entre M. Pendergast et Perce hier ?

Constance avala une gorgée.

— Oui.

— Sachez que Perce en a été très affecté. C'est vrai qu'il peine à trouver des acheteurs depuis quelque temps. Il n'y a rien de plus capricieux que le marché de l'art. Il est très chatouilleux en ce moment, mais il regrette de s'être emporté. Il a fini par comprendre que le rôle d'un enquêteur est de poser des questions, de ne rien laisser au hasard, de fouiller le passé de chacun. À commencer par le mien, qui est loin d'être sans tache, malheureusement. Vol à l'étalage, imaginez un peu.

Elle partit d'un petit rire.

Constance eut la sensation que son interlocutrice s'attendait à ce qu'elle l'interroge à ce sujet. Elle n'en fit rien.

— À la place de l'inspecteur Pendergast, je mettrais mon nez partout, moi aussi, mais Perce est quelqu'un de très orgueilleux. C'est ce qui me pousse à vous demander aujourd'hui de dire à l'inspecteur à quel point Perce se sent gêné de ce qui s'est passé. Il tient plus que tout à ce que l'inspecteur poursuive ses investigations sur le vol de ses précieux flacons, en espérant que ces meurtres, si horribles soient-ils, ne viennent pas le distraire de cette tâche.

— Je puis vous assurer qu'il travaille d'arrache-pied sur votre affaire, la rassura Constance sans entrer dans les détails.

De façon tacite, Pendergast lui avait fait comprendre qu'elle ne devait jamais souffler mot de l'enquête à personne.

— Je suis heureuse de l'entendre. Ce nouveau meurtre a littéralement mis la ville dans tous ses états. Je n'ai jamais vu les gens aussi déboussolés. Le chef de la police municipale est débordé, heureusement qu'il a le sergent Gavin à ses côtés. J'ai cru comprendre que l'inspecteur Pendergast avait entendu les cris de la victime au moment du meurtre, depuis les marais.

— Qui vous l'a dit ?

— Les nouvelles circulent vite, par ici. Surtout les plus sinistres et les plus croustillantes.

— Je vois.

— C'est horrible, frissonna Carole. Au moment des faits, Perce et moi assistions à un concert de guitare classique à la Little Red Church. Perce adore la guitare classique, c'est lui qui avait fait venir ce musicien tout exprès de Boston, dans le cadre des Concerts d'automne d'Exmouth. Il fait partie du comité d'organisation.

Constance, profitant du flot de paroles de son interlocutrice, se beurra une deuxième tartine.

— Je ne sais pas comment vous faites pour rester aussi mince, la complimenta Carole en souriant.

Constance trempa les lèvres dans sa tasse avant de la reposer.

— Il faut croire que j'ai un métabolisme hyperactif.

— Ah ! Que ne donnerais-je pas pour rajeunir ! s'exclama Hinterwasser en remplissant la tasse de Constance.

Le tintement d'une clochette signala l'arrivée d'un client.

— Un touriste, murmura Carole en se levant. Il y en a si peu, je devrais l'empailler et le mettre en vitrine.

Elle s'éloigna, laissant Constance terminer son thé. Le temps d'encaisser la vente, la Buick Special 1936 dont se servait l'auberge pour véhiculer ses clients se rangeait devant la boutique.

— Votre chauffeur, annonça Carole.

Elle prit un petit paquet sur une étagère et le glissa dans la main de sa visiteuse. En baissant les yeux, Constance constata qu'il s'agissait de sachets de thé.

— Un petit souvenir d'ici, expliqua Carole. Mon mélange Exmouth Chaï.

— Merci beaucoup.

— Ce n'est rien, c'est moi qui vous remercie de votre visite.

Carole Hinterwasser lui serra la main.

— N'oubliez pas ce que je vous ai dit. Essayez d'en toucher un mot à l'inspecteur Pendergast.

26

Il était 22 heures et la Salle des cartes de l'auberge était quasiment déserte. Constance et Pendergast étaient installés à une table de coin, séparés par une bouteille de vin vide et les restes de deux filets de sole à la Pendergast, préparés à leur intention par Reginald Sheraton. De violentes bourrasques faisaient trembler murs et fenêtres. Le lointain grondement du ressac, au pied des falaises, ajoutait une note grave aux gémissements du vent.

Constance montra du menton l'ardoise sur laquelle s'étalait le menu du soir.

— On dirait que vos soles ont fait des adeptes. Une bonne moitié des clients en ont commandé.

— J'ai toujours pensé que le Massachusetts était un bastion du bon goût, répondit Pendergast en se levant de sa chaise. Je vous propose de monter. Une discussion importante, et confidentielle, nous attend.

Constance se leva à son tour et le suivit. Il fit une halte au bar afin de demander au barman de leur monter deux verres à alcool, accompagnés de la vieille bouteille de calvados qui trônait miraculeusement au milieu des autres flacons, derrière lui.

Constance lui emboîta le pas dans l'escalier aux marches grinçantes. Dans la chambre de Pendergast, qu'elle n'avait pas encore eu l'occasion de découvrir, trônait un majestueux lit victorien à colonnes. Au fond de la pièce s'ouvrait l'âtre d'une petite cheminée en brique dans laquelle reposaient des bûches intactes et quelques sarments. Une table, une chaise et une lampe complétaient le décor.

— Prenez la chaise, je vous prie, dit Pendergast. Je m'installerai sur le lit.

Il s'approcha de la cheminée et enflamma les brindilles qui éclairèrent la chambre d'un éclat doré.

Constance tira de son sac le paquet de sachets de thé offert par Carole le jour même.

— Ceci me conviendra mieux, dit-elle. Vous le savez, je bois rarement. Nous pourrions commander un pot d'eau chaude.

Pendergast prit le paquet.

— Chaï ? déchiffra-t-il sur l'étiquette avec une moue dégoûtée.

Il se débarrassa du thé dans la corbeille.

— Je regrette, Constance, mais cette chose est imbuvable. Non, je vous recommande le calvados. Et puis, nous ne devrions plus tarder à retrouver notre demeure de Riverside Drive et notre cher Oolong vert au ginseng King's 403.

On frappa à la porte et Flavia, la jeune serveuse, entra dans la chambre avec un plateau sur lequel étaient posés deux verres à cognac et la bouteille de calvados. Pendergast lui glissa un billet dans la main en la remerciant d'un murmure avant de refermer la porte derrière elle et de donner un tour de clé. Il versa un doigt du précieux liquide dans chacun des verres et en tendit un à Constance avant de s'asseoir sur le lit.

— Veuillez me pardonner l'exiguïté de cette chambre, que vient compenser son charme, commença-t-il. Le sujet de cette conversation était trop sérieux pour que l'on puisse l'aborder dans la salle du restaurant.

Constance trempa les lèvres dans son verre. Une vague de chaleur parcourut son œsophage.

— J'espère que ce calvados est à votre goût.

Elle hocha la tête. Elle allait devoir se contrôler, elle qui buvait rarement ressentait déjà les effets du vin consommé à table.

— Tout d'abord, Constance, laissez-moi vous dire ma satisfaction face à la qualité de votre travail. Vous avez fait preuve de fermeté et de fiabilité, soyez-en louée.

Elle s'attendait si peu à un tel compliment qu'elle se sentit rougir, même si le terme de « fermeté » était à double tranchant.

— Je vous remercie.

— Vous avez également suivi mes recommandations de ne pas vous aventurer la nuit hors de cette auberge, je vous en sais gré.

Il marqua une pause.

— Cette enquête est assez particulière depuis le début. Nous sommes confrontés à un véritable fourmillement d'indices, nous en sommes arrivés au point où il va nous falloir tenter de démêler cet écheveau. Aussi vous proposé-je de passer en revue les éléments dont nous disposons. Une sorte de récapitulatif, si vous voulez. Je commencerai par vous honorer de mes découvertes les plus récentes.

— Si cela ne vous dérange pas.

— Nous sommes en présence de deux énigmes : celle du squelette emmuré dans la cave, dont j'ai la certitude qu'il est lié à la disparition du *Pembroke Castle*, et celle de cette ancienne colonie de sorcières. Commençons par le squelette. Nous savons qu'un individu en parfaite santé d'une quarantaine d'années, d'origine afro-européenne, a été torturé dans la cave du logis affecté au gardien du phare avant d'y être enfermé vivant. Pour quelle raison ? La réponse est évidente : on souhaitait lui soutirer des informations. Reste à connaître la nature desdites informations.

Constance, le voyant reprendre sa respiration, intervint.

— Lady Hurwell a reçu une prime d'assurance de neuf mille cinq cents livres pour la perte de sa cargaison. Peut-être est-ce la clé du secret.

Pendergast leva un doigt interminable.

— Exactement ! En 1884, il s'agissait d'une somme considérable, équivalente à plusieurs millions de dollars actuels. Les archives de la Lloyd's sont aussi bien gardées que Fort Knox, mais on peut estimer que le bateau transportait de l'argent. Sous forme de lingots ou autres. Nous tenons donc, ma chère Constance, la raison pour laquelle cet homme a été torturé. On voulait le forcer à avouer l'emplacement exact du trésor sur le navire.

— Une telle conclusion me semble quelque peu hâtive.

— Pas lorsque l'on sait qui était cet homme. Un certain Warriner A. Libby.

— Vous avez donc pu découvrir son identité ?

— Absolument, répondit Pendergast d'un air satisfait qui lui était peu habituel. Warriner A. Libby était le capitaine du *Pembroke Castle*. Âgé de quarante ans et natif de la Barbade, fils d'un père africain et d'une mère mulâtresse, pour reprendre la triste terminologie de l'époque, il a été élevé à Londres et à New York. Libby était en son temps un capitaine de marine marchande aussi prospère que respecté.

Constance accueillit l'information avec de grands yeux.

— C'est tout à fait remarquable.

— Le personnage le mieux à même de connaître l'emplacement de marchandises de valeur à bord d'un navire était indéniablement son capitaine. Je n'ai éprouvé aucune difficulté à l'identifier, connaissant l'âge et les caractéristiques ethniques de notre squelette. Rien de plus simple.

Il but une gorgée de calvados.

— En tout état de cause, le fait que l'on a torturé Libby afin de connaître la cachette du trésor qu'il transportait à son bord nous fournit une indication cruciale : le navire n'a pas coulé, sans quoi sa cargaison aurait été perdue avec lui.

— Vous pensez que le navire aurait pu se réfugier dans le port d'Exmouth ?

— Non, ce port n'est pas assez profond. N'oubliez pas qu'il s'agissait d'un bateau à vapeur de trois cents pieds et de plus de cinq mètres de tirant d'eau.

— Alors, qu'est-il advenu de ce bâtiment ?

— J'émets l'hypothèse qu'il s'est échoué le long de la côte d'Exmouth, où ne manquent pas les rochers et les bancs de sable.

— Un instant. Entendez-vous par là qu'il a été échoué de façon… *délibérée* ?

Pendergast hocha la tête.

— Oui. Délibérément.

— Par qui ?

— Par des habitants de la ville.

— Comment les habitants en question auraient-ils pu contraindre un navire à s'échouer ?

— Il leur suffisait d'agir de concert avec le gardien du phare. La ruse est aussi vieille que le monde. On éteint le phare, on allume un brasier sur la plage à un endroit bien précis, de façon à attirer le navire sur des rochers. Une fois la manœuvre réussie, il ne reste plus qu'à piller le bâtiment et à récupérer les débris parvenus jusqu'au rivage. Si le navire s'est échoué avant de se briser, les pillards ont tout le temps de récupérer non seulement sa cargaison, mais aussi l'argent qui s'y trouve. À condition d'en connaître la cachette. À l'époque, les navires transportant des lingots ou des pièces possédaient précisément des cachettes prévues à cette fin.

— Qu'est-il advenu des survivants ?

— Grave question.

Un silence s'installa, que Constance brisa la première.

— Je crois deviner les raisons qui vous ont poussé dans l'hypothèse d'un naufrage délibéré. En 1884, Exmouth traversait une période de famine à cause de mauvaises récoltes, ses habitants étaient à bout de ressources. Le passage à proximité des côtes d'un navire transportant des marchandises de valeur aura constitué une grande tentation aux yeux d'une population affamée. Les pillards auront alors torturé le capitaine dans l'espoir de lui soutirer l'emplacement du trésor qui se trouvait à bord de son navire.

— Bravo, Constance.

— Dans ce cas, pourquoi venir rechercher le squelette du capitaine cent cinquante ans après les faits ? S'agissait-il de couvrir cet ancien crime en effaçant ses traces ?

— C'est peu probable. Nul n'avait de raison de découvrir ce squelette.

— Dans ce cas, pourquoi courir le risque de le récupérer ?

— Pourquoi, en effet ?

Pendergast laissa s'écouler un battement avant de poursuivre :

— McCool s'est rendu à Exmouth à deux reprises. À la suite de sa première visite, on assiste au vol du squelette. Il revient et se fait assassiner. McCool a dû laisser échapper une information lors de son premier passage. Une information dont auront eu vent certains habitants de la ville, au courant du drame du *Pembroke Castle*. Une information qui les a poussés à voler le squelette. Lorsqu'ils ont vu revenir McCool, ils ont fort bien pu le tuer afin de l'empêcher de parler. Le jour où nous saurons précisément ce qu'avait appris McCool, nous saurons pourquoi le squelette a été volé.

Dans le silence retrouvé, seul crépitait le feu. Constance, satisfaite d'avoir assisté Pendergast dans son enquête, s'autorisa une nouvelle gorgée de calvados.

— Passons à présent à la seconde énigme, poursuivit son compagnon. Celle des inscriptions Tybane. La liste des personnes qui ont compulsé les documents conservés à Salem est fort intéressante.

— Je vous écoute.

— On y trouve vingt-quatre noms. Pour vingt-trois d'entre eux, il s'agit de personnes qui existent bel et bien, presque toutes de confession wiccane. Reste un nom que l'on ne trouve dans aucun annuaire wiccan, et qui fleure bon l'imposture.

— Vraiment ?

— Un certain M. William Johnson. Un nom un peu trop commun, ne trouvez-vous pas ?

241

— Sans doute, mais cela ne constitue pas une preuve.

— À ceci près que lorsque j'ai contacté Mme Jobe, auprès de qui j'ai brodé largement sur votre excellente idée de cette jeune amish perdue, j'ai eu la confirmation que notre William Johnson avait été filmé par une caméra de surveillance. Avec un peu de persuasion amicale, j'ai réussi à lui soutirer l'image de cet homme, et elle a eu l'amabilité de me l'envoyer par courriel.

— Et alors ?

— Alors j'ai reconnu Dana Dunwoody, notre regretté avocat.

— Seigneur, vous n'avez guère perdu de temps. Quand s'est-il rendu à Salem ?

— Il y a trois semaines.

Constance leva les yeux sur Pendergast.

— Quel rapport peut-il y avoir entre Dunwoody, McCool et cette ancienne colonie de sorcières ?

— Vous m'en demandez trop. Pour l'heure, Constance, laissez-moi vous montrer ceci.

Pendergast tira de ses bagages une liasse de photographies et une carte.

— Approchez-vous, je vous prie.

Constance quitta son siège et s'assit à côté de lui sur le lit afin de regarder les documents par-dessus son épaule. La pièce s'était réchauffée et son sang battait plus fort au niveau du cou. Des effluves de l'eau de toilette de Pendergast, Floris N° 89, lui caressèrent les narines. Elle se pencha sur la première photographie.

— Mon Dieu ! s'écria-t-elle, surprise. De quoi s'agit-il ?

— D'un objet que j'ai découvert sous cinquante centimètres de terre au centre du quinconce de l'ancienne colonie de sorcières. Celle que Sutter nommait New Salem.

— Quelle figure monstrueuse. Elle porte la marque de Morax. Est-elle... authentique ?

— Il semblerait. Cet objet a été enfoui il y a plusieurs siècles. Ce cliché vous le présente dans son écrin naturel, en voici une autre photographie.

Il continua de feuilleter les documents.

— Voici à présent une carte de la colonie des sorcières indiquant son emplacement exact. J'ai également retrouvé trois médaillons, enfouis aux coins du quinconce. Par prudence, je les ai déposés dans un coffre, en ville. Je n'ai pas réussi à découvrir le quatrième. Il a probablement été emporté par les eaux d'un chenal.

Il continua de passer en revue les clichés, avant de trouver celui d'un autre médaillon sur lequel était gravée une figure.

— La marque de Forras, reconnut Constance.

Il tira du lot une autre photo.

— La marque d'Andrealphus. Et voici celle de Scox, déclara-t-elle en découvrant un nouveau cliché. Autant de symboles que l'on trouve dans les inscriptions Tybane. À ce sujet, la wiccane que j'ai rencontrée m'a expliqué que le mot « bane » était synonyme de poison.

— C'est intéressant, sachant que l'on trouve en abondance dans cette région, parmi d'autres plantes, des Cerises du diable.

Son front se plissa.

— Quoi qu'il en soit, à en croire votre traduction de certains passages des inscriptions
et, plus particulièrement, ceux qui font allusion à un « pèlerinage obscur » et à un « lieu
d'errance », on croit comprendre que la colonie
de sorcières ne s'est pas éteinte aussi vite que
le prétend la légende.

— J'étais parvenue à la même conclusion.
Qu'a-t-il pu advenir de cette colonie, à votre
avis ?

— Elle s'est établie ailleurs.

— Où ?

— Autre bonne question. Plus au sud, probablement.

Il laissa échapper un soupir.

— Nous finirons par découvrir le lien entre
tous ces éléments, même s'il m'apparaît que la
sorcellerie joue un rôle accessoire dans toute
cette affaire. Je vous renouvelle mes remerciements, Constance. Votre aide m'a été extrêmement précieuse, je suis heureux que vous m'ayez
accompagné jusqu'ici.

Le silence retomba. Et tandis que Pendergast
rangeait ses photographies, Constance, toujours
assise sur le lit, sentit accélérer les battements
de son cœur. Elle était troublée par la chaleur
de son corps, la présence de sa jambe frôlant
la sienne.

Pendergast se tourna vers elle. Ils restèrent
un long moment les yeux dans les yeux, bercés
par le crépitement du feu, le martèlement des
vagues dans le lointain, le gémissement du vent.

Pendergast se leva doucement, s'empara de la bouteille de calvados sur la table et du verre de Constance, puis se tourna vers elle.

— Une dernière goutte ?

Constance bondit sur ses jambes.

— Non merci, Aloysius. Il est minuit passé.

— Dans ce cas, ma chère Constance, je vous verrai au petit-déjeuner.

Il ouvrit la porte et elle s'engagea dans le couloir mal éclairé jusqu'à sa chambre, sans un regard en arrière.

27

Il était 2 h 15 lorsque Constance se réveilla cette nuit-là. Incapable de retrouver le sommeil, elle resta un long moment allongée à écouter la plainte du vent et le martèlement du ressac, puis elle se leva et s'habilla sans bruit. À défaut de dormir, du moins pouvait-elle satisfaire sa curiosité.

Munie de la lampe de poche que lui avait donnée Pendergast, elle ouvrit la porte de sa chambre avec mille précautions. Le couloir du premier étage était désert. Elle s'avança, referma derrière elle et se rendit à pas de loup à la chambre de l'historien Morris McCool, négociant dans la pénombre les détours du corridor. Elle éprouva le besoin de se retourner en chemin. Constance n'était pas femme à se laisser déborder par son imagination, mais cela faisait plusieurs jours qu'elle éprouvait la sensation étrange d'être suivie.

La porte de la chambre était toujours barrée par des bandes jaunes de police afin d'en interdire l'entrée. Elle avait entendu le propriétaire de l'auberge, Walt Adderly, se plaindre de perdre des clients. Pour avoir visité la pièce en compagnie du sergent Gavin, Constance savait que la porte n'était pas fermée à clé. S'assurant une dernière fois qu'elle était seule, elle poussa le battant, se glissa sous la bande jaune et entra dans la pièce.

La porte refermée, elle alluma sa torche et fit courir le faisceau sur les meubles anciens. Elle examina chaque détail de la pièce : les tapis fatigués, l'énorme lit, l'étagère couverte de livres souvent compulsés, la commode, le bureau à cylindre.

À bien des égards, Constance ne s'était jamais faite au monde moderne, à cette familiarité qui avait succédé à la courtoisie, à l'obsession de la technologie, au goût marqué du temps pour l'éphémère et le banal. S'il y avait bien un domaine dans lequel elle excellait, c'était celui du secret, un savoir-faire qui échappait totalement aux nouvelles générations.

Son intuition lui soufflait que cette chambre en recelait un.

Elle s'approcha de la commode afin d'examiner, sans y toucher, les deux carnets à spirale qui s'y trouvaient. Elle se tourna ensuite vers le bureau en s'intéressant, des yeux seulement, aux livres et autres documents empilés sur le plateau de bois.

La seule fois où elle avait aperçu l'historien avant sa mort, il était installé à une table dans le salon de l'auberge. Un cahier relié de cuir ouvert devant lui, il prenait des notes tout en consultant ce qui ressemblait à une carte de fortune. Elle ressentit un pincement en pensant à la mort brutale et effrayante qui l'avait frappé.

Elle se souvint que ce cahier n'avait pas été retrouvé dans sa chambre. Il tenait pourtant un journal, elle en avait la conviction. Il devait forcément se trouver là, quelque part.

Elle recula de quelques pas et s'intéressa une nouvelle fois au contenu de la pièce à l'aide de sa torche. Les paroles de Pendergast lui revinrent en mémoire : *Le jour où nous saurons précisément ce qu'avait appris McCool, nous saurons pourquoi le squelette a été volé.*

La vieille maison grinça sous les assauts d'une bourrasque.

McCool s'était trouvé là de façon temporaire. Il n'avait donc pas eu le temps de s'aménager une cachette compliquée, telle que celles qu'elle avait découvertes dans les souterrains de la demeure de Riverside Drive. Pas question d'évider le mur de la salle de bains après en avoir détaché un carreau de faïence, par exemple, ou même de découper le papier peint à la recherche d'une anfractuosité dans le lattis de la cloison. De plus, s'il avait toutes les raisons de se montrer discret sur ses recherches, il n'en avait aucune de croire que l'on essaierait de lui voler le fruit de son travail. S'il avait dissimulé des objets ou des documents, c'était forcément dans un endroit susceptible d'échapper à la curiosité de la femme de chambre, mais d'accès aisé.

Elle s'agenouilla devant la petite étagère et retira un à un les ouvrages qui s'y trouvaient. Rien. Par acquit de conscience, elle s'assura que le journal de McCool n'était pas mêlé aux livres, bien en évidence, comme dans *La Lettre volée* de Poe.

Elle se releva, parcourut chaque centimètre carré de la pièce avec le faisceau de sa torche, plus lentement cette fois, à la recherche de recoins, de défauts de construction dont McCool aurait pu tirer profit.

Elle distingua soudain un intervalle assez large entre deux planches du parquet. Elle se mit une nouvelle fois à genoux et sortit d'une poche le couteau ancien qui ne la quittait plus depuis quelque temps. Elle exerça une pression sur le manche en nacre du stylet et une fine lame jaillit.

À force de sonder l'interstice entre les planches, elle put constater qu'elles étaient solidement clouées.

Le couvre-lit tombait presque jusqu'au plancher et sa doublure couverte de poussière lui indiqua que personne n'y avait touché depuis longtemps ; rien n'était dissimulé sous le sommier.

Constance se releva et se dirigea cette fois vers le bureau à cylindre. Quatre petits tiroirs s'ouvraient sur la partie supérieure, deux de chaque côté, et quatre autres, plus grands, s'étageaient sous la table de travail. Elle commença par retirer l'un après l'autre les premiers tiroirs dans lesquels elle trouva de vieilles cartes postales fanées d'Exmouth ainsi que du papier à lettres aux armes de l'auberge. Il n'y avait rien derrière, sinon de la poussière de bois et des toiles d'araignées. Elle s'intéressa ensuite aux quatre grands tiroirs qu'elle décida de déposer par terre afin d'en examiner le contenu à la lueur de sa lampe avant d'explorer les ouvertures béantes.

Arrivée au tiroir du bas, elle entendit un bruit sourd dans les profondeurs du meuble. Elle approcha vivement sa lampe et découvrit deux objets : le cahier relié de cuir ainsi qu'un magazine, coincés derrière le tiroir. Elle exhuma ses précieuses trouvailles, remit le tiroir en place, et s'installa sur le lit afin d'examiner son butin.

Ce qu'elle avait pris pour un magazine était en réalité un catalogue de la maison Christie's de Londres. Daté du mois d'août, deux ans plus tôt, il était intitulé *Splendides joyaux d'une famille noble*. Des marque-pages signalaient certains des objets mis en vente, sans aucune annotation.

Constance, le front barré d'un pli, fixa longuement la couverture du catalogue, perdue dans ses pensées. Elle le reposa enfin, ouvrit le journal et feuilleta les pages couvertes d'une écriture minuscule et pointue. Elle choisit un passage au hasard dont elle entama la lecture avec intérêt.

28

5 mars

J'ai passé la matinée et la plus grande partie de l'après-midi dans le Warwickshire, en visite à Huswell Ossory. Quelle expérience ! Les Hurwell relèvent de ces vieilles familles anglaises qui, je le crains, sont de plus en plus communes : à bout de ressources, ils vivent comme des miséreux dans leur superbe propriété, une race affaiblie par la consanguinité, un furoncle dérisoire sur le corps de la société. Ils n'ont toutefois rien perdu de leur orgueil, au point d'éprouver une adoration presque fanatique à l'endroit de lady Elizabeth Hurwell et de ses bonnes œuvres. C'est pour moi un obstacle, tant le clan veille jalousement sur sa réputation – Dieu seul sait quelle réputation ils s'imaginent avoir. J'ai immédiatement éveillé leurs soupçons en leur annonçant mon intention de rédiger une biographie de lady Hurwell. Seule la curiosité les a poussés à accepter de me recevoir, mais à peine avais-je précisé la nature précise de mes recherches qu'ils se refermaient sur eux-mêmes. Leur attitude a évolué, pourtant, à mesure que je leur vantais les mérites de lady Hurwell, que je leur indiquais mon désir de peindre d'elle un portrait lumineux. Je leur ai également demandé de me promettre le secret, un trait de génie de ma part (si je puis m'autoriser une telle marque d'autosatisfaction). Cette manœuvre leur a donné le sentiment que l'histoire de leur famille suscitait un intérêt beaucoup plus grand que ne le veut la réalité.

Il ne reste plus que trois descendants de lady Elizabeth : une tante célibataire, sir Bartleby Hurwell – un arrière-petit-fils de lady Hurwell particulièrement dégénéré – et la fille de ce dernier, célibataire endurcie. Ils ont passé des heures à me conter leurs vieilles histoires de famille, albums de photos à la main, en évoquant la mémoire de lady Hurwell avec révérence. En dépit de leur admiration pour elle, ils possédaient malheureusement fort peu d'informations, en dehors de ce que j'avais déjà appris à son sujet dans le cadre de mes recherches. Ils m'ont offert du thé servi avec de tristes sandwichs au concombre en guise de déjeuner. Je sentais le découragement me gagner. J'avais volontairement attendu que mon travail soit très avancé avant d'entrer en contact avec les descendants de lady Hurwell, persuadé qu'une solide connaissance de mon sujet contribuerait à briser la glace. Et voilà qu'au moment où cette glace se brisait enfin, je n'obtenais que de piètres résultats.

J'ai néanmoins voulu profiter de ce déjeuner pour m'enquérir des papiers de lady Elizabeth. Il se trouve qu'aucun des trois Hurwell survivants n'avait jamais entendu parler de papiers, me précisant que, s'il en existait, ils se trouveraient dans le grenier. Je leur ai évidemment demandé l'autorisation d'y jeter un coup d'œil, ce qu'ils ont fini par accepter au terme d'un bref conciliabule. Le déjeuner terminé, sir B. m'a ainsi conduit jusqu'au grenier en empruntant une longue suite de couloirs sinistres et d'escaliers de service branlants. L'endroit, coincé sous les poutres de la toiture, était dépourvu d'électricité, mais j'avais pris la précaution de me munir d'une torche et de piles de rechange.

Un capharnaüm indescriptible régnait dans ce grenier interminable : un monde de vieilles malles-cabines, des piles entières de caisses en bois, des mannequins de couturière vomissant leurs entrailles de crin, des montagnes d'exemplaires antédiluviens du Times et du magazine Punch en paquets soigneusement ficelés. Le tout recouvert d'une épaisse couche de poussière qui se soulevait en geyser dans notre sillage. Sir B. ne me quittait pas d'une semelle, sans doute craignait-il que je me remplisse les poches de toutes ces épaves, jusqu'à ce que la poussière et les couinements de rats finissent par le pousser à s'excuser.

J'ai passé là une heure, le dos moulu à force de rester courbé sous la toiture, les yeux, le nez et les mains agressés par toute cette poussière, sans rien découvrir d'intéressant. J'allais renoncer, prêt à regagner le monde des vivants, lorsque le faisceau de ma torche s'est posé sur un vieux meuble classeur en bois. Cette silhouette a aussitôt piqué ma curiosité. Même sous son manteau de poussière, il ne faisait aucun doute que ce meuble était d'une espèce plus noble que ses voisins. En l'époussetant de la manche, j'ai constaté que son bois de rose était rehaussé de poignées de laiton. Par chance, il n'était pas fermé à clé. À peine l'avais-je ouvert que je découvris le trésor espéré.

Ses deux tiroirs renfermaient la masse des papiers personnels de lady Hurwell : des documents concernant la propriété, des actes notariés, des mémoires juridiques portant sur un litige de droit de passage avec l'un ses voisins, un exemplaire de son testament. Le plus intéressant pour moi était néanmoins le journal qu'elle avait rédigé depuis son adolescence jusqu'à son entrée dans l'âge adulte, ainsi qu'un paquet de lettres, serrées par un ruban, recueillant sa correspondance avec sir Hubert Hurwell avant leur union. Une découverte majeure, sachant que lady Elizabeth était une libre penseuse et une féministe avant l'heure, que la rumeur lui prêtait un mariage houleux auquel la mort prématurée de son mari avait mis un terme. La lecture de ces lettres s'annonçait passionnante. J'ai aussitôt fourbi un plan de campagne visant à convaincre les descendants Hurwell de m'autoriser à copier ce journal et cette correspondance.

Le classeur recelait d'autres documents d'intérêt, notamment un contrat de transport maritime, une police d'assurance, ainsi qu'une liste détaillée de pierres précieuses.

Je me suis intéressé d'emblée à cette liste de vingt et une gemmes. Il s'agissait de rubis de la couleur la plus prisée, celle que l'on nomme « sang de pigeon », d'un poids de 3 à 5,6 carats. De toute évidence, j'étais en présence du descriptif précis des célèbres bijoux de famille baptisés « Fierté d'Afrique », offerts par son mari à lady Elizabeth en cadeau de noces. Ce catalogue détaillé présentait un intérêt d'autant plus grand que ces pierres avaient été perdues depuis.

La police d'assurance était plus intéressante encore. Souscrite auprès de la Lloyd's de Londres, elle confirmait le détail ainsi que la valeur de ces pierres, établis à la demande de la Lloyd's. La police était assortie de la mention : « Cargaison garantie et assurée. »

Il ne me restait plus qu'à lire le contrat de transport maritime. Daté du mois de novembre 1883, il avait été établi entre lady Hurwell et un certain Warriner A. Libby, capitaine au long cours. D'après les termes du contrat, Libby devait assurer le commandement d'un bateau à vapeur de la compagnie London & Bristol, le Pembroke Castle, et rallier Boston au plus vite à la demande de lady Hurwell afin d'y livrer « sa précieuse et rare cargaison ». Le contrat en question mentionnait de façon circonstanciée les « vingt et une pierres précieuses décrites dans la police d'assurance ci-jointe ». Libby avait pour mission de transporter les pierres dans une bourse de cuir soigneusement cousue qu'il devait porter sur lui nuit et jour, attachée à une ceinture. Il avait l'interdiction d'ouvrir la bourse, de toucher à son contenu de quelque façon que ce soit, et même d'en parler à quiconque. Dès son arrivée à Boston, il devait livrer la ceinture et la bourse au sieur Oliver Westlake, de l'étude Westlake & Harvey, Beacon Street.

« Sa précieuse et rare cargaison. » Si mon imagination ne me jouait pas des tours, ce document éclairait d'un jour nouveau un épisode assez curieux de la vie de lady Hurwell, au terme duquel elle avait mystérieusement reçu de la Lloyd's une importante indemnisation. Il expliquait également le mystère entourant la perte des pierres « Fierté d'Afrique » de lady Elizabeth.

Il me fallait en premier lieu convaincre les descendants Hurwell de me laisser le temps d'étudier ces documents. Ce qui ne m'a pas empêché, par mesure de précaution, de photographier ces papiers avec mon téléphone portable, à la lueur de ma torche. La suite se révélait plus complexe. Elle risquait fort de m'entraîner, loin de ce grenier sombre et poussiéreux du Warwickshire, jusqu'aux rives de l'Amérique du Nord, à la recherche de la dernière demeure du Pembroke Castle.

29

Lake acheva l'ascension de l'escalier en colimaçon aux marches usées, essoufflé par l'effort. En règle générale, le sommet du phare était l'un de ses refuges de prédilection, sublimé par son extraordinaire panorama à trois cent soixante degrés et le monde de solitude qu'il figurait. Ce jour-là, la vue était bouchée par un ciel d'un gris épais et sale ; quant à la solitude, elle était toute relative puisque quatre personnes se pressaient dans cet espace confiné.

Il observa discrètement les trois autres à mesure qu'ils s'avançaient dans la pièce : sa compagne Carole, Pendergast et Constance, élégante et distante comme à son habitude. L'inspecteur portait un manteau de cachemire noir qui rendait plus livide encore son teint d'albâtre.

Lake, mal à l'aise, éprouvait toujours une certaine rancœur à l'endroit de Pendergast depuis leur dernière rencontre.

— J'imagine que vous ne nous avez pas demandé de monter jusqu'ici dans le seul but d'admirer le paysage.

— Ce n'est pas le cas, en effet, répondit Pendergast de sa voix douce aux généreuses inflexions sudistes. Je souhaitais vous informer des derniers développements de l'enquête.

— Vous avez donc changé d'avis, réagit Lake. En vous décidant à ne plus me laisser dans le noir.

— Il se trouve que nous sommes parvenus à un stade où la prudence me dicte de partager avec vous mes découvertes.

L'inspecteur avait répondu sur un ton qui ôta à Lake toute envie de rétorquer.

— Il y a cent trente ans de cela, la nuit du 3 février, un groupe d'habitants d'Exmouth poussés par le désespoir – je ne saurais vous préciser leur nombre, mais j'imagine qu'ils étaient peu nombreux –, un groupe d'habitants d'Exmouth, disais-je, a contraint Meade Slocum, le gardien du phare, à monter jusqu'ici avant de l'obliger à éteindre son phare. Il n'est pas impossible, après tout, que Slocum ait fait partie de la conspiration, mais son destin tragique m'incite à croire que ce n'était pas le cas. Souvenons-nous qu'il est mort en tombant dans cet escalier et que sa conscience troublée, sur la fin de sa vie, l'a poussé vers la boisson en le persuadant que ce phare était hanté et qu'il entendait des cris de bébé.

— Pourquoi l'aurait-on poussé à éteindre ce phare ? ne put s'empêcher d'interroger Lake.

— Pour lui substituer une autre flamme en allumant un feu de joie. Là-bas, précisa Pendergast en pointant du doigt la côte, deux kilomètres plus au sud, où la pointe rocheuse de Skullcrusher partait à l'assaut de l'océan dans un tourbillon d'écume.

— Je ne comprends pas, s'étonna Carole.

— Ces événements se sont déroulés à la suite du « terrible hiver » de 1883, l'année de l'éruption du Krakatoa. Au cours de l'été qui a suivi, les récoltes ont été exécrables dans nombre d'endroits du globe, notamment en Nouvelle-Angleterre. Les gens d'Exmouth mouraient de faim. Ce petit groupe aura voulu attirer un navire sur les rochers afin de le piller. D'une certaine façon, ils y sont parvenus. Tout me porte à croire que le vaisseau britannique *Pembroke Castle*, trompé par ce feu, s'est échoué sur ces rochers. En fait de cargaison, le *Pembroke Castle* ne transportait que des passagers, des « femmes perdues » issues des taudis londoniens. Certaines étaient enceintes, d'autres accompagnées de jeunes enfants, toutes devaient refaire leur vie à Boston où les attendait un projet de refuge pour mères célibataires.

— L'historien ! s'écria Lake. Ce McCool, c'était donc ça qu'il cherchait !

Pendergast, qui n'entendait pas se laisser interrompre, poursuivit :

— Je ne sais pas ce qu'il est advenu des passagers, même si l'on peut craindre le pire. Je sais en revanche que le capitaine de ce navire a été emmuré dans la cave de votre maison, à l'évidence afin de lui arracher le secret des marchandises de valeur qu'il transportait.

— Mon Dieu, murmura Carole.

— Je ne comprends pas, intervint Lake. Pourquoi voler ce squelette après tant d'années ?

— La raison en est simple : le capitaine a refusé de livrer son secret.

Pendergast marqua un temps d'arrêt, le regard perdu du côté des rochers acérés battus par les vagues.

— À l'insu des naufrageurs, reprit-il, ce vaisseau avait été affrété par lady Elizabeth Hurwell, une aristocrate anglaise désireuse de secourir ces jeunes femmes en détresse. Elle avait prévu de financer leur refuge de Boston grâce à une collection de rubis d'une valeur de plusieurs millions de dollars actuels, connue sous le nom de « Fierté d'Afrique ». Ces pierres avaient été confiées à la garde du capitaine. Ce dernier, à la suite du drame, alors que la présence sur le rivage de ce petit groupe de naufrageurs l'éclairait sur la nature de la tragédie qui venait de se produire, a réagi de la seule façon possible. Faute d'avoir le temps d'enterrer les pierres précieuses, il les a dissimulées dans la cachette la plus sûre qu'il ait pu trouver.

Un silence accueillit ces mots.

— Quelle cachette ? se décida à demander Lake.

— Il a avalé les pierres.

— Quoi ?! s'exclama Lake.

— Le capitaine n'a jamais divulgué son secret, même sous la torture. Ses bourreaux devaient soupçonner la présence d'un trésor sur le navire, sans savoir qu'il s'agissait de rubis. Des pierres à peine plus grosses que des comprimés. Les restes du malheureux, et ce trésor caché, ont ainsi sommeillé dans votre cave pendant plus d'un siècle sans que personne soupçonne l'emplacement du corps, *à l'exception des descendants des coupables de cette atrocité*. Et voilà qu'un historien se présente à Exmouth, en quête d'informations relatives au *Pembroke Castle*. Il préparait une biographie de lady Hurwell lorsqu'il a découvert que les pierres « Fierté d'Afrique » se trouvaient à bord de ce navire. Il a eu le tort d'en parler aux mauvaises personnes, qui en ont tiré la conclusion logique.

— La conclusion logique..., fit écho Lake à mi-voix. Seigneur... je crois que je commence à comprendre.

— Votre cave à vin a été pillée pour cette raison. Les descendants des naufrageurs du *Pembroke Castle* ont appris par McCool l'existence de ces pierres et sont arrivés à la conclusion que le capitaine les avait avalées. Auquel cas le trésor se trouvait toujours dans la niche avec le squelette, prêt à être récupéré. Outre les gemmes, ils ont emporté le squelette de manière à laisser le moins de traces possible de leur forfait comme du crime de leurs ancêtres. Malheureusement pour eux, ils ont laissé une phalange derrière eux.

Lake, horrifié, respirait avec difficulté. Au-delà du choc qu'il venait de recevoir, il ne pouvait s'empêcher de trouver l'aventure palpitante. Un trésor de pierres précieuses, emmuré dans sa cave pendant toutes ces années... Mais toute cette histoire n'était-elle pas un peu tirée par les cheveux ?

— Ce sont de simples spéculations, monsieur Pendergast. Je ne suis pas enquêteur, mais quelles preuves concrètes vous permettent d'étayer votre théorie sur le naufrage volontaire de ce bateau ? Comment être sûr que ce capitaine a effectivement avalé ces pierres ?

— Je ne dispose d'aucune preuve tangible.

— Dans ce cas, pourquoi une telle mise en scène ? Pourquoi nous conduire jusqu'ici dans le seul but de nous montrer la côte et l'endroit supposé où le navire aurait pu être attiré par des naufrageurs, si vous ne détenez aucune preuve ?

Pendergast laissa s'écouler un battement avant de répondre.

— Pour ne pas vous « laisser dans le noir », conformément à votre désir.

Lake poussa un soupir.

— D'accord, je comprends. Je vous remercie.

Un long silence s'installa. Lake, désireux de ne pas paraître trop abrupt, se décida à le rompre.

— Vous pensez donc que les gens qui ont pillé ma cave ont également assassiné cet historien ?

— Oui.

— Qu'en est-il du second meurtre, celui de Dana Dunwoody ?

— C'est moins clair. L'enquête est loin d'être terminée. Tout d'abord, ainsi que vous l'avez si complaisamment souligné, il nous reste à découvrir les preuves du drame dont a été victime le *Pembroke Castle*. Nous devons ensuite comprendre ce qui a poussé les assassins à mutiler les corps des victimes en y gravant les inscriptions Tybane.

Lake hocha la tête.

— Les gens en ville ont des positions très tranchées à ce sujet. Certains pensent que ces meurtres sont le fait de crétins qui s'amusent à pratiquer la sorcellerie. Les autres sont convaincus qu'il s'agit d'une fausse piste destinée à tromper la police.

— Vous venez de résumer le dilemme auquel nous sommes confrontés.

— Et s'il s'agissait de personnes pratiquant sérieusement la sorcellerie ? suggéra Carole.

— La question mérite d'être posée.

— Allons ! ricana Lake. Ces histoires de sorcières sont de simples légendes !

Pour la première fois, Constance prit la parole.

— J'ai bien peur que non. J'ai récemment appris qu'une assemblée de sorcières fuyant Salem s'était effectivement installée dans les marais d'Exmouth à la fin du XVIIe siècle. Cette colonie, loin d'avoir disparu, a émigré un peu plus au sud.

Lake se pencha vers Carole en la voyant blêmir. Il comprenait sa peur en apprenant que les voleurs de la cave étaient en réalité des meurtriers. Mais de là à croire aux sorcières, c'était proprement ridicule.

— À présent que vous êtes au courant de l'avancée de l'enquête, monsieur Lake, vous voudrez bien nous excuser. Nous avons fort à faire.

Sur ces mots, Pendergast s'engagea dans l'escalier en colimaçon du phare. Les deux femmes le suivirent en silence tandis que Lake fermait la marche d'un pas lent, le front soucieux.

30

À 14 h 30, Pendergast garait la Porsche Spyder à l'extrémité de Dune Road. Il descendit de voiture, imité par Constance qui le vit sortir du coffre un détecteur de métaux et un sac de toile rempli de matériel. Coiffé d'un suroît, il avait endossé un épais ciré afin de se prémunir contre les intempéries. La grisaille s'était encore renforcée et l'humidité ambiante était si prégnante que Constance avait l'impression de respirer de l'eau salée. Le brouillard ne s'était pas installé, de sorte que la visibilité était bonne. Le phare d'Exmouth, où s'était déroulée leur discussion avec Lake et Carole quelques heures plus tôt, dressait sa silhouette élancée à moins de deux kilomètres au nord.

Elle suivit Pendergast sur l'étroit sentier sablonneux qui menait à l'eau. Parvenu en haut d'une dune, celui-ci s'immobilisa afin d'observer la côte en direction de l'est. Un vent glacé soufflait, contre lequel Constance s'était protégée en enfilant un gros pull-over et une jupe de tweed de couleur terne qui lui arrivait à mi-mollet.

Elle était habituée aux silences de Pendergast, et cela ne la dérangeait pas en général de s'abîmer dans ses propres pensées, mais l'impatience finit par prendre le dessus après un quart d'heure de ce régime.

— Je sais fort bien que vous n'appréciez guère les questions indiscrètes, mais que fabriquons-nous ici ?

Pendergast continua d'explorer le paysage pendant quelques instants, puis il se tourna vers elle.

— J'ai bien peur que notre ami sculpteur ait raison. Ma théorie sur le naufrage de ce navire reste pour l'heure le fruit de mon imagination. Nous sommes ici dans l'espoir d'étayer mon hypothèse.

— Je vous rappelle que le *Pembroke Castle* s'est perdu en mer il y a cent trente ans. Quelle preuve espérez-vous découvrir après tant d'années ?

— Souvenez-vous de ce que je vous ai déjà dit.

D'un doigt, il montra à sa compagne une partie de la côte qui s'élançait au milieu de l'océan.

— Cette anse dessine une nasse. Un navire ne pourrait s'y échouer sans abandonner des débris.

Constance scruta le point indiqué.

— Comment pouvez-vous parvenir à une telle conclusion à partir de la topographie actuelle ? Il serait surprenant que treize décennies d'intempéries n'aient pas modifié le dessin de la côte.

— Je vous suivrais sur ce terrain si nous nous trouvions à Cape Cod, mais cette côte-ci est constituée d'une succession de plages de sable, rythmée par des barres rocheuses qui forment autant de digues naturelles susceptibles de préserver sa configuration.

Le silence retomba tandis qu'il reprenait son observation du rivage battu par le vent.

— Nous y allons ? proféra-t-il en balançant le lourd sac sur son épaule.

Constance descendit jusqu'au rivage derrière lui. La côte à cet endroit était constellée de rochers impitoyables aussi gros que des voitures. Même de loin, on distinguait les coquilles tranchantes des bernacles sur leurs flancs. Les rouleaux s'y jetaient avec fougue dans un épais nuage d'écume, projetant dans l'air une pluie d'embruns.

Pendergast s'arrêta à quelque distance des rochers. Il posa le détecteur de métaux à ses pieds, tira de son sac son boîtier GPS, des jumelles, un appareil photo numérique et un engin mystérieux. Enfin, il sortit une carte qu'il déplia sur le sol en la lestant de pierres aux quatre coins. Constance, en s'approchant, constata qu'il s'agissait d'une carte au 1/24 000 que Pendergast avait abondamment annotée de son écriture méticuleuse. Il se plongea dans l'examen du document pendant de longues minutes en levant fréquemment les yeux afin de se repérer sur la côte, puis il replia la carte et la remisa dans le sac de toile.

— À 23 heures, pensa-t-il à voix haute, le vent soufflait dans cette direction.

Son regard se tourna vers le nord-est, en direction du phare.

— La lumière était éteinte.

Il prit le GPS et l'étrange appareil et se dirigea tout droit vers le sud-ouest en direction de la côte. Constance lui emboîta le pas, s'arrêtant chaque fois qu'il faisait une pause pour consulter le GPS. Il finit par s'immobiliser à un endroit à mi-chemin entre le phare et la longue succession des rochers meurtriers qui s'enfonçaient dans la mer.

— Ils auront allumé leur feu en hauteur, assez loin du rivage, sans doute au sommet d'une dune, murmura-t-il. Les flammes devaient rester modestes, afin de maintenir l'illusion d'une certaine distance, ce qui n'empêchait pas le brasier d'être très lumineux.

Il poursuivit ses explorations, les yeux rivés sur le GPS. Il ôta brusquement son suroît, le glissa dans la poche de son ciré, puis pointa l'engin inconnu dans plusieurs directions, à la façon d'un géomètre.

— De quoi s'agit-il ? s'enquit Constance.

— C'est un télémètre laser.

Il releva plusieurs mesures qu'il compara avec les données du GPS, et répéta l'opération un peu plus loin avant de recommencer de façon toujours précise.

— Ici, déclara-t-il enfin.

— Ici quoi ? s'impatienta Constance que le mutisme de son compagnon commençait à agacer.

— Le meilleur endroit pour allumer un feu se situait ici.

Il montra d'un mouvement du menton la série de rochers pointus que battaient les flots en colère.

— Ce récif est le Skullcrusher. Vous remarquerez que nous nous trouvons sur la même ligne que le phare d'Exmouth, de sorte que ces rochers viennent *séparer* le phare des navires longeant la côte. Un bateau cabotant en direction du sud afin d'échapper aux assauts de la tempête se serait inévitablement guidé sur le phare d'Exmouth pour franchir Cape Ann. En déplaçant le feu d'un kilomètre et demi vers le sud, on pouvait être sûr que le navire foncerait sur ces récifs, invisibles de nuit.

Constance observa les alentours. À leurs pieds s'étendait de part et d'autre une plage couverte de petits galets.

— À marée haute, en pleine tempête et sous la poussée d'un vent de nord-est, les débris se seraient échoués sur cette plage.

— Dans ce cas, où sont-ils ? Les rapports de l'époque affirment qu'on n'a rien retrouvé le long de la côte. Un bateau long de cent mètres ne s'évanouit tout de même pas complètement.

Pendergast continuait de scruter les rochers, les paupières plissées, ses cheveux d'un blond presque blanc rejetés en arrière par le vent. S'il était déçu des résultats de ses recherches, il ne le montrait pas. Il se tourna subitement vers le nord en affichant une expression qui fit tiquer Constance.

— Que se passe-t-il ? l'interrogea-t-elle.

— Veuillez vous retourner lentement, de l'air le plus naturel qui soit afin de ne pas attirer l'attention ou les soupçons, et observer les dunes en direction d'Exmouth.

Constance se passa une main dans les cheveux, s'étira d'un air désinvolte et pivota sur elle-même. Il n'y avait rien, sinon la silhouette dépouillée des dunes parsemées d'oyats qui ondulaient furieusement, battus par le vent.

— Je ne vois rien, dit-elle.

— Il y avait quelqu'un, réagit Pendergast à retardement. Une silhouette noire qui a disparu derrière les dunes lorsque vous vous êtes retournée.

— Souhaitez-vous que nous allions voir ?

— Il aura eu tout le temps de filer lorsque nous parviendrons sur place.

— Que craignez-vous ? Ce n'est pas la première fois que nous voyons des promeneurs sur ces plages.

Pendergast, le regard rivé vers le nord, ne répondit rien, visiblement perturbé. Il finit par secouer la tête, comme s'il cherchait à se débarrasser des pensées qui se bousculaient dans sa tête.

— Constance, reprit-il à mi-voix. Je vais avoir besoin de votre aide.

— Tout ce que vous voulez, tant que vous ne me demandez pas de me jeter à l'eau.

— Accepteriez-vous de rester ici un petit moment ?

— Bien sûr, mais pourquoi ?

— J'ai l'intention de pratiquer une séance de Chongg Ran.

— Ici ?

— Ici, oui. Je vous serais reconnaissant si vous pouviez vous assurer qu'on ne me dérange pas, sauf si cette silhouette apparaissait de nouveau au sommet de cette dune.

— Très bien, accepta Constance après une légère hésitation.

— Je vous remercie.

Pendergast se plongea une dernière fois dans la contemplation du paysage, enregistrant jusqu'au moindre détail, puis il se mit à genoux, écarta le lit de petits galets, creusa le sable pour y poser la tête et s'allongea de tout son long en se fabriquant un oreiller improvisé avec le suroît qu'il venait de tirer de sa poche. Il resserra la ceinture de son ciré, croisa les mains sur sa poitrine, à la façon d'un mort, et ferma les yeux.

Constance étudia longuement son visage. Puis, repérant un morceau de bois flotté qui dépassait du sable à quelques mètres d'elle, elle s'y installa dans une posture raide. La plage était déserte, mais si un promeneur s'était trouvé là, il aurait pu croire à une lionne veillant sur ses petits.

Aussi immobiles l'un que l'autre, Pendergast et Constance dessinaient des silhouettes sombres sur le ciel bas.

31

L'inspecteur Pendergast ne bougeait pas d'un cil, allongé sur la plage de galets. Les yeux clos, il avait l'entière conscience de tout ce qui l'entourait : le roulement régulier des vagues, l'odeur d'iode, la rondeur des galets contre son dos. Il devait d'abord se fermer au monde extérieur avant de pouvoir se tourner vers son univers intérieur.

Fort d'une longue expérience, il ralentit sa respiration et les battements de son cœur à la moitié de leur rythme habituel. Il demeura ainsi pendant une dizaine de minutes, réalisant simultanément des exercices mentaux d'une grande complexité qui lui permirent d'atteindre l'état méditatif connu sous le nom de *th'an shin gha*, le Seuil du Vide parfait. Alors seulement, il entreprit de retirer un à un les éléments du décor réel. La ville d'Exmouth disparut, avec tous ses habitants. Le ciel d'un gris de plomb s'évapora. La bise glaciale cessa de lui ébouriffer les cheveux. L'océan s'évanouit avec son odeur et son vacarme. Enfin, il effaça de son esprit Constance et la plage sur laquelle il se trouvait.

Il fut plongé dans un noir absolu, ayant atteint le *stong pa nyid*, l'État de Vide pur.

Il s'autorisa à rester ainsi, flottant seul dans le vide, le temps d'une éternité à l'aune du Chongg Ran, moins d'un quart d'heure en réalité. Alors, il entreprit de reconstruire mentalement le monde, avec une lenteur parfaite, dans l'ordre inverse de sa déconstruction. La plage de galets se déroula dans un premier temps sous ses yeux fermés, le firmament se recomposa au-dessus de sa tête, puis revint le vent qui soufflait de la mer. À ceci près qu'à la bise d'après-midi avait succédé une tempête nocturne traversée de trombes d'eau qui lui fouettaient le visage. L'océan reprit sa place, dans un grondement d'une violence effrayante. Enfin, Pendergast se plaça lui-même sur la plage d'Exmouth.

Une plage différente de celle qu'il connaissait. Au prix d'une concentration intellectuelle intense, il avait réussi à recréer dans sa tête l'Exmouth d'antan, celui de la nuit du 3 février 1884.

S'autorisant à réveiller ses sens, il détailla le décor qui l'entourait. Il remarqua, outre la violence de la tempête, l'absence de toute lumière au nord. Le phare, éteint, s'était effacé dans les ténèbres. Sa silhouette de pierre longiligne lui apparut fugitivement, le temps d'un éclair traversant cette nuit tourmentée.

Une lumière trouait pourtant la nuit, juste au-dessus de lui. Une pyramide de branchages et de fougères, érigée au sommet de la dune qui dominait la plage, brûlait d'un éclat vif. Une dizaine de silhouettes entouraient le brasier, enveloppées dans d'épais manteaux. Il avait beau savoir qu'il se trouvait là uniquement par la pensée, Pendergast s'enfonça dans un coin d'ombre. Les traits des incendiaires, en contre-jour des flammes, étaient à peine reconnaissables, mais tous partageaient le même air de cruauté désespérée. Deux des hommes, munis d'une grosse couverture, se tenaient entre l'océan et le brasier. Un troisième, qui semblait être leur chef, et dont les traits grossiers lui paraissaient familiers à la lueur du feu, leur donnait des ordres en tenant d'une main un vieux chronomètre, de l'autre une lanterne. Il comptait les secondes à voix haute avant de recommencer à zéro chaque fois qu'il atteignait le chiffre neuf. À raison de deux secondes par intervalle, les deux hommes qui tenaient la couverture se rangeaient sur le côté afin de dégager les flammes avant de reprendre leur place devant le bûcher. Il s'agissait, Pendergast l'avait immédiatement compris, de simuler l'intermittence du feu d'Exmouth.

Au sud, les rochers de Skullcrusher ne se distinguaient qu'à l'écume des vagues qui flagellaient leurs flancs sous l'effet de la tempête.

Les rochers de Skullcrusher. La pointe de Walden, sur laquelle se dressait le phare d'Exmouth, était trop proche de la ville pour qu'un naufrage passe inaperçu. En s'échouant plus au sud, en revanche, l'épave échouerait inévitablement sur cette petite plage.

À l'exception de l'homme au chronomètre égrenant les secondes, le petit groupe rassemblé près du feu parlait peu, trop occupé à fouiller l'obscurité en direction du large, de leurs yeux de rapaces. Le vent qui soufflait en rafales du nord-est projetait la pluie en nappes quasi horizontales.

Un cri monta dans la nuit : l'un des guetteurs venait d'apercevoir une lueur sur l'eau. Le petit groupe se pressa au sommet de la dune en écarquillant les yeux. L'un des hommes tira une longue-vue de son manteau et la braqua vers le nord-est en fouillant la nuit dans un silence pesant.

Sa voix retentit soudain :

— C'est un steamer, les gars !

Un autre appel se fit entendre, que le chef étouffa d'un geste tout en continuant de compter les secondes afin que la lueur du feu continue de clignoter à la même fréquence que le phare d'Exmouth. Les lumières du bateau, mieux visibles à présent, apparaissaient et disparaissaient au gré de la houle qui ballottait la coque. Au sein du petit groupe, l'atmosphère était électrique. Il ne faisait aucun doute que le bateau se laissait guider par la lumière du brasier et se ruait droit sur les rochers de Skullcrusher.

Des manteaux sortirent fusils, mousquets, pistolets, gourdins et faux.

Le décor de la plage s'obscurcit soudain, et s'évanouit. Lorsque la pénombre finit par se dissiper autour de Pendergast, il se vit sur le pont du *Pembroke Castle*. Un individu en uniforme de capitaine, debout à son côté, regardait fixement à la longue-vue la lumière qui brillait sur la côte. À sa droite se tenait le navigateur, une carte marine étalée devant lui à la lueur rougeoyante d'une lanterne, ses outils à portée de main : compas à pointes sèches, règle droite, crayon. L'habitacle était à peine éclairé afin de leur permettre de mieux distinguer l'horizon obscur. À la gauche du capitaine se tenait le timonier, mains arrimées à la barre dont il peinait à conserver le contrôle.

Si l'atmosphère pouvait paraître tendue, le capitaine irradiait, par la fermeté de sa posture et ses ordres laconiques, le calme et l'autorité. Aucun des individus présents sur la passerelle ne pressentait la tragédie qui s'annonçait.

Toujours par la pensée, retiré dans un recoin sombre de la pièce, Pendergast constata que des paquets d'eau noire embarquaient à chaque embardée du navire. Le second traversa le pont, trempé jusqu'aux os. À la demande du capitaine, il confirma que les machines répondaient correctement et que la coque de chêne tenait bon. On avait bien noté quelques fuites, mais rien dont les pompes ne puissent venir à bout.

Le capitaine Libby abandonna sa longue-vue le temps d'écouter les rapports du lieutenant et du second. Selon ce dernier, les instruments installés au niveau de la dunette indiquaient une vitesse de neuf nœuds sur un cap sud-sud-ouest de 190°. Le lieutenant, quant à lui, avait été chargé de mesurer la profondeur de l'eau avec une ligne de sonde.

— Douze brasses, hurla-t-il à travers la tempête depuis son poste. Fond couvert de coquillages.

Le capitaine garda le silence, le front soucieux, et leva une nouvelle fois sa longue-vue en direction du phare d'Exmouth.

— Continuez à sonder, décréta-t-il avant de se tourner vers le navigateur : Poursuivez sur tribord !

Pendergast était assez au fait des impératifs de navigation pour savoir que la présence toute proche de la côte, en pleine tempête, nécessitait de sonder les fonds en permanence.

Quelques minutes plus tard, le second revenait avec un nouveau rapport.

— Dix brasses, fond rocheux.

Le capitaine abaissa sa lunette, sourcils froncés.

— Vérifiez à nouveau.

Le second disparut dans la nuit.

— Neuf brasses, fond rocheux.

Tout le monde sur le pont avait conscience que le *Pembroke Castle* avait un tirant d'eau de trois brasses. Un peu plus de cinq mètres. Libby se tourna vers son navigateur, en quête d'une explication.

— Je ne comprends pas, capitaine, cria le navigateur pour couvrir le hurlement du vent. D'après la carte, on devrait avoir au moins dix-huit brasses et un fond sablonneux.

— Soit votre carte est fausse, soit nous avons dévié de notre cap, rétorqua le capitaine.

Le navigateur se pencha sur son taximètre et s'escrima de plus belle sur la carte.

— Impossible, marmonna-t-il en s'adressant à lui-même. C'est tout simplement impossible.

— Six brasses, s'éleva la voix du second dans la nuit. Fond rocheux.

Le capitaine s'approcha à son tour du taximètre afin de lire le gisement.

— Bon sang ! s'exclama-t-il en levant sa longue-vue.

La nuit était noire à présent, la lueur sur laquelle il s'était guidé avait disparu.

— Bâbord toute, décida aussitôt Libby d'une voix de stentor. Cap à quatre-vingt-dix degrés.

— Mais, capitaine…, protesta le second. Changer de cap nous poussera droit vers le large.

— Tant pis, rétorqua Libby. Allez !

Sans attendre la confirmation de l'ordre, le timonier tournait déjà la barre et le navire vira de bord dans le grognement de sa coque.

Le *Pembroke Castle* n'avait pas encore achevé la manœuvre qu'un cri retentit sur le pont :

— Vagues droit devant !

Le capitaine fit volte-face, l'œil rivé à la longue-vue. Pendergast, qui s'était glissé silencieusement derrière lui, aperçut la légère tache claire qui flottait sur les vagues noires.

— Virez à tribord ! rugit Libby. Renversez la vapeur, marche arrière toute !

Son ordre fut aussitôt transmis à la salle des machines tandis que le timonier tournait violemment la barre, mais le navire, trop lourd et trop long, fut frappé par une lame de travers. La tache blanchâtre se fit plus nette et un éclair, en zébrant le ciel, révéla soudain la présence, toute proche, des rochers de Skullcrusher.

— C'est impossible ! s'écria le navigateur. Nous n'avons pas pu dévier de notre course à ce point !

— Marche arrière toute ! répéta le capitaine alors que le pont vibrait sourdement des soubresauts des machines malmenées.

À l'instar de Pendergast, l'équipage avait compris qu'il était trop tard. La masse hideuse des rochers, cernée d'écume, émergea du rideau de pluie.

Un craquement terrifiant ébranla le navire tandis que la proue s'empalait sur les récifs. Une vague gigantesque franchit le bastingage à bâbord et fit voler en éclats les fenêtres de la timonerie, emportant avec elle le second et le navigateur.

— Abandonnez le navire ! cria le capitaine Libby à l'adresse du lieutenant. Tout le monde à son poste, canots de sauvetage à la mer, les femmes et les enfants d'abord !

L'ordre, aussitôt répercuté par les officiers, résonna à travers le steamer :

— Abandonnez le navire ! Tout le monde à son poste !

Un voile d'obscurité retomba soudain sur la scène et Pendergast retrouva dans sa tête le décor de la plage. Les naufrageurs, muets de saisissement, observaient avec horreur le spectacle de ce grand navire que la mer soulevait et projetait sur les récifs, à quelques centaines de mètres d'eux. Ballotté par les flots, le vapeur s'ouvrait en deux et ses cheminées s'effondraient dans l'explosion sourde des chaudières noyées par l'eau de mer qui envahissait la coque éventrée. La violence de l'océan, les cris et les hurlements étouffés par le vent... l'horreur de la scène dépassait l'entendement des naufrageurs, abasourdis par le cataclysme qu'ils avaient eux-mêmes déclenché.

L'équipage voulut mettre les canots de sauvetage à la mer, mais le vapeur donnait de la bande, drossé sur les récifs par la mer déchaînée. La manœuvre était vouée à l'échec, les embarcations furent broyées par les rochers lorsqu'elles ne s'écrasèrent pas contre la coque en vomissant leurs passagers dans la nuit.

En l'espace de quelques minutes, le vent et les vagues se chargèrent de pousser à la grève les premières épaves. Une pluie d'espars, de planches et de tonneaux déferla sur la plage, bientôt suivie par des survivants. La surprise se lut sur les traits des naufrageurs qui assistaient à la scène depuis le rivage. Loin de découvrir les officiers en grand uniforme auxquels ils s'attendaient, ils voyaient émerger de la nuit des jeunes femmes dont certaines tenaient agrippés dans leurs bras des bébés et des enfants en bas âge, quand elles ne s'accrochaient pas à des épaves. Elles échappèrent péniblement aux rouleaux et prirent pied sur la grève en appelant à l'aide, trempées jusqu'aux os, écorchées et sanguinolentes. Des corps de noyés, rejetés par la mer, gisaient sur les galets dans des poses grotesques.

Certains d'entre eux portaient une salopette de marin. Des membres de l'équipage.

Pendergast quitta des yeux la scène pour focaliser son attention sur deux des naufrageurs, l'homme à la longue-vue et celui armé d'un chronomètre. Leur ressemblance était telle qu'il devait s'agir de frères. Leurs visages reflétaient la confusion et l'étonnement. À l'évidence, ils ne s'attendaient pas à tomber sur des passagers en guise de cargaison. *A fortiori* des femmes et des enfants. L'émotion était également palpable chez leurs compagnons qui restaient sans réaction, comme paralysés. L'un d'eux finit pourtant par se ruer vers l'eau afin de secourir une femme et son bébé. L'homme au chronomètre lui agrippa brutalement le bras au passage et le jeta à terre avant de se tourner vers les autres.

— Ces gens ont tous été témoins de ce qui s'est passé ! s'écria-t-il. Vous comprenez ? Ce sont des *témoins* ! Vous avez envie qu'on vous pende pour ça ?

Seuls répondirent au chef le rugissement de la tempête et les cris affreux des femmes et des enfants qui se noyaient au milieu des vagues.

Au même instant, sous les yeux de Pendergast, un doris chargé jusqu'à la gueule de femmes et d'enfants jaillit de la nuit. L'un des canots de sauvetage avait réussi à échapper au désastre. Debout à l'avant, une lanterne à la main, le capitaine Libby donnait ses ordres aux deux marins qui ramaient sur le banc de nage. Il leur fit franchir avec habileté la barre des rouleaux et l'embarcation s'échoua sur la grève où elle se vida de ses passagers. Sans attendre, le capitaine reprit sa place à la proue et ordonna à ses hommes de retourner sur le lieu du naufrage dans l'espoir héroïque de sauver de nouvelles âmes. Pendant ce temps, les survivants se précipitaient vers la chaleur du brasier, convaincus d'être sauvés.

Le chef des naufrageurs fut pris de rage.

— C'est le capitaine ! hurla-t-il en pointant un index tremblant. C'est lui qui sait où se trouve le magot ! Vite, attrapez-le !

Le petit groupe, galvanisé, se précipita en poussant des cris rauques. Dans les poings tendus brillaient des pistolets, des couteaux, des faux. Le canot regagnait la plage, chargé de survivants, lorsqu'il fut pris d'assaut. Les deux marins furent les premiers sacrifiés. Libby tira son sabre du fourreau, mais fut aussitôt submergé par des assaillants supérieurs en nombre qui l'arrachèrent du canot et le traînèrent jusqu'à leur chef.

Libby, défiguré par deux balafres qui lui traversaient le front et la joue gauche, posa sur le meneur des naufrageurs un regard méprisant.

— C'est vous le coupable ? demanda-t-il. Vous nous avez sciemment attirés sur ces récifs. Vous n'êtes qu'un assassin !

Pour toute réponse, le meneur posa la lame de son couteau sur la tempe de l'officier.

— Je veux savoir où est l'argent.

Voyant que le capitaine se raidissait dans le silence, le meneur le frappa violemment au visage avec son pistolet. Libby tomba à genoux, à moitié assommé. Les naufrageurs le relevèrent sur l'ordre de leur chef. Du sang coulait à flots de son nez cassé. Les hommes le fouillèrent sans rien trouver d'intéressant. Le meneur, livide de rage, le gifla à toute volée.

— Conduisez-le au phare, ordonna-t-il à ses complices.

Deux d'entre eux saisirent le capitaine par le bras et l'entraînèrent le long du rivage. Libby, sortant de sa torpeur, laissa échapper un cri :

— Quel sort réservez-vous aux femmes et aux enfants ?

Le meneur cracha dans le sable, non sans avoir jeté un regard furtif par-dessus son épaule en direction des dunes.

— Prenez le doris et ramez jusqu'à l'épave, ordonna-t-il à ses hommes. Fouillez le bateau de fond en comble, en commençant par la cabine du capitaine ! Trouvez-moi le magot avant que la coque ne se brise définitivement !

Les hommes, malgré l'horreur du drame auquel ils venaient d'assister, avaient retrouvé leur unité. La barbarie de l'acte monstrueux qu'ils avaient commis les rendait solidaires et forgeait leur résolution. On les sentait décidés à aller jusqu'au bout. Ils poussèrent à l'eau le doris et le conduisirent à grands coups de rames jusqu'à l'épave du vapeur, empalée sur les récifs, battue par les flots qui s'évertuaient à la mettre en pièces. Ils s'engouffrèrent dans la coque éventrée et leurs torches vacillantes disparurent l'une après l'autre dans les entrailles du navire.

Debout sur la grève, Pendergast n'avait rien perdu de leur manège. Il tourna la tête et vit la masse pathétique des femmes et des enfants dépenaillés qui se serraient par petits groupes de trois ou quatre en implorant de l'aide, les yeux noyés de larmes.

Pendergast n'était pas le seul à contempler ce triste spectacle. Le chef des naufrageurs observait également la scène en tenant d'une main un pistolet, de l'autre un méchant gourdin. Il affichait sur son visage un rictus si abominable que Pendergast fut soudain projeté hors du passé. Lorsqu'il reprit pleinement conscience, il était allongé sur les galets et Constance Greene, telle une statue, veillait sur lui dans la grisaille de la plage déserte.

32

Carole Hinterwasser se colla contre la porte de sa boutique et écarta légèrement le voilage afin d'observer la rue. Il n'était que 16 h 30 et elle n'était pas censée terminer sa journée avant 17 heures, mais la pancarte « Fermé » était accrochée à la vitre depuis 15 heures. Elle regarda à gauche, puis à droite. À l'exception de rares piétons, la grand-rue était déserte.

Un léger bruit de pas lui parvint de l'arrière-boutique. L'instant suivant, Bradley Gavin s'approchait. Carole sentit son haleine tiède contre sa nuque tandis qu'il observait la rue à son tour.

— Rien ? demanda-t-il.

— Non.

Elle recula d'un pas.

— Attention, quelqu'un pourrait te voir.

— Rien ne m'empêche de faire un petit tour dans ta boutique, tout de même.

— Quand elle est fermée ?

Ils avaient beau être seuls, la jeune femme parlait dans un souffle.

— Où est Flavia, ta vendeuse ?

— Au sous-sol, je lui ai demandé de dresser l'inventaire du stock. Elle ne se doute de rien.

— Tu crois qu'on nous soupçonne ? s'inquiéta Gavin.

— Je ne sais pas. On s'est toujours montrés discrets, mais Exmouth est un trou.

Elle bascula la rangée d'interrupteurs d'un mouvement de la main. La pièce se trouva plongée dans la pénombre, à peine éclairée par le gris du ciel qui filtrait à travers la vitrine.

— Tu as raison, approuva Gavin après un moment de silence. Surtout avec toutes ces histoires : le vol de la cave de Lake, ce Pendergast qui fourre son nez partout, les meurtres et les inscriptions Tybane, une vraie catastrophe. J'ai l'impression de me débattre sur la platine d'un microscope. Comme le disait toujours mon grand-père, on ne sait jamais ce qu'on attrape quand les mailles du filet sont larges. Ces meurtres ne nous concernent peut-être pas mais, à force d'enquêter, quelqu'un pourrait découvrir le pot aux roses par hasard.

Carole hocha la tête.

— Alors, c'est décidé. D'accord ?

— D'accord. Ça ne peut pas continuer plus longtemps. Il faut agir le plus vite possible. C'est encore le mieux.

Elle lui prit la main dans la pénombre.

Gavin, qui regardait fixement le sol jusque-là, releva la tête et chercha le regard de sa compagne.

— Ça ne sera pas facile, tu sais.

— Je sais.

Ils restèrent un long moment sans bouger, puis Carole serra les doigts du jeune homme entre les siens.

— Sors le premier, décida-t-elle. Je partirai dans quelques minutes. J'ai demandé à Flavia de fermer quand elle aura terminé.

Il exprima son assentiment d'un hochement de tête, attendit qu'elle entrebâille la porte et se glissa dans la rue après s'être assuré que personne ne pouvait le voir.

Cachée derrière les voilages, Carole le regarda s'éloigner à grands pas dans la grand-rue. Elle attendit cinq minutes sans bouger, puis dix. Ce délai écoulé, elle quitta la boutique à son tour, tira la porte derrière elle et prit la direction du phare.

33

Constance comprit que Pendergast avait quitté le monde du passé en le voyant s'agiter. Il ouvrit les yeux. S'il était resté longtemps sans bouger, plus immobile qu'un dormeur, son regard n'avait rien perdu de son acuité.

— Quelle heure est-il, Constance ? s'enquit-il.

— 4 h 30.

Il se releva, chassa du plat de la main les grains de sable collés à son ciré, et récupéra le détecteur de métaux posé à côté de lui avant de jeter le sac de toile sur son épaule. Puis, indiquant à Constance de le suivre, il s'éloigna de la plage en ligne droite vers l'intérieur des terres en prenant comme point de repère les rochers de Skullcrusher, sur leur droite. Il avançait d'un pas vif et décidé, sans l'aide de la carte ou du GPS.

L'un derrière l'autre, ils escaladèrent la butte sablonneuse couverte de buissons et de pins maritimes qui bordait la plage. Parvenu au sommet, Pendergast s'immobilisa afin de se repérer.

Les dunes, parsemées d'oyats et de broussailles, dessinaient des creux de sable vallonnés. Il se dirigea vers le plus proche et posa son sac sur le sable.

— Que se passe-t-il ? lui demanda Constance.

— Si quelqu'un avait voulu enterrer des objets échoués sur la plage, c'est ici qu'il l'aurait fait.

Il tira du sac une tige télescopique de métal flexible qu'il déplia sur toute sa longueur, jusqu'à obtenir une sonde longue de près de deux mètres. Sans attendre, il l'enfonça dans le sable au creux de la dune puis recommença à intervalles réguliers sur toute la surface du creux de terrain. Il s'activait depuis quelques minutes seulement lorsque la tige rencontra un obstacle. Il s'agenouilla et sonda l'emplacement de façon systématique, puis il sortit de sa besace une pelle pliable.

— Je déduis de tout cet acharnement que votre remontée dans le passé a produit des résultats, commenta sèchement Constance.

— Nous ne tarderons pas à être fixés sur ce point.

Il plongea la lame de la pelle à l'endroit précis qu'il venait de sonder et commença à creuser en rejetant le sable sur le côté. Le trou qu'il dessinait à grands coups de pelle mesurait un mètre cinquante de diamètre sur cinquante centimètres de profondeur. La fosse circulaire ainsi délimitée, il creusa plus avant. Le sable, spongieux et humide, lui facilitait la tâche et le métal de la pelle ne tarda pas à rendre un bruit sourd en butant sur un objet.

Pendergast posa son outil et se mit à genoux au fond du trou, puis il entreprit de dégager le sable à mains nues et mit au jour de vieux morceaux de métal rouillés.

— Des fixations de coque en métal, expliqua-t-il à sa compagne.

— Venant du *Pembroke Castle* ?

— Je le crains fort.

Il observa brièvement les alentours.

— À bien y réfléchir, cet endroit aurait dû nous sauter aux yeux.

— Comment ces fixations se sont-elles retrouvées ici ? La marée aurait-elle pu se charger de les charrier aussi loin ?

— Non. Les épaves qui avaient échappé au naufrage ont été enterrées ici délibérément. Toutes celles qui se trouvaient sur la plage, tout du moins. Le changement de marée aura entraîné les autres débris vers le large.

Il recommença à creuser, exhumant de nouvelles pièces métalliques qu'il débarrassait de leur cangue de sable mouillé avant de les mettre de côté. Certaines étaient encore fichées dans des morceaux de coque pourris. Soudain, la pelle s'arrêta sur un objet en émettant un son creux.

Pendergast se remit à genoux, imité par Constance. Ils écartèrent le sable avec précaution et dégagèrent rapidement un crâne. De très petite taille, d'un brun jaunâtre, il avait une tempe enfoncée.

— Seigneur, murmura Constance.

— Le malheureux n'avait pas plus d'un an, dit Pendergast d'une voix éteinte.

Ils élargirent le trou avec leurs mains et trouvèrent de nouveaux ossements : des côtes, des bassins, des fémurs, ainsi que des crânes d'adultes et d'enfants, tous fracassés.

— Il faut laisser ces éléments sur place, décréta Pendergast. Il s'agit d'une scène de crime.

Constance acquiesça. Les ossements étaient si nombreux qu'ils formaient un lit compact dans le sable humide. De toute évidence, les naufrageurs avaient commencé par enterrer leurs victimes avant de les recouvrir de morceaux d'épave. Pendergast prit dans son sac une brosse à l'aide de laquelle il chassa le sable, découvrant de nouveaux morceaux de squelettes. Les corps des plus petits avaient été jetés pêle-mêle dans la fosse alors que les adultes reposaient côte à côte.

Constance, incapable d'en supporter davantage, se releva et gagna sans un mot le sommet de la dune, d'où elle plongea le regard dans la masse froide et insensible de l'océan.

34

Le sergent Gavin aurait aimé se convaincre qu'il se trouvait sur une scène de crime ordinaire, comme celles de McCool ou de Dana Dunwoody. Les circonstances étaient pourtant bien différentes, malgré la présence des spots aveuglants qui chassaient la nuit, des groupes électrogènes qui ronronnaient, de la bande jaune de police tendue sur tout le périmètre de la dune, des spécialistes de la police scientifique, des enquêteurs et des photographes. Malaga, le chef de la criminelle de Lawrence, écumait le site avec une grâce surprenante pour sa taille. L'atmosphère était pourtant différente de celle que Gavin avait connue au lendemain des deux meurtres. Chacun donnait l'impression de vaquer à ses occupations au ralenti, libéré de l'esprit de précipitation qui prévaut en cas de crime récent. Comme si cela ne suffisait pas, il y avait également là une équipe de chercheurs du département d'anthropologie de Harvard ; la mine grave, ils s'employaient à quadriller le site en tendant des ficelles attachées à des piquets fichés dans le sol, et le fond de la dune prenait brusquement des allures de damier. Ils s'activaient sous les ordres du professeur Fosswright, un petit homme à l'air sévère, tiré à quatre épingles, le visage encadré de cheveux blancs coupés court et d'une barbe soigneusement taillée. Les types de l'identité judiciaire venant régulièrement lui demander conseil, on aurait pu croire qu'il était à la manœuvre. Peut-être était-ce le cas, après tout, dans la mesure où la fosse était laissée à la responsabilité de ses équipes. Munis de balayettes, d'instruments de dentiste et de pinceaux, les chercheurs multipliaient les prises de notes sur leurs tablettes et leurs ordinateurs portables tout en prenant des photos à n'en plus finir.

Debout à l'écart, ses énormes bras ballants, Mourdock ne faisait absolument rien. Gavin glissa un regard discret dans sa direction. Comme hébété, son chef ressemblait à une biche hypnotisée par des phares de voiture sur une route de campagne. La métamorphose était stupéfiante. Une semaine plus tôt, le même Mourdock paradait en ville, sûr de lui, jouant le flic de grande ville perdu dans un patelin. Il affichait désormais la mine pâle et égarée de quelqu'un qui a vu s'évanouir toutes ses certitudes. Le fief confortable qu'il s'était consciencieusement aménagé, sa retraite qui approchait à grands pas... son monde était sur le point de s'écrouler.

Gavin vit se détacher de l'obscurité la silhouette de celui qu'il considérait comme le responsable de cette métamorphose, l'inspecteur Pendergast. Ce dernier discutait avec la seule journaliste présente sur les lieux, une jeune femme du *Globe* de Boston. Gavin était le premier surpris qu'un torchon comme le *Herald* n'ait pas pris la peine d'envoyer un reporter. Il est vrai que l'affaire relevait davantage de l'archéologie que du fait divers. Sans doute ferait-elle l'objet d'un article dans les pages intérieures du *Globe* avant d'être brièvement reprise par le *New York Times* et le *Washington Post*. Dans quelques jours, seuls les historiens s'en souviendraient encore. Sans oublier les habitants d'Exmouth.

Gavin trouvait surprenant que Pendergast se confie aussi librement à cette journaliste, lui qui était habituellement plus fermé qu'une huître. S'il s'était agi d'un autre, Gavin aurait pu s'imaginer qu'il se faisait mousser, mais ce n'était pas le genre du personnage. Pendergast devait avoir une idée derrière la tête.

La macabre découverte laissait le sergent sans voix. Comment croire que des gens de sa ville, la ville de son père, de son grand-père et de tous ses aïeux depuis douze générations, aient pu attirer de sang-froid un navire sur des récifs avant de massacrer et d'enterrer dans une fosse commune les femmes et les enfants qu'il transportait ? Il lui était tout aussi pénible de se dire que certains de ses congénères, descendants de ces assassins de la pire espèce, avaient été au courant de ce terrible secret, au point de s'introduire chez Percival Lake afin de récupérer le squelette emmuré. Les arguments de Pendergast, tels qu'il les avait exposés un peu plus tôt dans la soirée, étaient pourtant imparables. Gavin avait d'ailleurs sous les yeux la preuve de cette théorie, sous forme d'ossements et d'effets personnels déchirants. Sa gorge se serra lorsqu'il repensa à la ravissante poupée de porcelaine retrouvée un peu plus tôt, enfouie parmi des ossements d'enfants.

Gavin avait néanmoins une certitude : aucun de ses ancêtres n'avait participé à cette monstruosité. Mais il se sentait assailli par toutes sortes d'émotions contradictoires : la stupeur, l'horreur, l'inquiétude, la colère, et même la honte. Il ne souhaitait pas que le monde extérieur juge Exmouth à l'aune de cette tragédie. Il aurait voulu que les projecteurs s'éloignent de la ville. À l'heure qu'il était, tout Exmouth devait être au courant du massacre. Nul doute que ses concitoyens seraient horrifiés de voir leur communauté entachée à jamais de la sorte. Les rumeurs iraient bon train, on chercherait à savoir qui étaient les descendants des naufrageurs. Le soupçon, le scandale et la honte rejailliraient sur la cité tout entière. L'avenir s'annonçait triste, voire dangereux.

Pendergast rejoignit Gavin.

— Je suis désolé, sergent. J'imagine combien vous devez vous sentir mortifié.

Gavin hocha la tête.

— Comment avez-vous… ?

Il laissa sa phrase en suspens. Il se posait la question depuis que Pendergast lui avait fait part de ses découvertes, mais il était incapable de se résoudre à demander plus de détails.

— Comment ai-je découvert tout ceci ? Disons que M. McCool s'est chargé de réunir les éléments historiques nécessaires.

Il montra d'un geste la fourmilière qui grouillait à leurs pieds.

— Le point le plus crucial est le suivant : l'un, voire plusieurs des descendants des naufrageurs étaient au courant de ce massacre, mais aussi du meurtre du capitaine, emmuré après avoir été torturé. C'est parmi eux que nous découvrirons le meurtrier d'aujourd'hui. Reste à identifier celui-ci. Ou celle-ci.

Malaga, le chef de la criminelle, les interrompit. Il se tourna vers Pendergast avec l'expression soucieuse qui ne le quittait jamais.

— Eh bien, inspecteur, grâce à vous, nous avons du pain sur la planche.

— On le dirait, en effet.

Malaga se passa la main dans les cheveux.

— J'ai une question à vous poser. À mon arrivée, deux douzaines de squelettes avaient déjà été déterrés. Pourquoi avoir continué à les exhumer quand vous avez compris qu'il s'agissait d'une scène de crime ?

— Je cherchais la confirmation de ma théorie, à savoir qu'il ne s'agissait pas d'un meurtre, mais d'un massacre. Si vous tenez tant à disposer d'une scène de crime, il reste apparemment de nombreux corps à découvrir. Ce pauvre professeur Fosswright me paraît débordé. Je ne doute pas qu'il soit heureux de bénéficier de votre aide et de celle de vos hommes.

Sur ces paroles, il adressa un signe de tête à Malaga, puis à Gavin, serra son manteau sur ses épaules et s'éloigna à travers les dunes en direction des lumières de la ville.

35

Le bureau du médecin légiste du comté d'Essex était situé dans une aile séparée du Centre médical de Newburyport. Le docteur Henry Kornhill se leva de son siège en voyant l'inspecteur Pendergast entrer dans la pièce. La soixantaine, grand et pansu, il lui restait quelques touffes de cheveux cendrés au-dessus des oreilles. Il portait une blouse blanche qui n'avait pas encore servi ce matin-là, à en juger par sa raideur immaculée.

— Mes salutations, docteur. Je vous remercie d'accepter de me recevoir.

— C'est tout naturel.

Le légiste lui montra la chaise qui lui faisait face et Pendergast s'y installa.

— J'ai cru comprendre que vous souhaitiez me consulter au sujet de Dana Dunwoody.

— C'est cela.

— Voulez-vous voir le corps ?

— Ce ne sera pas nécessaire, les photos du cadavre suffiront. Je serais toutefois heureux de recueillir votre opinion sur la cause du décès.

Le médecin fronça les sourcils.

— J'en ai précisé la nature dans mon rapport officiel.

— Bien sûr, mais ce n'est pas votre opinion *officielle* qui m'intéresse. Je souhaiterais savoir, de façon informelle, ce que vous avez pu trouver d'étrange ou d'inhabituel à l'examen du corps, en vous appuyant sur votre longue expérience.

— De façon informelle, répéta Kornhill. Ma formation scientifique ne m'incite pas naturellement à me lancer dans des spéculations, mais il est vrai que certains aspects de ce meurtre ont aiguisé ma curiosité.

Kornhill ouvrit l'un des dossiers posés sur son bureau et le compulsa en rassemblant ses pensées.

— J'ai trouvé qu'il s'agissait d'un crime bien peu soigné, si vous me passez l'expression. À la vue des plaies au niveau des phalanges et des avant-bras, on comprend que Dunwoody a tenté de se défendre.

Il laissa s'écouler un silence avant de poursuivre :

— Si l'on me demandait mon avis, je dirais que la victime connaissait son agresseur.

— Quels éléments vous permettent de le croire ?

— Le fait que les blessures ont été portées à la face antérieure. Dunwoody faisait face à son meurtrier. Il a reçu un premier coup au niveau de la joue droite, au-dessus de l'arcade zygomatique. Une lutte a suivi. La mort est due à un traumatisme provoqué par un instrument contondant qui a enfoncé partiellement l'os frontal et l'os pariétal le long de la suture coronale.

— Qu'en est-il des plaies à l'arme blanche ?

— L'observation est la même. Il y en a sept en tout, toutes portées à la face antérieure. Les... euh, mutilations sont intervenues dans un second temps.

— Ce ne sont pas elles qui ont causé la mort ?

— Les éléments hémorragiques nous indiquent que quelques coups de couteau ont été portés avant le décès, mais la plupart d'entre eux sont intervenus après la mort. De même que l'ensemble des mutilations. Celles-ci étaient trop superficielles pour provoquer une exsanguination fatale. Ces lacérations ont été réalisées sans force, de manière presque timide. Le meurtrier ne s'est nullement acharné.

— Intéressons-nous quelques instants, si vous le voulez bien, à l'autre meurtre. Celui de l'historien Morris McCool.

Kornhill tendit la main vers un autre dossier.

— Très bien.

— Les causes du décès sont fort différentes, la mort ayant été infligée par une lame aussi longue que lourde qui a traversé le corps de part en part.

— C'est exact.

— À votre avis, McCool connaissait-il son assassin, lui aussi ?

Le médecin légiste prit le temps de répondre, comme si on lui avait posé une question piège.

— Non.

— Pour quelle raison ?

— La nature de la plaie mortelle me donne à penser qu'il est tombé dans une embuscade. Je m'exprime toujours de façon informelle.

— Je vois.

Pendergast se cala contre le dossier de sa chaise, les mains en pointe.

— Il me semble intéressant, docteur, que les meurtres soient à la fois aussi proches et aussi dissemblables.

Kornhill se passa la main sur le front.

— Que voulez-vous dire ?

— L'un des meurtres a été prémédité. Vous parlez d'une embuscade. Le second est de nature spontanée, il n'était pas prévu. Il est intervenu à la suite d'une dispute. Le premier meurtre a été perpétré à l'aide d'un long couteau, alors que les plaies étaient moins marquées dans le second cas. Nous trouvons pourtant des mutilations cutanées dans les deux occurrences.

Kornhill se massa le front de plus belle.

— C'est exact.

— Dans le cas de McCool, les mutilations ont eu lieu *peri-mortem* alors que, chez Dunwoody, elles ont été pratiquées *post mortem*. Vous ne trouvez pas cela intéressant ?

— La frontière entre *peri-mortem* et *post mortem* est floue, mais je me range à vos conclusions. À dire vrai, monsieur Pendergast, ce n'est pas mon rôle de tirer des enseignements de la façon dont sont intervenus ces meurtres.

— Contrairement à moi, docteur.

Pendergast marqua une pause avant de demander :

— Possédez-vous des photographies des mutilations infligées à McCool et à Dunwoody ?

Kornhill acquiesça.

— Puis-je vous demander de les comparer ?

Le médecin se leva, ouvrit un meuble à tiroirs, sortit de nouveaux dossiers, et posa plusieurs clichés sur le bureau, face à Pendergast.

L'inspecteur les examina avec intérêt.

— D'un point de vue, disons, *artistique*, on pourrait penser que ces mutilations ont été pratiquées par une seule et même personne. Nous sommes d'accord ?

Kornhill fut parcouru d'un frisson.

— Je suppose.

— Vous pensez également que le meurtrier s'est servi de la même arme ?

— C'est le plus probable. Il s'agit dans les deux cas d'une arme peu courante, dotée d'une lame large, dentelée, irrégulière, mais extrêmement aiguisée.

— Une fois de plus, nous avons un point commun. À ce stade, si cela ne vous dérange pas, docteur, je vous demanderai de vous intéresser à la nature *exacte* des lacérations.

Le légiste dévisagea longuement son interlocuteur, puis retourna les clichés l'un après l'autre et les examina avec attention. Il releva enfin la tête en posant sur l'inspecteur un regard interrogateur.

— Ces lacérations sont-elles les mêmes ?

— Non.

— Pouvez-vous me dire en quoi elles diffèrent ?

— Cela tient à leur contour. Dans le cas de McCool, elles sont irrégulières, biscornues à certains endroits, alors qu'elles sont nettement mieux dessinées sur le corps de Dunwoody. Elles sont également moins profondes.

— Une dernière question, docteur, et je vous laisse à votre travail. Si vous deviez spéculer sur la nature de ces blessures, de façon informelle, bien entendu, comment expliqueriez-vous ces différences ?

Le médecin légiste prit le temps de réfléchir.

— Les lacérations pratiquées sur McCool sont plus profondes, exécutées avec davantage de violence. À l'inverse, celles que l'on distingue sur le corps de Dunwoody sont... hésitantes.

— Vous avez tout à l'heure, me semble-t-il, utilisé les expressions « sans force » et « presque timide ».

— En effet.

— Excellent. Je vous remercie. Vous confirmez pleinement mes soupçons.

Pendergast se leva, la main tendue. Kornhill quitta son siège à son tour et serra la main de son interlocuteur.

— Vous me voyez perplexe. Ces points communs et ces différences... où voulez-vous en venir ? Sous-entendez-vous que nous aurions affaire à deux meurtriers distincts ?

— Bien au contraire : nous sommes en présence du même meurtrier, mais le mobile est différent. Plus essentiel encore, la relation avec chacune des victimes n'était pas la même. Je vous souhaite le bonjour, docteur.

Pendergast fit volte-face et quitta la pièce.

36

La salle de restaurant de l'auberge avait beau, comme toujours, être chichement éclairée, Gavin repéra immédiatement l'inspecteur Pendergast, installé au bar. Avec ses airs de croque-mort et son visage blême qui brillait comme la pleine lune par une nuit d'encre, il passait difficilement inaperçu.

Pendergast, qui avait également remarqué sa présence, lui adressa un petit signe de tête, et Gavin s'approcha.

Il ne s'était jamais senti aussi harassé de toute son existence. Ce n'était pas tant une fatigue physique qu'une sorte d'épuisement moral. Il avait passé la moitié de la nuit et toute la journée dans les dunes, près de la fosse commune. Non pas que sa présence sur place ait été indispensable, sinon en sa qualité de flic municipal. Il avait assisté à l'exhumation de tous ces ossements, grands et petits, que les enquêteurs nettoyaient un à un avant de les étiqueter, de les photographier et de les enfermer dans de grands casiers en plastique.

Malgré la fatigue, il était curieux. Pendergast avait laissé un message à son intention à la standardiste en lui demandant de le retrouver dans la Salle des cartes à 19 heures. Sans savoir ce qu'il lui voulait, Gavin soupçonnait des raisons inhabituelles, comme toujours avec cet olibrius.

— Bonsoir, sergent, l'accueillit Pendergast en lui indiquant le tabouret voisin du sien. Asseyez-vous, je vous en prie.

Gavin s'exécuta.

Le barman, Joe Dunwoody, qui lavait des verres un peu plus loin, releva la tête.

— Qu'est-ce que tu prends, Brad ?

— Un Dewar's avec des glaçons.

Le sergent regarda machinalement Dunwoody s'activer. Le barman, qui travaillait à l'auberge au moment où son frère avait été tué, n'avait pris qu'un seul jour de congé au lendemain du meurtre. Il est vrai que les deux frères n'avaient jamais été proches. Joe paraissait morose, comme à son habitude.

L'adjectif morose décrivait à merveille l'atmosphère générale de la Salle des cartes. Une moitié seulement des tables était occupée, et les quelques clients qui dînaient là paraissaient sous le choc. Ils s'exprimaient à mi-voix, quand ils n'étaient pas muets. La découverte de la fosse commune et l'annonce du crime monstrueux perpétré par les naufrageurs, apparemment des habitants du cru, avaient frappé Exmouth de plein fouet. Surtout au lendemain des deux meurtres.

L'expression de Pendergast tranchait avec celle des autres. Sans avoir l'air joyeux, on le sentait plein d'une énergie proche de l'excitation. Il se préparait un apéritif d'une complication sans nom, en posant en équilibre sur son verre une cuillère contenant un morceau de sucre. Il versa méticuleusement sur le tout un filet d'eau et le liquide contenu dans le verre se troubla aussitôt.

— Merci d'être venu.

Pendergast reposa la cuillère et trempa les lèvres dans son verre.

— J'imagine que vous avez passé la journée près de la plage ?

Gavin acquiesça en avalant une gorgée de son whisky.

— Une mission déplaisante.

Pendergast étudia longuement le liquide translucide qu'il venait de se préparer.

— Je vous ai demandé de venir ici, sergent, parce que vous m'avez été très utile depuis le début de mon séjour à Exmouth. Vous avez toléré ma présence, travaillé sans rechigner, répondu à mes questions et même fourni spontanément de nombreuses informations. Vous m'avez conduit en excursion dans les marais quand vous auriez, sans nul doute, largement préféré vous occuper autrement. L'expérience m'a montré que la police locale n'aime guère les agents fédéraux, surtout lorsqu'ils mènent des enquêtes indépendantes. Loin d'afficher votre hostilité, vous vous êtes montré très coopératif.

Je vous en suis reconnaissant. Pour cette raison, vous serez la première personne avec qui j'entends partager quelques détails intéressants.

Gavin, plus curieux que jamais, lui fit signe de poursuivre en s'efforçant de ne pas rougir du compliment.

— Vous en avez peut-être gardé le souvenir, je vous ai confié hier soir qu'il nous restait à franchir une ultime étape : identifier le ou les meurtriers.

— Bien sûr.

Gavin vida son whisky. C'était de notoriété publique, les verres qu'on vous servait à l'auberge étaient minuscules.

— Eh bien, j'ai identifié le meurtrier, car il n'y en a qu'un. Je connais son identité.

— Vous...

Gavin en resta bouche bée. Deux sentiments l'assaillirent successivement. Le soulagement, tout d'abord. *C'est presque fini*, se rassura-t-il intérieurement. *On arrive enfin au bout de ce cauchemar*. La fierté, ensuite, à l'idée que Pendergast l'ait choisi comme confident, au lieu de Mourdock. Voilà qui n'était pas anodin. Pendergast savait pertinemment que Mourdock était à la veille de prendre sa retraite ; en encourageant son adjoint, l'inspecteur l'aidait à réaliser ses ambitions. À condition de s'y prendre adroitement, une telle affaire pouvait assurer à Gavin sa nomination à la tête de la police municipale.

Joe Dunwoody, posté un peu plus loin, désigna le verre vide de Gavin. Ce dernier lui fit signe de le remplir.

— Non seulement j'ai découvert l'identité du meurtrier, poursuivit Pendergast en baissant légèrement la voix, mais j'ai pu localiser aujourd'hui même son refuge dans les marais.

— Qu'est-ce qu'on attend ? lui demanda Gavin en faisant mine de se lever.

Rien à foutre de mon whisky, pensa-t-il. L'impatience avait définitivement succédé à la fatigue chez lui.

— Allons-y.

Pendergast le tempéra d'un mouvement négatif de la tête.

— Nous y rendre à cette heure, en pleine nuit, serait imprudent. Notre homme connaît ces marais bien mieux que moi, que vous aussi, probablement. Nous risquerions de l'affoler et de provoquer sa fuite. Non, le mieux est de nous y rendre à la première heure demain. Nous nous approcherons en toute discrétion de façon à le surprendre. Je vous laisserai l'arrêter vous-même, bien évidemment.

Gavin s'y voyait déjà.

— Que dois-je dire au chef ? s'enquit-il pourtant, tandis qu'on posait un verre plein devant lui. Ce type-là est tout de même un meurtrier. On pourrait avoir besoin de renforts.

Ne rien dire au chef le foutrait dans une rogne terrible, ajouta-t-il en son for intérieur. Retraite ou pas, il serait malvenu de se mettre Mourdock à dos.

— Je crains fort que M. Mourdock nous gêne. Cela dit, la prudence qui vous anime est louable, sa présence est indispensable, ne fût-ce que pour des raisons de protocole. Pourquoi ne lui passeriez-vous pas un coup de fil en rentrant chez vous ?

— Vous avez raison.

— Fort bien. Je vais vous laisser, si vous n'y voyez pas d'inconvénient. Il me reste quelques préparatifs à effectuer en prévision de cette expédition. Je vous propose de nous retrouver dans vos locaux à 5 heures du matin.

— On sera là.

— Excellent. À demain matin.

Sur ces mots, Pendergast vida son verre, serra la main de Gavin, s'éclipsa de la Salle des cartes et regagna sa chambre à l'étage.

37

La silhouette se faufilait silencieusement au milieu des herbes des marais, à peine une ombre dans une nuit presque sans lune. L'homme avait beau savoir déserte la réserve naturelle située à l'ouest d'Exmouth, il multipliait les précautions, semant dans son sillage un discret bruissement de feuilles sèches rythmé par le bruit de succion de ses semelles chaque fois qu'il traversait un banc de vase.

Son objectif était éloigné, il lui faudrait une heure et demie avant d'atteindre son but, mais il avait effectué ce périple trop souvent pour le trouver pénible. L'obscurité, loin de le déranger, l'arrangeait.

Parvenu à l'extrémité de la réserve naturelle, il s'arrêta brièvement, le temps de changer son sac d'épaule et de scruter les alentours. La marée descendait rapidement en dessinant derrière elle un labyrinthe de bassins, de bancs de sable, d'îlots marécageux et de terres inondées. Le paysage tout entier baignait dans un silence attentif, en dépit des efforts du vent qui commençait à se lever. Il reprit sa marche en pressant le pas, sachant qu'il allait devoir rentrer avant le prochain changement de marée, sauf à vouloir rester coincé des heures durant dans ce désert inhospitalier.

Les herbes se faisaient plus denses à mesure qu'il s'enfonçait à l'intérieur des marais, jusqu'à former une véritable jungle. Cela ne l'empêchait pas d'avancer d'une démarche sûre en suivant un sentier à peine visible, même à l'œil le plus expérimenté. Il s'était amusé à donner des surnoms à la plupart des repères près desquels il passait : la Marée noire pour ce bassin d'eau de mer stagnante de forme irrégulière, l'Ouragan pour ce champ d'herbes mortes. Autant de lieux mémorables qui lui permettaient de progresser d'un pas sûr. Il tourna à gauche au niveau de l'Ouragan en continuant de suivre la sente invisible. Il touchait au but. Le vent soufflait en rafales en faisant chanter les tiges sèches des roseaux.

L'herbe, de plus en plus dense et drue, s'était transformée en un paravent presque solide contre lequel il devait lutter à chaque pas. Il déboucha brusquement dans une petite clairière d'une quinzaine de mètres de diamètre et l'examina attentivement à la lueur ténue de la lune que recouvraient des nuages. Le plus grand désordre y régnait. D'un côté s'élevait une montagne de détritus : os de poulets, arêtes de poissons, boîtes de conserve vides, fanes de navets. Les restes d'un feu brûlaient au milieu de la clairière, à l'entrée d'une vieille tente dont la toile crasseuse était partiellement déchirée. Des ustensiles et quelques provisions étaient éparpillés par terre : une poêle à frire, des bidons d'eau fraîche... L'odorat du visiteur lui signala la présence, à l'écart, de toilettes improvisées. Tout indiquait que le camp, désert, avait été occupé tout récemment.

L'homme jeta un dernier regard alentour, puis appela à voix basse :

— Dunkan ? Dunkan ?

Dans un premier temps, le silence lui répondit, jusqu'à ce que le rideau d'herbes s'écarte, de l'autre côté du campement. Joe était habitué, ce qui ne l'empêchait pas de frissonner instinctivement de peur chaque fois qu'il découvrait l'individu en haillons qui lui faisait face, chaque partie de son corps soigneusement enveloppée dans des lambeaux de vêtements indéfinissables. L'homme, le crâne couvert d'une tignasse rousse, le front barré d'un seul sourcil, arborait une barbe graisseuse curieusement nattée en trois pointes. L'inconnu, tout en muscles et en poils, observait Joe d'un regard sauvage brillant de ruse et d'intelligence. Il tenait dans une main une lame en pierre taillée, de l'autre une baïonnette. Tout indiquait qu'il s'était réfugié au milieu des herbes en entendant arriver Joe.

— Qu'est-ce qu'y a ? demanda le dénommé Dunkan de la voix rauque de quelqu'un qui se sert rarement de ses cordes vocales. T'étais pas censé venir ce soir.

Joe se débarrassa de son sac en le posant par terre.

— Tu vas devoir déguerpir. Tout de suite, insista-t-il.

Dunkan afficha instantanément une mine soupçonneuse.

— Ah ouais ? Et pourquoi ?

— Le type du FBI dont je t'ai parlé. Il est au courant de tout, il a découvert ton refuge. Ne me demande pas comment, mais il sait tout. Je l'ai entendu en parler au bar de l'auberge ce soir. Il a prévu de rappliquer demain à l'aube avec les flics.

— Je te crois pas, répliqua Dunkan.

— Mais putain, Dunkan, c'est la vérité ! C'est de ta faute, de toute façon. Si tu n'avais pas tué Dana, rien de tout ça ne serait arrivé !

Joe recula en voyant Dunkan s'avancer d'un air menaçant. Il caressa machinalement la crosse du pistolet qu'il cachait dans la poche de son pantalon. Dunkan se figea en remarquant son manège.

— J'ai pas eu le choix, il fallait bien que je tue notre frère, se justifia-t-il, des éclairs dans les yeux. Il a essayé de m'arnaquer.

— C'est faux. Combien de fois vais-je devoir te l'expliquer ? Il a placé les bijoux dans un coffre en attendant qu'on puisse les écouler. Personne ne cherche à arnaquer personne. Tu n'avais aucune raison de te mettre en colère de cette façon et de le tuer.

— Il a passé sa vie à m'arnaquer. Toi aussi. Quand je lui ai demandé de me donner ma part, il a refusé. C'est moi qui ai tout fait, qui ai pris tous les risques. C'est quand même moi qui ai tué l'Anglais, non ?

— *Toi ?* Tu as tout fait ? s'énerva Joe tout en veillant à ne pas provoquer inutilement son frère. Quand je pense qu'on se relayait toutes les semaines avec Dana pour t'apporter de l'eau et des provisions. En plus, où comptes-tu aller avec ta part des pierres précieuses ? Il faut bien qu'on les vende pour en tirer de l'argent. Tu auras ton fric à ce moment-là, et pas avant.

— C'est moi qui ai tout fait, insista Dunkan. Je voulais ma part des pierres l'autre jour, et je les veux toujours. C'est toi qui les as, j'en suis sûr.

Il fit un pas en avant, sans se soucier de savoir son frère armé.

— J'exige ma part.

Joe sentit monter en lui une nouvelle bouffée de peur. Il avait déjà vu son frère dans cet état. Il savait combien il pouvait se montrer violent, de quoi il était capable lorsqu'il était en colère.

— C'est bon, écoute-moi. Je te promets de te donner ta part. Maintenant que Dana n'est plus là, on n'a qu'à faire cinquante-cinquante. Les pierres sont bien à l'abri dans un coffre de banque à Exmouth. Il est trop tôt pour les vendre. En attendant, cet inspecteur du FBI va débarquer ici à l'aube.

Tout en surveillant Dunkan du coin de l'œil, Joe mit un genou à terre, ouvrit son sac et en tira un épais paquet de billets.

— Tiens, voilà deux mille dollars. C'est tout ce que j'ai. Considère ça comme une avance en attendant qu'on puisse fourguer les rubis. Je t'ai également mis de l'eau et de la nourriture dans ce sac, de quoi tenir une semaine, mais tu dois t'enfuir sans attendre. Sinon, ils vont t'arrêter et te jeter en prison. Et ils m'enverront aussi en prison, pour complicité.

— C'était l'idée de Dana de zigouiller cet Anglais et de le mutiler de cette façon-là. Je me suis contenté de lui obéir, je suis innocent.

— Dana ne pourra plus le confirmer puisqu'il est mort, et puis ce n'est pas comme ça que fonctionne la justice, de toute façon. C'est toi qui les as tués et c'est toi qu'ils accuseront. En même temps que moi. T'as compris ? On est dans la même galère, toi et moi.

Le barman s'efforçait de s'exprimer sur un ton apaisé, de façon à ne pas exciter son cinglé de frère.

La manœuvre fonctionnait, la mine de Dunkan était déjà moins hostile.

— Tu n'as qu'à te réfugier dans cette autre planque, lui conseilla Joe. Tu sais, cette vieille rotonde dans la gare de triage. Je passerai te voir la semaine prochaine. Quand ils trouveront le campement abandonné, ils seront persuadés que tu t'es enfui. Ils te chercheront pendant quelques jours avant de renoncer. Je te préviendrai dès que tu pourras revenir. Ensuite, je devrais pouvoir vendre les pierres assez vite. En attendant, empoche ce fric et fais profil bas.

Un silence épais retomba sur la clairière. Enfin, Dunkan acquiesça et retourna près de la tente afin de réunir ses misérables affaires, sous le regard de Joe. Il enferma le peu qu'il possédait dans un drap miteux, le noua, et se tourna vers son frère. Son regard se figea au-dessus de l'épaule de Joe et une expression de haine contracta ses traits.

— Sale traître ! éructa-t-il en levant sa lame de pierre taillée. Espèce de Judas !

Une détonation troua la nuit, la balle frôla l'oreille de Joe et fit sauter le couteau des doigts de Dunkan en ricochant sur la pierre. Le paria poussa un rugissement, fit volte-face et s'enfonça vivement au milieu des herbes sèches. Joe n'avait pas eu le temps de sortir son pistolet et de se retourner qu'il recevait un coup à la tempe. Une main lui arracha son arme, un genou se planta dans le creux de ses reins et il fut violemment projeté au sol, les poignets emprisonnés par une main d'acier. Deux bracelets métalliques se refermèrent sur eux. À force de gigoter sur le sol de la clairière, il découvrit le visage de son assaillant.

— Pendergast !

L'inspecteur avait revêtu pour l'occasion une tenue de combat noir et gris.

— Mais... vous ne deviez venir que demain matin !

— C'est ce que je me suis appliqué à vous laisser croire.

Pendergast se releva, récupéra le pistolet de Joe, le fourra dans une poche, et s'évanouit au milieu de la végétation, sur les traces de Dunkan.

38

Pendergast s'aventura dans la mer d'herbes des marais. Dunkan, l'enfant sauvage du clan Dunwoody, bénéficiait d'une certaine avance. Aux bruits qui lui parvenaient, Pendergast comprit que son adversaire progressait avec la rapidité de quelqu'un qui connaît le terrain comme sa poche. L'inspecteur, pour avoir chassé le lion et le buffle du Cap en Afrique de l'Est, était toutefois un pisteur hors pair et il s'élança derrière sa proie avec toute l'adresse requise. Malgré l'obscurité, il utilisait sa lampe de poche le moins possible en veillant systématiquement à en étouffer le faisceau avec la main de façon à rester invisible.

Il progressait difficilement sur la sente laissée par Dunkan au milieu des herbes, mettant à profit l'expérience acquise lors de ses sorties précédentes dans les marais. Tout en courant, il dressa la liste des possibilités qui se présentaient à sa proie. L'individu, du fait de son apparence, ne pouvait se permettre de circuler en plein jour à la vue de tous. Son meilleur atout, tout du moins à ce stade, consistait à rester caché dans le milieu qui lui était le plus familier : les marécages. Il mettrait à profit le peu de temps qui lui restait avant l'arrivée de la police et des chiens spécialisés pour fourbir un plan.

Ou alors il pouvait tuer Pendergast afin d'empêcher qu'il ne divulgue sa cachette. C'était de loin la meilleure solution.

Il n'entendait plus les pas de Dunkan, masqués par le gémissement du vent. Les traces du fugitif étaient quasiment impossibles à suivre, il se déplaçait en multipliant les précautions le long d'une sente animale. Le vent qui soufflait du sud-ouest apportait toutefois à Pendergast l'odeur nauséabonde de sa proie, un mélange de transpiration, de crasse et d'urine. Dunkan se trouvait donc sous le vent, sur la gauche de Pendergast. L'inspecteur modifia sa course en se déplaçant à son tour sans bruit.

La chasse au lion constituait un parfait exemple. Jamais Pendergast ne se montrerait plus rusé que Dunkan. Ce dernier se trouvait dans son élément. Pendergast ne pouvait compter que sur son instinct et la formidable acuité de ses sens.

Une poignée de tiges brisées indiqua à l'inspecteur que sa proie avait quitté la sente animale. Il s'engagea sur les traces de Dunkan en s'autorisant de brefs éclairs de sa torche, de loin en loin, histoire de ne pas dévier de sa course. Le fugitif s'enfonçait toujours plus profondément dans l'épaisse végétation du marais. Son poursuivant et lui se trouvaient à présent sur un îlot de taille moyenne, ils ne tarderaient pas à tomber sur un chenal.

Pendergast avançait en silence depuis cinq minutes, accompagné par la sourde rumeur du vent, lorsqu'il perçut un craquement sur sa droite. Il s'immobilisa aussitôt, le nez en l'air. La puanteur caractéristique de sa proie avait disparu. Cela ne pouvait avoir qu'une signification : Dunkan n'était plus devant lui.

Restait à déterminer où il se cachait. Pendergast n'eut aucun mal à comprendre que le sauvage, saisissant qu'il ne parviendrait pas à semer son poursuivant, avait décidé de le prendre à revers.

Le temps d'allumer brièvement sa torche, Pendergast vira au sud-ouest en s'enfonçant au milieu des herbes. Il avait parcouru une centaine de mètres en arc de cercle lorsqu'il s'arrêta. Avec un peu de chance, il se trouvait désormais derrière Dunkan. Parfaitement immobile, son arme et sa torche serrées entre ses doigts, il tendit l'oreille, à l'affût d'un bruit de respiration, d'un craquement de brindille, ou de tout autre indice susceptible de lui signaler l'arrivée de son adversaire.

Rien.

Cinq minutes s'écoulèrent sans qu'il esquisse un geste avant que l'odeur de Dunkan flotte jusqu'à ses narines, une fois de plus en direction du sud-ouest.

Que s'était-il passé ? L'explication la plus probable était que Dunkan avait renoncé à lui tendre une embuscade en l'entendant changer de position. La puanteur caractéristique du fugitif était comme atténuée, Dunkan avait mis à profit le répit que lui accordait Pendergast en mettant le plus de distance possible entre eux. Après tout, peut-être préférait-il prendre la fuite.

Pendergast émergea de sa cachette et se lança à la poursuite de l'odeur. Il n'hésitait plus à se servir de sa lampe dans l'espoir de retrouver des traces du passage de Dunkan, privilégiant la rapidité d'action plutôt que la discrétion. En l'espace de quelques minutes, il écartait les dernières herbes et atteignait le banc de vase, au-delà duquel s'étendait un large canal d'eau de mer. La marée commençait à remonter en dessinant des vaguelettes en direction des terres. Le labyrinthe des minuscules îlots disparaissait à une vitesse stupéfiante.

Le faisceau de la torche se posa sur des traces de pas qui se dirigeaient droit vers le bras de mer. En faisant courir la lumière sur les eaux noires, Pendergast aperçut la silhouette de Dunkan dont la tête se balançait sous l'effort, tandis qu'il essayait d'atteindre la rive opposée.

Sans l'ombre d'une hésitation, Pendergast fourra la torche dans l'une des poches de sa tenue camouflage et se jeta à l'eau. Celle-ci, glacée, était traversée par un fort courant qui l'aspira immédiatement vers le fond, menaçant de le noyer. Il parvint péniblement à nager, malgré le froid et la marée. En sortant la tête de l'eau, il constata que Dunkan avait pris pied sur l'autre rive, légèrement en amont, empêtré dans un banc de vase.

Il fallut trois minutes d'efforts continus à l'inspecteur pour traverser le chenal. Lorsque, frigorifié, il parvint enfin au bord, il dut s'extraire de la vase qui lui montait jusqu'aux genoux. La lune apparut brièvement à travers les nuages et lui permit d'apercevoir Dunkan un bref instant. Debout à l'entrée des marais, à cent mètres de là, il l'attendait, sa baïonnette à la main. Il était couvert de boue de la tête aux pieds et ses yeux, telles deux billes blanches dans la nuit, l'observaient avec une rage assassine.

L'instant d'après, il disparaissait au milieu des herbes.

Pendergast s'extirpa péniblement de sa cangue de boue et rejoignit au pas de course l'endroit où Dunkan avait disparu. L'herbe sèche, extrêmement touffue, était arrachée et piétinée dans tous les sens, de sorte qu'il était impossible de distinguer le passage du fugitif. Pour son malheur, Dunkan avait toutefois abandonné dans son sillage de légères traces boueuses.

La boue, après avoir servi de guide à Pendergast dans un premier temps, finit par disparaître et il perdit la trace de sa proie. La lune restait protégée par un épais voile de nuages et la nuit était si sombre que la torche était d'une utilité limitée au milieu de la forêt d'herbes. Dunkan, à présent qu'il ne se trouvait plus sous le vent, pouvait être n'importe où.

Après s'être entêté quelques minutes au milieu des herbes et des roseaux, Pendergast s'immobilisa et tendit l'oreille, son Les Baer à la main. Tout était silencieux. Dunkan semblait capable de se mouvoir sans bruit, sans même agiter les hautes herbes, un talent que Pendergast ne possédait pas.

Figé en plein marais, ce dernier s'aperçut que son zèle l'avait poussé à commettre une dangereuse erreur tactique. Qu'il le veuille ou non, il se trouvait enfermé derrière un mur de végétation, à la merci de Dunkan. Si ce dernier l'avait repéré, il pouvait fort bien préparer une attaque. Le vent qui soufflait en rafales empêcherait Pendergast de l'entendre arriver.

À bien y réfléchir, c'était de toute évidence la tactique que le meurtrier allait adopter.

Pendergast, les sens en alerte, tourna lentement sur lui-même tout en réfléchissant à une solution. L'attaque était imminente. Les muscles et les nerfs tendus à craquer, il se tenait prêt.

Soudain, un éclair métallique fendit l'herbe en faisant à peine trembler les longues tiges. La baïonnette traversa la nuit, serrée dans une main couverte de boue, et fonça en droite ligne vers le cœur de Pendergast.

39

Servi par un instinct parfaitement maîtrisé, Pendergast esquiva le coup avec une fulgurance telle que ses pieds quittèrent le sol. Il s'affalait par terre lorsque Dunkan jaillit du mur d'herbes, baïonnette au poing, et traça une longue estafilade dans la manche de sa tenue de camouflage, envoyant rouler la torche dans la nuit. Pendergast exécuta une roulade, bondit sur ses jambes et fit feu avec le Les Baer. Trop tard. Le sauvage avait battu en retraite dans la jungle des marais. Pendergast tira par deux fois en direction du fugitif, puis tendit l'oreille. Inutile de gâcher des munitions. L'autre préparait déjà l'assaut suivant.

Pendergast chercha sa lampe à tâtons. Il finit par la trouver, mais elle n'avait pas résisté au choc. Il allait devoir poursuivre la lutte en territoire ennemi, et à l'aveugle. L'attaque pouvait survenir à tout moment, de n'importe où. Il se trouvait désormais coincé sur cette île avec Dunkan, piégé par la marée montante. Ni l'un ni l'autre n'avait la possibilité de s'échapper. Bien qu'il fût armé, Pendergast avait conscience d'être en position de faiblesse. Dunkan, protégé par le bruit du vent et le rempart des hautes herbes, avait tout le loisir de s'approcher sans être vu. Demeurer là sans bouger était encore le plus sûr moyen de perdre la bataille.

Restait à déterminer comment renverser la vapeur. Il y avait bien une solution, particulièrement périlleuse, mais elle pouvait porter ses fruits.

Tout en pesant le pour et le contre, Pendergast devina que le temps lui était compté. La chance ne le servirait pas éternellement. Il avait une seule certitude : Dunkan ne laisserait pas son odeur le trahir.

Il attaquerait donc dans le sens contraire de celui du vent.

Pendergast arracha une brassée d'herbes sèches, les attacha ensemble et approcha la flamme de son briquet. L'herbe prit feu en crépitant, attisée par le vent, et il s'en servit comme d'une torche afin d'enflammer la végétation. Propulsé par les rafales, le feu se propagea comme une traînée de poudre dans le sens du vent tandis que Pendergast s'enfuyait dans la direction opposée en multipliant les incendies dans son sillage.

En moins d'une minute, un mur de flammes traversait l'île dans un rugissement de fin du monde, projetant vers le ciel des tourbillons de flammèches et d'étincelles. Pendergast, continuant d'affronter le vent, poursuivit son entreprise de désolation jusqu'à ce que les dernières herbes cèdent la place aux premières barres de vase. La couverture nuageuse commençait à se trouer, mais la marée continuait de monter, impitoyable, à la lueur du brasier gigantesque qui transformait les étendues vaseuses en rivière de sang.

Pendergast contempla son œuvre. Ainsi qu'il l'avait prévu, le vent, sous l'effet des bourrasques, dessinait un arc de cercle qui se refermait rapidement sur lui-même. L'air était à peine respirable sur l'îlot, l'étendue de végétation encore intacte diminuait de minute en minute. Son Les Baer au poing, Pendergast suivit silencieusement le contour de l'île en guettant la progression du feu.

Enfin, un cri de rage et de désespoir s'éleva au-dessus du grondement des flammes. Pendergast s'approchait prudemment des herbes en feu en direction du hurlement lorsque la silhouette paniquée de Dunkan s'échappa brusquement du brasier.

Pendergast se précipita avec une rapidité de félin en voyant sa proie terrifiée s'enfuir en courant. Il lui sauta sur le dos et lui assena un coup de crosse. Les deux adversaires roulèrent à terre et Pendergast en profita pour arracher la baïonnette de la main de Dunkan et s'en débarrasser dans les flammes qui approchaient à toute vitesse, attisées par le vent. Il menotta son prisonnier et l'entraîna, à moitié inconscient, vers les barres de vase où il le laissa s'écrouler dans la boue.

En attendant que l'autre reprenne pleinement ses esprits, il se débarrassa au mieux de la boue séchée et de la suie qui lui couvraient bras et jambes. Dunkan battit des paupières et ouvrit deux immenses yeux d'un blanc grotesque dans le noir de son visage crasseux.

— Économisez votre énergie, lui recommanda Pendergast en voyant le regard meurtrier de son prisonnier. Nous allons devoir attendre un bon moment que la marée se retire. Après quoi nous irons rejoindre votre frère.

40

Les nuages de la nuit avaient chassé l'orage qui menaçait d'éclater au-dessus d'Exmouth depuis plusieurs jours. La matinée avait été chaude et ensoleillée. Les rayons de midi nimbaient d'un voile doré les vitrines des boutiques, arrosant généreusement la foule soulagée qui s'était rassemblée devant les locaux de la police. Percival Lake, Carole à son côté, observait la scène du seuil de la boutique de la jeune femme. Il serrait d'une main celle de sa compagne, et tenait de l'autre un sachet.

Il se fit la triste réflexion que ses concitoyens réagissaient avec la pompe caractéristique de la Nouvelle-Angleterre. Une estrade et un micro avaient été installés sur les marches du poste de police et tous ceux qui pouvaient prétendre à une fonction quelconque à Exmouth avaient pris la parole l'un après l'autre. Le festival avait débuté par une allocution du maire, un vieil ermite de pure souche locale dont les apparitions publiques se faisaient rares, en dépit de sa position. Dana Dunwoody disparu, l'unique adjoint survivant avait pris le relais, suivi par une brochette de notables au rang desquels on comptait le directeur de la bibliothèque, ainsi que le pauvre Worley, l'acteur raté de service. C'était enfin au tour du chef de la police, Mourdock, de s'approcher du micro dans une posture avantageuse destinée à faciliter la tâche des photographes qui le mitraillaient de profil. Après avoir dressé la liste détaillée des exploits qui lui avaient permis de résoudre l'affaire, il exprimait son soulagement à l'idée d'avoir pu laver la ville de cette « tache honteuse ». Il entendait par là les frères Dunwoody, ainsi que les naufrageurs d'antan. À sa droite se tenait son adjoint, Gavin, que l'on sentait gêné de tant d'attention ; de l'autre côté trônait une vitrine soigneusement scellée contenant les vingt et un rubis « sang de pigeon », resplendissant au soleil, qui composaient la « Fierté de l'Afrique ». Les pierres avaient été placées sous la garde solennelle d'un représentant de la Lloyd's de Londres ; ce dernier, non content de les surveiller, les remporterait avec lui en Angleterre, la Lloyd's en ayant désormais la propriété pour avoir indemnisé leur propriétaire cent trente ans plus tôt.

Lake se remettait mal qu'un tel trésor, ainsi que le squelette de celui qui l'avait avalé, soit resté emmuré aussi longtemps dans sa cave.

Les événements des derniers jours, tous plus étranges et choquants les uns que les autres, laissaient Lake épuisé, à l'image de nombre d'habitants d'Exmouth. Pourtant, tous avaient tenu à assister à la cérémonie. Une marée de plusieurs centaines de têtes bloquait tout un pâté de maisons sous le soleil. Lake observa la foule en comptant machinalement ceux qu'il reconnaissait : Mark et Sarah Lillie, vêtus à l'identique ; le vieux Ben Boyle ; Walt Adderly, le propriétaire de l'auberge...

D'une certaine façon, en dépit des vantardises de Mourdock, des discours grandiloquents et des mesquineries afférentes, ce rituel était une bénédiction pour Exmouth. Mourdock, si odieux fût-il, n'avait pas tort. On avait enfin réussi à identifier, dénoncer et éradiquer un mal qui rongeait Exmouth depuis plus d'un siècle. La ville allait enfin pouvoir se rétablir.

Mourdock se lança dans un feu d'artifice de formules ronflantes : « Nous sommes le sel de la terre », « Vive la grande Amérique », « Dieu nous bénisse tous ». Les hourras fusèrent, les applaudissements crépitèrent, et puis la foule se dispersa lentement sous les flashs des photographes.

Lake aperçut l'inspecteur Pendergast dans un coin discret, vêtu de son sempiternel costume noir. Constance Greene, à côté de lui, avait des airs de spectre éthéré dans sa robe de dentelle à l'ancienne. Seule concession au monde moderne, elle avait chaussé une paire de Ray Ban afin de se protéger du soleil.

— Un beau spectacle de petite ville, commenta Lake.

La formule fit rire Carole.

— C'est pour ça que j'aime cet endroit.

Lake pressa une dernière fois les doigts de sa compagne entre les siens et se dirigea vers Pendergast en se frayant un passage au milieu de la foule. L'inspecteur, qui scrutait les visages avec attention, posa son regard de glace sur le sculpteur en le voyant s'approcher.

— Si vous croyez que Mourdock aurait eu la courtoisie de citer votre nom, ne serait-ce qu'une seule fois ! remarqua Lake. Après tout, c'est vous qui avez pris tous les risques au fin fond de ces marais, la nuit dernière.

— Je ne prise guère la publicité, rétorqua Pendergast. Je suis trop heureux de laisser M. Mourdock briller pour une fois au soleil. Au sens littéral de l'expression.

— Je n'arrive toujours pas à croire que Dana et Joe aient eu un frère qui vivait dans les marais depuis si longtemps.

— Les frères Dunwoody sont issus d'une famille dysfonctionnelle, et cela ne date pas d'hier. Le benjamin, Dunkan, n'était pas tout à fait normal sur les plans mental et émotionnel. Mal aimé par des parents qui avaient honte de lui, il s'est enfui du domicile familial à la première occasion, avant de rentrer « chez lui », si vous me passez l'expression. Il vivait dans ces marais depuis des années, aidé à contrecœur par des frères qui ont fini par lui trouver une utilité. En faisant de lui un assassin.

— Comment diable avez-vous découvert son existence ?

Pendergast haussa les épaules.

— Simple processus d'élimination. J'avais fini par innocenter tous les suspects de la ville. Vous y compris.

— Moi ?

— Oui, il n'est pas rare qu'un coupable cherche à éloigner les soupçons de sa personne par une mise en scène, feignant ensuite de s'intéresser de près à l'enquête. Vos réactions lors de la visite de votre jardin de sculptures et, par la suite, à l'occasion de notre montée au phare m'ont convaincu que vous étiez étranger au vol de votre cave. En outre, vous n'êtes pas originaire d'Exmouth. Seul un enfant du pays pouvait avoir eu vent du massacre d'autrefois. À force de fouiller en ville, j'ai écarté tous les suspects. Ne restait plus alors qu'un inconnu, un paria tel que Dunkan. Les Dunwoody m'intéressaient depuis le début. Avant même le meurtre de Dana, j'avais remarqué la présence dans un buisson de quelques fibres d'une laine de couleur voyante. J'ai tout de suite pensé aux tenues de l'avocat. Lorsque j'ai fait référence devant lui au *Chien des Baskerville* et à la nourriture qui disparaissait des réfrigérateurs du restaurant, sa réaction m'a intrigué. Son meurtre, peu après, m'a pris de court. Et puis j'ai constaté avec surprise combien son frère Joe était nerveux, alors qu'il possédait un alibi solide, et nullement le profil d'un fratricide. La famille Dunwoody était implantée ici depuis longtemps, le clan comptait même beaucoup plus de membres au XIXe siècle. Ce sont toutefois les vols de nourriture perpétrés dans les cuisines de l'auberge qui ont achevé de me convaincre. J'ai tendu un piège à Joe hier soir... et il a mordu à l'hameçon.

— Une sorte d'enfant sauvage. Je ne serais pas surpris que ce Dunkan soit à l'origine de tous ces racontars au sujet du Faucheur gris.

Lake secoua la tête.

— Toujours est-il qu'en venant solliciter votre aide au lendemain du vol de ma cave je ne m'attendais pas à un tel dénouement.

Il tendit à son interlocuteur le sachet qu'il tenait à la main.

— À propos, voici la bouteille de Haut-Braquilanges promise. Je vous avais annoncé à l'époque que je vous laisserais libre de choisir vous-même, mais celle-ci m'a semblé fort bien conservée.

Pendergast accepta le sac.

— Je suis convaincu qu'elle sera parfaite. Tous mes remerciements.

Lake fut pris d'une dernière hésitation.

— En fin de compte, qui a cambriolé ma cave ?

— Joe et Dana.

— Vous avez posé la question à Joe, j'imagine ?

— Oui. Il se montre très bavard, à présent.

Lake, la gorge nouée, osa la question suivante :

— Savez-vous ce qu'ils... ce qu'ils ont fait de mon vin ?

— Dana l'a emporté dans son bateau et l'a passé par-dessus bord.

Lake posa une main horrifiée sur sa bouche.

— Il lui aura fallu trois voyages en tout, en pleine nuit, pour se débarrasser du tout.

— Seigneur, s'étrangla Lake.

— Je sais, répliqua Pendergast d'une voix caverneuse.

Constance, qui s'était tue jusqu'alors, se décida à intervenir.

— La peine de mort est encore trop douce pour certains crimes, remarqua-t-elle gravement.

41

La journée, pour ne pas faillir à la tradition en Nouvelle-Angleterre, avait débuté sous le double signe du soleil et de la chaleur avant de s'assombrir après la cérémonie avec l'arrivée d'un nouvel orage. Constance, debout face à la fenêtre de la chambre de Pendergast, observait le ballet des branches que secouaient les rafales de vent. La lune, pourtant pleine ce soir-là, restait cachée derrière une épaisse couverture nuageuse. De grosses gouttes de pluie frappaient les vitres.

— Une tempête de nord-est caractéristique, remarqua Pendergast.

Constance se retourna vers lui. Les quelques journalistes venus couvrir les événements récents avaient quitté la ville, et l'humeur était au soulagement. À la fin du dîner, Pendergast avait convié Constance à déguster dans sa chambre la bouteille de Haut-Braquilanges. Elle éprouvait des sentiments contradictoires. Tout en étant flattée d'être invitée à goûter un cru aussi précieux, elle avait conservé le souvenir de l'effet produit par le verre de calvados, la dernière fois qu'elle se trouvait là. Pas question de perdre à nouveau le contrôle d'elle-même.

— Êtes-vous certain de vouloir déguster ce vin aujourd'hui ? demanda-t-elle.

— *Carpe diem*. Qui sait ce que nous réserve l'avenir ? Et puis ce cadre n'est-il pas idéal ? L'orage qui gronde au-dehors, le plaisir de se trouver en si bonne compagnie ?

Pendergast saisit la bouteille avec précaution, déchira sa calotte métallique, la déboucha et décanta le nectar dans une carafe avant de l'examiner par transparence à la lueur d'une bougie. L'opération terminée, il se versa une petite quantité de vin qu'il fit rouler entre les parois du verre avant de la mettre en bouche. Les yeux fermés, la tête en arrière, il afficha une expression de pur plaisir que Constance ne lui connaissait pas.

— M'auriez-vous oubliée ? finit-elle par s'enquérir.

Ses paupières s'écartèrent vivement.

— Ah, Constance ! Je m'assurais seulement qu'il n'avait pas tourné au vinaigre, afin de vous épargner un choc inutile. Je suis heureux de pouvoir vous rassurer sur ce point.

Il posa son verre et remplit celui de sa compagne avant de s'en verser une rasade.

— Nous allons devoir le boire rapidement.

— Vous ne souhaitez pas l'aérer ?

— Un vin aussi âgé, aux arômes aussi complexes, tourne vite. *Après vous*, invita-t-il Constance en privilégiant l'usage du français.

Elle prit son verre, et il s'empressa de l'imiter.

— Je ne sais pas bien comment m'y prendre, avoua Constance avec un rire nerveux. Ce n'est pas la première fois que je bois du vin, mais jamais il ne m'a été donné de goûter un tel cru.

— Commençons par trinquer.

Ils firent tinter leurs verres, les yeux dans les yeux, sans une parole.

— Buvons, à présent. Je vous invite à suivre mon exemple. La pompe qui accompagne la dégustation du vin est largement inutile. Le mieux est encore de le tourner dans votre verre, d'en humer les parfums, et d'en boire quelques gouttes. Comme ceci...

Pendergast agita son verre, y porta le nez à deux reprises, fit à nouveau tournoyer le liquide, puis porta le verre à ses lèvres.

Constance l'imita. Elle trouva au vin un goût de... vin, ni plus ni moins. Elle rougit à l'idée de n'être pas capable d'apprécier ce cadeau qu'il lui faisait.

— Ma chère Constance, ne vous inquiétez pas si vous ne goûtez pas immédiatement tout ce que je découvre en buvant cette merveille, si vous n'éprouvez pas le même plaisir que moi. Le vin, à l'instar de bien des expériences rares, nécessite du temps et de l'expérience pour nous offrir tout son potentiel.

Il poursuivit son explication en lui montrant comment faire danser le vin autour des parois du verre, en humer les parfums et le goûter en aspirant simultanément de l'air.

— Le vocabulaire de l'œnologie est fort *recherché*, précisa-t-il. Il est l'expression de l'insuffisance du langage à décrire les goûts et les senteurs.

— Expliquez-moi ce que vous sentez.

— Je dirais que ce vin caresse le palais à la façon d'un carré de soie au toucher velouté. Une impression due à son âge, le fruit et les tanins ayant subi une lente transformation.

Il s'autorisa une nouvelle gorgée.

— Je note des parfums d'épices, de boîte à cigares, de truffe, de fleurs fanées, de feuilles d'automne, de terre et de cuir.

Constance tenta une nouvelle expérience, sans rien découvrir de ce que lui décrivait Pendergast.

— Nous sommes en présence d'un vin austère et structuré d'une grande finesse, particulièrement long en bouche.

— En quoi est-il différent d'autres crus ?

— En tout. Chaque nouvelle gorgée est porteuse d'une saveur inédite, de caractéristiques inattendues.

Il porta le verre à ses lèvres.

— Il est d'une complexité si merveilleuse, si équilibrée, que ses saveurs viennent frapper les papilles à tour de rôle. Il possède surtout ce que les Français nomment le *goût du terroir*, ce souvenir de la terre qui a permis au raisin de se développer. On y retrouve toute la richesse de ce minuscule coteau disparu lors de la Grande Guerre.

Pendergast remplit les verres et Constance s'appliqua à mieux goûter le vin. Elle le trouva plus doux que les grands crus dont elle avait conservé le souvenir, il en émanait une saveur délicate très plaisante. Elle se prit à vouloir apprendre, un jour, à savourer le vin comme Pendergast. Tout en buvant, elle sentit sa bouche s'engourdir imperceptiblement tandis qu'un léger picotement de chaleur lui parcourait le ventre. Il lui semblait à présent détecter quelques notes de truffe et de cuir.

Pendergast, qui avait pris place sur le lit à côté d'elle, se leva et entama une ronde pensive à travers la pièce, son verre à la main. Boire un nectar aussi exquis l'avait mis d'excellente humeur, au point de le rendre presque volubile.

— Je ne sais si vous serez d'accord avec moi, Constance, mais cette enquête se révèle pleine d'ironie. D'un côté, nous avons cet historien, McCool, qui se présente ici en connaissant l'existence de ces pierres alors qu'il ignore le lieu où le *Pembroke Castle* a disparu. Dans le même temps, les frères Dunwoody savent très bien où le bâtiment a fait naufrage tout en ignorant l'existence de ces joyaux. Il suffit que les deux parties se rencontrent pour que survienne un crime. Les frères avaient besoin de temps pour mettre en scène le faux cambriolage de la cave, ce qui explique l'espace de plusieurs semaines qui a suivi le départ du chercheur anglais. La fratrie Dunwoody se doutait que ce dernier risquait fort de revenir, d'où l'idée de Dana de s'intéresser aux symboles Tybane. Au lendemain du meurtre de McCool, Joe, qui tenait le bar de l'auberge, était fort bien placé pour diffuser des rumeurs concernant les mutilations retrouvées sur le corps et donner à croire que des sorcières étaient mêlées à ce crime. Les habitants d'Exmouth, pour avoir grandi au contact de ces légendes, ont réagi au quart de tour. Une formidable manœuvre de diversion.

— Comment avez-vous découvert l'existence de ce troisième frère ? J'ai cru deviner que vous vous étiez montré volontairement vague dans votre explication à Lake, ce matin.

— Vous avez raison. L'enquête m'avait apporté la preuve qu'un inconnu vivait au cœur de ces marais. La nourriture volée à l'auberge, les sentes que j'avais découvertes, l'odeur de feu de bois, l'impression d'être suivi lors de mes expéditions dans les marécages, tout me le confirmait, tout en me rendant Joe Dunwoody suspect. Ce morceau de laine appartenant à Dana, retrouvé accroché à une branche de buisson, mais aussi sa visite à la bibliothèque de Salem afin d'y relever les inscriptions, tendaient à établir la complicité entre les deux frères. De là à imaginer l'existence d'un troisième membre de la fratrie, il n'y avait qu'un pas. Le doute n'a plus été permis le jour où j'ai rendu visite au médecin légiste. Dana avait été tué dans un moment de rage, contrairement à McCool.

Il reprit place sur le lit à côté de Constance.

— Dunkan a bien tenté de brouiller les pistes en mutilant le cadavre de son frère, mais le cœur n'y était pas. D'où la nature hésitante des plaies.

Constance trempa les lèvres dans son verre. Le hurlement du vent et la pluie qui tambourinait sur les carreaux, la lumière tamisée et le feu qui crépitait dans l'âtre contribuaient à la torpeur délicieuse qui la gagnait dans la chambre. Elle sentait la chaleur du corps de Pendergast contre le sien.

Elle remarqua qu'il l'observait. Elle n'aurait su dire s'il l'interrogeait des yeux, ou bien s'il était dans l'expectative...

— Oui, Constance ? dit-il d'une voix douce. Je sens que vous avez d'autres questions à me poser au sujet de l'affaire.

— C'est-à-dire...

Elle se tut aussitôt, dans l'espoir de rassembler ses pensées vagabondes.

— C'est-à-dire que j'ai un sentiment d'inachevé.

La phrase était sortie toute seule. Il s'agissait moins d'affirmer une vérité que de meubler un silence embarrassé.

— Que voulez-vous dire ?

— Je repense aux textes que j'ai lus dans la bibliothèque de Salem. Ce « lieu d'errance », ce « pèlerinage obscur vers le sud ». Nous possédons la preuve que ces sorcières et ces sorciers n'ont pas fini par disparaître, contrairement à ce que l'on imaginait, mais qu'ils ont émigré plus au sud.

— Étrange histoire, sans aucun doute, reconnut Pendergast en vidant son verre avant de le remplir à nouveau, après avoir resservi Constance.

La carafe était quasiment vide.

Constance posa son verre sur la table.

— Dans ce cas, où sont allés ces sorciers ? Que sont-ils devenus ? Oldham est le seul lieu situé au sud de la colonie que vous avez découverte dans les marais.

— À ceci près qu'Oldham n'était pas un peuplement de sorciers, mais un simple village de pêcheurs qui a perdu ses habitants il y a quatre-vingts ans, à cause de la tempête de 1938. Et puis nous savons à présent que ces inscriptions gravées sur les corps des victimes ne sont pas le fait de sorciers, mais du véritable meurtrier, qui n'est pas un adepte de la magie noire. En outre, n'était-ce pas vous qui vous gaussiez, il y a peu, de l'idée que cette affaire puisse avoir un lien avec la sorcellerie ?

Il marqua une pause.

— Vous auriez tort de prendre tout cela au pied de la lettre, ma chère Constance. Je connais votre goût du bizarre et de l'étrange. Trop d'années de lectures outrancières, dans les souterrains du 891 Riverside Drive, auront enflammé votre imagination. Mais quand bien même cette histoire de sorciers serait établie, le terme « sud » est bien vague. Il peut s'agir de Gloucester, voire de Boston. Ces sorciers, si sorciers il y avait, appartiennent désormais au passé.

Constance ne répondit pas. Pendergast posa sa main sur la sienne.

— Faites-moi confiance et oubliez tout cela. Il ne m'a jamais été donné de mener une enquête sans laisser derrière moi quelque pan de mystère inexpliqué.

Constance, toujours silencieuse, n'écoutait plus. Les battements de son cœur s'étaient accélérés, sa poitrine se contractait. Un picotement inaccoutumé la parcourut de la tête aux pieds. La main de Pendergast, sur la sienne, était brûlante. Les émotions qui s'étaient emparées d'elle menaçaient de la submerger. Presque inconsciemment, comme mue par une autre volonté que la sienne, elle dégagea sa main et la posa sur celle de son compagnon. Alors, d'un geste lent et délibéré, elle prit la main de Pendergast et la posa sur son genou.

Pendergast se tétanisa. Il la sonda du regard, le reflet dansant du feu dessinant des échardes argentées dans ses yeux.

Toujours aussi lentement et délibérément, elle guida sa main sous sa robe.

L'horloge du temps se figea. À cet instant, il se tourna vers elle si soudainement que son verre lui échappa et vola en éclats sur le parquet. Puis, lui agrippant d'une main l'intérieur de la cuisse, il saisit le devant de sa robe avec une telle brusquerie qu'il en arracha les boutons. Il lui écrasa les lèvres des siennes… Puis, tout aussi subitement, il recula. Avant qu'elle ait pu comprendre ce qui lui arrivait, il s'était levé d'un mouvement souple et s'employait à ramasser les morceaux de verre dont il se débarrassait dans la corbeille d'une main qui tremblait légèrement. Constance, hébétée, la tête vide, l'observait.

— Je suis infiniment désolé, Constance, l'entendit-elle déclarer. J'ai bien peur d'avoir abîmé votre robe.

Et elle, tétanisée, ne retrouvait toujours pas la parole.

— Vous devez me comprendre. Je suis un homme, vous êtes une femme... Je vous porte davantage d'affection que n'importe qui d'autre en ce bas monde...

Tout en parlant, il continuait de ramasser les débris du verre.

Elle retrouva enfin sa voix.

— Pas tant de discours.

Il s'immobilisa, debout entre la table et le feu qui se mourait dans la cheminée, le visage cramoisi.

— Il me semble que la nature pour le moins curieuse de notre relation nous empêche de laisser libre cours à des sentiments que nous pourrions...

— Je vous ai demandé de vous taire.

Les mots se figèrent dans la gorge de Pendergast qui la regardait, raide comme un piquet.

Constance se leva. À la confusion et à la gêne succédèrent l'humiliation et la colère. Elle se planta devant lui, tremblant de tous ses membres.

— Constance...

D'un violent revers de la main, elle fit voler le second verre, posé sur la table, qui s'écrasa contre la paroi de l'âtre.

— Ramassez donc les morceaux de celui-ci aussi, tant que vous y êtes.

L'instant suivant, elle gagnait la porte à grandes enjambées et l'ouvrait à la volée.

— Attendez ! tenta de l'arrêter Pendergast. Ne partez...

La porte, en claquant rageusement dans le silence de la nuit, l'empêcha d'achever sa phrase tandis que Constance regagnait sa chambre en courant.

42

Percival Lake s'éloigna de la fenêtre d'où il contemplait les eaux en furie de l'Atlantique, au pied des falaises. La tempête promettait d'être spectaculaire. Les rayons intermittents du phare éclairaient fugitivement les dunes et la mer démontée, dans le lointain, rendant luminescents les rouleaux qui labouraient rageusement la plage dans un grondement de tonnerre. La maison était plongée dans l'obscurité à cause d'une panne d'électricité, ce qui n'empêchait pas le phare de poursuivre inlassablement sa ronde grâce au groupe électrogène de secours dont l'avaient équipé les garde-côtes.

Carole achevait d'allumer les bougies disposées sur le manteau de la cheminée et les tables du salon. Leur lumière orangée, conjuguée à la lueur rassurante du feu dans l'immense âtre de pierre, conférait à l'ensemble une atmosphère ouatée. Les pannes de courant étaient d'autant plus fréquentes que l'ancien logement du gardien se trouvait en bout de ligne. Lake avait appris à les apprécier... à condition qu'elles ne s'éternisent pas.

Carole se redressa. Nerveuse et irritable depuis quelques jours, elle avait enfin retrouvé sa bonne humeur habituelle.

— J'adore les bougies, déclara-t-elle.

Lake s'approcha et la prit par la taille.

— J'ai une idée. Une idée géniale.

— Je connais par cœur tes « idées géniales », le railla-t-elle en le gratifiant d'un coup de coude affectueux.

— Non, ce n'est pas ce que tu crois, se défendit-il. Suis-moi.

Il saisit le bougeoir le plus proche et lui désigna la porte de la cave.

— Viens, insista-t-il.

Il l'entraîna dans l'étroit escalier. Au pied des marches, le grondement de la tempête était moins perceptible, mais la vieille maison grinçait sur ses fondations.

— Qu'est-ce que tu vas nous inventer ? s'étonna Carole.

— Tu verras.

Il remonta le petit couloir du sous-sol, laissa derrière lui son atelier et rejoignit la cave à vin. Celle-ci était encore sens dessus dessous, les casiers à bouteilles renversés au milieu des tessons dans une forte odeur de vin. La niche découverte par Pendergast restait béante, les chaînes rouillées fixées aux murs rappelant le drame qui s'y était déroulé. Lake eut un pincement en repensant à ses précieux crus, au fond de la mer. Il passa devant les étagères sans s'arrêter et s'approcha de la caisse contenant les dernières bouteilles de Château Haut-Braquilanges.

— Tiens-moi ça, demanda-t-il à sa compagne en lui tendant le bougeoir.

Il se pencha, souleva le couvercle en bois et découvrit les bouteilles sagement alignées. Il en manquait une, offerte le matin même à Pendergast. Il prit la suivante et la leva à la lumière.

— Quitte à ouvrir la caisse, autant s'accorder un petit plaisir.

— Tu crois ? Je croyais que ce vin valait dans les dix mille dollars.

— Infiniment plus, ma chérie. Mais nous ne rajeunissons pas et à quoi sert le vin, sinon à être bu ?

— Parle pour toi, je ne me sens pas vieille, rit-elle. En plus, je n'y connais toujours rien en vin. C'est du gâchis.

Il passa un bras autour de ses épaules.

— C'est là que tu te trompes, ma chérie. Nous allons rebâtir cette collection, tous les deux. On ira en Italie, en France, en Californie, histoire de goûter et d'acheter des crus qu'on se fera expédier ici. Il est grand temps d'éduquer ton palais. Quelle meilleure initiation que le plus grand vin au monde ?

Il la serra affectueusement contre lui.

— Présenté de cette façon, j'aurais mauvaise grâce à refuser.

— Tu vois, je n'ai pas eu de mal à te convaincre.

Ils s'apprêtaient à remonter dans le salon lorsque Lake s'immobilisa devant la niche.

— Quand je pense que notre cave recelait une fortune en pierres précieuses et qu'elle nous est passée sous le nez. Dommage qu'on ne l'ait pas découverte nous-mêmes.

Un frisson parcourut le dos de Carole.

— Personnellement, je suis contente qu'on ne soit pas tombés dessus. Quand tu penses à toutes ces femmes, à tous ces bébés massacrés au nom de ces pierres. Elles portent bien leur couleur sang. Elles doivent avoir le mauvais œil.

— Tu as raison.

Sa précieuse bouteille serrée contre lui de façon à ne pas en déranger la lie, Lake remonta l'escalier, suivi de sa compagne, puis il gagna le salon où il posa le flacon sur la table, près du feu, en multipliant les précautions. Il commença par retirer la calotte métallique avant d'essuyer longuement le goulot à l'aide d'un torchon humide. Le bouchon, parfaitement étanche, semblait avoir échappé aux assauts du temps. Toujours aussi délicatement, il introduisit le tire-bouchon au cœur du liège, l'enfonça par une série de mouvements circulaires, posa le levier sur la lèvre du goulot et tira à lui avec la plus grande prudence en retenant son souffle.

C'était le moment de vérité. Il n'avait pas souhaité évoquer cette éventualité en présence de Carole, mais il y avait toujours la possibilité qu'un vin aussi âgé ait tourné, ou bien qu'il soit bouchonné. À peine ses narines effleuraient-elles le goulot que son nez était envahi par une multiplicité d'arômes. Non seulement le vin avait survécu, mais c'était un nectar d'une complexité stupéfiante. Il respira à nouveau le précieux breuvage, émerveillé par la richesse des bouquets qu'il y découvrait.

— Bien, bien, murmura-t-il.

— Il est bon ?

Il acquiesça en allant chercher une carafe. Tel un père ébloui tenant son enfant dans ses bras, il décanta lentement le vin en veillant à laisser quelques centimètres de liquide sur toute la hauteur du piqué, au niveau du fond. Alors seulement, il remplit deux verres dont ils prélevèrent aussitôt une longue gorgée. La maison tremblait sous les assauts du vent en secouant les fenêtres. En arrière-plan, le faisceau du phare balayait inlassablement la mer tumultueuse.

Ils dégustèrent le vin en silence, évitant les commentaires sentencieux des œnologues dont Lake se passait fort bien. À ses yeux, ce genre de glose s'apparentait à celle des amateurs d'art que l'on entendait pérorer dans les musées. Pourquoi ne pouvaient-ils pas se contenter de *regarder*, nom d'un chien ?

Il était ravi de constater combien Carole prenait plaisir à savourer cette merveille. Aucun doute, elle n'aurait aucun mal à apprendre. Il se voyait déjà avec elle, parcourant les propriétés d'une région du globe à l'autre en prenant le temps de sélectionner et d'acheter. Le vin leur servirait de lien, faute d'avoir trouvé jusque-là le moyen de cimenter durablement leur relation. Une complicité formidable qui l'aiderait à accepter la disparition de sa femme, à boucher enfin le trou béant qui meurtrissait son âme, à combler ce vide qui ne le quittait jamais.

Ils poursuivaient leur dégustation en silence lorsque Carole dressa l'oreille.

— Qu'est-ce que c'était ?

Lake sortit brusquement de sa rêverie. Il avait entendu un bruit sourd, lui aussi. Une bourrasque pluvieuse frappa les carreaux au même moment, suivie d'un nouveau bruit, plus fort, cette fois. Le cognement semblait provenir de la galerie.

— C'est probablement le vent qui a renversé un rocking-chair, se rassura-t-il en reprenant son verre.

Un grand coup ébranla la galerie, comme si quelqu'un y avait tapé du pied.

— Ce n'est pas un rocking-chair, dit Carole.

— Je vais aller voir.

Lake se leva, récupéra une torche sur la table et se dirigea vers le hall d'entrée. Il atteignait la porte lorsqu'un poing maladroit s'abattit dessus. Soudain inquiet, il s'approcha des lucarnes verticales qui s'ouvraient le long de la porte et braqua le faisceau de la lampe vers la galerie dans l'espoir de voir qui était là.

Des pas humides traversèrent la galerie sans qu'il puisse rien distinguer. Bon sang, qui donc pouvait se balader dehors par un temps pareil ? Le visiteur se tenait trop près de la porte pour qu'il puisse distinguer son visage. Celle-ci, ancienne, était dépourvue de judas.

351

— Qui est là ? cria Lake afin de couvrir le rugissement de la tempête.

Un autre coup maladroit lui répondit, puis la poignée tourna sur elle-même. La porte était fermée à clé, Dieu merci.

— Écoutez, si vous avez besoin d'aide, pas de problème, mais dites-moi d'abord qui vous êtes.

Carole le rejoignit.

— Que se passe-t-il ?

— Je ne sais pas. Un cinglé quelconque qui frappe à la porte. *Qui est là ?* insista-t-il.

Un corps s'arc-bouta lourdement contre le battant en l'ébranlant.

— Bon Dieu, dites-moi qui vous êtes ! hurla Lake.

L'inconnu pesa de toute sa masse sur la porte en faisant grincer les gonds.

Carole fit un bond en arrière en laissant échapper un petit cri.

— Carole, va me chercher la batte de base-ball.

Elle disparut dans la cuisine plongée dans l'obscurité et revint peu après avec la lourde Louisville Slugger qu'ils rangeaient dans le placard à balais.

La porte trembla sur ses bases sous les assauts de l'inconnu. Le chambranle se fendilla.

— Espèce de connard, je te tue si tu fais un pas de plus ! cria Lake, qui voyait à peine dans le noir. Carole, prends la lampe et éclaire-moi !

Elle s'exécuta d'une main tremblante, peureusement tapie derrière lui, tandis qu'il levait la batte.

L'assaillant se jeta sur la porte dans un craquement sinistre de bois en faisant sauter la serrure.

— Arrêtez ! hurla-t-il. Je vous préviens, je suis armé et je n'hésiterai pas à tirer !

Lake regretta brusquement de ne pas avoir d'arme à feu chez lui.

La porte, sous un ultime coup de boutoir, vola en éclats dans une pluie d'échardes. Une silhouette sombre se rua dans l'entrée. Lake abattit la batte de toutes ses forces, mais l'inconnu était vif comme l'éclair et la batte lui effleura seulement l'épaule. Une odeur immonde assaillit les narines du sculpteur qui pivota sur lui-même, batte levée, alors que Carole poussait un hurlement à glacer le sang et lâchait la torche qui s'écrasa au sol. L'entrée fut soudain plongée dans le noir. Un chuintement moite de bombe à eau crevée se fit entendre dans l'obscurité. Le temps de s'accoutumer à la pénombre, Lake vit la silhouette tomber à genoux et se jeter sur Carole, prostrée sur le tapis persan. Un bruit de mastication résonna dans l'entrée. Lake se précipita en rugissant sur l'intrus et voulut le frapper de sa batte, mais l'inconnu se redressa d'un bloc, stoppa le pilon de bois à deux mains et le lui arracha avec une force inouïe. Au même moment, Lake sentit son ventre s'ouvrir en deux, ses entrailles se déversèrent lourdement par terre avec un bruissement de succion et il tomba en arrière, un hurlement aux lèvres, avant de s'enfoncer dans un puits sans fond de souffrance et d'horreur.

43

— Je t'avais bien dit qu'on n'avait plus de bougies, s'agaça Mark Lillie en ouvrant et refermant
brutalement les tiroirs.

Sa voix couvrait à peine les cognements d'un
volet malmené par le vent.

— Je t'avais pourtant recommandé d'en acheter quand on a eu cette panne de courant, il y
a quinze jours.

— Tu me l'as dit dans ta tête, oui, se défendit
Sarah. Et moi ? Qu'est-ce que je devrais penser
de ce volet que je te demande de réparer depuis
plus d'un an ?

Comme par un fait exprès, le volet se rappela
à leur bon souvenir. Mark jura en dénichant une
lampe au fond d'un tiroir.

— Qu'est-ce qui ne te convient pas, encore ?
l'interrogea Sarah.

Mark se retourna d'un bloc et braqua la torche
sur elle.

— Si tu crois qu'on peut éclairer correctement une pièce avec une lampe de poche.

354

— Arrête, tu m'aveugles.

— Je souhaitais juste t'aider à comprendre. C'est au moins la cinquième fois qu'on a une coupure de courant cette année, c'est quand même un comble que tu n'aies pas un stock de bougies chez toi.

— Personne ne t'empêche d'en acheter quand tu vas en ville, c'est-à-dire tous les jours.

— Je l'aurais fait volontiers si j'avais imaginé que tu ne t'en étais pas occupée. On appelle ça le partage des tâches, je te signale.

— Comment aurais-je pu deviner qu'il n'y en avait plus ?

— Tu n'avais pas besoin de deviner, je te l'ai dit, mais tu t'es empressée de l'oublier.

Il se laissa tomber sur le canapé, une moue dégoûtée aux lèvres. C'était l'histoire de leur vie. Ils passaient leur temps à se chamailler pour des broutilles. Il en arrivait à se demander ce qu'il avait bien pu trouver à cette fille. Théoriquement, comme ils n'avaient pas d'enfants, rien ne les empêchait de se séparer, mais c'était compter sans les complications financières et autres.

Le volet reprit sa danse et une bourrasque plus violente que les précédentes fit grincer les fenêtres dans leurs cadres. Le volet battit la façade de plus belle et un carreau vola en éclats dans un tintement de verre cassé. Le vent s'engouffra en sifflant à travers l'ouverture, suivi d'un rideau de pluie, et la photo encadrée qui était posée sur le rebord de la fenêtre tomba avec fracas.

— Et voilà ! s'écria Sarah sur un ton triomphant. Il fallait que ça arrive !

Une rafale de vent parsema de pluie le plateau d'une table toute proche, apportant avec elle un hurlement animal dans la nuit.

— Tu as entendu ? s'inquiéta Mark.

Sarah, figée sur place, écarquilla les yeux dans l'espoir de voir au-dehors.

— En tout cas, c'était tout près de la maison.

— Encore un crétin qui aura laissé son chien sous la pluie.

— Ça ne ressemblait pas à un chien.

— Bien sûr que si. Que veux-tu que ce soit d'autre ?

Le hurlement retentit de nouveau, cette fois juste de l'autre côté de la fenêtre.

— Va voir ce que c'est, décida Sarah.

Son mari, muni de la torche, se rendit dans l'entrée et fouilla la nuit à travers la vitre de la porte.

— Ahhh ! hurla-t-il en tombant en arrière alors que le battant s'ouvrait brusquement.

Un être cauchemardesque se rua à l'intérieur de la maison. Entièrement nu, il apportait avec lui une odeur pestilentielle. Mark, les yeux écarquillés de terreur, battit des bras en tentant de repousser le monstre, mais ce dernier lui agrippa le ventre de ses bras noueux en laissant échapper un grognement abominable.

— Non, non ! s'étrangla le malheureux en tentant vainement d'échapper aux ongles interminables de la bête qui lui labouraient les intestins.

Les mains de l'être immonde l'ouvrirent en deux comme si elles écartaient de simples rideaux avec un chuintement de chair déchirée. Dans le noir, privé de toute lumière, Mark sentit un courant d'air glacé lui envahir l'abdomen. L'espace d'un instant, la sensation de froid fit taire jusqu'à sa douleur. Il poussa un hurlement d'horreur en comprenant que son assaillant lui dévorait les entrailles dans un bruit de mastication insoutenable.

44

Constance, trempée jusqu'aux os, marchait sous la pluie dans sa robe maculée de sable et de boue qui lui collait à la peau. Le froid lui était égal, sa lointaine enfance sur les quais du port de New York l'avait à jamais immunisée contre les intempéries. Le vent entraînait dans une danse folle les herbes des marais et les quenouilles qu'elle repoussait de la main dans le chuintement de ses bottines, engluées dans le sol spongieux. Le faisceau de sa lampe peinait à trouer la nuit, traversé par un épais rideau de pluie. Elle avançait d'un pas rapide, aveuglée par la colère, la honte et l'humiliation.

Son instinct avait commencé par lui dicter la fuite, avant de commettre quelque acte irréparable qu'elle regretterait par la suite. Mais, à mesure qu'elle s'éloignait de l'auberge en direction des dunes et des marécages, un plan s'était ébauché dans son esprit.

Tout au fond d'elle-même, elle avait conscience de ne pas uniquement chercher à défier Pendergast. Elle s'engageait dans une entreprise hasardeuse, peut-être même périlleuse. Elle n'en avait cure, elle savait que son tuteur avait tort, pour une fois. Les exactions de la fratrie Dunwoody n'étaient qu'un détail dans l'histoire d'Exmouth, que marquaient des événements autrement plus graves et mystérieux. Elle en savait davantage que lui, notamment grâce aux écrits de Sutter. Tout indiquait que ce dernier n'était pas l'illuminé que l'on croyait. *Obscura Peregrinatio ad Litus*. Un pèlerinage obscur vers le sud. Il restait un secret à découvrir, dont la clé se trouvait au sud de l'estuaire, dans les ruines d'Oldham. Constance en avait la conviction, sans avoir la plus petite idée de la nature de cette clé, mais elle entendait prouver à Pendergast qu'elle avait raison. Il serait alors temps pour elle de s'enfermer dans un recoin, connu d'elle seule, des souterrains de la demeure de Riverside Drive.

À mesure que la pente s'accentuait, les herbes sauvages cédaient la place à des chênes rabougris et des pins maritimes. Elle avait dépassé les rochers de Skullcrusher et l'anse voisine, profité de la marée basse pour traverser un banc de vase et un chenal, et atteint l'île de Crow à l'extrémité de la réserve naturelle. L'océan étendait sa masse sombre vers l'est, à sa gauche, au-delà de l'étroite bande de sable que formait l'îlot. Elle s'arrêta pour tendre l'oreille, mais le vent soufflait avec une telle violence qu'elle n'entendait même pas la rumeur des vagues. C'est tout juste si elle distinguait dans la nuit noire la faible lueur du phare d'Exmouth qui battait les flots toutes les neuf secondes en lui indiquant la route à suivre.

Les buissons s'espacèrent et les premières dunes parsemées d'ajoncs lui apparurent. À défaut d'entendre distinctement le vacarme des rouleaux, elle en percevait la force en sentant trembler le sable sous ses pieds. Elle changea de cap afin de traverser l'île sur toute sa longueur, se fiant une fois de plus aux indications du phare. La ville abandonnée se trouvait à deux ou trois kilomètres tout au plus, elle touchait au but.

*
* *

Les tempêtes de nord-est n'effrayaient guère Bud Olsen. Bien au contraire, leur ardeur le revigorait. Elles ne dérangeaient pas davantage Aubrey, son golden retriever. Depuis dix ans qu'il avait pris sa retraite de pêcheur, Olsen s'était installé en ville où il vivait dans une petite maison tout au bout de la grand-rue. L'endroit, très central, lui permettait de se rendre partout à pied, notamment au déjeuner hebdomadaire de son club, le mardi, et à la bibliothèque où il empruntait force livres, avec une préférence pour les récits maritimes de Patrick O'Brian, de John Masefield ou de C. S. Forrester.

Vers 21 heures, alors que le vent secouait les croisées, Aubrey se mit à geindre face à la porte en agitant la queue. Olsen posa son livre et quitta son fauteuil en soupirant. Il éteignit la lampe au kérosène et s'approcha de la porte.

— Alors, mon grand ? Tu as envie de sortir ?

Aubrey secoua la queue de plus belle.

— Bon, alors on va se payer une petite promenade, tous les deux.

Au jugé, le vieux pêcheur décrocha son ciré qu'il enfila, se coiffa de son suroît, mit une paire de bottes, récupéra la lampe de poche dans le tiroir de l'entrée et accrocha la laisse d'Aubrey. Il ouvrit la porte que fouettait le vent, descendit les quelques marches de la galerie et gagna la rue. La ville était plongée dans l'obscurité faute de courant, à l'exception du poste de police qui bénéficiait d'un groupe électrogène. Le vent cinglait les eaux de la baie avec une telle force que la pluie tombait presque à l'horizontale. Bud rentra le cou entre les épaules, la lanière de son suroît solidement attachée autour de son menton.

Le pêcheur et son chien remontèrent la grand-rue en direction du centre-ville. Le vieil homme sourit en passant devant les fenêtres dans lesquelles s'agitaient des ombres à la lueur des bougies et des lanternes. La lueur orangée qui s'échappait des maisons donnait à la ville des airs de gravures de Currier et Ives. Après tout, pensa Olsen, Exmouth devait ressembler à ça tous les jours autrefois, avant l'arrivée de l'électricité. Ça ne devait pas être plus mal. À bien y réfléchir, l'électricité n'avait apporté que des emmerdements : des éclairages aveuglants, la pollution, les ordinateurs, les iPad et toutes ces idioties qu'on voyait débarquer chaque jour. Pas seulement chez les jeunes. Les gens se baladaient tous comme des zombies, les yeux rivés sur ces minuscules rectangles lumineux, négligeant de se saluer normalement, de respirer l'air iodé, d'admirer les érables dans toute la majesté de leur tenue rouge automnale...

Un grognement interrompit sa rêverie. Aubrey, à l'arrêt, le poil dressé, fouillait la nuit des yeux.

— Qu'est-ce qui se passe, mon grand ?

Un grognement sourd lui répondit.

Bizarre. Aubrey était le chien le plus doux de la ville. Il n'aurait pas fait de mal à un cambrioleur, sinon en le faisant trébucher dans le noir. Cette bête-là aurait accueilli la grande Faucheuse en personne en remuant la queue.

Aubrey recula sous l'effet de la peur et son grognement se mua en gémissement.

— Doucement, doucement ! C'est rien, le calma Bud tout en tentant vainement de percer l'obscurité avec sa torche.

Le chien, tremblant de terreur, ramassé sur lui-même, gémit de plus belle. Bud retroussa le nez en sentant flotter jusqu'à lui une odeur abominable d'excréments et de sang. Son chien battit en retraite précipitamment en laissant derrière lui une mare d'urine.

— Qu'est-ce que c'est que cette histoire ? gronda Bud en reculant à son tour. Qui est là ? demanda-t-il dans le noir.

Aubrey tira désespérément sur sa laisse en laissant échapper un cri de terreur. L'instant suivant, il échappait à son maître et s'enfuyait comme un dératé en traînant sa laisse dans son sillage.

— Aubrey ! l'appela Bud en le voyant disparaître dans l'obscurité.

Voilà qui était trop fort ! Le vieil homme se retourna en entendant un bruit derrière lui et vit sortir de l'ombre un être improbable. Un individu longiligne aux membres noueux, entièrement nu.

— Qu'est-ce qu… ?

Le monstre se jeta sur lui. Bud, asphyxié par les effluves d'abattoir qui l'entouraient, étouffa un cri de terreur. Il prenait ses jambes à son cou lorsqu'une douleur inimaginable lui vrilla les intestins. Il baissa les yeux et découvrit avec horreur à hauteur de son ventre une tête chauve, les mâchoires luisantes de sang, qui le *dévorait*…

*
* *

Constance franchit la dernière barrière de dunes, contourna une clôture de piquets de bois à moitié enterrés dans le sable et s'avança sur la plage. Des rouleaux gigantesques moutonnaient sur l'eau avant de s'écraser une première fois à quelques mètres de la grève, de reprendre de la force et de mourir dans un ultime déferlement d'écume au pied des dunes. Constance n'avait jamais assisté à une vraie tempête avant ce périple à Exmouth, et ce spectacle la rendait d'autant plus méfiante qu'elle ne savait pas nager. Il n'était pas dur d'imaginer qu'un navire puisse s'abîmer dans une mer aussi furieuse. C'est tout juste si le rayon de sa torche parvenait à trouer l'obscurité à dix mètres devant elle.

Elle se retourna. Le phare d'Exmouth, à peine visible, poursuivait inlassablement sa ronde malgré la panne d'électricité. Les ruines d'Oldham ne devaient plus se trouver très loin. Elle en eut la confirmation en découvrant des restes de pilotis enfoncés dans le sable mouillé, à l'endroit où la plage cédait la place à l'estuaire séparant l'île de Crow de l'ancien port d'Oldham. Quelques minutes plus tard, elle atteignait la digue de blocs de granit qui protégeait autrefois l'entrée du port.

Elle la contourna par l'intérieur. Aux dunes succéda la terre ferme, sur laquelle poussaient des buissons de résineux et des chênes tordus par le vent. Elle longea d'anciennes fondations, des restes de caves ensablées, remplies de feuilles mortes. On distinguait clairement le tracé de la rue principale, bordé des deux côtés de trous de caves, de murs en ruine, de poutres effondrées.

La carte d'Oldham qu'elle avait eu le loisir d'examiner dans les locaux de la société d'histoire locale indiquait que l'église se trouvait au bout de la rue, dominant la bourgade de toute sa hauteur, conformément à un schéma traditionnel en Nouvelle-Angleterre. Elle découvrit effectivement quelques centaines de mètres plus loin, en meilleur état que les ruines des maisons, les blocs de granit taillés qui délimitaient l'ancien bâtiment. Un escalier de pierre s'enfonçait dans un sous-sol dévasté.

Constance, debout en haut des marches, tendit le cou sans rien voir d'autre que des gravats et du sable. À quoi s'attendait-elle ? L'inanité de son projet lui apparut soudain. Ces ruines avaient beau se trouver à l'écart de tout, elles auraient été fouillées par des générations de ramasseurs d'épaves et de curieux. Qu'espérait-elle y découvrir, alors qu'elle ignorait elle-même ce qu'elle cherchait ?

Une nouvelle bouffée d'humiliation, de tristesse et de colère l'envahit. Sans réfléchir, elle descendit les marches de granit jusqu'au sous-sol à ciel ouvert, que les fondations protégeaient partiellement des agressions du vent. Elle fit courir autour d'elle le faisceau de sa torche. Long de quinze mètres et large de dix, le sous-sol accueillait en son centre le mur de soutènement qui avait servi de base aux deux cheminées du bâtiment. Les parties de l'église construites en bois avaient quasiment disparu, à l'exception de quelques grosses poutres réduites à l'état d'éponges par les vers et l'humidité. Des feuilles de chêne s'entassaient dans les coins. D'épais buissons de ciriers poussaient le long du mur septentrional de l'édifice, près d'une grande bâche toute tachée, sans doute une ancienne voile.

Constance acheva de visiter le sous-sol. Si la ville recelait un sombre secret, elle avait toutes les chances d'en trouver la trace ici, dans l'église. Mais où ? Elle repoussa les feuilles mortes sur tout le pourtour du sous-sol et ne vit que du verre pilé, des clous rouillés et des tessons de céramique. Le vent se renforça et elle s'abrita contre un mur. La voile aperçue un peu plus tôt gisait au milieu des mauvaises herbes. Une odeur nauséabonde s'en échappait. Elle souleva le morceau de toile, pensant découvrir un animal mort. Un nuage de puanteur lui assaillit les narines et le faisceau de sa torche se figea sur une trappe en fer s'ouvrant au niveau du sol. L'odeur, insoutenable, semblait s'en échapper.

Elle se mit à genoux en respirant par la bouche afin d'examiner la trappe de près. Celle-ci, moins rouillée qu'elle ne l'imaginait, protégeait sans doute l'entrée d'une cave à légumes. Les gonds qui la rattachaient au sol étaient étonnamment bien huilés.

Son cœur se mit à battre plus fort. Elle en était certaine, la trappe dissimulait une cachette.

Elle fit courir le faisceau de sa torche autour d'elle, s'assura que le couteau qui ne la quittait jamais se trouvait bien dans les replis de sa robe. Alors, sans un bruit, elle tira avec mille précautions la trappe qui s'ouvrit sans bruit. Elle découvrit un escalier en pierre. Une odeur immonde monta des ténèbres : un mélange d'excréments, d'urine et de viande avariée. Elle se glissa à travers l'ouverture et entama la descente des marches dans le noir.

Elle se figea au pied des marches, tous les sens aux aguets. La tempête lui parvenait à présent très étouffée, et un faible bruit traversa les profondeurs du souterrain. On aurait dit des pleurs.

45

Gavin, réfugié dans l'arrière-salle du poste de police, regardait fixement le damier d'un air maussade. Son chef gagnait, une fois de plus, et être battu aux dames par quelqu'un d'aussi peu intelligent le mortifiait. Comment diable s'y prenait-il ? Gavin le soupçonnait d'avoir lu l'un de ces bouquins qui vous enseignent des techniques douteuses, comme ces types qui jouent à toute vitesse dans le parc de Boston Common.

Il avança d'une case.

— Dame, réagit Mourdock en posant un pion sur la dernière rangée.

Cachant mal son irritation, Gavin empila un pion sur le premier. Il allait encore perdre.

Le chef, insupportable dans le meilleur des cas, était plus gonflé qu'un crapaud depuis son allocution triomphale dans laquelle il s'était s'attribué tout le mérite de l'enquête, alors que Pendergast et Constance Greene avaient fait tout le boulot. Gavin avait du mal à percer les raisons qui poussaient Pendergast à se mettre en retrait, pendant que Mourdock se pavanait devant les médias. Au moins l'affaire trouvait-elle une conclusion heureuse. Le sergent ne parvenait pas à chasser de sa mémoire ces deux corps, avec leurs mutilations obscènes. Il avait été soulagé d'apprendre qu'il s'agissait d'une simple mascarade, imaginée par ces crétins de frères Dunwoody. Il le répétait à qui voulait l'entendre depuis le début, les inscriptions Tybane n'étaient qu'un écran de fumée.

— À toi de jouer, gronda Mourdock, interrompant le fil de ses pensées.

Le chef avait placé sa dame si adroitement que Gavin risquait fort de perdre la partie. Il avança un pion, et Mourdock s'empressa de lui en prendre plusieurs en les sautant l'un après l'autre, frappant le damier avec force à chaque nouvelle prise. Putain de connard.

— C'est bon, j'arrête, annonça-t-il.

— Allez, tu ne vas pas te décourager pour si peu, lui enjoignit Mourdock dans un geignement. Tu n'as pas encore perdu.

Gavin secouait la tête d'un air maussade lorsqu'un violent bruit de portes se fit entendre à l'entrée du poste de police, suivi d'un hurlement. Quelqu'un appelait à l'aide.

Gavin et Mourdock bondirent sur leurs pieds en envoyant valser le damier et se précipitèrent à l'accueil. Une femme, en qui Gavin reconnut Rose Buffum, titubait sur le seuil. Entièrement trempée, ses vêtements dégouttant d'eau sur son corps lourd, ses longs cheveux gris collés par mèches sur son crâne, elle posa sur les deux policiers un regard terrorisé.

— Mon Dieu, aidez-moi ! cria-t-elle d'une voix étranglée. Au secours !

Elle s'avança d'un pas incertain.

— Que se passe-t-il ? lui demanda le jeune sergent en lui prenant un bras tandis que Mourdock lui agrippait l'autre afin de calmer ses tremblements. Vous êtes blessée ?

— Mon Dieu ! Mon Dieu ! gémit-elle.

Les deux hommes la poussèrent vers un siège et Gavin courut lui chercher une tasse de café.

— Appelle les secours, demande-leur d'envoyer une ambulance ! lui cria Mourdock. Elle perd du sang.

Rose, affalée sur la chaise, menaçait de tourner de l'œil. Gavin posa la tasse de café à côté d'elle et saisit sa radio pour appeler les secours à Newbury. Pendant ce temps, Mourdock essuyait le visage de la malheureuse à l'aide d'une serviette en papier.

— Où êtes-vous blessée ? s'enquit-il.

La femme eut un haut-le-corps.

— Ce n'est pas mon sang !

— C'est bon, la réconforta Mourdock. Prenez un peu de café et racontez-nous ce qui s'est passé.

Rose, ignorant la proposition, laissa échapper une plainte étouffée.

— Le monstre !

— Le monstre ? répéta Mourdock sur un ton sceptique.

— Il tue tout le monde !

Elle sursauta violemment, prise d'une pensée soudaine :

— Seigneur Dieu, vite ! Verrouillez la porte !

— Mais enfin, on ne peut tout de même pas fermer le poste de police, se défendit Mourdock.

— Alors il faut s'enfermer dans une cellule. Il va venir !

— Qui va venir ?

— Ce démon sorti tout droit des enfers qui éventre tout le monde !

Le démon. Gavin sentit ses intestins se liquéfier. Non. Ce n'était pas possible.

— Il éventre les gens avant de les... !

La pauvre femme, pliée en deux, vomit tout son dîner sur le carrelage du poste de police.

Mourdock recula précipitamment d'un air dégoûté.

— L'ambulance ne va pas tarder à arriver, Rose. Gardez votre sang-froid.

Il se tourna vers son adjoint.

— Qu'est-ce que tu proposes ?

Gavin ouvrit de grands yeux. La sincérité de la pauvre femme ne faisait aucun doute. Rose possédait autant d'imagination qu'un poteau télégraphique et n'était pas du style à avoir des visions. Mourdock la connaissait suffisamment pour le savoir, son scepticisme initial se dissipait à toute allure.

— On prend nos armes de service et on va voir sur place, répondit Gavin.

— Ne me laissez pas toute seule ! s'écria Rose.

— Aller voir sur place ? répéta Mourdock d'une voix mal assurée. Tous les deux ?

— Il faut bien aller voir de quoi il retourne.

Gavin avait besoin de savoir. Ce n'était tout simplement pas possible...

— Enfermez-moi à clé dans une cellule ! les implora Rose.

— Si ça peut vous rassurer...

Mourdock l'accompagna jusqu'à la cellule la plus proche et l'y enferma avant de lui tendre la clé.

— C'est bon, décida-t-il en rejoignant son adjoint. Allons voir ce qui se passe.

Gavin récupéra son Glock de service.

— Vérifie ta lampe, lui conseilla Mourdock en désignant la torche accrochée à l'un des passants de sa ceinture.

Gavin obtempéra, puis s'enfonça dans l'obscurité de la grand-rue à la suite de son chef. Il remarqua aussitôt deux formes allongées un peu plus loin.

Deux cadavres. C'était donc vrai. Il se sentit vaciller. Au même instant, un hurlement étouffé troua la nuit, malgré la tempête qui grondait. Un éclair jaillit d'une fenêtre, à quelques dizaines de mètres de là, les rideaux prirent feu, une vitre vola en éclats et le hurlement enfla avant de s'éteindre dans un gargouillement infâme.

— Bon Dieu, balbutia le chef, les yeux écarquillés.

Une silhouette jaillit de la maison en feu. À la lueur des flammes se découpa la forme longiligne et pâle d'un individu aux membres noueux. Outre une mâchoire proéminente, il était doté... *d'une longue queue.*

46

Walt Adderly, le propriétaire de l'auberge
du Capitaine Hull, écoutait Benjamin Franklin
Boyle raconter pour la énième fois aux habitués
du bar la découverte du corps de l'historien.
D'un naturel taciturne en temps ordinaire, Boyle
était d'humeur particulièrement expansive ce
soir-là. Il multipliait les mimiques théâtrales et
les gestes amples, une chope de bière à la main.
Il avait bu plus que de coutume, oubliant son
avarice naturelle en ce jour faste. À l'instar de
beaucoup de marins, Boyle était un raconteur-né
et son auditoire en redemandait. L'auberge avait
été privée de courant une heure plus tôt, ce qui
contribuait curieusement à l'ambiance festive du
lieu. Les bougies alignées sur le bar éclairaient
d'une lumière mystérieuse les buveurs venus
célébrer la conclusion heureuse de l'enquête.
À l'écoute des conversations que l'alcool rendait
plus enjouées, on sentait percer un sentiment
de soulagement général. C'est vrai, la plupart
des habitants d'Exmouth avaient été choqués

d'apprendre l'implication des frères Dunwoody, même si quelques-uns affirmaient volontiers n'avoir « jamais fait confiance à ces gens-là ». Personnellement, Adderly n'avait rien à reprocher à son ancien barman, en dehors des provisions volées en cuisine. Il n'était d'ailleurs pas loin de le plaindre, d'une certaine façon.

Boyle en arrivait au moment crucial où il s'apprêtait à retourner le cadavre du chercheur anglais à l'aide de son crochet à palourdes lorsque l'on entendit la porte de l'auberge s'ouvrir avec fracas.

Boyle s'arrêta au milieu d'une phrase. Adderly se recula sur son siège et appela d'une voix forte en direction de l'entrée de l'établissement, au-delà du salon plongé dans l'obscurité :

— Venez, les amis, ce n'est pas un temps à mettre un chien dehors !

Boyle reprit son récit, rouge d'avoir trop bu et d'être l'objet de toutes les attentions.

Constatant que le nouvel arrivant ne les rejoignait pas au bar, Adderly demanda le silence d'un geste.

— Allez, entrez ! N'ayez pas peur ! appela-t-il.

Pris d'un élan de générosité inattendu, il ajouta :

— Tournée générale, c'est la maison qui régale !

Un murmure d'approbation accueillit son offre. Boyle se tourna vers Pete, le remplaçant de Joe Dunwoody, en montrant sa chope du doigt.

— Fais-moi le plein !

Pete s'exécuta avant de resservir tout le monde.

Un vacarme assourdissant s'échappa du hall d'entrée. Adderly crut que le nouveau venu avait fait une chute. Quel qu'il soit, ce lascar-là avait déjà pris de l'avance sur la petite fête.

— Hé, Andy ! fit Adderly à l'adresse de l'occupant du tabouret le plus proche de la porte. Je crois qu'il va avoir besoin de ton aide.

Andy Gorman se leva et s'empara d'une bougie.

— Attends-moi pour continuer, demanda-t-il à Boyle.

— Pas de souci, répondit le vieux pêcheur en trempant les lèvres dans sa bière mousseuse.

La main autour de la flamme pour éviter que la bougie ne s'éteigne, Gorman traversa le grand salon dans l'obscurité.

Un cri perçant fendit le silence. Adderly faillit lâcher sa chope de saisissement. Il tendit le cou vers le hall d'accueil alors que les buveurs se levaient d'un bloc. La bougie de Gorman s'était éteinte, pas une lumière ne filtrait de l'entrée. Dehors, la tempête se déchaînait, faisant trembler la vieille bâtisse sur ses fondations.

Les occupants du bar échangèrent des regards.

— C'est quoi, ce bordel ? finit par marmonner quelqu'un.

— Andy ? *Andy !*

Une odeur de mort, de moisissure et de matières fécales assaillit les narines d'Adderly. Le temps donna l'impression de s'arrêter. Plus personne n'osait bouger. Dans le silence pesant de la pièce, que soulignait le grondement de la tempête, Adderly crut reconnaître un souffle rauque d'animal.

* *

Dans sa chambre au premier étage de l'auberge, assis sur son lit, Pendergast se redressa. Le hurlement s'était brusquement tu, l'effervescence qui régnait dans le bar quelques minutes plus tôt avait cessé.

Il se glissa hors du lit, enfila prestement ses vêtements, se munit d'une lampe de poche et glissa le Les Baer dans son étui. Il s'élança dans le couloir, se figea devant la chambre de Constance, hésita un instant, et tourna la poignée. Trouvant la porte fermée à clé, il frappa.

— Constance. Ouvrez-moi, je vous prie.

Pas de réponse.

— Constance, répéta-t-il. Je suis absolument désolé de ce qui s'est passé, mais l'heure n'est pas aux réactions mélodramatiques. Il...

Il fut interrompu par une tempête de cris au rez-de-chaussée, une cacophonie de hurlements auxquels se mêlaient des bruits de course, de chaises renversées, de verres brisés, de pieds martelant le parquet.

Pendergast se jeta contre le battant et fit sauter la serrure d'un coup d'épaule.

La pièce était vide, le lit intact. La lampe qu'il avait donnée à Constance avait disparu.

En bas, le vacarme était à son comble. Pendergast dévala les marches en tirant le pistolet de son étui. Arrivé dans le hall, il découvrit la porte d'entrée de l'établissement grande ouverte, ballottée par le vent. Un corps éventré gisait sur le seuil.

Il courut jusqu'au bar où un spectacle d'une grande violence l'accueillit : une demi-douzaine de clients terrifiés, mais indemnes, réfugiés derrière le bar, observaient avec des yeux terrifiés une seconde victime éviscérée.

— Que s'est-il passé ? demanda Pendergast à la cantonade.

— Mon Dieu, aidez-nous ! hurla quelqu'un.

Son cri provoqua une tempête de réactions chez ses compagnons, tandis que fusaient les mots de « monstre », de « démon », de « singe » et de « chien enragé », au milieu d'un tumulte de cris inintelligibles.

— Où est-il allé ? insista Pendergast.

L'un des clients du bar pointa la porte du doigt.

Pendergast s'élança dans la direction indiquée, traversa au pas de course le hall d'entrée et se jeta dans la tempête sans se soucier des occupants du bar qui le suppliaient de les protéger. Des empreintes de pieds nus, en partie effacées par la pluie, traversaient la galerie et s'enfonçaient sur un sentier sablonneux vers le sud-est, en direction des marais. Pendergast hésita à se lancer à la poursuite de la créature. Quelle qu'elle soit, elle avait accompli son œuvre de mort avant de s'échapper.

Il se souvint soudain de la disparition de Constance. Elle ne s'était visiblement pas couchée et avait dû quitter l'auberge dans la foulée de leur conversation orageuse. Il se passa la main sur le front.

Où sont allés ces sorciers ? Que sont-ils devenus ? Oldham est le seul lieu situé au sud de la colonie que vous avez découverte dans les marais.

Le doute n'était plus permis. Constance s'était rendue à Oldham, le village abandonné qui la fascinait, pour des raisons qu'il ne s'expliquait pas. Deux heures plus tôt, elle lui affirmait encore que le mystère restait entier. Il tressaillit intérieurement en se reprochant d'avoir balayé ses inquiétudes un peu trop rapidement. L'intuition de Constance lui dictait une vérité que lui-même, fort de sa rigueur analytique, avait négligée.

Le tueur se promenait pieds nus, en pleine tempête, par une température inférieure à dix degrés. Pendergast s'en voulait terriblement d'avoir négligé quelque détail essentiel, ainsi que le lui avait reproché Constance. Mais il avait beau s'interroger sur le mystère de ces pieds nus, il ne trouvait aucune explication.

Malgré son abattement, il décida de braver la tempête et suivit les traces de l'inconnu avant qu'elles n'achèvent de s'effacer.

47

Gavin, hébété, regardait fixement la grand-rue à la lueur de l'incendie. Il ne parvenait pas à y croire. Les flammes qui s'échappaient de la maison en feu éclairaient d'une lumière crue les deux cadavres allongés un peu plus loin. Les corps de personnes qu'il connaissait. Des amis, des voisins. Il ressentit un pincement au cœur en voyant, grande ouverte, la porte d'une autre maison. Il se raidit à l'idée d'y découvrir une nouvelle victime.

Le... *démon* s'était déchaîné sur les habitants de la ville en l'espace de quelques minutes avant de disparaître en laissant derrière lui des scènes de désolation. Comment en était-on arrivé là ?

La voix de son chef lui parvint. Mourdock demandait des renforts par radio aux autorités de Lawrence, exigeant la présence d'un groupe d'intervention du SWAT sur un ton proche de l'hystérie.

— Nous sommes les proies d'un fou, il y a de nombreuses victimes, j'aperçois au moins quatre corps de l'endroit où je me trouve… Euh… oui, madame. C'est ça, deux corps ! Un incendie s'est déclaré dans une maison… Envoyez-moi tous les renforts dont vous disposez, vous m'entendez ? Code 10-33 renforcé !

Gavin devait impérativement se reprendre. Vite, réfléchir. *Réfléchir !* Cette horreur dépassait les bornes…

— Gavin !

Il se retourna. Mourdock, son visage rubicond dégoulinant de sueur malgré le froid, posa sur lui un regard anxieux.

— Il faudra au moins une heure avant que Lawrence nous envoie les hélicos. Les premiers secours seront motorisés. Tu me suis ?

— Oui, oui, chef.

— On va devoir se séparer. Je pars les attendre à l'entrée du pont avec la voiture de patrouille pour les guider. Pendant ce temps-là, tu fouilles les maisons une par une sur la grand-rue. À commencer par celle dont la porte est ouverte.

— Sans attendre les renforts ?

— Le tueur s'est enfui, bon sang de bois ! Les pompiers seront là d'ici dix minutes, les gars du SWAT dans vingt minutes, les hélicos d'ici une heure. Ce ne sont pas les renforts qui manqueront. Je te demande uniquement de partir en reconnaissance, de prodiguer les premiers soins aux blessés et de sécuriser les scènes de crime.

Gavin ne se sentit pas la force de discuter. Cet enfoiré avait courageusement décidé d'attendre les secours loin du centre-ville, planqué dans la voiture de patrouille, pendant qu'il demandait à son adjoint de prendre tous les risques en pénétrant à l'intérieur des maisons.

Après tout, ce n'était peut-être pas une mauvaise idée. Gavin avait une mission autrement plus importante, et il devait impérativement se débarrasser de Mourdock.

— Très bien, chef. J'y vais.

— Je salue ton courage.

Mourdock repartit en direction du poste de police tandis que Gavin remontait la grand-rue, le front barré d'un pli. La sirène d'urgence retentit, ameutant les volontaires. La rue allait très vite grouiller de monde, jamais il n'aurait l'occasion de comprendre ce qui s'était passé et de tout remettre en ordre s'il restait sur place.

Il constata d'un coup d'œil que son chef s'était engouffré dans les locaux de la police. Il se glissa furtivement entre deux maisons, décrocha sa torche et remonta la ruelle en courant. Oldham se trouvait à huit kilomètres. À peu près la distance qu'il parcourait chaque matin en faisant son jogging. La partie la plus délicate des marais et les vasières de l'île de Crow risquaient de le ralentir, mais il pouvait arriver dans la ville fantôme à temps. Par chance, la marée était basse.

48

Mourdock se glissa lourdement derrière le volant et quitta en trombe le garage du poste de police, gyrophare et sirène allumés. La vue de la voiture de patrouille en pleine action ne pourrait que rassurer les habitants terrés chez eux.

Il n'en revenait pas de ce qu'il avait vu. Rose Buffum avait parlé d'un démon ou d'un monstre, ce qui était parfaitement ridicule. Le tueur était probablement une sorte de Jack l'Éventreur, un fou sanguinaire qui avait décidé de plonger Exmouth dans la terreur. Les drames les plus terribles survenaient toujours dans des endroits improbables. L'horreur avait frappé au hasard.

Il ne parvenait pas à chasser de son esprit ces corps disloqués...

Paralysé par la peur qui lui glaçait les sangs, il laissa échapper un hoquet. D'abord l'histoire des Dunwoody, et maintenant ça... à six mois de la retraite !

Rien à foutre. Le mieux était de se garer à l'entrée du pont, de s'enfermer dans la voiture et d'attendre que les renforts de Lawrence pointent leur nez. À cette heure tardive, en pleine tempête, les routes seraient désertes, ils seraient là en cinq sec.

Et si la tempête avait provoqué des chutes d'arbres ? Et si les routes étaient bloquées ? Et si la panne de courant les retardait ?

La peur lui tordait les boyaux. Il tenta de se rassurer en se disant que les SWAT prendraient le relais dès son arrivée. Les gars du groupe d'intervention le relégueraient au second plan pour mieux diriger les opérations. Il pouvait se passer n'importe quoi par la suite, il s'en lavait les mains.

Le pont Metacomet se profila à la lueur des phares, privé des projecteurs qui l'illuminaient en temps ordinaire. Il ralentit, les essuie-glaces peinant à chasser les trombes d'eau qui s'abattaient sur le pare-brise. Arrivé au milieu du pont, il immobilisa le véhicule en laissant tourner le moteur et vérifia que les portes étaient bien verrouillées. Rassuré, il saisit le micro de la radio et contacta le standard de la police de Lawrence. On lui confirma qu'une armada avait pris la route. Tout ce que Lawrence avait accumulé depuis les attentats du 11 Septembre : des blindés, des armes lourdes, des grenades incapacitantes, des gaz lacrymogènes, et même deux mitrailleuses M2 Browning de calibre 50. Le convoi était attendu à Exmouth dans moins de dix minutes.

Mourdock n'avait plus qu'à patienter.

Il se demanda s'il n'avait pas commis une erreur en envoyant Gavin seul au casse-pipe. Si jamais son adjoint trouvait la mort lors de l'opération, on ne manquerait pas de lui reprocher de s'être planqué. Il se rassura en se convainquant que Gavin ne risquait rien. Le tueur avait pris la fuite. Très probablement.

Putain de bordel, vivement la retraite. Il ne demandait rien d'autre que de boire des bières sur son canapé en regardant les matchs à la télé.

Plus il y réfléchissait, plus il se disait que ça risquait de choquer, que Gavin meure ou non, quand on apprendrait qu'il était allé se planquer près du pont, enfermé dans sa voiture, loin de la ville dont il était censé assurer la protection. Les premiers secours ne manqueraient pas de le remarquer...

Soudain, il eut une idée. Il lui suffisait de rebrousser chemin et d'emprunter Dune Road en direction de l'océan afin d'éviter le chaos qui régnait au centre-ville. Il connaissait, au sud d'Exmouth, à peu de distance du phare, un petit chemin dans lequel il pourrait attendre que passe l'orage. S'il éteignait ses phares, personne ne le verrait, personne ne saurait. Il lui suffirait, dès qu'il entendrait les sirènes et apercevrait les gyrophares de la cavalerie, de regagner la grand-rue au plus vite en prétendant n'avoir jamais quitté les lieux.

L'étau de peur qui l'étreignait se desserra légèrement. Était-ce de la frousse ? Pas du tout. Il veillait sur sa peau, rien de plus. Après tout, à quelques mois près, il disposait des vingt années de service réglementaires. Il avait ses bières et son canapé à protéger.

Il enclencha une vitesse, exécuta un demi-tour en trois manœuvres et quitta le pont en direction de Dune Road. La lueur orangée de la maison en flammes lui apparut au loin, sur sa gauche. Puis ce fut au tour du phare, dont l'éclat brillait par intermittence dans la tempête. Il le dépassa et s'engagea sur le petit chemin, exécuta un nouveau demi-tour de façon à pouvoir repartir sans perdre une seconde, puis il éteignit ses phares tout en laissant le contact. Un coup d'œil à sa montre lui indiqua qu'il n'avait plus que cinq minutes à attendre. Cinq petites minutes, et l'arrivée du convoi signalerait la fin de son calvaire…

Un choc ébranla l'habitacle. Mourdock poussa un grand cri en essayant vainement de voir dans la nuit ce qui s'était passé.

Une branche arrachée par le vent avait probablement heurté la portière arrière, côté conducteur. Il s'employait à mettre en marche le projecteur de toit lorsqu'un nouveau choc étoila la vitre.

Le souffle court, Mourdock renonça à allumer le projecteur et décrocha sa torche dont il enfonça le bouton poussoir. Quelqu'un venait d'enfoncer le carreau cassé. Une main passa à travers la glace. Une main couverte de sang aux ongles acérés, longs de plusieurs centimètres.

384

Mourdock poussa un hurlement en se débarrassant de sa lampe, trop occupé à sortir son arme de service de l'étui accroché à sa ceinture.

Une autre main, noueuse et blême, acheva de briser la glace dans une pluie de verre pilé. Une tête chauve hideuse, couverte de sang caillé, s'encadra dans la portière. Dans le même temps, le bras du monstre tentait de la déverrouiller avec une maladresse d'enfant.

— Nooooon !

Mourdock, qui avait enfin réussi à sortir son Glock, fit feu à plusieurs reprises. La portière s'ouvrit à la volée et le fou se rua sur la banquette arrière. Seigneur Dieu ! Il s'agissait bien d'un monstre ! Un monstre terrifiant dont la nudité révélait l'extrême maigreur. Un monstre doté d'un visage de pitbull au museau proéminent, de deux rangées de dents inquiétantes, d'une langue rose, et de deux yeux bruns qui brillaient d'une lueur assassine.

Mourdock tira de plus belle, cherchant des doigts le levier de vitesse afin de démarrer, lorsqu'une énorme main se colla sur sa bouche. Il sentit les ongles du monstre lui comprimer les pommettes.

— Hmmmmm ! réagit-il, étouffé par la main nauséabonde qui l'empêchait de parler et de respirer.

Il voulut se dégager en sentant les ongles s'enfoncer profondément dans la peau, mais son agresseur l'en empêcha. Les chairs se détachèrent de son crâne dans un brouillard de sang, un râle abominable lui vrilla les oreilles, dont

Mourdock comprit trop tard qu'il s'échappait de sa gorge.

*
* *

L'inspecteur Pendergast avait perdu la trace du tueur au sud de la ville, mais il avait l'intuition, à en juger par sa trajectoire, qu'il se dirigeait vers l'île de Crow. Il traversait la route des marais conduisant à la plage lorsqu'il aperçut la voiture de patrouille de Mourdock. Tous phares éteints, son moteur tournait au ralenti. Pendergast crut distinguer du mouvement à l'intérieur de l'habitacle, malgré la pluie qui lui brouillait la vue.

Une silhouette bondit soudain sur le capot avant d'en descendre d'une démarche de crabe. Un éclair zébra le ciel, illuminant brièvement le véhicule. L'espace d'une fraction de seconde, Pendergast aperçut un être étrange, si différent de tout ce qu'il avait pu voir qu'il en resta interdit : un monstre chauve, émacié, entièrement nu, le corps couvert de plaies et de cicatrices, un museau de chien, et une longue queue fourchue à l'extrémité recouverte de poils.

Le démon s'évanouit dans la nuit à toute vitesse en direction de l'île de Crow.

Pendergast dégaina son Les Baer et se précipita vers la voiture. Le pare-brise, éclaboussé de sang de l'intérieur, était opaque. La portière arrière était restée ouverte, sa glace brisée. Pendergast se pencha à l'intérieur du véhicule et le faisceau de sa torche s'arrêta sur Mourdock, affalé à l'avant. Il ne faisait aucun doute qu'il était mort.

Pendergast se lança à la poursuite de la créature surnaturelle. L'arme au poing, il suivit ses traces sur le sable jusqu'à la clôture de la réserve naturelle que le monstre avait franchie d'un bond. Les empreintes de pied qui partaient de l'autre côté, en droite ligne, le confirmaient. Pendergast fit halte, le temps de reconstituer en esprit la carte des lieux. La direction empruntée par la créature était celle d'Oldham.

Oldham où se trouvait Constance.

Il s'élança dans l'obscurité, conscient que le monstre était deux fois plus rapide que lui.

49

Constance avançait prudemment dans le labyrinthe des souterrains. Les tunnels qu'elle empruntait étaient sales, puants, rongés par le salpêtre, mais ils n'étaient clairement pas à l'abandon. Au contraire, ils avaient été cimentés, et consolidés par endroits à l'aide de poutres en bois. Certaines de ces réparations étaient si récentes que les pièces de sapin suaient encore leur sève poisseuse. Si l'entrée avait été volontairement maintenue en état de décrépitude avancée, les galeries elles-mêmes servaient fréquemment.

Quelle pouvait bien être leur utilité ? Et qui les empruntait ? Constance croyait le deviner.

En voulant se guider sur les pleurs, elle avait fini par perdre son repère sonore dans un dédale de passages alambiqués. La disposition des lieux et la circulation de l'air amplifiaient les sons d'une façon trompeuse par moments, tout en les étouffant le reste du temps. À la lueur de sa torche, elle découvrit, gravées dans le salpêtre, tracées à la craie ou à la peinture, des symboles évocateurs des inscriptions Tybane. Elle reconnut plusieurs des symboles magiques répertoriés dans le *Pseudomonarchia daemonum*, pour certains d'une grande complexité. Ses soupçons se muèrent en certitude : ces tunnels accueillaient les membres d'un culte. Non pas des wiccans, mais des adeptes de la magie noire.

Elle s'immobilisa, frappée par l'ironie de la situation. Les légendes et les rumeurs que tout le monde s'appliquait à rejeter étaient donc fondées. Les procès en sorcellerie de Salem avaient effectivement chassé des sorciers, qui avaient commencé par fonder une colonie dans les marais avant de s'installer à Oldham. L'entrée des souterrains se trouvait sous un simulacre d'église, destiné à dissimuler leurs rites hebdomadaires à la vue des indiscrets.

Les anciens habitants d'Oldham s'étaient installés à Dill Town soixante-quinze ans plus tôt avant d'émigrer, pour beaucoup d'entre eux, à Exmouth où ils continuaient de résider et de mener des existences normales en apparence, se contentant de se rassembler là lors de sombres rituels. Constance se demanda combien de descendants de l'ancienne colonie elle avait bien pu croiser depuis son arrivée en ville.

Elle s'attarda un instant sur ses propres motivations. La curiosité la guidait avant tout, en l'absence de toute peur. Ces souterrains, qui auraient provoqué des angoisses chez n'importe qui d'autre, lui rappelaient ceux de la vieille demeure de Riverside Drive, à condition d'oublier la puanteur et les symboles malsains qui couvraient les murs.

Tendant l'oreille, elle perçut à nouveau les pleurs dont l'écho se réverbérait étrangement à chaque coude du tunnel. Elle s'en approcha lentement, jusqu'à percevoir une autre voix, rauque et dure, mais étrangement maternelle.

La galerie dessinait un coude. Constance franchit une arche basse et déboucha dans un long couloir, large et haut de plafond. Les murs, habillés de plâtre, étaient entièrement couverts de symboles diaboliques d'une sophistication inouïe, tels qu'elle n'avait jamais eu l'occasion d'en voir dans le *Daemonum* ou les autres ouvrages occultes qui lui étaient passés entre les mains. Une odeur plus pénible encore la prit à la gorge : un mélange de crasse, d'excréments et de chair suppurante. Le long des parois étaient fixés de petits récipients en pierre remplis d'huile, une mèche flottant à la surface. Cet endroit devait servir de point de départ à des processions. Où celles-ci pouvaient-elles conduire les fidèles, sachant que le couloir se terminait en cul-de-sac ?

Un cri de fille lui parvint, tout proche. Elle se retourna, surprise. Le son avait résonné derrière elle, de l'autre côté d'une arche dessinant une ouverture dans l'un des murs du couloir. Elle s'en approcha et fit courir le faisceau de sa lampe dans l'obscurité. Elle découvrit l'amorce d'un souterrain donnant sur une cellule dont la porte à barreaux était équipée d'un cadenas tout neuf. À l'intérieur du réduit se trouvaient deux êtres hirsutes, vêtus de haillons répugnants. Partagée entre l'horreur et la fascination, Constance comprit qu'il s'agissait d'êtres humains. Une vieille femme et une jeune fille. Une mère et sa fille ? On aurait pu le croire, à la façon dont elles s'étreignaient dans cette cellule glaciale. Les deux femmes se turent en l'apercevant et se protégèrent de l'éclat de la torche avec les mains, les yeux écarquillés de terreur. Leurs visages étaient d'une telle saleté que Constance ne distinguait pas leurs traits, pas plus qu'elle ne pouvait déterminer leur couleur de peau.

Elle avança de quelques pas en baissant sa lampe.

— Qui êtes-vous ?

Les deux prisonnières l'observèrent en silence. Elle secoua le cadenas.

— Où se trouve la clé ?

La question, loin de susciter une réponse, provoqua chez la jeune fille des gémissements indistincts, accompagnés de sanglots. Elle tendit la main à travers les barreaux. Constance la saisit après une brève hésitation, rebutée par la saleté de ces doigts. La fille poussa un cri et saisit la main qu'on lui offrait avec une vigueur inattendue, comme si elle était synonyme de salut. Elle accompagna son geste d'un curieux babil. Après avoir cru quelques instants qu'il s'agissait d'une langue inconnue, Constance s'aperçut qu'il s'agissait de sons inarticulés.

La vieille femme avait assisté à cet échange de façon passive, le visage dénué de toute expression.

— Je ne vais pas pouvoir vous libérer si vous ne me rendez pas ma main, dit Constance.

Elle libéra ses doigts sans s'inquiéter des pleurs hystériques de la fille et examina les abords immédiats de la cellule avec sa lampe. En vain. Les geôliers des deux femmes conservaient la clé par-devers eux.

Constance regagna l'entrée de la cellule dans laquelle la fille continuait de pleurnicher en marmonnant des paroles inintelligibles.

— Arrêtez de gémir, lui ordonna-t-elle. Je vais aller chercher de l'aide.

Les gémissements reprirent de plus belle. La mère, qui semblait avoir compris, calma la fille d'un geste.

— Qui êtes-vous ? demanda Constance en articulant chaque syllabe. Pourquoi vous trouvez-vous ici ?

— Laissez-moi vous répondre, s'éleva une voix dans son dos.

50

Bradley Gavin, planté sous l'arche de pierre, sentit son cœur se mettre à battre plus vite, à la fois choqué et surpris de découvrir Constance Greene dans ce lieu reculé. Les cheveux détrempés par la pluie, elle portait une robe longue à l'ancienne qui lui collait au corps. Il s'efforça de paraître maître de lui-même. À mesure que s'atténuait le choc, il sentit monter en lui un curieux sentiment. L'impression que cette rencontre était le fruit du destin. Que l'univers lui offrait sur un plateau une chance qu'il devait saisir.

Il fit un pas vers la visiteuse.

— Mademoiselle Greene. Constance. Que faites-vous ici ?

— Je serais en droit de vous poser la même question, répliqua-t-elle d'une voix grave. À quoi sert cet endroit ? Et qui sont ces femmes ?

Elle tenait une torche d'une main, et de l'autre un couteau.

— Excellentes questions.

Il embrassa le souterrain d'un geste.

— Ce n'est pas le lieu idéal pour vous fournir une explication. Puis-je vous conduire dans un endroit plus agréable ?

Voyant qu'elle refusait le bras qu'il lui offrait, il fit volte-face et remonta le grand couloir en direction du mur qui le fermait, satisfait de constater qu'elle lui avait emboîté le pas. Il s'immobilisa devant le mur, appuya sur trois briques factices et fit coulisser une porte secrète avant de pénétrer dans une vaste salle de forme pentagonale dont il fit le tour, un briquet à la main, afin d'allumer les cierges de quatre candélabres.

L'opération achevée, il se tourna vers Constance, un sourire aux lèvres.

Loin de vouloir s'enfuir, de se mettre en colère ou de laisser parler ses nerfs, elle examinait la pièce d'un regard froid.

Pour être venu là des centaines de fois, Gavin savait à quel point ce lieu était impressionnant. Au centre se dressait un bloc de granit du XIe siècle, protégé par un tissu vaporeux. L'autel, fabriqué en France, avait été transporté en Angleterre avant de traverser l'Atlantique et de terminer son périple dans cette crypte. Les flancs de la pierre étaient décorés de diables sculptés, polis par des siècles d'usage. On apercevait un peu plus loin une étonnante table de pierre taillée, sensiblement moins longue que l'autel, sur laquelle étaient posés un grand calice d'argent sur une nappe blanche, des bistouris, des scarificateurs et d'autres instruments chirurgicaux.

À la lueur vacillante des cierges se détachaient, dans des alcôves, des fresques figurant des diables, des gargouilles, des ouroboros, des macaques de Barbarie, des hommes et des femmes, tous vautrés dans un paradis de luxure. L'ensemble composait un tableau que n'aurait pas renié Jérôme Bosch. D'épaisses tapisseries de l'époque romane, couvertes de scènes pastorales, de fleurs et de licornes, pendaient le long des murs. Quant aux colonnes soutenant la voûte, elles étaient décorées de symboles alchimiques complexes. Du plafond pendaient des dizaines de sculptures réalisées à l'aide de petits ossements retenus par des morceaux de ficelle, évoquant des animaux, des oiseaux et des bêtes féroces. Ils tournaient sur eux-mêmes, comme animés d'une vie propre, en projetant des ombres inquiétantes à la lueur des cierges. De vieux bancs polis par les ans s'alignaient le long des cinq murs de la pièce dont le sol était couvert de plusieurs couches de tapis persans, pour certains vieux de plusieurs siècles.

Gavin se tourna vers Constance. Ainsi qu'il l'espérait, elle observait le décor qui l'entourait de ses yeux violets, le visage impassible. Soudain plein d'assurance, il comprit que ce moment était inscrit dans le grand livre du temps. Quelle femme remarquable !

— Bienvenue, déclara-t-il avec un sourire.

— Bienvenue où ? répliqua-t-elle d'une voix égale.

— Avant d'en arriver là, puis-je vous demander comment vous êtes parvenue jusqu'ici ?

Pas de réponse.

— Dans ce cas, laissez-moi deviner. Vous êtes venue ici après avoir compris que l'ancienne colonie de sorciers n'avait pas disparu, mais qu'elle avait émigré dans ce lieu. Je me trompe ?

Constance resta sans réaction. Comme cette femme était impénétrable, derrière ce regard aussi étrange que déterminé !

— J'imagine que vous devez vous sentir perdue, poursuivit Gavin en embrassant la salle d'un geste ample.

Constance s'entêta dans le silence.

— Par où commencer ? enchaîna-t-il avec un petit rire nerveux.

Cette fille-là lui donnait l'impression de retomber dans l'adolescence.

— Je ne sais pas exactement comment vous vous y êtes prise, mais votre venue ici est un… un signe. Un signe évident.

— Le signe de quoi ?

Gavin restait subjugué par ce visage magnifique, parfaitement impassible. Il en avait la conviction, la jeune femme possédait une profondeur plus grande encore qu'il ne l'avait cru initialement. Il ne pouvait que s'en réjouir.

— Ceci est notre lieu de culte.

— *Notre* lieu ? s'étonna-t-elle.

— Oui, notre lieu. Ceci est notre autel.

— Puis-je savoir la nature exacte de ce culte ?

— Bien sûr. Nous pratiquons la plus ancienne religion au monde : celle des origines. Vous l'aurez deviné, nous sommes des sorciers.

Il scruta son visage, sans parvenir à interpréter le léger tressaillement qu'il avait cru discerner sur ses traits.

— De vrais sorciers. Notre culte est vieux de vingt mille ans.

— Que dois-je penser de ces femmes que vous brutalisez ?

— Nous ne les brutalisons pas le moins du monde. Avant de juger, accordez-moi au moins la possibilité de vous expliquer. Constance, vous ne pouvez pas croire un seul instant que votre venue ici et mon arrivée simultanée relèvent d'un simple hasard. Ce n'est pas davantage le hasard qui vous a préservée du thé empoisonné que vous avait offert Carole. Elle est d'une nature extrêmement jalouse, mais là n'est pas la question.

Constance resta sans réaction.

— J'ai immédiatement compris que vous étiez l'un de ces êtres exceptionnels auxquels vous avez fait allusion, lors de notre conversation à l'auberge. Vous vous en souvenez ?

— Très bien.

— J'ai su à cet instant que vous aviez toute votre place parmi nous. Cela fait deux siècles que nous n'avons pas accueilli de nouveaux membres. Seuls des individus éclairés sont capables de comprendre qui nous sommes. Vous en faites partie. On sent chez vous un esprit rebelle, un goût de la liberté, un profond désir de vivre selon vos propres règles.

— En effet.

Gavin n'en revenait pas que tout se déroule aussi naturellement.

— On trouve également chez vous un côté sombre.

— Un côté sombre ?

— Oui, insista-t-il, se sentant pousser des ailes. Mais un côté sombre très positif. Un côté sombre d'où jaillira la lumière.

— Qui êtes-vous ?

— Je suis un sorcier, tout comme mes parents avant moi, mes grands-parents et tous mes aïeux sur six générations à Exmouth, auparavant à Oldham, dans la colonie des marais, à Salem, dans les îles Britanniques et ainsi de suite, jusqu'à la nuit des temps. J'ai grandi dans cette tradition, aussi normalement qu'un chrétien au sein d'une famille chrétienne. Nos coutumes peuvent paraître étranges à des personnes extérieures, mais un office religieux chrétien semblerait tout aussi curieux aux yeux d'un néophyte. Nous croyons en la vie. Nous ne sommes pas cruels. Pour vous donner un exemple, jamais nous n'aurions massacré les femmes et les enfants qui se trouvaient sur ce navire, alors que les naufrageurs étaient de prétendus chrétiens.

Gavin s'interrompit afin d'observer la réaction de son interlocutrice, de deviner ses pensées.

— Il suffit de voir la beauté de cette salle et de son contenu pour mesurer le poids de notre histoire. Je vous le concède, les souterrains que vous avez empruntés peuvent dérouter, avec leurs traces de sang et leurs odeurs. À ceci près, Constance, que notre cérémonie de Sabbat ne relève pas du symbolique. Nous y pratiquons de *véritables* sacrifices de chair et de sang. Nous sacrifions aussi à notre... sensualité.

Constance continuait d'offrir un visage lisse à son interlocuteur.

Il lui prit la main sans qu'elle fasse mine de résister. Ses doigts étaient froids et moites.

— Je n'ai aucune intention de vous convaincre de force. Je me contenterai de vous parler de notre histoire et de l'origine de notre mouvement. Vous en connaissez sans doute déjà les grandes lignes, notamment la façon dont Lucifer et ses fidèles ont été chassés du paradis. Contrairement à ce que l'on croit, ils ne sont pas allés en enfer, mais ici, sur cette planète. Nous sommes des *Maleficarum*, leurs descendants spirituels. Lucifer, l'archange rebelle, nous a laissés libres d'être ce que nous voulions et d'agir selon nos désirs.

— Vous voulez me convertir à ces croyances ?

Gavin rougit malgré lui, dissimulant son trouble derrière un rire gêné.

— Votre venue ici ce soir n'est pas accidentelle. Vous et moi sommes guidés par des forces qui nous dépassent. Des forces que nous aurions tort d'ignorer.

— À quelles forces faites-vous allusion ?

— En début de soirée, deux membres de notre communauté avaient reçu pour mission de procéder à un sacrifice très important. L'opération ne s'est pas déroulée comme prévu.

— Quel type de sacrifice, exactement ?

— Nous vénérons Lucifer, mais notre assemblée vénère un diable mortel, mi-homme, mi-démon. Baptisé Morax, il vit dans ces souterrains depuis extrêmement longtemps. Il est l'incarnation d'une porte spirituelle, un moyen de communiquer avec l'invisible. Nous traversons actuellement une période difficile. Votre ami Pendergast a réussi à localiser notre ancienne colonie, il l'a profanée en s'emparant d'objets de grande valeur. Son intervention a choqué le *Daemonium* et nos esprits protecteurs. Bref, nous traversons la crise la plus grave de notre histoire depuis 1692. Le secret est le garant de notre survie. Nous avons réussi à convaincre le commun des mortels que les *vrais* sorciers chassés de Salem avaient fini par s'éteindre il y a plusieurs siècles ; à cause des événements qui se sont produits récemment à Exmouth, notre assemblée s'est trouvée menacée. Pire encore, l'utilisation blasphématoire de nos inscriptions sacrées par les frères Dunwoody a provoqué l'ire du *Daemonium*. Contraints de prendre des mesures exceptionnelles, nous avons décidé de sacrifier notre démon afin d'apaiser les forces de l'ombre. Nous n'avions pas pris une telle décision depuis la tempête de 1938. Cette solution nous avait sauvés de l'extinction, à l'époque. Hier, les responsables de l'assemblée ont jugé qu'il nous fallait offrir notre démon, Morax, en sacrifice à Lucifer dans l'espoir d'obtenir son

400

soutien et de préserver le secret de notre culte. La cérémonie devait avoir lieu ce soir, à l'occasion de la pleine lune.

— Dois-je en déduire que la situation a dérapé ?

— Pour l'heure, c'est le cas. Le démon a réussi à s'enfuir avant que ne s'accomplisse le rituel, mais il nous faut impérativement le sacrifier. C'est la raison qui m'a conduit jusqu'ici ; je suis venu achever la mission dont mes frères n'ont pas réussi à s'acquitter. Morax se trouve actuellement à Exmouth, libre de satisfaire sa soif de sang pour la première fois de son existence. Il reviendra ici lorsqu'il sera rassasié. Il n'a pas d'autre refuge. Je suis venu l'attendre, et je serai prêt.

— Que se passera-t-il une fois ce sacrifice accompli ?

— Les voies de Lucifer sont impénétrables. Il veillera sur nous, sans que je puisse vous dire comment, en attendant que nous donnions naissance à un autre démon, issu de la même lignée génétique.

Il indiqua du menton l'arche de pierre et le petit couloir menant à la cellule des deux femmes.

— Ces deux êtres, la mère et la fille, sont nos Reproductrices. Elles sont porteuses d'un gène transmis au XVIIIᵉ siècle par une famille de pêcheurs de baleines du Pacifique Sud qui avait intégré notre ordre. Quelques individus de ces peuplades reculées naissaient avec une queue. Je parle d'une véritable queue, Constance. Un appendice caudal constitué de vertèbres issues du coccyx. Je vous laisse imaginer l'enthousiasme de mes ancêtres lorsqu'ils ont vu les femmes de cette famille donner naissance à l'une de ces créatures. Ils ont reconnu Morax. Un Morax ressuscité, en chair et en os, tel qu'il était décrit et représenté dans les textes anciens. Ce cadeau de Lucifer s'est immédiatement trouvé au centre de nos cérémonies. Les descendants du premier Morax conservent à ce jour cette position privilégiée.

Il se tourna à nouveau vers l'arche.

— Le Morax actuel est le fils de la mère. La fille donnera naissance au suivant.

— Voilà qui est intéressant, réagit Constance.

Un sourire illumina les traits de Gavin.

— Notre philosophie est aussi profonde que puissante, Constance, mais elle n'est pas toujours facile à comprendre. Il faut la vivre, la respirer par tous les pores de sa peau, ainsi que nous le faisons depuis des millénaires. Nous ne nuisons à personne. Une fois par mois, nous procédons à l'onction de l'autel avec le sang que nous soutirons régulièrement à Morax. L'utilisation de sang véritable est essentielle dans nos rituels ; à ce détail près, nous menons des existences tout à fait normales. Nous prions, nous implorons l'aide de Lucifer et nous communiquons avec des diables et des démons invisibles, comparables aux saints des chrétiens. Nous ne préparons pas de philtres dans des chaudrons et nous n'enfonçons pas d'aiguilles dans des poupées maléfiques, contrairement aux croyances populaires. Nous sommes des adeptes d'une philosophie libertaire, rien de plus. J'ajoute que, dans nos rangs, hommes et femmes bénéficient d'une parfaite égalité de traitement.

— Vous souhaitez que je me joigne à vous, c'est cela ?

— Oui, et même bien plus. Carole Hinterwasser et Mark Lillie, nos anciens leaders, ont été tués par le démon, ce qui m'élève au rang de chef de cette communauté. J'ai besoin d'une associée, et c'est ce rôle que je vous propose.

Comme elle restait plus impassible que jamais, il fit un pas vers elle.

— Je sens chez vous, au-delà d'une grande compréhension, une sensualité dévorante, mais parfaitement contrôlée.

Constance continuait de regarder son interlocuteur sans rien laisser paraître de ses pensées. Gavin n'avait jamais rencontré un être aussi maître de ses émotions, renforçant sa conviction que le destin les vouait l'un à l'autre.

Il se lança.

— Le plaisir des sens se trouve au cœur de notre religion. L'épanouissement physique est le meilleur moyen à nos yeux de célébrer le don de la vie, en laissant parler notre chair, notre sang, les organes liés au plaisir. Lucifer nous recommande de célébrer les plaisirs du corps.

— En d'autres termes, vous pratiquez votre culte de façon charnelle.

— Nous appelons cela le « discours sexuel ».

— Ces ébats se déroulent en public, j'imagine ?

— À l'image des autres cultes, nous célébrons ensemble. La célébration du « discours sexuel » en présence de tous ne fait qu'accroître l'excitation et le plaisir. Nous observons les rites du Sabbat ici même, dans cette salle, sur l'autel.

— Si je comprends bien, vous copulez sur cet autel, en présence de la foule des fidèles ?

— En termes crus, c'est effectivement le cas. Deux individus de notre choix, qui ne se sont jamais unis auparavant, découvrent l'union de leurs corps sur cet autel, couverts du sang de Morax. Je peux vous assurer que vous ne le regretterez pas, c'est une expérience sexuelle unique.

— *Je* ne le regretterai pas ? insista Constance.

— Ce sera un honneur pour moi de vous initier à notre foi.

— Tout de suite ?

— Je n'avais rien prévu. En temps ordinaire, la cérémonie se pratique devant les autres fidèles, mais nous sommes dans l'urgence et il n'est pas anodin que les forces aient souhaité que nous nous rencontrions ici ce soir. Cet acte est indispensable à quiconque souhaite nous rejoindre.

— Et si je refuse ?

La question prit Gavin de court. Elle avait bu ses paroles jusque-là, il ne faisait aucun doute qu'elle adhérait à ses propos.

— Écoutez, Constance, à quoi bon discuter ? Vous finirez par vous joindre à nous, je le sais.

— Vraiment ?

404

Soudain inquiet, Gavin sentit poindre en lui la panique. Il devait trouver les mots justes s'il entendait sceller leur union.

— Pour quelle raison ne vous joindriez-vous pas à nous ? Vous êtes parfaite, vous possédez toutes les qualités requises à nos yeux. Je suis convaincu que vous ferez un grand leader.

— Que se passerait-il, autrement ?

— Je vous en prie, Constance, prenez le temps de réfléchir à ma proposition. Il s'agit de votre première et dernière chance. Je sens chez vous cette soif de liberté. Nous la vivrons ensemble, ce sera merveilleux.

— Merveilleux, répéta-t-elle.

Le ton de sarcasme sur lequel elle s'était exprimée n'avait pas échappé à Gavin qui sentit poindre en lui un mélange de déception et de colère. Après tout ce qu'il lui avait révélé, allait-elle refuser et réduire à néant tous ses espoirs ? Il serra le poing autour de la crosse de son arme de service. Il ne pouvait pas la laisser repartir vivante, elle mettrait en péril leur existence même.

— Constance, je vous demande de réfléchir *très sérieusement*.

Il commençait seulement à comprendre que l'intérêt qu'elle lui avait manifesté n'était pas synonyme d'adhésion ; elle l'avait poussé à parler à seule fin d'utiliser contre lui les informations recueillies.

— Oh, Constance, Constance ! Ne faites pas ça !

Mais elle s'obstinait dans le silence. Tant pis. Gavin avait compris que cette femme pouvait être une ennemie aussi dangereuse qu'elle aurait été une alliée fidèle. Il se sentait trahi. Petit, il avait appris à attaquer le premier, avant que l'adversaire ne sente venir la bagarre.

Aussi prit-il les devants. D'un bond, il arracha le couteau qu'elle tenait à la main, lui passa un bras autour du cou et enfonça le canon du pistolet dans son oreille. Puis il l'adossa contre le mur le plus proche et la menotta.

La lutte prenait fin avant même d'être engagée. Il relâcha son étreinte et recula tout en continuant de la menacer de son arme.

— Rien ne nous oblige à en arriver à une telle extrémité.

Elle le regardait avec une telle intensité qu'il fut déstabilisé.

— Je suis désolé, mais j'ai besoin de savoir ce que vous avez décidé.

Dans le silence de la pièce, elle continuait de le fusiller du regard.

— C'est l'heure de vérité, ajouta-t-il en agitant son pistolet.

Pour toute réponse, elle s'agenouilla et récupéra, de ses mains menottées, le couteau à cran d'arrêt dont elle fit jaillir la lame.

Gavin recula machinalement sous l'effet de la surprise, au cas où elle aurait tenté de le lancer dans sa direction. Mais elle avait les poignets entravés, de sorte qu'il ne risquait rien.

— À quoi bon ? s'enquit-il.

Elle leva les bras et posa la pointe du couteau contre sa propre gorge, au niveau de la jugulaire.

— J'ai l'intention de vous priver du plaisir de me tuer après m'avoir violée.

Tout en parlant, elle enfonçait la pointe du couteau et la peau se déchira en laissant échapper un filet de sang.

Gavin ne put réprimer un frisson d'admiration. Cette femme était décidément extraordinaire. Une associée de rêve. Il sentit monter en lui une bouffée de désir tout en sachant que jamais elle n'accepterait de se joindre à eux. À son excitation se mêlait un sentiment d'échec terrible.

Rien à foutre. Après tout, il lui avait offert la chance de sa vie, et elle l'avait refusée.

Hypnotisé par le spectacle, il la vit enfoncer la lame d'un millimètre. Il était clair qu'elle ne bluffait pas, elle préférait mourir que de devenir son esclave. Elle allait vraiment se tuer. Gavin se sentait écartelé entre la déception de ne pas pouvoir la posséder et une forme d'excitation d'une tout autre nature.

— Allez-y, l'encouragea-t-il d'une voix rauque.

Prête à tout, elle appuya sur la lame. Gavin n'avait jamais assisté à une scène d'un tel érotisme. À la vue du couteau qui s'enfonçait dans cette gorge blanche, du sang qui dessinait un ruban couleur de rubis sur la peau délicate de Constance, il frissonna de tout son être.

À cet instant, il vit briller dans les yeux de la prisonnière une lueur étrange. Le couteau se figea entre ses doigts.

— Ne vous arrêtez pas, l'encouragea-t-il, les tempes battantes. Continuez. *Tout de suite.*

Loin de lui obéir, elle éloigna le couteau de son cou que barrait une blessure assez superficielle.

Gavin, emporté par la fureur et la déception, pointa le canon de son arme sur elle.

— Je m'étais trompé, grinça-t-il. J'aurais pourtant juré que vous aviez le cran nécessaire.

Le regard de Constance, qui ne le quittait pas depuis le début de la scène, glissa légèrement de côté. Gavin se retourna d'un bloc. Il comprit qu'il avait été joué en voyant une créature grimaçante à tête de chien fondre sur lui et lui agripper le bras d'une main armée d'ongles immenses.

51

C'était la deuxième fois que Gilberto Rivera se rendait à Exmouth, et il fut stupéfait de découvrir un spectacle de désolation digne de *L'Enfer* de Dante, au lieu de la bourgade paisible qu'il connaissait. Les hommes du SWAT dont il avait la charge avaient quitté leurs véhicules afin de gagner le centre-ville à pied. Il leur fallait commencer par sécuriser la zone de sorte que les secours puissent évacuer les morts et les blessés. Dans le même temps, on installait à l'extérieur de la bourgade un QG de campagne dans le brouhaha des radios, le hurlement des sirènes, le bourdonnement des projecteurs. Un peu plus loin, moteur au ralenti, deux blindés équipés de mitrailleuses de 50 étaient prêts à passer à l'action si le tueur se manifestait à nouveau.

Le tueur ou les tueurs. Impossible à dire, car il n'y avait plus personne. Un silence de mort régnait sur la ville. De son poste d'observation, Rivera vit clairement deux formes inanimées au milieu de la rue. Il crut en distinguer une troisième en plissant les yeux. Un cadavre désarticulé dans une position inquiétante. La tempête, chassée par un fort vent de nord-est, commençait à s'éloigner. La pluie tombait moins régulièrement et les bourrasques se calmaient. L'éclairage public ne fonctionnait toujours pas et les maisons restaient plongées dans l'obscurité, faute de courant. Le bâtiment qui finissait de se consumer, quelques dizaines de mètres plus loin, projetait une lueur rougeâtre sur ce tableau de cauchemar.

La scène d'horreur qu'il avait découverte avec son équipe de reconnaissance sur Dune Road, le cadavre atrocement mutilé du chef de la police municipale dans sa voiture de patrouille, avait fortement ébranlé Rivera. Les comptes rendus qui leur avaient été transmis en chemin étaient fragmentaires, au mieux. Des histoires insensées de monstres, de démons, de massacre et de chaos. Personne n'avait réussi à mettre la main sur l'adjoint du policier assassiné, le sergent Gavin. Il ne répondait sur aucune fréquence radio, et Rivera en arrivait à se demander s'il n'était pas mort, lui aussi.

Bon Dieu, qu'est-ce qui avait bien pu se passer ? Rivera se reprit, la gorge sèche. Il serait toujours temps de trouver une explication plus tard. En attendant, il avait du pain sur la planche.

Il porta la radio à sa bouche et distribua ses ordres. Les hommes du SWAT le rejoignirent au pas de course et se mirent en formation. Les traces du carnage leur apparurent à mesure de leur progression. Rivera ordonna le silence à

410

l'un de ses hommes en l'entendant marmonner des prières dans sa radio. Des commentaires, des murmures d'étonnement et des exclamations étouffées lui parvinrent. *C'est quoi, ce bordel ?* pensa-t-il. *Un attentat terroriste ? Un délire de toxicos ? Une expédition punitive menée par un gang ?*

La situation semblait tellement irréelle que Rivera éprouvait un certain malaise. Il devina, à la façon hésitante dont ses hommes avançaient, qu'ils avaient peur. Ce n'était pas une scène de guerre ou de violence urbaine, mais un spectacle tout droit sorti d'un film d'horreur.

Il s'efforça de dissiper son inquiétude, déterminé à prendre en main la situation. Il enchaîna les ordres d'une voix aussi neutre que possible, envoyant ses hommes explorer les rues voisines en binôme. Le premier cadavre sur lequel il se pencha, atrocement mutilé, semblait avoir été attaqué par une bête sauvage.

Sa radio crachota les premiers rapports de ses équipes. « Une victime devant le numéro 11 de la grand-rue. » « Deux victimes à l'auberge ! » Très vite, les comptes rendus se multiplièrent jusqu'à se chevaucher sur la fréquence d'urgence.

Rivera, décidé à ne pas se laisser déborder, surveillait étroitement la progression de ses équipes en s'assurant que ses hommes respectaient bien les consignes. En présence d'une affaire aussi peu ordinaire, les autorités examineraient leurs actions à la loupe. L'unité du SWAT sécurisa la zone avec une belle efficacité, étant donné les circonstances, avant de laisser passer les ambulances. Sans sirènes. En l'espace de quelques minutes, les secours s'étaient précipités auprès des nombreuses victimes, opérant un tri et prodiguant les premiers soins, chaque fois qu'ils le pouvaient.

C'est-à-dire rarement.

On procéda ensuite à l'évacuation des maisons. Une vingtaine au total, sur la rue principale. Les portes de trois d'entre elles avaient été enfoncées, avec de nouveaux cadavres à la clé. Jusqu'aux animaux domestiques, dont certains avaient fait les frais du tueur.

Les occupants des habitations encore intactes s'étaient réfugiés du mieux qu'ils le pouvaient dans les caves, les greniers et les placards, terrorisés au point de rester muets, tétanisés. Les rares personnes capables de s'exprimer affirmaient toutes avoir aperçu une créature démoniaque, dotée d'un museau de chien et d'une longue queue. Les hommes de Rivera prenaient scrupuleusement leurs dépositions d'un air incrédule. Personne ne semblait avoir vu clairement l'attaquant dans la nuit, au milieu d'une tempête qui avait provoqué une coupure d'électricité. Personne chez les survivants, tout du moins.

Au plus fort des combats en Irak, Rivera avait vu comment la peur et le chaos pouvaient troubler les esprits. Tout allait si vite, personne ne savait vraiment ce qui se passait. Il assistait au même phénomène à Exmouth. Impossible de se fier aux témoignages des survivants, bien que certains détails se recoupent curieusement dans les versions des uns et des autres. Si seulement il avait pu dénicher un témoin capable de décrire précisément le tueur...

Rivera sursauta en entendant un cri. Une silhouette masculine sortit en titubant de l'ombre d'une maison. Les yeux écarquillés, l'homme gesticulait en vociférant. Il se précipita vers Rivera, les bras écartés. Avant que le chef du SWAT ait pu réagir, l'inconnu paniqué le serrait contre lui.

— Dieu soit loué ! Dieu soit loué ! hurla-t-il. C'est la fin du monde ! Le diable a lâché ses démons !

Fou de terreur, il précipita Rivera par terre.

Deux de ses hommes portèrent immédiatement secours à leur chef en écartant l'inconnu sans ménagement avant de le clouer au sol. Il n'en continuait pas moins de se débattre.

Rivera, penché au-dessus de lui, l'apostropha d'une voix calme.

— Comment vous appelez-vous ?

L'autre accueillit la question par de nouveaux cris.

— À quoi bon ? pleura-t-il, inconsolable. C'est la fin du monde, les noms ne servent plus à rien !

D'une main, Rivera lui immobilisa le visage.

— Je suis là pour vous aider, je suis le lieutenant Rivera. *Comment vous appelez-vous ?*

La manœuvre eut le mérite de calmer l'homme qui se tut brusquement et regarda fixement Rivera de ses yeux exorbités, le visage dégoulinant de sueur.

— Ce n'est pas la fin du monde, poursuivit Rivera sur un ton posé. Vous entendez ? Hochez la tête si vous comprenez ce que je viens de vous dire.

L'homme l'observa longuement avant d'acquiescer.

— Votre nom ?

— Boyle, croassa-t-il.

— Êtes-vous blessé, monsieur Boyle ?

Le vieil homme fit non de la tête.

— Qu'avez-vous vu ?

Il se mit à trembler.

— J'en ai trop vu.

— Je vous écoute.

— J'ai vu un... un démon.

Rivera avala sa salive.

— Décrivez-moi votre attaquant.

— Il... il a remonté la rue... en courant. Avec un bruit bizarre... Il répétait toujours le même mot.

— Quel mot ?

— Il disait sans arrêt *'leil, 'leil...* Un monstre effrayant, un géant de plus de deux mètres avec un museau de chien et des dents pourries. Complètement nu, avec une peau jaune toute parcheminée et une odeur atroce. Une odeur de merde.

— Complètement nu ? Par ce temps ?

— Oui... Et puis... il avait une queue.

— Une *queue* ? répéta Rivera, déçu d'avoir affaire, une fois de plus, à un affabulateur.

— Une queue monstrueuse, qui s'agitait derrière lui comme un serpent. Il avait des mains

414

gigantesques avec lesquelles il ouvrait les gens en deux comme si... comme si...

Pris de violents tremblements, il ne put achever sa phrase.

— Mon Dieu ! Mon Dieu !

Rivera se releva en affichant un air désabusé.

— Installez-le dans une ambulance. Il n'a plus toute sa tête.

52

La créature saisit brutalement le poignet de Gavin et envoya voler son arme, puis il attira sa proie contre lui, un grondement aux lèvres, tout en continuant à lui tordre le bras. Gavin, muet de saisissement, grimaça de douleur en sentant céder les tendons.

Constance examina le monstre avec un détachement surprenant. *Ainsi donc, voici le fameux Morax*, pensa-t-elle. Contre toute attente, le démon était un être humain. Un géant prognathe aux traits abominablement déformés, aux lèvres caoutchouteuses dissimulant mal une denture carnassière, au front fuyant surmonté d'une crête sagittale osseuse qui évoquait les coiffures des Indiens Mohawk. Un teint cireux, une peau crasseuse constellée de pustules, de croûtes et de minuscules cicatrices, des yeux brun orangé, un corps noueux. Entièrement nu, dépourvu de cheveux, il émanait de lui une puanteur atroce qui suffisait à couvrir les odeurs parfumées de la salle de sacrifice. Plus étonnante encore était sa queue. Différente des queues animales traditionnelles, on aurait dit un long cordage rigide de chair rose, doté à son extrémité d'une boule de poils en forme de massue. Parfaitement inanimé, l'étrange appendice caudal traînait dans le sillage du monstre à la façon d'un membre flasque.

La main du démon qui serrait le poignet de Gavin, aussi grosse qu'une patte d'ours, se terminait par d'énormes doigts munis d'ongles bruns interminables. La créature posa sur Gavin un regard haineux. Les deux adversaires se dévisagèrent longuement, jusqu'à ce que le monstre se décide à rompre le charme en laissant échapper un sifflement rageur.

Gavin, grimaçant de douleur, parvint à retrouver son sang-froid.

— Tout va bien, Morax. Tout va s'arranger. Tu es en sécurité. Lâche-moi, s'il te plaît.

Morax siffla de plus belle, émettant un son indistinct que Constance ne parvint pas à identifier. *Fichhh, fussss...*

— Tu me fais mal, insista Gavin. Lâche-moi.

Pour toute réponse, Morax lui tordit le poignet de plus belle, avec un craquement sinistre. Le sergent serra les dents sans une plainte, à l'étonnement de Constance.

Quand bien même elle n'aurait pas entendu les explications que lui avait fournies Gavin un peu plus tôt, elle aurait compris que ces deux-là avaient des comptes à régler entre eux. Le dénouement était proche.

Les deux adversaires étaient seuls au monde, et leur affrontement offrait à Constance un moyen de s'échapper. À condition de se montrer discrète. Malheureusement, ils bloquaient le tunnel par lequel elle était arrivée. Elle allait devoir s'enfoncer plus avant dans les souterrains.

Elle recula prudemment d'un pas avant d'en tenter une autre en ne quittant pas le duo des yeux.

— Morax, fit Gavin. C'est moi qui dirige à présent cette assemblée. Ce qui signifie que nous sommes tous les deux associés, d'une certaine façon. Je suis bien conscient que tout ce que tu as subi depuis des années était injuste, et que...

Morax poussa un rugissement et arracha la main de Gavin aussi facilement que s'il s'était agi d'un pilon de poulet. Une gerbe de sang jaillit du moignon. Gavin tituba en poussant un cri. Les yeux écarquillés de terreur, il tenta désespérément de stopper l'hémorragie. Le démon rugit de plus belle.

Constance en profita pour longer lentement le mur du fond. Le sort qui attendait Gavin n'était guère enviable et elle aimait autant ne pas assister à l'épilogue. Ce monstre débordait de haine.

— Je t'en prie, supplia Gavin d'une voix brisée par l'émotion. Nous te respectons, tu sais combien tu comptes à nos yeux. Je suis infiniment désolé de ce qui s'est produit. Tout va changer, à présent que je prends la tête de la communauté.

Il tendit sa main valide en un geste de supplique.

Morax, que ces jérémiades rendaient fou de rage, poussa un rugissement et saisit le poignet au vol en le tordant brutalement. Gavin, défait, laissa échapper un hurlement aigu en tombant à genoux. Ce fut la dernière image que Constance emporta de lui tandis qu'elle s'enfonçait dans l'obscurité des souterrains.

53

Pendergast s'arrêta au sommet d'une petite dune afin d'observer les ruines d'Oldham qui s'étalaient au fond d'une cuvette, au milieu des pins déformés. La tempête s'apaisait, il avait cessé de pleuvoir et le vent avait fini par tomber, ce qui n'empêchait pas l'océan de déferler avec férocité sur la plage de galets. La lune apparut derrière les nuages en jetant une lueur pâle sur les murs effondrés, les entrées de caves béantes, les débris de vaisselle et autres morceaux de verre enfoncés dans le sable humide.

Les intempéries s'étaient chargées d'effacer une partie des empreintes de la créature, mais il restait suffisamment de traces dans le sable et les galets pour guider Pendergast. À côté de celles du monstre, il en identifia de plus petites dans lesquelles il crut reconnaître les semelles de Constance.

La disposition des ruines lui indiqua le tracé de l'ancienne rue principale. À son extrémité, un mur de brique délabré reposant sur des blocs de granit signalait les vestiges de ce qui avait sans doute été l'église d'Oldham. Il s'immobilisa à l'entrée d'un vaste sous-sol au fond duquel moisissait une vieille voile.

Il sauta au milieu des gravats et fit courir le faisceau de sa lampe autour de lui. Il l'arrêta sur un battant de fer, près de la voile. Il s'en approcha, et l'examen minutieux des gonds lui indiqua que la trappe servait encore fréquemment. Il la souleva doucement, sans un bruit, et découvrit un étroit escalier descendant jusqu'à une galerie humide qui s'enfonçait sous terre.

La main devant l'ampoule de la torche, il se glissa sur les marches en prenant la précaution de refermer la trappe métallique au-dessus de sa tête. Accroupi sur les marches, il éteignit sa lampe et tendit l'oreille. La rumeur des vagues lui parvenait assourdie, mais aucun bruit ne filtrait de l'obscurité. Seul surnageait un remugle de mort et de moisissure, dans lequel s'immisçait une faible odeur de cierges.

Il sortit son Les Baer, l'oreille aux aguets. Toujours rien.

Il ralluma la torche, examina les marches et constata qu'elles avaient servi tout récemment. Des traces de sable et de pluie lui apparurent, ainsi que l'empreinte d'un pied nu. Cette dernière était la preuve qu'il avait négligé certains éléments de première importance. Mais il avait beau essayer de trouver une explication logique, il ne parvenait pas à donner un sens à l'irruption à Exmouth de ce tueur aux pieds nus. Pour quelle raison avait-il choisi ce moment précis pour s'en prendre aux habitants avec tant de férocité ?

Les craintes qu'il entretenait au sujet de Constance rivalisaient chez lui avec la prudence. Il descendit les marches et s'engagea silencieusement à l'intérieur de la galerie souterraine en notant au passage la présence de graffitis plus ou moins anciens : des figures stylisées, des silhouettes démoniaques, des symboles ésotériques, quelques inscriptions en latin.

Il se figea en percevant un murmure animal, des borborygmes presque humains, déformés par l'écho des parois du labyrinthe. Un chuchotement s'éleva, indéfinissable et proche du gémissement, dont il n'aurait su dire s'il s'agissait d'une voix d'homme ou de femme.

Un rugissement de bête sauvage traversa les souterrains, auquel répondirent des supplications de plus en plus pressantes qui se terminèrent par un hurlement aigu, horriblement déformé.

Pendergast s'élança au pas de course. La galerie se divisait en deux, il choisit la branche de droite, guidé par le son. Il parvint à un autre embranchement, opta pour l'un des deux tunnels et se retrouva dans un cul-de-sac. Il revenait sur ses pas lorsqu'un nouveau hurlement retentit. Une voix d'homme que la terreur rendait méconnaissable.

Où pouvait bien se trouver Constance ?

Il s'engagea dans un nouveau passage et le faisceau de sa torche se refléta sur ce qui ressemblait à une mare de sang. Deux corps gisaient à terre, sur le dos, bras et jambes écartés, les yeux grands ouverts. Il reconnut sans peine deux habitants d'Exmouth : le pêcheur qui avait conduit Constance jusqu'au poste de police le jour de l'arrestation de Pendergast, et un buveur anonyme aperçu un soir au bar de l'auberge. Les deux hommes avaient été écartelés d'une façon abominable. Des empreintes de pied sanguinolentes s'éloignaient de la scène de carnage. Pendergast examina les lieux à l'aide de sa torche. Les indices qu'il découvrit n'étaient que trop limpides. À cet instant, de nouveaux cris de douleur, arrachés sous la torture, soulignèrent l'horreur de la situation en se réverbérant contre les parois de la galerie.

*
* *

Constance Greene avançait à tâtons en se guidant des deux mains le long des murs humides du souterrain. Le peu de lumière dont elle avait bénéficié jusque-là avait fini par disparaître, elle se trouvait à présent dans le noir le plus absolu. Les poignets toujours menottés, elle sentait dans la poche de sa robe le poids de son couteau à cran d'arrêt. Les hurlements de douleur continuaient de traverser les galeries souterraines. Elle avait assisté à bien des scènes horribles au cours de son existence, mais peu d'entre elles étaient aussi éprouvantes que celle qui continuait de se dérouler dans la salle de sacrifice.

Les plaintes étaient sur le point de s'éteindre, Gavin ne tarderait pas à sombrer dans la mort. Mais ce n'était pas l'essentiel, elle devait trouver au plus vite le moyen d'échapper à cet enfer, à la créature démente qui l'habitait. Elle voulait espérer que ces galeries disposaient d'une issue de secours. Dans le cas contraire, elle devrait dénicher une cachette où se terrer en attendant une occasion de s'échapper.

La puanteur s'atténuait à mesure qu'elle progressait dans l'antre du monstre, remplacée par des relents terreux de champignons, de moisissure et d'humidité. À force d'errer dans le noir, Constance avait fini par perdre ses repères, au point de ne plus savoir comment revenir sur ses pas. L'obscurité ne l'effrayait nullement, elle y était habituée et la trouvait même rassurante à bien des égards, sachant qu'elle pouvait compter sur elle pour se fondre dans la nuit. Avec le temps, elle finirait bien par s'orienter. Encore fallait-il que le temps joue en sa faveur.

Le silence reprit ses droits dans le labyrinthe tandis que se taisait le dernier râle de souffrance. Le démon en avait terminé avec Gavin, et il avait disparu.

54

Il regarda ses mains. Elles étaient rouges et luisantes d'humidité. Il se lécha les doigts et leur trouva un goût semblable aux barreaux de sa cage. Il baissa les yeux. La tête du Méchant gisait à l'envers, le regard éteint, la langue pendante.

Il huma l'air et découvrit des odeurs inhabituelles. La fille s'était enfuie.

Il repoussa la tête du pied en posant un orteil sur l'un des yeux ouverts. Le Méchant observait fixement un point lointain. Très lointain.

Où était passée la fille ?

Il retroussa les narines. Il voulait qu'elle s'en aille. Il était chez lui. Sur son territoire. Pas le sien. Il s'était débarrassé des têtes qu'il détestait. Ils ne reviendraient plus. Plus personne ne viendrait le déranger.

Il s'approcha de l'autel et éteignit les cierges. La pièce fut plongée dans l'obscurité. L'obscurité était son amie. Elle rendait fous les autres idiots en leur faisant peur.

La fille s'était aventurée dans les Culs-de-Sac.

Ses chaînes avaient disparu. L'être étrange lui était brusquement apparu, il l'avait averti de l'arrivée des Tueurs décidés à se débarrasser de lui, puis il avait brisé sa serrure. Il était libre à présent. Libre d'aller partout. Même Là-Haut. Alors il était allé Là-Haut... mais ce n'était pas du tout ce qu'on lui avait promis. Ils lui avaient menti. Ce dont il rêvait depuis toujours était un mensonge. Comme tout ce qu'ils lui avaient dit. Ils appelaient ça le soleil. Toute cette souffrance qu'ils lui avaient infligée, le Couteau Sacrificiel et le reste, ils lui avaient promis de tout oublier le jour où ils le conduiraient vers le soleil, ce feu du ciel. Plus d'obscurité, uniquement de la lumière.

En y pensant, en pensant à la souffrance, en pensant aux mensonges, en pensant à la nuit glaciale découverte. Là-Haut, exactement comme ici, la rage l'avait repris. Plus prégnante que jamais.

Il se dirigea vers les Culs-de-Sac. À la poursuite de la femme.

55

Constance s'était familiarisée avec l'obscurité dès son enfance, de sorte qu'elle avançait sans hésitation, bien qu'elle ait perdu ses repères.

Les parois de la galerie, humides, ruisselaient d'eau. Ses doigts dérangeaient fréquemment des araignées et des mille-pattes qui s'enfuyaient sans demander leur reste. Elle discernait également des bruissements de rats qui couinaient sur son passage. L'odeur de champignons, de terre et de moisissures augmentait à mesure que l'oxygène se raréfiait. Le doute n'était plus permis, aucune issue ne l'attendait de ce côté-là.

Sa main glissa jusqu'à une encoignure. Elle se figea, l'oreille dressée. En dehors du toc-toc des gouttes d'eau qui s'écoulaient de la voûte, seul lui parvenait le grondement sourd des vagues qui faisaient vibrer la terre. Tout était normal.

Elle s'engagea dans le tunnel transversal en testant le sol humide du pied, la main collée au mur. Elle effleura un insecte, sans doute un mille-pattes, qui s'engouffra à l'intérieur de sa manche et se contorsionna contre sa peau. Elle s'arrêta, le temps de s'en débarrasser doucement. Elle hésita de nouveau à trouver une cachette mais y renonça, consciente que Morax connaissait ces galeries infiniment mieux qu'elle. Les poignets menottés, avec un simple couteau pour se défendre, elle n'avait aucun espoir de le tuer. Après avoir assisté au calvaire de Gavin, elle devait s'attendre au pire.

Il n'y avait aucune issue de ce côté. Le seul moyen de s'en tirer était encore de rebrousser chemin en échappant à Morax.

*
* *

A. X. L. Pendergast s'éloigna des deux corps éviscérés et revint sur ses pas. Au pas de course, il emprunta une galerie adjacente en direction des cris qui se mouraient rapidement. Un nouvel embranchement se présenta très vite. Il s'arrêta, les sens aux aguets, sans pouvoir déterminer d'où venaient les hurlements à présent que le silence régnait.

La complexité de ce labyrinthe ne cessait de le surprendre. Tout indiquait que ces tunnels avaient été construits sur plusieurs décennies, voire plusieurs siècles, à en juger par leur architecture, différente d'une section à l'autre. Il régnait là une atmosphère mystique et secrète comparable à celle des catacombes qu'il avait explorées lors d'un séjour à Rome. Ces tunnels ne constituaient pourtant que la partie visible du culte que l'on y pratiquait, ce que confirmaient la profusion de symboles bizarres gravés sur les murs, les odeurs de cierges et de substances autrement plus inquiétantes.

L'examen du sol le poussa à s'engager dans la galerie de gauche, plus empruntée. Celle-ci se divisa à plusieurs reprises, mais il s'entêta sur la voie qui portait des traces de passage. Quelques minutes plus tard, il franchit un coude et se retrouva nez à nez avec une grille de prison. Celle-ci était percée d'une porte métallique grande ouverte. La puanteur qui s'échappait de la cellule située de l'autre côté confirmait la présence récente d'un occupant privé de toute hygiène.

Il fit courir le faisceau de sa torche à travers la cellule improvisée. Une trentaine de mètres séparaient la porte du mur du fond. La pièce était meublée d'une paillasse crasseuse, d'un trou rempli à ras bord, destiné aux besoins du prisonnier, et d'une table bancale. Un collier métallique renforcé de pointes en acier, fixé à l'un des murs, pendait au bout d'une chaîne. En se penchant, Pendergast découvrit sur le sol de sable humide de nombreuses traces de pieds nus correspondant aux empreintes qu'il avait suivies depuis Exmouth : le tueur était resté enfermé là pendant très longtemps.

Il se redressa et vit le cadenas de la porte jeté dans un coin, mâchoires écartées. Intrigué, il en examina de plus près le mécanisme à l'aide de la loupe qui ne le quittait jamais. Il reconnut un modèle Abloy en acier, d'une solidité à toute épreuve. Pendergast lui-même, en dépit de ses dons de cambrioleur, en serait difficilement venu à bout. Il sursauta en constatant qu'une main anonyme l'avait trafiqué de façon à donner l'impression qu'il était fermé alors qu'il ne l'était pas.

La manœuvre, particulièrement habile, lui fit immédiatement songer à un personnage qu'il aurait préféré oublier.

Son inspection achevée, il traversa la cellule jusqu'au mur du fond en enjambant toutes sortes d'immondices, de vieilles carcasses de poulets, des lambeaux de peau moisis ou encore des os à moelle. Des cafards luisants s'enfuirent, affolés par la lumière de la torche. Au fond de la pièce gisaient des menottes, des entraves et des chaînes. Toutes étaient récentes, d'excellente facture, et fermaient à clé. Le visage de Pendergast, pâle en temps ordinaire, devint livide tandis qu'il examinait tour à tour chacun de ces accessoires.

Les geôliers n'avaient pas lésiné sur les moyens pour que leur prisonnier ne puisse s'enfuir. Jamais ils n'auraient pu se douter que les mécanismes des entraves et des menottes avaient été trafiqués.

Les geôliers en question n'étaient autres que les deux habitants d'Exmouth dont il avait découvert les corps un peu plus tôt en arpentant les souterrains.

Les mains de Pendergast tremblaient lorsqu'il laissa retomber la chaîne qu'il venait d'examiner minutieusement. Ses jambes ployèrent sous lui et il se laissa tomber par terre, au comble de l'abattement.

Un bruit le tira de ses pensées. Au terme d'un effort sur lui-même, il parvint à sortir de sa torpeur et se releva. Constance était prisonnière de ce labyrinthe, sa vie était bien plus en danger qu'il ne l'avait imaginé jusque-là.

Rassemblant ses forces, il s'élança à travers les couloirs humides sans se soucier de discrétion. Il avait franchi une suite de coudes lorsqu'il pénétra dans un large couloir s'ouvrant sur une salle de forme pentagonale lourdement décorée. Un autel dressait sa masse imposante au centre de la pièce. Il balaya le vaste espace de ses yeux argentés. L'amas de chair et d'os qui reposait sur l'autel était si disloqué que Pendergast ne comprit pas immédiatement qu'il s'agissait des restes d'un être humain. L'un des muscles de la victime se contractait encore sous l'effet des impulsions nerveuses, preuve que l'homme venait de trépasser. Où pouvait bien se trouver le responsable de ce carnage ?

Il pivota sur lui-même, le Les Baer au poing, en éclairant successivement les alcôves à l'aide de sa lampe de poche. Avant même qu'il ait pu s'intéresser à la dernière niche, le monstre nu à la peau parcheminée qui avait attaqué Mourdock sous ses yeux un peu plus tôt jaillit d'un recoin sombre. Pendergast le visa et fit feu, mais la créature esquiva la balle d'une curieuse pirouette tout en le désarmant d'un coup de pied. Pendergast parvint à réduire l'impact du coup en se jetant de côté. Il en profita pour frapper son adversaire en plein ventre, sans pouvoir éviter que la queue de l'humanoïde ne vienne lui fouetter le visage. Il exécuta une roulade et se mit en position accroupie en sortant un poignard de combat Fairbairn-Stykes du fourreau qu'il portait au mollet. La créature fondit sur lui en poussant un rugissement. Les deux combattants roulèrent dans la poussière, mais le monstre eut rapidement le dessus. Lorsque Pendergast voulut le poignarder, l'être saisit la lame à pleine main afin de lui arracher l'arme en se coupant profondément. Contraint de lâcher sa lampe pour se défendre, Pendergast saisit le manche du poignard à deux mains dans l'espoir de couper les doigts de son agresseur. La torche s'arrêta au pied d'un mur en continuant d'éclairer chichement la pièce. L'immonde démon, tout en s'évertuant à s'emparer du poignard, ouvrit grand la gueule et referma ses horribles dents noires sur l'oreille de Pendergast dans un bruit de cartilage broyé. Dans le feu de l'action, il avait basculé en avant, ce qui permit à Pendergast, libéré d'une partie du poids de son adversaire, de lui envoyer un violent coup de genou dans la cage thoracique, brisant plusieurs côtes. Le monstre laissa échapper une clameur sauvage et arracha enfin le poignard des mains de Pendergast en se sectionnant plusieurs doigts. Il voulut envoyer valser son adversaire contre le mur d'un coup de tête, mais Pendergast, avec l'agilité d'un torero, s'écarta de sa trajectoire juste à temps, et la créature se jeta tête baissée contre le mur de pierre alors que Pendergast se relevait d'un bond derrière lui.

D'un coup d'œil, il évalua ses chances. Le Les Baer se trouvait de l'autre côté du démon, contrairement au poignard, tombé à ses pieds. Au moment où il se ruait dessus, le monstre, loin de chercher à l'en empêcher ainsi qu'il le redoutait, écrasa la torche de son énorme pied. La pièce fut brusquement plongée dans le noir.

Son poignard à la main, Pendergast exécuta une double roulade et se redressa. Son attaquant, anticipant la manœuvre, se jeta sur lui. Pendergast lui enfonça le poignard profondément dans les chairs en tournant la lame. Le démon poussa un hurlement et désarma son adversaire d'une manchette avant de reculer provisoirement. Pendergast mit à profit ce court répit pour se réfugier dans le grand couloir et s'enfoncer dans le dédale des souterrains. La main contre la paroi, il courait dans le noir sans se soucier des obstacles qu'il aurait pu rencontrer sur son passage, sans savoir où il allait.

À ce stade, une seule certitude s'imposait à lui : il avait trouvé son maître. Et si ses craintes étaient fondées, la créature était le moindre de ses soucis.

56

Rivera se sentait comme à la manœuvre. La situation correspondait, à s'y méprendre, aux exercices d'alerte catastrophe auxquels il s'était prêté des dizaines de fois à Lawrence comme à Boston. La ville avait été transformée en scène de crime gigantesque. Des blindés en fermaient tous les accès, les secours s'activaient autour des corps inertes au milieu du ballet des ambulances, tandis que les équipes du SWAT patrouillaient les rues en interrogeant les rescapés. Un véritable cas d'école. La foule des journalistes, de plus en plus agitée, restait parquée de l'autre côté du pont Metacomet. Il allait falloir donner du grain à moudre aux représentants des médias si l'on ne voulait pas qu'ils pètent les plombs. L'espace aérien au-dessus de la ville était fermé jusqu'à nouvel ordre, ce qui n'empêchait pas les hélicos des chaînes de télévision de bourdonner au-dessus des marais et de tourner tout autour de la zone interdite, prêts à intervenir dès qu'ils en recevraient l'autorisation.

La présence de renforts avait contribué à faciliter le travail de Rivera en l'aidant à oublier les inquiétudes, pour ne pas parler d'angoisses, liées à ce drame étrange. Malgré tous leurs efforts, ses hommes et lui n'étaient toujours pas capables de comprendre ce qui s'était passé, d'identifier le tueur ou de deviner son mobile. À en croire tous les témoins, il s'agissait d'un monstre humanoïde nu et crasseux, doté d'un museau et d'une queue, qui se déplaçait à la vitesse d'un loup et déchiquetait ses victimes à mains nues.

Et puis quoi, encore ?

À ceci près qu'ils avaient effectivement retrouvé, souvent dessinées dans le sang, un grand nombre d'empreintes de pieds nus de taille 50 un peu partout en ville, ainsi que dans les maisons des victimes. Tout indiquait que le tueur avait agi seul. Il ne s'agissait donc pas d'une foule en colère, d'une émeute, ou d'une armée de terroristes sanguinaires, mais bien d'un seul et même individu. Rivera mettait les élucubrations des témoins sur le compte de la peur, mais en partie seulement. Il était indéniable qu'un tueur fou d'une stature exceptionnelle avait semé la terreur en ville. Restait à déterminer qui il était, pour quelle raison il s'était déchaîné de la sorte, d'où il venait, et où il se cachait.

Un seul et même individu. Rien que d'y penser, Rivera avait les nerfs à fleur de peau.

Un premier indice d'importance s'était présenté lorsqu'un homme du SWAT, plus observateur que ses camarades, avait remarqué la présence d'une caméra de surveillance dans la vitrine d'une boutique de vêtements devant laquelle le tueur avait dû passer à plusieurs reprises. La caméra, branchée vingt-quatre heures sur vingt-quatre, était capable de filmer même de nuit. Mieux, elle passait automatiquement sur ses accus de secours en cas de panne de courant. Les hommes de Rivera s'étaient empressés de récupérer les précieuses images et les spécialistes étaient en train de les analyser dans le QG de campagne. La vidéo était particulièrement sombre, à cause du manque d'éclairage, mais les techniciens s'employaient à l'améliorer. On lui avait même précisé qu'elles seraient prêtes vers... il consulta sa montre... eh bien, maintenant.

Tant qu'il n'aurait pas visionné cette fichue vidéo, Rivera se refusait à spéculer sur la manière dont un individu seul, pieds nus de surcroît, avait pu perpétrer un tel massacre. Il n'avait jamais rien connu de pareil, le mieux était encore de réserver son jugement en attendant d'avoir vu ce monstre de ses propres yeux.

Il porta sa radio à ses lèvres.

— Brad ?

— Oui, lieutenant ?

— La vidéo est prête ?

— Euh... si on veut, mais il faut que je vous prévienne...

— Je ne veux rien savoir. J'entends visionner ces images sans idée préconçue.

— Bien, lieutenant.

436

Brad ne faisait pas le malin, pour une fois. Rivera rangea sa radio et se dirigea vers le QG de campagne, un bâtiment de chantier posé sur une remorque de camion. Il grimpa les quelques marches, poussa la porte, et fut surpris par le silence qui l'accueillit. La tension était à son comble dans la petite pièce.

— Alors, qu'est-ce que ça dit ? demanda-t-il.

Les hommes présents échangèrent des coups d'œil gênés. Brad, le spécialiste image, lui montra un écran du menton.

— Ce sont les images de la caméra de surveillance de la boutique. Il faisait sombre, mais on voit quand même tout. Le trottoir face à la vitrine et une partie de la rue. On voit le... le coupable aller et venir à plusieurs reprises. Les indications d'heure figurent au bas de l'écran, à droite. Le premier passage intéressant débute à 21 h 23, le second à 22 h 04.

— Commençons par visionner le premier.

Brad, hésitant, finit par hocher la tête.

— OK.

Rivera, les bras croisés sur sa poitrine, plissa les yeux en direction de l'écran. Rien d'intéressant ne s'affichait, une simple vue panoramique du trottoir désert filmée de la vitrine, la ville plongée dans l'obscurité, les réverbères éteints. L'image, rougeoyante, avait du grain tout en étant incroyablement nette. Soudain, une silhouette passa devant l'objectif. La scène avait duré moins d'une seconde, mais c'était suffisant.

— C'est quoi ce bordel ? éructa Rivera.

Personne ne souhaita réagir.

— C'est un type déguisé avec un masque, suggéra Rivera.

Voyant que personne ne contredisait son chef, Brad intervint d'une voix hésitante :

— Je vais repasser la séquence image par image.

Rivera, hypnotisé par l'écran, vit la scène repartir en arrière et s'afficher à nouveau sur le moniteur à la vitesse d'une image par seconde. Le « coupable » fit son apparition devant la caméra et passa à hauteur de la vitrine.

— Arrête l'image ! ordonna Rivera.

Brad obtempéra.

— C'est impossible. Remonte d'une image.

Le technicien obéit.

— Putain, je n'arrive pas y croire. Tu peux agrandir son visage ?

Brad s'exécuta.

Rivera colla son nez à l'écran en plissant les yeux.

— Ce n'est pas un masque.

— Non, confirma Brad.

Personne ne souhaita ajouter de commentaire.

Rivera s'humecta les lèvres.

— Continue.

Il visionna le reste de la séquence, sous le choc. Les témoins n'avaient pas menti, il s'agissait bien d'un monstre doté d'une queue. *Non*, pensa-t-il, *ce n'est pas un monstre, mais un être humain abominablement contrefait*. Le plan, filmé de haut et en diagonale, accentuait ses traits canins, son museau et ses dents en avant.

Mais au lieu d'avoir une truffe, comme un chien, il avait un nez épaté de boxeur. Son visage était couvert d'une épaisse couche de sang que la pluie effaçait progressivement. Il avait une expression de haine effrayante, accentuée par des yeux en meurtrières, une bouche béante d'où s'échappait un filet de bave, une langue rose toute gonflée. Il marchait d'un air si décidé que Rivera en était tout retourné. Il ne s'agissait pas d'un fou, mais d'un être déterminé, d'une brute accomplissant une mission bien précise. Rivera, en voyant ses énormes pieds nus, avec leurs ongles immenses, comprit enfin la nature des empreintes découvertes à travers la ville.

Brad se racla la gorge.

— Je vais passer à l'autre séquence, lorsqu'il revient après avoir massacré ces gens...

Rivera se redressa.

— J'en ai assez vu. Trouvez-moi des chiens. Cet enfoiré s'est réfugié dans les marais, il est temps de se lancer à ses trousses.

— Lieutenant ?

Rivera se retourna et vit un homme à la peau très noire se lever de son siège. Il se trouvait là en tant que témoin, convoqué par les hommes du SWAT.

— Qui êtes-vous ? s'enquit Rivera.

— Paul Silas. Je vis au-delà de Dill Town. J'ai entendu votre conversation. Si vous comptez vous rendre dans les marais, vous avez tout intérêt à trouver un guide qui connaît le coin, sinon vous n'en ressortirez pas vivants.

Rivera le dévisagea. Ce type respirait le bon sens et la compétence.

— Vous êtes en train de me dire que vous connaissez parfaitement ces marais, c'est ça ?

— Je les connais assez bien. Personne ne les connaît parfaitement.

— Avez-vous vu cette créature sur l'écran ?

— Oui.

— Et vous voulez toujours nous apporter votre aide ?

Silas balaya du regard le QG et la ville plongée dans l'obscurité, de l'autre côté de la vitre. Il se tourna à nouveau vers le chef du SWAT.

— Plus que jamais, laissa-t-il tomber.

57

Plongée dans les ténèbres, Constance suivait pas à pas les péripéties de la lutte. Elle avait beau tendre l'oreille, elle n'aurait pas su dire qui se battait avec le démon. Ce dernier avait trouvé un adversaire à sa taille, particulièrement tenace. À mesure que se poursuivait le combat, elle crut comprendre que le monstre tenait la victoire, à en juger par ses cris de triomphe. Bientôt, elle n'entendit plus dans le silence retrouvé que les reniflements du démon. Son adversaire était mort, ce qui ne la surprenait pas.

Constance s'accorda un temps de réflexion. Elle avait passé de nombreuses années, lorsqu'elle était jeune, dans un souterrain semblable à celui-ci. Cette expérience avait grandement aiguisé son ouïe et son odorat, ainsi que sa vision nocturne. Elle avait également appris à se déplacer en silence. Ce savoir, émoussé par l'existence plus normale qu'elle menait depuis, retrouvait toute son acuité face au danger. À défaut de voir avec ses yeux, elle voyait grâce à ses oreilles.

Le monstre reniflait bruyamment, tel un chien flairant une piste, à la recherche d'une odeur. La sienne. L'air des souterrains, parfaitement immobile, jouait en sa faveur.

Elle s'éloigna du bruit en multipliant les précautions, guidée dans le noir par sa main qui glissait sur la paroi, veillant à tâter le sol à chaque pas afin de préserver le silence. La galerie dessina un premier coude, puis un deuxième, et un troisième. Parvenue dans un cul-de-sac, elle revint sur ses pas. En chemin, elle trébucha contre un tas d'ossements qui s'effritèrent entre ses doigts lorsqu'elle voulut en déterminer la nature.

Elle avait conscience d'errer dans un labyrinthe de galeries, de niches et de culs-de-sac. L'air, comme figé, sentait la vieillesse et la décrépitude. Le sol était jonché de débris en tous genres, les murs grouillaient de mille-pattes, d'araignées et de cloportes. Tout indiquait que ces galeries étaient abandonnées depuis très longtemps, la créature n'en avait sans doute pas une connaissance parfaite. La seule chance de survie de Constance consistait à passer près de lui sans être vue avant de gagner la sortie au plus vite.

Des reniflements et une respiration rauque lui parvinrent. Elle comprit que le démon était blessé, tout en ayant conscience qu'il s'était lancé à sa recherche.

Elle repartit au hasard. Son seul but était d'éviter la créature. Soudain, les bruits cessèrent. Elle longea une longue galerie à l'extrémité de laquelle elle se figea : il était là, un peu plus loin, elle l'entendait respirer, il approchait. Collée contre la paroi, elle attendit en retenant son souffle. Les bruits se firent plus précis, accompagnés par une puanteur qu'elle connaissait bien désormais...

Il passa à côté d'elle en traînant des pieds sur le sol sablonneux et s'engouffra dans un tunnel adjacent.

Elle s'autorisa un soupir de soulagement. Le démon n'avait pas le nez aussi fin qu'elle l'avait redouté. À moins qu'il n'ait feint de ne pas la sentir lorsqu'il passait près d'elle. Dans un cas comme dans l'autre, elle devait saisir sa chance. Le mieux était encore de suivre la direction opposée, en espérant retrouver la sortie. Au pire, elle mettrait de la distance entre le démon et elle. Elle venait de reprendre sa route, d'un pas plus rapide cette fois, lorsqu'une main glacée s'abattit sur sa bouche.

58

Rivera, à côté de la voiture de patrouille de Mourdock, observait le manège du maître-chien. Ce dernier était arrivé en un temps record, accompagné de deux coonhounds qu'il disait habitués à chasser dans les cours d'eau et les marécages. Rivera avait envie de le croire en constatant avec quelle rapidité montait la marée.

L'énigmatique Paul Silas, un peu à l'écart, demeurait imperturbable. Rivera en arrivait à se demander s'il avait eu raison d'accepter son aide. Le type avait une raideur militaire qui le rassurait. En observant une nouvelle fois les marais que traversaient les dernières écharpes de brouillard abandonnées par la tempête dans son sillage, il se rassura en se disant qu'il n'avait guère envie de s'aventurer sans guide dans un tel enfer, surtout de nuit.

Rivera avait mis au point sa stratégie en attendant l'arrivée du maître-chien. Le tueur, après avoir semé la panique en ville, avait atteint Dune

Road où il avait assassiné Mourdock avant de partir en direction du sud.

Les chiens n'eurent aucun mal à flairer sa piste dans un concert d'aboiements. Ils s'éloignèrent de la voiture de patrouille et s'enfoncèrent dans les marais.

Silas les suivit et Rivera s'empressa de le rejoindre, équipé d'une torche alors que son guide avait une lampe frontale. Cinq hommes du SWAT, lourdement armés, les précédaient, menés par un gradé muni d'un projecteur mobile dont le rayon éclairait le chemin à près de cent mètres.

Le maître-chien, Mike Kenney, était un homme corpulent à barbe rousse. Vêtu d'un ciré et coiffé d'une casquette des Red Sox, il semblait connaître son métier. Les coonhounds suivaient la piste du tueur sans hésitation en tirant derrière eux leur maître qui les freinait de son mieux, le poing serré autour de longues laisses.

Rivera et Silas fermaient la marche. Le lieutenant du SWAT avait pris la précaution d'emporter un GPS étanche qui lui permettait de connaître leur position à tout moment.

— Vous avez une idée de l'endroit où ils nous emmènent ? s'enquit-il auprès de Silas.

— On dirait qu'ils coupent à travers les marais, en direction de l'île de Crow.

— Qu'y a-t-il là-bas ?

— Rien, à part des bois de pins, des dunes, des ruines et une plage. L'île est essentiellement une réserve naturelle.

Rivera avait beau consulter l'écran de son GPS, il ne parvenait pas à établir un lien entre la carte jaune et vert qui s'affichait à l'écran et l'étendue désertique qu'il avait devant lui. Kenney et ses chiens s'étaient enfoncés dans une mer d'herbes sauvages, suivis par les hommes du SWAT. Les aboiements des coonhounds redoublèrent.

— Si on continue par là, commenta Silas, on arrive tout droit au chenal de Stackyard.

— C'est-à-dire ?

— Il s'agit du principal bras de mer alimenté par la marée. Le courant y est très fort, surtout en ce moment, à une heure et demie de la marée haute. Il doit atteindre les cinq ou six nœuds.

— Vous croyez qu'on va pouvoir traverser ?

Silas émit un ricanement.

— La marée est bien trop haute. Jamais on n'y arrivera, même à la nage.

— Dans ce cas, le tueur va se retrouver coincé.

— En admettant qu'il soit passé il y a une heure ou deux, la marée était nettement plus basse, il aura pu franchir le chenal sans encombre. À cette heure, il nous faudrait un bateau.

Rivera se maudit de ne pas l'avoir anticipé. Il décrocha sa radio afin d'appeler le QG.

— Barber, mettez-moi deux Zodiac à l'eau, immédiatement. Envoyez-les sur le chenal Stackyard. Vous trouverez ça sur la carte.

Il acheva de donner ses instructions en se repérant sur le GPS, puis expédia des e-mails au centre de commandement pour préciser le lieu où il attendrait les canots. Sachant que les

Zodiac seraient rapidement mis à l'eau, Rivera calcula qu'il leur faudrait moins de dix minutes pour rejoindre le point de ralliement.

— Voici le chenal, annonça Silas.

Quelques instants plus tard, Rivera et ses hommes s'arrêtaient sur la rive de la passe et découvraient un puissant courant d'une eau noire pleine de remous, large d'une quinzaine de mètres. Le vent soufflait en rafales à la surface du bras de mer, fouettant les quenouilles d'un épais rideau de pluie. La lumière du projecteur perça l'obscurité en faisant apparaître la rive opposée dont la boue avait gardé la trace de plusieurs empreintes.

— On dirait bien qu'il a traversé à la nage, remarqua Silas.

— Ce sera pas de la tarte d'accoster en canot.

Silas acquiesça.

— Vous avez une idée de ce qu'il cherche dans le coin ? On dirait qu'il a un but précis.

Silas fit non de la tête.

Rivera tendit le bras en direction du chenal.

— Il y en a d'autres, plus loin ?

— Uniquement des champs d'herbes sauvages et quelques barres de vase avant d'atteindre les premiers arbres.

Kenney peinait à refréner l'ardeur de ses chiens qui manifestaient bruyamment leur désir de sauter à l'eau. Le maître-chien, qui leur parlait jusque-là d'une voix apaisante, menaçait de perdre patience.

Rivera s'approcha.

— Deux canots doivent nous rejoindre. Des Zodiac.

— Ce sera pas du luxe, répliqua Kenney. J'ai jamais vu mes chiens dans un état pareil.

Ils hurlaient et tiraient violemment sur leurs laisses, au point que Kenney fut contraint de les calmer sur un ton brutal. La marée continuait de monter le long des berges du chenal, et le courant était si puissant à présent qu'il aurait emporté quiconque aurait tenté la traversée, homme ou chien.

La radio de Rivera grésilla.

— Nous sommes à moins d'un kilomètre du point de ralliement, nasilla une voix.

Rivera tourna la tête et ne tarda pas à distinguer, à travers la pluie, un point blanc flanqué de deux lumières : une rouge et une verte.

— Kenney, vous monterez à bord du premier canot avec vos chiens, ordonna le lieutenant du SWAT. On prendra le second.

— D'accord.

— Soyez prudent, ça pourrait être dangereux.

Le Zodiac de tête apparut dans la lumière du projecteur. Son pilote les dépassa volontairement, exécuta un demi-tour et s'approcha de la rive en profitant du courant, son moteur à demi relevé, au ralenti.

— Les chiens d'abord ! cria Rivera.

Le bateau avançait parallèlement à la berge. Les coonhounds, tirant furieusement sur leurs laisses, étaient survoltés. Kenney les tira vers lui et leur donna l'ordre de sauter à bord. Ils prirent leur élan ensemble, mais tandis que le premier franchissait d'un bond le flotteur du Zodiac, le second retomba au milieu des remous, entraînant son maître avec lui.

— Vite ! Une bouée de sauvetage ! s'écria Rivera en voyant la tache pâle du visage de Kenney passer à toute vitesse devant lui.

Près de lui, le coonhound agitait furieusement les pattes, les yeux exorbités, en poussant des cris stridents. Voyant que la pauvre bête tournait sur elle-même, la langue pendante, emportée par les remous, Kenney tenta de la rejoindre à la nage. Les hurlements du chien se muèrent en un gargouillis sinistre tandis que le pilote du Zodiac remettait les gaz et se dirigeait vers Kenney. À bord du bateau, l'autre chien aboyait furieusement, prêt à sauter à l'eau. Le Zodiac arriva au niveau de Kenney, qui s'agrippa à la bouée qu'on lui lançait et s'accrocha au flotteur avant d'être hissé à bord par le pilote et son second.

— Sauvez le chien ! hurla-t-il.

Le pilote manœuvra le bateau en direction du tourbillon au milieu duquel se débattait l'animal. Avant même qu'il ait réussi à l'atteindre, le coonhound avait coulé. Rivera eut à peine le temps de voir ses oreilles et sa langue luire une dernière fois dans le faisceau du projecteur avant que ses pattes avant ne soient aspirées par les remous.

Kenney poussa un cri de désespoir, et il fallut toute la force des occupants du Zodiac pour l'empêcher de sauter à l'eau. Le bateau tourna plusieurs fois autour de l'endroit où avait coulé le chien, sans succès.

— Déposez Kenney et son chien sur l'autre rive, ordonna Rivera dans sa radio. On continue la chasse, même avec un seul chien.

— Bien, lieutenant.

Le second Zodiac, trop éloigné pour participer à l'opération de sauvetage, se rangea à son tour sur la rive. Les hommes du SWAT sautèrent à bord, suivis par Rivera, et le pilote entama la traversée. En l'espace de quelques minutes, le nez du bateau s'enfonçait dans la vase de la berge, à quelques mètres du premier Zodiac.

— Mon chien ! hurlait Kenney. Il faut absolument retourner le chercher !

Rivera le saisit par le bras et le secoua.

— Votre chien s'est noyé, on ne peut plus rien pour lui. Allez, on a du pain sur la planche.

Le maître-chien, trempé des pieds à la tête, le fixait d'un air hagard. On le sentait dans l'incapacité de mener à bien sa mission. Rivera se tourna vers l'un de ses hommes.

— Toi, ramène M. Kenney au centre de commandement. On garde son chien avec nous.

— Non ! protesta Kenney. Personne ne touche à mes chiens en dehors de moi !

— Vous rentrez au QG, insista Rivera en lui prenant la laisse des mains. Allons-y !

Rivera et ses hommes s'enfoncèrent au milieu des herbes en abandonnant derrière eux un Kenney désespéré. Silas, plus silencieux que jamais, rejoignit le lieutenant à la tête du petit groupe. Le chien survivant avait retrouvé la piste du monstre et bondissait en avant en aboyant furieusement.

— On dirait qu'il nous entraîne dans le sud de l'île de Crow, remarqua Silas.

— Ouais, mais reste à comprendre pourquoi, grommela Rivera.

— Si nous continuons dans cette direction, nous finirons par arriver aux ruines d'Oldham.

— Oldham ?

— Un ancien village de pêcheurs balayé par une tempête à la fin des années 1930. Il ne reste plus rien là-bas, à part quelques entrées de caves et...

— Et quoi ? s'impatienta Rivera.

Silas laissa échapper un ricanement.

— Tout dépend si vous croyez aux légendes.

59

Constance cessa de se débattre en entendant un souffle lui caresser l'oreille :

— C'est moi, Aloysius.

Pendergast la relâcha en sentant ses muscles se détendre.

— Nous devons repartir au plus vite, lui glissa-t-il dans un murmure. Nous n'avons aucune chance face à ce monstre sur son propre terrain.

— Je vous rejoins sur ce point, répondit-elle.

Malgré le péril auquel ils étaient confrontés, elle se sentait étrangement gauche face à Pendergast.

— Je suis perdue, avoua-t-elle.

— Moi aussi, malheureusement.

— Vous, perdu ? s'étonna Constance.

— Je me suis laissé... euh, déborder par d'autres préoccupations. Savez-vous où se trouve le tueur ?

— Il est passé tout près de moi il y a quelques minutes. Laissez-moi écouter.

En tendant l'oreille dans le silence des souterrains, elle distingua sa respiration, très lointaine.
Manifestement blessé, il errait dans les galeries,
à leur recherche.

— Vous l'entendez ?

— J'ai bien peur que non. Votre ouïe est plus
fine que la mienne, répondit Pendergast.

Elle dressa à nouveau l'oreille. Les sons, déformés par la résonance des galeries, finirent par
se taire. Elle attendit encore un moment, sans
rien percevoir.

— On dirait qu'il s'est éloigné.

— Ainsi que je le craignais.

Constance ne jugea pas opportun de l'interroger sur la nature de ses craintes, sachant
d'avance qu'il refuserait de s'expliquer. D'ailleurs,
Pendergast enchaîna dans un chuchotement :

— Votre expérience des ténèbres est plus
grande que la mienne. Auriez-vous une idée
pour nous sortir d'ici ?

Constance comprit que leur salut dépendait
d'elle seule.

— Oui, je pense en avoir une. Avez-vous déjà
entendu parler de Jon Pledge, de la ville d'Exeter
en Angleterre ?

— Non, mais soyez brève.

— Pledge, grand amateur de labyrinthes pay-
sagés, a mis au point une technique permettant
à n'importe qui de sortir du dédale le plus complexe. On choisit une direction arbitraire en se
guidant le long du mur avec la main droite et en
tenant un compte précis des embranchements.
Au quatrième carrefour à angle droit, on quitte

le mur des doigts afin de poursuivre tout droit jusqu'à atteindre le mur suivant, puis...

Pendergast posa un doigt sur ses lèvres pour la faire taire.

— Donnez-moi la main et ouvrez-nous la route.

Elle obéit, provoquant chez lui un réflexe de surprise.

— Mais... vous portez des menottes.

— Oui. Je constate, quant à moi, que vos doigts sont poisseux. S'agit-il de sang ?

— Ce n'est rien. Donnez-moi vos poignets, je vous prie.

Elle le sentit s'activer. L'un des bracelets s'écarta, suivi du second.

— Êtes-vous blessé ? insista-t-elle.

— Je vous l'ai dit, ce n'est rien, répondit-il sèchement. Inutile d'en parler.

Il s'excusa presque aussi vite.

— Veuillez me pardonner de vous avoir parlé aussi durement. Vous aviez raison, Constance... et j'avais tort. Les meurtres d'Exmouth dissimulaient un drame beaucoup plus grave qu'il n'y paraissait. N'ayant jamais été confronté à rien d'aussi maléfique lors de mes enquêtes précédentes, je me suis montré aveugle.

— Ce n'est pas grave, réagit-elle, plus gauche que jamais.

Elle sentit à son hésitation qu'il avait envisagé un instant de lui fournir davantage de précisions, au lieu de quoi il l'invita d'une pression des doigts à repartir.

454

Une main collée au mur, l'autre dans celle de Pendergast, elle se mit en marche en sondant le sol du pied. Le plus grand silence régnait dans les souterrains. Le démon s'était évanoui dans les profondeurs du labyrinthe. Obéissant scrupuleusement aux recommandations de Pledge, elle comptait les embranchements, sa tâche facilitée par le fait que les tunnels se croisaient à angle droit.

Pendergast s'immobilisa.

— L'air est plus frais par ici. La puanteur est moindre.

— Je l'avais également remarqué.

— Je vous inviterais volontiers à tendre l'oreille, murmura-t-il.

Elle obtempéra, sans rien distinguer en dehors des gouttes d'eau qui s'écoulaient du plafond et de la rumeur de la mer.

— Tout est calme.

— C'est bien ce que je redoutais. Il nous a tendu une embuscade. L'endroit le plus logique serait l'entrée de ces galeries. Je vous propose la solution suivante : je passe devant afin qu'il m'attaque. Vous en profitez pour vous enfuir pendant que je l'occupe.

— Vous savez pertinemment que jamais je ne vous abandonnerai.

— C'est la seule solution si nous ne voulons pas périr tous les deux. Je vous en prie, obéissez-moi.

— J'ai un couteau.

— Donnez-le-moi.

Elle fouilla les replis de sa robe et lui tendit l'arme.

— Promettez-moi de courir sans vous arrêter s'il m'attaque.

— Très bien, mentit-elle.

Ils s'apprêtaient à repartir lorsqu'il fut pris d'une nouvelle hésitation.

— Qu'y a-t-il ? l'interrogea-t-elle.

— Le moment est mal choisi pour vous dire ceci, mais je n'ai pas le choix.

Le cœur de Constance se mit à battre plus vite.

— S'il m'arrivait quoi que ce soit… n'en tirez aucune conclusion.

— Que voulez-vous dire ?

Pendergast laissa s'écouler un battement avant de répondre :

— Quelqu'un est venu ici. Quelqu'un que je connais malheureusement trop bien. Que *nous* connaissons trop bien.

Constance se tétanisa dans l'obscurité.

— Qui donc ?

La question était inutile, elle croyait savoir à qui il faisait allusion. Un frisson glacial lui parcourut l'échine.

— Les chaînes et la serrure de la cellule du monstre ont été trafiquées avec une adresse rare. Pourquoi ? Nous sommes en présence d'une logique perverse, dont j'ai bien peur de connaître l'origine.

— Ces éléments ont-ils un rapport avec le fantôme des dunes ?

Pendergast haussa les épaules dans le noir.

456

— Oui, mais je n'ai pas le temps de tout vous expliquer. Écoutez-moi bien. J'ai toute confiance en Proctor. S'il m'arrivait malheur, placez-vous sous sa protection, il prendra ma suite en qualité de tuteur. Et, je le répète, quoi qu'il arrive et quelles que soient les apparences, n'en tirez aucune conclusion.

— Mais enfin, Aloysius...

Il la fit taire en posant un index sur ses lèvres, puis il lui prit la main et remonta la galerie plongée dans les ténèbres.

60

Ils poursuivirent leur progression dans les souterrains en multipliant les changements de cap. L'air, de plus en plus frais, commençait à s'animer : la sortie du labyrinthe n'était plus très éloignée. En revanche, l'atmosphère était chargée d'effluves nauséabonds. Ceux du monstre.

Pendergast stoppa net et, d'un geste, fit comprendre à sa compagne qu'elle devait se positionner derrière lui.

Ils reprirent leur chemin en avançant très lentement, dans un silence absolu. Ils s'étaient engagés dans un long couloir à l'extrémité duquel Constance espérait retrouver la liberté. Au bout d'une minute de marche, elle serra entre les siens les doigts de Pendergast. Il s'immobilisa et elle tendit l'oreille.

Un souffle rauque parvint jusqu'à elle. La bête avait beau se contrôler, elle ne parvenait pas à étouffer totalement le sifflement de sa respiration. Elle était là, tout près. Constance signala sa présence à Pendergast en serrant sa main. Il lui répondit sur le même mode avant de tracer de l'index sur sa paume un message succinct :

A TROIS JE FONCE
SUIVEZ MOI
JE L ATTAQUE
FUYEZ

Elle lui donna son accord d'une pression. Alors, il tapa à trois reprises dans le creux de sa main et s'évanouit dans les ténèbres, aussi silencieusement qu'une chauve-souris dans une grotte. Elle s'élança à sa suite, les mains en avant afin de se guider.

Un rugissement fendit l'air juste devant elle, suivi par le frémissement d'une lame s'enfonçant dans les chairs, auquel succéda le bruit d'une lutte à mort. Elle passa à quelques centimètres des deux adversaires, prête à s'arrêter, lorsque Pendergast lui cria :

— Continuez à courir, je suis juste derrière vous !

Ils remontaient le couloir en courant, dans l'obscurité la plus complète, lorsque Constance comprit que la créature se lançait à leurs trousses en poussant des vagissements aigus. Pendergast l'avait sérieusement blessée, mais elle n'était pas hors de combat.

Constance aperçut soudain une faible lueur dans laquelle se découpa la silhouette de l'escalier de pierre. Elle se retourna et vit que Pendergast la suivait.

— Ne vous arrêtez pas ! lui enjoignit-il en l'entraînant vers les marches.

Il les gravit quatre à quatre et souleva la trappe métallique d'un violent coup d'épaule, puis il se retourna, tira sa compagne à lui et bloqua la trappe du mieux qu'il le pouvait. Ils sprintèrent à travers les ruines de l'église, longèrent l'ancienne rue principale, et ne tardèrent pas à laisser Oldham derrière eux. Ils couraient en direction de la plage lorsque Constance entendit le monstre débloquer brutalement la trappe et sortir en trombe des souterrains en hurlant.

Ils venaient de franchir la ligne des dunes et prenaient pied sur la plage lorsque le démon les rattrapa. Pendergast, le couteau à la main, lui fit face en recommandant à sa compagne de ne pas s'arrêter. Constance, incapable de lui obéir, se retourna et vit Pendergast aux prises avec le monstre. Le couteau levé, il essayait vainement de frapper Morax qui s'efforçait de lui ravir son arme en dépit des deux doigts qui lui manquaient. Faiblement illuminé par les premières lueurs de l'aube, le spectacle était dantesque. La tempête s'était calmée, mais la mer restait forte. De gros rouleaux se lançaient à l'assaut du sable, au milieu de gerbes d'écume qui vaporisaient des embruns dans l'atmosphère.

Constance assistait à la scène, interdite. Elle constata avec horreur que Pendergast était blessé. Sa chemise était déchirée, du sang s'écoulait d'une mauvaise estafilade sur sa joue. Le démon s'accrochait à sa proie, les deux adversaires s'étaient lancés dans une lutte à mort dont Pendergast ne pouvait sortir vainqueur. Morax parvint à lui arracher son arme et la jeta à la mer, puis il voulut le frapper au visage. Pendergast évita le choc au prix de son équilibre. Affaibli par ses blessures, il tomba à terre. Le démon le releva brutalement avec son énorme main et lui arracha ses vêtements.

Pendergast battit en retraite en continuant de se battre avec l'énergie du désespoir. Les deux adversaires se trouvaient à présent au bord de l'eau. Pendergast s'enfonça volontairement dans les vagues avec l'espoir de reprendre l'avantage. C'était peine perdue. D'un coup d'une grande violence, Morax le projeta au milieu de l'eau écumante. Pendergast tentait de se relever lorsque le démon leva au-dessus de sa tête un poing énorme, prêt à lui assener le coup de grâce.

Prise d'une rage incontrôlable, Constance s'élança sur le sable mouillé et sauta sur le dos du monstre dont elle agrippa le crâne à deux mains en lui plantant ses dents dans la nuque. Morax, surpris par la violence de l'attaque, abandonna sa victime en poussant un hurlement et se retourna d'un bloc en essayant de se débarrasser de son assaillante à coups de griffes. Sa robe en lambeaux, Constance refusait de lâcher prise, agrippée à son front noueux. Elle lui mordit violemment le cou, recracha le morceau de chair puante et caoutchouteuse qu'elle lui avait arraché et recommença, à la recherche de sa carotide. Le démon, hurlant de douleur, tituba au milieu des vagues au moment où se formait un énorme rouleau. Celui-ci retomba violemment sur les deux adversaires qui furent submergés par une masse d'eau glacée. Sous le choc, Constance lâcha son étreinte. Incapable de nager, elle agita frénétiquement les bras et les jambes jusqu'à ce qu'elle sente le sable sous ses pieds. La vague, en mourant, l'avait rejetée vers la plage. Constance, de peur d'être aspirée en arrière, tenta de planter ses doigts dans le sable mouillé. À l'instant où elle croyait avoir perdu la partie, deux bras puissants la relevèrent. Elle découvrit le visage horrifié de Pendergast. Il lui fallut quelques instants pour comprendre la raison de sa terreur : trop occupée à échapper à la noyade, elle avait conservé entre les dents le second morceau de chair arraché au cou du monstre.

Morax émergea brusquement des vagues, le visage grimaçant de douleur et de rage. Pendergast se précipita sur lui afin de protéger Constance, et la lutte reprit entre l'homme et la créature. À grand-peine, Pendergast parvint à repousser le monstre au milieu des vagues où ils ne tardèrent pas à disparaître, engloutis par un puissant rouleau.

Une vague plus forte que les précédentes déstabilisa Constance qui tomba dans le sable. Elle s'agrippa à la grève du mieux qu'elle le pouvait et parvint cette fois à résister à l'aspiration de l'océan. Profitant des quelques secondes de répit entre deux rouleaux, elle se redressa et s'éloigna du bord.

Le soleil, qui venait d'apparaître au-dessus d'un horizon couleur de sang, darda un rayon timide sur son visage. Elle battit lentement des paupières en observant d'un air hébété les rouleaux orangés qui s'écrasaient inlassablement sur la grève avec un grondement de tonnerre avant de refluer dans un sifflement d'écume assourdissant. Au milieu des vagues se dressait la silhouette du démon. Renonçant à combattre, il contemplait le soleil levant avec émerveillement, les bras tendus dans l'espoir de caresser la lumière, l'écume à ses pieds rougie par le sang perdu qui achevait de lui ôter la vie.

Pendergast ?

Où est Pendergast ?

Constance se releva d'un bond en hurlant :

— Aloysius ! Aloysius !

Elle scruta longuement la surface orange de l'océan, jusqu'à ce qu'elle finisse par distinguer son visage blême ballotté par les flots, au-delà de la barrière des rouleaux. Ses bras s'agitaient encore faiblement.

— Aloysius !

Elle s'avança dans l'eau. Pendergast s'obstinait à nager malgré le courant qui l'entraînait vers le large.

— *Aloysius !*

Un aboiement de chien résonna dans le lointain.

Au même instant, Morax s'écroula dans une mare d'écume rougie par son sang.

Constance s'enfonça au milieu des vagues, déterminée à venir en aide à Pendergast alors qu'elle ne savait pas nager, gênée par les lambeaux de sa robe détrempée qui lui collait au corps.

— Arrêtez-la ! cria une voix derrière elle.

Soudain, un petit groupe d'hommes en armes l'entourèrent. L'un d'eux lui saisit les épaules tandis qu'un autre lui enserrait la taille. Elle voulut se dégager, mais ils l'entraînèrent sur le sable.

— Laissez-moi ! se rebella-t-elle.

— Vous ne pouvez plus rien pour lui, répliqua une voix masculine.

Elle se débattait comme une diablesse en poussant des hurlements.

— Vous ne voyez donc pas qu'il n'a plus la force de nager ?

— Si. Nous attendons un canot de sauvetage.

Elle se débattit de plus belle, mais ils étaient trop nombreux.

— Il va se noyer ! Pour l'amour du ciel, sauvez-le !

— La mer est trop forte, lui répondit la même voix d'homme.

— Bande de lâches !

Elle parvint à se dégager et se rua vers l'eau, mais les inconnus se précipitèrent, la tirèrent des vagues et l'entraînèrent de force dans les dunes. Il fallut quatre autres hommes en tenue de combat pour réussir à la retenir, dans un déluge de coups de pied et de crachats.

— Je vous tuerai ! Laissez-moi !

— Bon Dieu, quelle furie ! Heureusement qu'on était assez nombreux !

464

— Assez perdu de temps. Apportez-moi la trousse de secours.

Les hommes l'immobilisèrent de force sur la plage. Incapable du moindre mouvement, la tête à moitié enfouie dans le sable, les poignets menottés dans le dos, Constance sentit la pointe d'une aiguille s'enfoncer dans sa cuisse...

Alors, tout devint irréel et son esprit s'envola loin, très loin.

Épilogue

Décembre

Proctor ouvrit silencieusement la double porte de la bibliothèque et s'effaça devant Mme Trask, chargée d'un plateau d'argent sur lequel était posé un service à thé.

Un feu mourant jetait de faibles lueurs à travers la pièce plongée dans la pénombre. Face à la cheminée, une silhouette immobile était assise dans une bergère. Mme Trask s'approcha et posa le plateau sur une table basse.

— J'ai pensé qu'un peu de thé vous ferait du bien, mademoiselle Greene, dit-elle avec sollicitude.

— Non merci, madame Trask, répondit Constance d'une voix sourde.

— C'est votre préféré. Du thé au jasmin. Je vous ai également apporté des madeleines qui sortent tout juste du four. Je sais combien vous les aimez.

— Je n'ai pas vraiment faim. Merci de vous être donné tant de mal.

— Je vous les laisse tout de même, au cas où vous changeriez d'avis.

La gouvernante, un sourire maternel aux lèvres, quitta la pièce. Son sourire s'effaça aussitôt et elle adressa à Proctor un regard inquiet.

Ce dernier la suivit des yeux tandis qu'elle retournait à la cuisine, puis il tourna la tête en direction de l'occupante de la bergère.

Deux mois s'étaient écoulés depuis que Constance avait regagné la vieille demeure du 891 Riverside Drive. Elle était revenue la mine grave, sans une explication, et sans l'inspecteur Pendergast. Il avait fallu à Proctor beaucoup de temps et de patience pour lui soutirer des informations. À ce jour, le récit qu'elle lui avait fait n'avait ni queue ni tête, de sorte que l'homme de main de Pendergast ne savait que penser. Le quotidien de la grande maison avait changé du tout au tout en l'absence de Pendergast, de même que le comportement de Constance.

À son retour d'Exmouth, elle s'était enfermée dans sa chambre pendant près de deux semaines, ne mangeant que du bout des dents. Elle avait fini par émerger profondément changée de cette période de crise. Proctor l'avait toujours connue à la fois réservée et maîtresse d'elle-même. À mesure que s'égrenaient les semaines, il découvrait une Constance entre indolence et agitation, passant des heures à arpenter sans but les couloirs de la vieille maison. Elle avait perdu tout intérêt pour ses passe-temps habituels, qu'il s'agisse de ses recherches sur le clan Pendergast, de sa passion pour l'archéologie, la lecture, le clavecin. Après avoir reçu les visites inquiètes du lieutenant D'Agosta, de la capitaine Laura Hayward et de Margo Green, elle avait définitivement choisi de s'isoler. Elle semblait même sur ses gardes, une méfiance que Proctor ne s'expliquait pas. Les rares fois où le téléphone sonnait, ou bien lorsque Proctor lui apportait le courrier à son retour de la poste, Constance s'animait brièvement. Il ne faisait guère de doute qu'elle attendait des nouvelles de Pendergast, mais ses espoirs restaient déçus.

Proctor avait pris sur lui de réunir le plus d'informations possible sur la disparition de son employeur. Les autorités avaient recherché son corps cinq jours durant, sans lésiner sur les moyens puisque le disparu était un agent fédéral. Les garde-côtes avaient envoyé plusieurs bateaux à sa recherche au large d'Exmouth, pendant que la police d'État et les Gardes nationaux écumaient la côte depuis la frontière du New Hampshire jusqu'à Cape Ann, sans même retrouver un lambeau de vêtement. Les plongeurs avaient longuement exploré les rochers derrière lesquels un corps aurait pu rester accroché sous l'effet des courants, et on avait même sondé les fonds marins à l'aide de sonars. Sans résultat. Le dossier, tout en restant officiellement ouvert, avait été mis en sommeil. Faute d'avoir pu établir des conclusions formelles, les acteurs concernés restaient convaincus que Pendergast, grièvement blessé lors de son combat avec la créature, affaibli par le ressac et entraîné vers le large par de mauvais courants dans une eau à dix degrés, avait péri noyé.

Proctor s'approcha doucement et prit place à côté de Constance. Elle leva brièvement les yeux en le voyant s'asseoir, esquissa un sourire, et reprit sa contemplation du feu. Les flammes vacillantes éclairaient d'un éclat sombre son regard violet et ses cheveux coupés au bol.

Proctor veillait scrupuleusement sur Constance depuis son retour, sachant que telle aurait été la volonté de son employeur. Il ressentait d'autant plus le besoin de la protéger qu'il la voyait défaite. Une situation étrange, sachant à quel point Constance fuyait toute protection en temps ordinaire. Pourtant, sans l'exprimer jamais, elle semblait heureuse de cette attention.

Il tenta, une fois encore, de l'aider à sortir de sa coquille. Il aurait voulu la libérer, au moins provisoirement, du cycle de culpabilité et de deuil dans lequel elle s'enfermait.

— Constance ? dit-il d'une voix douce.

— Oui ? répondit-elle, sans quitter l'âtre des yeux.

— Accepteriez-vous de me raconter la fin de l'histoire ? Je sais bien que vous l'avez déjà fait, mais j'avoue ne pas bien comprendre ce qui s'est réellement produit lors du combat avec ce... cette créature nommée Morax. Qui était-elle vraiment, et comment a-t-elle pu... vaincre M. Pendergast ?

Elle resta un long moment plongée dans le mutisme. Lorsqu'elle se décida enfin à parler, le feu continuait de monopoliser son attention.

— Je vous ai parlé de cette anomalie génétique, cette queue primitive qui donnait à
Morax un aspect si singulier. Je vous ai également expliqué comment les sorciers d'Exmouth
avaient joué sur cette anomalie en multipliant
les expériences de reproduction, tels des éle-
veurs canins. Les sorciers étaient fascinés par
la similitude entre cet être et l'imagerie attachée
au Morax des vieux grimoires et autres recueils
sataniques. Ces créatures, abominablement mal-
traitées, restaient enfermées dans des conditions
épouvantables afin de servir lors des rituels sataniques. Cela explique que Morax, à peine libéré,
ait cherché à se venger des principaux responsables de l'assemblée des sorciers. Les autres
victimes étaient de simples innocents qui ont
eu le malheur de se trouver sur son chemin.

— Mais…, l'interrompit Proctor en cherchant
ses mots. Comment ce monstre a-t-il pu venir à
bout de M. Pendergast ?

Elle posa brièvement les yeux sur le service à
thé avant de se tourner à nouveau vers la cheminée.

— Il n'est pas venu à bout de M. Pendergast,
puisqu'il a péri.

— Cependant, M. Pendergast…

— … n'est pas mort, le coupa-t-elle en finis-
sant sa phrase.

Elle s'était exprimée sur un ton sec, mais
Proctor avait cru déceler le doute chez elle. Elle
venait enfin de fendre l'armure derrière laquelle
elle se protégeait depuis son retour.

Proctor prit une longue respiration. En dépit de tout, Constance n'avait jamais voulu renoncer à l'idée que Pendergast était vivant. Il ramena une fois de plus la discussion au monstre.

— Comment cette brute a-t-elle pu tuer autant de gens ?

— Les mauvais traitements qu'on lui infligeait avaient fait de lui un monstre sociopathe. En dehors des chaînes et des coups de fouet, ses maîtres le maintenaient sous leur contrôle en lui promettant constamment de le laisser sortir un jour afin de voir le soleil, de jouir de sa lumière et de sa chaleur. C'était devenu une obsession chez lui. Lorsqu'il s'est échappé du labyrinthe souterrain et qu'il a découvert la nuit noire, il a cru avoir été dupé et sa rage n'a plus connu de bornes.

Le regard de Constance se perdit dans le vide.

— Son rêve a pourtant fini par se réaliser... juste avant qu'il ne meure.

— Pour ce que ça lui aura servi.

Elle se redressa sur son siège.

— Proctor, en parlant de souterrains... j'ai décidé de retourner y vivre.

Cette décision, annoncée de façon si brutale, le prit par surprise.

— Vous voulez dire... dans le réduit où vous résidiez auparavant ?

Elle resta silencieuse.

— Pourquoi ?

— Pour... pour me résoudre à l'inéluctable.

— Pourquoi pas ici, avec nous ? Vous ne pouvez pas retourner vous enfermer là-bas.

Elle posa sur lui un regard si déterminé qu'il en fut troublé. Inutile d'espérer l'ébranler dans sa décision. Au moins acceptait-elle enfin la mort de Pendergast. Sans doute était-ce un progrès.

Elle se leva.

— Je laisserai des instructions écrites à Mme Trask, en lui dressant la liste des vêtements et des objets de première nécessité qu'elle devra déposer dans l'ascenseur de service. Je prendrai un repas chaud par jour, à midi, que vous déposerez dans l'ascenseur, placé dans une boîte isotherme.

Proctor se leva à son tour et lui prit le bras.

— Constance, écoutez-moi...

Elle posa les yeux sur sa main, puis sur son visage, avec une expression telle qu'il s'empressa de la lâcher.

— Proctor, merci à vous de respecter ma décision.

Alors, elle se haussa sur la pointe des pieds et effleura la joue de Proctor d'un baiser, à son grand étonnement. L'instant d'après, elle se dirigeait d'un pas de somnambule vers le fond de la bibliothèque où était dissimulé l'ascenseur de service, derrière de faux rayonnages. Elle tira à elle le pan de bibliothèque concerné, se glissa à l'intérieur de la cabine, referma la porte, et disparut dans les profondeurs de la vieille demeure.

Proctor resta planté là une éternité avant de secouer la tête d'un air perplexe. L'absence de Pendergast pesait, telle une ombre, sur la maison. Sur lui en particulier. Il avait échoué avec Constance. Il allait avoir besoin de temps et de solitude pour réfléchir. Il quitta la pièce, remonta le couloir, franchit la porte d'un grand hall au sol recouvert de moquette et s'engagea dans le vieil escalier conduisant au quartier des domestiques. Arrivé au deuxième, il emprunta un nouveau couloir jusqu'à l'entrée de ses propres appartements dans lesquels il pénétra en refermant soigneusement la porte derrière lui.

Il aurait dû protester avec davantage de virulence lorsqu'elle lui avait fait part de ses intentions. Il se sentait responsable d'elle depuis la disparition de Pendergast. Il savait aussi que rien ni personne n'aurait pu ébranler Constance dans sa décision. Proctor ne craignait personne, mais Constance constituait un cas à part. En outre, il allait devoir s'occuper des affaires de famille de Pendergast. À commencer par son fils Tristram, en pension en Suisse, qui ne savait encore rien de la disparition de son père. Que lui dire ? Restait à espérer que Constance finisse par accepter la réalité et rejoigne le monde des vivants…

Une main gantée jaillit en un éclair derrière lui et un bras lui enserra la poitrine avec une force inouïe.

Pris par surprise, Proctor réagit en se baissant instinctivement dans l'espoir d'échapper à son agresseur, mais celui-ci avait anticipé sa réaction. Au même instant, il sentit la pointe d'une aiguille s'enfoncer profondément dans son cou. Il se tétanisa.

— Je vous déconseille tout mouvement, s'éleva une voix douceâtre que Proctor, stupéfait, reconnut instantanément.

Parfaitement immobile, il n'en revenait pas de s'être laissé surprendre aussi aisément. Comment était-ce possible ? C'est vrai, ses préoccupations avaient émoussé son attention. Il ne se le pardonnerait jamais, sachant surtout que cet homme était le pire ennemi de Pendergast, revenu d'entre les morts.

— Vous êtes infiniment mieux versé que moi dans la science des sports de combat, poursuivit suavement la voix. J'ai donc pris la liberté d'équilibrer les forces. La piqûre que vous avez ressentie au niveau du cou a été provoquée par l'aiguille d'une seringue dont je n'ai pas encore enfoncé le piston. Ladite seringue contient une dose de penthotal. Une très forte dose. Je vous poserai une fois la question, et une fois seulement. Faites-moi connaître votre réponse en relâchant vos muscles. De votre réaction dépendra la dose que je vous injecterai : une simple dose anesthésiante, ou bien une dose mortelle.

Proctor, comprenant qu'il n'avait pas le choix, se laissa aller.

— Excellent, réagit la voix. Je crois me souvenir que vous vous appelez Proctor, c'est bien cela ?

Proctor ne répondit pas. Il attendait son heure, sachant qu'une occasion finit invariablement par se présenter. Le tout était de bien réfléchir.

— J'observe le manoir familial depuis quelque temps. Il semble que le maître de maison soit absent. De façon définitive, apparemment. Cet endroit est aussi déprimant qu'une tombe. Je suis surpris de ne pas tous vous voir avec un crêpe en signe de deuil.

Proctor passa en revue tous les scénarios possibles dans sa tête. Il lui fallait en choisir un, mais il avait besoin de temps. De quelques secondes, au moins...

— Je vous sens peu enclin à bavarder, mais c'est aussi bien. Bien des tâches m'attendent, aussi vous dirai-je *bonsoir*.

Proctor, sentant le liquide envahir son cou sous la pression du piston, comprit que la poignée de secondes dont il avait besoin ne lui serait pas accordée. À cet instant précis, il sut qu'il avait échoué.

————

11690

Composition
NORD COMPO

Achevé d'imprimer en Slovaquie
par NOVOPRINT SLK
le 3 avril 2017.

Dépôt légal : mai 2017.
EAN 9782290140765
OTP L21EPNN000395N001

ÉDITIONS J'AI LU
87, quai Panhard-et-Levassor, 75013 Paris

Diffusion France et étranger : Flammarion